Robert Jordan

Die Herrschaft der Seanchaner

Zu diesem Buch

Die Bedrohung im Land wächst, während die Invasoren aus Seanchan ihre Stellungen in Ebou Dar immer weiter ausbauen. Mat Cauthon, treuer Gefährte des Wiedergeborenen Drachen, muss seine Identität verbergen und bereitet sich auf eine Flucht vor. Doch diese gestaltet sich schwierig: Königin Tylin hat Mat zu ihrem Geliebten gemacht und will ihn um keinen Preis gehen lassen. Die Situation verschärft sich, als die Hochlady Tuon mit ihrer Flotte eintrifft. Sie ist die Tochter der Neun Monde, und ihre Ankunft verheißt neues Unheil. Schließlich lautet die alte Prophezeiung, dass Mat einst die Tochter der Neun Monde heiraten wird. Und bevor Mat Ebou Dar verlassen kann, läuft er ihr direkt in die Arme …

Robert Jordan, geboren 1948 in Charleston, US-Bundesstaat South Carolina, begeisterte sich seit seiner Jugend für die phantastische Literatur und schrieb zunächst erfolgreiche »Conan«-Romane. In den neunziger Jahren begann er seinen weltberühmten Zyklus »Das Rad der Zeit«, ein in der Fantasy einzigartiges Werk epischer Breite, das inzwischen knapp dreißig Bände umfasst und Millionen Fans in der ganzen Welt gefunden hat.

Robert Jordan

Die Herrschaft der Seanchaner

DAS RAD DER ZEIT 25

Aus dem Amerikanischen von
Andreas Decker

Piper München Zürich

Zu den lieferbaren Büchern von Robert Jordan bei Piper
siehe Seite 349.

FSC

Dieses Taschenbuch wurde auf FSC-zertifiziertem Papier gedruckt. FSC (Forest Stewardship Council) ist eine nichtstaatliche, gemeinnützige Organisation, die sich für eine ökologische und sozialverantwortliche Nutzung der Wälder unserer Erde einsetzt (vgl. Logo auf der Umschlagrückseite).

Deutsche Erstausgabe
1. Auflage August 2004
2. Auflage Juli 2007

Titel der amerikanischen Originalausgabe:
»Winter's Heart 2«, Orbit, A Division of Little, Brown and Company (UK), London 2000

Deutsche Erstausgabe:
Wilhelm Heyne Verlag GmbH & Co. KG, München 2001
Umschlagkonzept: Büro Hamburg
Umschlaggestaltung: Nele Schütz Design, München
Umschlagabbildung: Tibor Szendrei / Agentur Kohlstedt
Innenillustrationen: Johann Peterka
Karten: Erhard Ringer
Autorenfoto: Jack Alterman
Satz: Schaber Satz- und Datentechnik, Wels
Papier: Munken Print von Arctic Paper Munkedals AB, Schweden
Druck und Bindung: Clausen und Bosse, Leck
Printed in Germany ISBN 978-3-492-28575-9

www.piper.de

INHALT

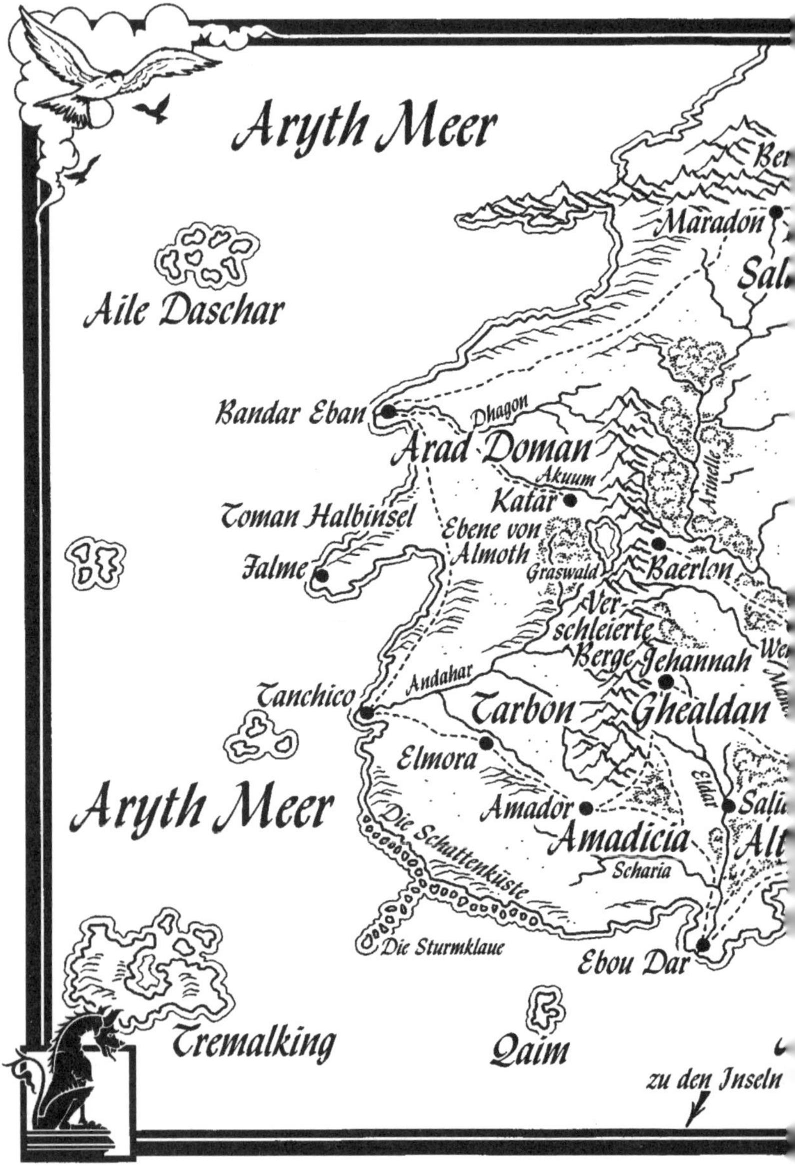
Aryth Meer
Aile Daschar
Maradon
Bandar Eban
Dhagon
Arad Doman
Akuum
Katar
Arinelle
Toman Halbinsel
Ebene von
Almoth
Falme
Graswald
Baerlon
Ver-
schleierte
Berge
Jehannah
Andahar
Tanchico
Tarbon
Ghealdan
Elmora
Aryth Meer
Amador
Eldar
Amadicia
Die Schattenküste
Scharia
Die Sturmklaue
Ebou Dar
Tremalking
Qaim
zu den Inseln

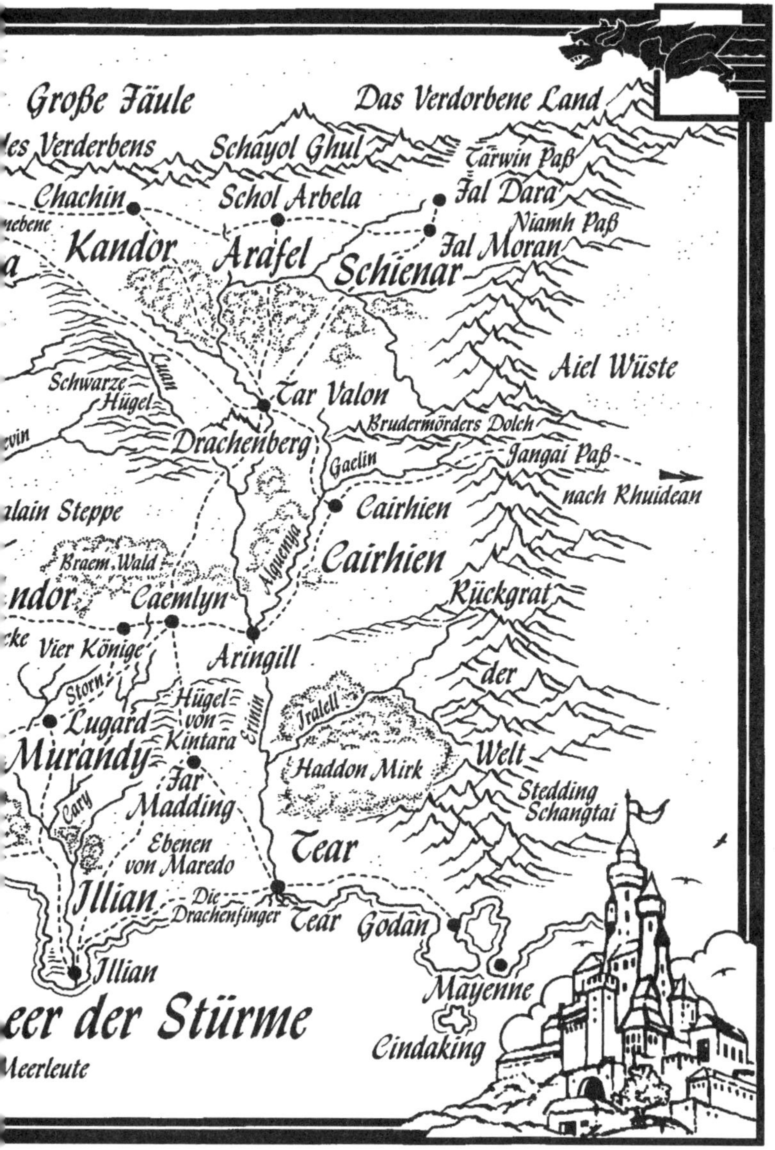

Große Fäule
Das Verdorbene Land
les Verderbens
Schayol Ghul
Tarwin Paß
Chachin
Schol Arbela
Fal Dara
Niamh Paß
nebene
Kandor
Arafel
Fal Moran
Schienar
Luan
Aiel Wüste
Schwarze Hügel
Tar Valon
Brudermörders Dolch
Drachenberg
Gaelin
Jangai Paß
nach Rhuidean
Cairhien
alain Steppe
Alguenya
Cairhien
Braem Wald
Rückgrat
ndor
Caemlyn
Aringill
Vier Könige
Storn
der
Hügel von Kintara
Iralell
Lugard
Erinin
Murandy
Haddon Mirk
Welt
Far Madding
Stedding Schangtai
Cary
Ebenen von Maredo
Tear
Illian
Die Drachenfinger
Tear
Godan
Illian
Mayenne
eer der Stürme
Cindaking
Meerleute

Ein Vorwort von Andreas Decker

Das Rad der Zeit dreht sich, Zeitalter kommen und vergehen und lassen Erinnerungen zurück, die zu Legenden werden. Legenden verblassen zu Mythen, und sogar der Mythos ist lange vergessen, wenn das Zeitalter ihres Ursprungs wiederkehrt.

Mit diesen Worten beginnt jede Chronik aus der Welt des Rades, eines Universums, in dem das Rad der Zeit und das Große Muster, das es webt, das oberste Prinzip sind.

Am Anfang steht eine Prophezeiung, die Prophezeiung des Drachen. Sie verkündet die Befreiung des Dunklen Königs, des Bösen schlechthin, und die Wiedergeburt Lews Therin Telamons, des Drachen, der einst vor Jahrtausenden sein Gefängnis versiegelte und dafür den höchsten Preis bezahlen musste. Sie berichtet von einem Mann, der sowohl der Vernichter als auch der Erlöser der Welt sein soll. Er kann die *Eine Macht* lenken, und er ist der Wiedergeborene Drache, der *Tarmon Gai'don* schlagen soll, die Letzte Schlacht gegen den Dunklen König.

Rand al'Thor ist der Wiedergeborene Drache.

Man schreibt das Dritte Zeitalter seit der Zerstörung der Welt. Wieder strecken der Dunkle König und seine Vertrauten, die Verlorenen, die ihm schon in tiefer Vergangenheit zur Seite standen, die Hand nach der Welt aus. Horden nichtmenschlicher Trollocs und Myrddraals überziehen das Land mit Verwüstung, gelenkt von den Verlorenen, die nahezu unerkannt unter den Menschen wandeln, wo sie Unruhe schüren und Kriege auslösen.

Allein Rand al'Thor ist laut den Prophezeiungen dazu bestimmt, die Letzte Schlacht zu schlagen. Er beherrscht die *Eine Macht,* kann die Welt nach seinen Wünschen formen, und die Welt fürchtet ihn. Er hat treue Freunde um sich geschart, Nationen besiegt und Throne gestürzt. Er hat mächtige Feinde und zweifelhafte Verbündete, aber die größte Bedrohung ist die *Eine Macht*. Denn wie alle Männer, die sich der Macht bedienen, kämpft er gegen den Makel des Wahnsinns an, der die mystische Energie beschmutzt.

Wie die Eingeweihten wissen, besteht sowohl die *Eine Macht* als auch die Wahre Quelle, der sie entspringt, aus zwei widerstreitenden und sich dennoch ergänzenden Teilen: *Saidin*, der männlichen Hälfte, und *Saidar*, der weiblichen Hälfte. Die Energie versetzt einige wenige Menschen in die Lage, die Elemente Erde, Wind, Feuer, Wasser und Geist nach ihrem Willen zu beeinflussen und Heldentaten zu vollbringen. Im untergegangenen Zeitalter der Legenden nannte man diese Männer und Frauen Aes Sedai, was in der Alten Sprache ›Diener aller‹ bedeutet.

Als der Dunkle König, der im Augenblick der Schöpfung von dem Schöpfer des Universums außerhalb von Zeit und Schöpfung gefangen gesetzt wurde, aus seinem Gefängnis auszubrechen drohte und von Lews Therin Telamon besiegt wurde, dem stärksten Aes Sedai seiner Zeit, geriet der triumphale Sieg zugleich zur verheerenden Niederlage. Im Augenblick der Versiegelung kam es zu einer Reaktion, die *Saidin,* die männliche Quelle der *Einen Macht,* mit einem Makel versah. Jeder Mann, der nach der Macht griff – was für ihn so natürlich war wie das Atemholen –, wurde wahnsinnig. Das hat sich bis auf den heutigen Tag nicht geändert.

Bei den meisten vollzieht sich das als schleichender Prozess. Bei Lews Therin Telamon, dem Drachen, war dies anders. Blindwütig in seinem Wahn, wandten er und seine Helfer sich mit der Macht gegen alle und jeden und schließlich gegen die Welt selbst. Erdbeben erschütterten das Land, Stürme fegten darüber hinweg, Vulkane brachen aus, der Ozean überschwemmte das Land. Reiche gingen unter und ganze Völker starben.

Nach dem Neubeginn hat sich das Antlitz der Welt verändert. Nun benutzen nur noch die weiblichen Aes Sedai die *Eine Macht*. Sie haben die Weiße Burg gegründet, und seit jenen dunklen Tagen wachen sie unerbittlich darüber, dass sich kein Mann der *Einen Macht* bedient. Sie spüren sie auf und ›dämpfen‹ sie, schneiden sie vom Zugang zur Wahren Quelle ab, um Unheil zu verhindern.

Rand al'Thor hatte schon immer ein zwiespältiges Verhältnis zu den Aes Sedai, die von vielen als die wahren Herrscher der Welt gefürchtet und gehasst werden. Aber er ist der Wiedergeborene Drache, der wie kein Zweiter über die *Eine Macht* gebietet; er ist der *Car'a'carn* der Aiel, der Wüstennomaden, deren Clans ihm fast alle bis in den Tod ergeben sind; er ist der Begründer der Schwarzen Burg und der *Asha'man*, der Männer, die ungeachtet aller gegenteiligen Bemühungen gelernt haben, mit der *Einen Macht* umzugehen. Und er hat treue Verbündete, die in seinem Namen handeln, und Feinde, die ihn vernichten wollen. Der Kampf bleibt zermürbend. So müsste er seine ganzen Kräfte darauf konzentrieren, sich auf *Tarmon Gai'don* vorzubereiten, die Letzte Schlacht. Doch für jeden Schritt, den er vorankommt, wird er zwei Schritte zurückgeworfen. Trotzdem hat er schon viele

Veränderungen bewirkt, deren Auswirkungen sich erst langsam abzeichnen.

So überwachten die Aes Sedai jahrtausendelang den Zugang zur *Einen Macht*. Frauen, die zwar über die Fähigkeit verfügten, die Wahre Quelle zu berühren, aber nicht stark genug darin waren, sich die Stola einer Schwester zu verdienen und den Stand einer vollwertigen Aes Sedai zu erringen, wurden fortgeschickt, nachdem man dafür sorgte, dass sie mit ihren Fähigkeiten keinen Schaden anrichten konnten. Man unterdrückte gewaltsam jeden Versuch der Abgewiesenen, sich zu einer konkurrierenden Gruppe zusammenzuschließen. Allein die Kusinen ließ man gewähren, ein Bund von Frauen, der diese Bezeichnung zur Tarnung wählte. Die Weiße Burg glaubte, sie kontrollieren zu können. Aber das war ein Irrtum. Mittlerweile hüten sie Geheimnisse, die die Weiße Burg in Aufruhr versetzen werden, wenn die Schwestern sie erfahren.

Und über kurz oder lang wird dieser Augenblick kommen, denn Elayne Trakand, die Tochter-Erbin von Andor, und Nynaeve al'Meara haben mit den Kusinen ein Bündnis geschlossen, das diese in den Schoß der Burg zurückführen soll.

Aber auf die Aes Sedai warten noch andere Überraschungen. Da ist das Meervolk, deren Frauen ebenfalls stark in der *Einen Macht* sind, was sie vor Außenstehenden jahrhundertelang verbergen konnten. Es pocht ebenfalls auf die Erfüllung eines Vertrages, den es mit dem Wiedergeborenen Drachen geschlossen hat. Zurzeit ist die Weiße Burg gespalten und kämpft gegeneinander, aber gleichgültig, wie die Revolte jener Schwestern ausgeht, die die Usurpatorin Elaida nicht als ihre Führerin anerkennen, eines ist gewiss: Das Rad lässt sich nicht mehr zurückdrehen.

Das gilt aber nicht nur für die Aes Sedai, sondern auch für die Invasoren aus Seanchan. In dem fernen

Land auf der anderen Seite des Aryth-Meeres wurde die Macht der Aes Sedai rücksichtslos gebrochen. Frauen, die über *Saidar* gebieten, gelten hier weniger als Sklaven. Sie sind *Damane*, was in der alten Sprache ›Die Gefesselten‹ heißt. Sie werden von den *Sul'dam*, den ›Trägerinnen der Leine‹, beherrscht und als menschliche Waffen missbraucht. Diese *Sul'dam* haben zwar die Fähigkeit, mit Hilfe eines Gerätes namens *A'dam* einer Machtlenkerin ihren Willen aufzuzwingen und sie zu dominieren, aber sie selbst können die Macht nicht lenken. Doch das ist eine Lüge. Wie sich herausgestellt hat, sind die *Sul'dam* sehr wohl dazu in der Lage. Eine Neuigkeit, die die seanchanische Gesellschaft in ihren Grundfesten erschüttern könnte. Aus diesem Grund hat Rand al'Thor veranlasst, dass man gefangen genommene *Sul'dam* mit dieser Erkenntnis konfrontiert und zurückschickt, damit sie sich verbreitet.

Dabei ist dieses Wissen schon längst einigen wenigen Seanchanern bekannt. Zu ihnen gehört auch die Hochlady Suroth Sabelle Meldarath, Befehlshaberin der Vorläufer der Kaiserin von Seanchan, die zurzeit die Invasionsstreitmacht anführt. Nach der verheerenden Niederlage in Falme haben die Seanchaner einen neuen Anlauf gestartet, das angeblich geraubte Land ihrer Vorväter wieder in Besitz zu nehmen. Die Eroberung von Ebou Dar ging schnell vonstatten.

Das musste zu seinem Leidwesen auch Mat Cauthon erfahren. Der Gefährte des Wiedergeborenen Drachen aus Kindertagen hat vieles erlebt, seit er an Rand al'Thors Seite das kleine Dorf verließ, in dem er geboren wurde. Auch er gilt als *Ta'veren*, der das Leben der Menschen in seiner Umgebung beeinflusst, außerdem ist er für sein Glück berühmt. Drei Prophezeiungen und drei teuer bezahlte Gaben jenseitiger, hinter *Ter'angreal* – Artefakten aus dem Zeitalter der

Legenden – befindlicher Mächte haben sein Leben verändert. Folgendes wurde ihm einst prophezeit:

Er wird die Tochter der Neun Monde heiraten.

Er wird sterben und wieder leben und noch einmal einen Teil dessen erleben, was einst war.

Er wird die Hälfte des Lichts der Welt aufgeben, um die Welt zu retten.

Er erhielt den *Ashandarei,* einen mit Raben gezeichneten schwarzen Speer, dessen Klinge leicht gebogen ist, ein silbernes Medaillon in der Form eines Fuchskopfes und die Erinnerungen vor langer Zeit gestorbener Männer, die seinen Kopf gehörig durcheinander wirbeln, ihm aber auch nützliches Wissen vermitteln. Mittlerweile ist er ein Abenteurer und der Anführer der Bande der Roten Hand und wird von vielen als Lord betrachtet.

Aber in Ebou Dar scheint ihn sein Glück verlassen zu haben. Eigentlich sollte er nur Elayne, Aviendha und Nynaeve bei der Suche nach der Schale der Winde beschützen. Aber dann machte ihn Königin Tylin kurzerhand zu ihrem Geliebten, was nicht immer die reine Freude für ihn ist. Dann geriet er in die Straßenkämpfe hinein, als die Seanchaner in die Stadt einfielen. Ein zerstörtes Haus stürzte auf ihn herab. Sein Schicksal ist ungewiss. Er ist *Ta'veren;* vermutlich ist er noch am Leben, aber da jeder seiner Freunde glaubt, er sei aus der Stadt entkommen, sucht auch niemand nach ihm. Denn sie alle haben ihre eigenen, drängenderen Sorgen.

So hat Elayne Trakand Anspruch auf den Löwenthron von Andor erhoben. Sie und Aviendha haben einander adoptiert und sind mittels Geweben aus der *Einen Macht* zu Erstschwestern geworden. Nynaeve hält sich ebenfalls in der Hauptstadt Caemlyn auf, um ihre Freundin zu unterstützen. Und Elayne hat jede Hilfe nötig, denn nicht nur Aes Sedai machen Jagd auf sie; aus dem Adel des Landes hat sich eine starke Opposition gegen sie gebildet, die vor nichts zurückschreckt. Und die Attentäter sind bereits am Werk…

Das Rad dreht sich und die Letzte Schlacht rückt immer näher. Die Heere sammeln sich und der Wiedergeborene Drache muss kämpfen, wenn die Welt kein zweites Mal untergehen soll.

KAPITEL 1

Ein Plan hat Erfolg

Elayne schlug die Augen auf. Es war dunkel. Sie starrte auf verschwommene Schatten, die vor einer nebelhaften, bleichen Helligkeit tanzten. Ihr Gesicht war kalt, ihr Körper heiß und verschwitzt; etwas hielt ihre Arme und Beine fest. Einen Augenblick lang stieg Panik in ihr auf. Dann spürte sie Aviendhas Anwesenheit in dem Raum, eine einfache, tröstende Anwesenheit, und Birgitte, die wie eine Faust aus ruhigem, kontrolliertem Zorn war. Sie beruhigten sie, einfach, indem sie da waren. Sie befand sich in ihrem eigenen Schlafzimmer, lag unter den Decken in ihrem Bett und starrte auf den dicht gespannten Leinenbaldachin; neben ihr lagen Flaschen mit heißem Wasser. Die schweren Winterbettvorhänge waren an den gedrechselten Pfosten festgebunden, und das einzige Licht im Raum kam von den winzigen, flackernden Flammen im Kamin; es reichte gerade aus, um die Schatten mit Leben zu erfüllen und sie nicht zu verscheuchen.

Automatisch griff sie nach der Quelle und fand sie. Berührte erstaunt *Saidar*, ohne davon zu nehmen. Das starke Verlangen, tief davon zu schöpfen, stieg in ihr auf, aber sie zog sich zögernd zurück. Oh, sogar schrecklich zögernd, und nicht nur, weil das Verlangen, von dem wogenden Leben *Saidars* erfüllt zu sein, oft eine bodenlose Begierde war, die kontrolliert werden musste. Während dieser endlosen Minuten des Schreckens hatte ihre größte Furcht nicht dem Tod gegolten, sondern der Vorstellung, nie wieder die Quelle berühren zu können. Einst hätte sie das für seltsam gehalten.

Abrupt kehrte die Erinnerung zurück und sie setzte sich mühsam auf. Die Decken rutschten ihr bis zur Taille herunter. Sofort riss sie sie wieder hoch. Die Luft fühlte sich *eiskalt* auf ihrer nackten, verschwitzten Haut an. Sie hatten ihr nicht einmal ein Unterhemd gelassen, und so gern sie auch Aviendha und ihre Unbekümmertheit, sich vor anderen unbekleidet zu präsentieren, nachgeahmt hätte, konnte sie sich nicht dazu überwinden. »Dyelin«, sagte sie besorgt und verrenkte sich, um die Decken besser um den Körper drapieren zu können. Es war ein unbeholfenes Bemühen; sie fühlte sich ausgelaugt und mehr als nur etwas wackelig. »Und der Gardist. Sind sie …?«

»Der Mann hat keinen Kratzer abbekommen«, sagte Nynaeve und trat wie ein Schemen aus den tanzenden Schatten heraus. Sie legte eine Hand auf Elaynes Stirn und grunzte zufrieden, als sie sie kühl vorfand. »Ich habe bei Dyelin eine Heilung vollzogen, aber sie wird Zeit brauchen, bis sie wieder bei Kräften ist. Sie hat viel Blut verloren. Dir geht es übrigens auch gut. Eine Zeit lang dachte ich, du würdest Fieber bekommen. Das kann schnell geschehen, wenn man geschwächt ist.«

»Sie hat dir Kräuter verabreicht, statt dich zu Heilen«, sagte Birgitte ungehalten von einem Stuhl am Fußende des Bettes. In der fast völligen Dunkelheit war sie nur ein kauernder, unheilvoller Umriss.

»Nynaeve al'Meara ist klug genug, um zu wissen, was sie nicht tun darf«, sagte Aviendha in einem ruhigen Tonfall. Eigentlich war von ihr nur ihre weiße Bluse und ein silbernes Aufblitzen zu sehen, und zwar ganz unten an der Wand. Wie gewöhnlich zog sie den Boden einem Stuhl vor. »Sie erkannte den Geschmack von Spaltwurzel im Tee, wusste jedoch nicht, welches Gewebe aus Macht sie dagegen weben sollte, also ging sie keine unbedachten Risiken ein.«

Nynaeve gab ein deutlich hörbares Schnauben von sich. Zweifellos genauso wegen Aviendhas Verteidigung wie Birgittes Schärfe. Wegen Letzterem vielleicht sogar noch mehr. Nynaeve wäre es lieber gewesen, man hätte nicht erwähnt, wo ihr Wissen Lücken aufwies und was sie nicht tun konnte. Und in letzter Zeit war sie empfindlicher als gewöhnlich, was das Heilen anging. Vor allem seit offensichtlich wurde, dass mehrere der Kusinen ihre Fähigkeiten bereits übertrafen. »Du hättest es selbst erkennen müssen, Elayne«, sagte sie brüsk. »Auf jeden Fall hätten dich Grünkraut und Ziegenzunge schlafen lassen, aber sie sind besser bei Magenkrämpfen. Ich dachte, du würdest den Schlaf vorziehen.«

Unwillkürlich erschauderte Elayne, während sie die Lederflaschen mit dem siedend heißen Wasser unter den Decken hervorzog, um nicht weiter gegart zu werden. Die Tage, nachdem Ronde Macura Nynaeve und sie unter Spaltwurzel gesetzt hatte, waren eine Qual gewesen, die sie zu verdrängen versucht hatte. Welche Kräuter ihr Nynaeve auch immer verabreicht hatte, sie fühlte sich nicht schwächer, als es bei der Spaltwurzel der Fall gewesen wäre. Sie glaubte laufen zu können, so lange es keine große Strecke war oder sie lange stehen musste. Und sie konnte klar denken. Die Fensterläden ließen nur bleiches Mondlicht durch. Wie spät in der Nacht war es überhaupt?

Sie griff erneut nach der Quelle und lenkte vier Stränge aus Feuer, um zuerst eine Stehlampe und dann die zweite zu entzünden. Die kleinen, von Spiegeln verstärkten Flammen rissen den Raum aus der Dunkelheit und Birgitte hielt sich eine Hand vor die Augen. Der Mantel des Generalhauptmanns stand ihr großartig; sie hätte die Kaufleute nachhaltig beeindruckt.

»Du solltest noch nicht die Macht lenken«, schalt Nynaeve und blinzelte wegen der plötzlichen Helligkeit. Sie trug noch immer das blaue Gewand mit dem tiefen Ausschnitt, in dem Elayne sie früher am Tag gesehen hatte, das mit gelben Fransen versehene Schultertuch lag in ihren Ellenbeugen. »Am besten wären ein paar Tage Ruhe, um wieder zu Kräften zu kommen.« Sie bedachte die Lederflaschen auf dem Boden mit einem Stirnrunzeln. »Und du musst dich warm halten. Es ist besser, ein Fieber zu vermeiden, als es Heilen zu müssen.«

»Ich glaube, Dyelin hat heute ihre Loyalität bewiesen«, sagte Elayne und zog die Kopfkissen zurecht, damit sie sich gegen das Kopfteil lehnen konnte. Nynaeve warf angewidert die Hände hoch. Auf einem der Nachttische stand ein kleines Silbertablett mit einem silbernen Becher, der dunklen Wein enthielt. Elayne warf ihm einen misstrauischen Blick zu. »Auf eine harte Art und Weise. Aviendha, ich glaube, ich schulde ihr *Toh*.«

Aviendha zuckte mit den Schultern. Nach ihrer Ankunft in Caemlyn hatte sie sich mit beinahe lächerlicher Hast auf Aiel-Kleider gestürzt und Seide gegen *Algode*-Blusen und dicke Wollröcke getauscht, so als würde Feuchtländer-Luxus sie ängstigen. Mit dem dunklen Schultertuch, das sie zusammengefaltet um die Taille geknotet hatte, und dem dunklen Tuch, mit dem ihr Haar zusammengebunden war, bot sie das perfekte Bild der Schülerin einer Weisen Frau, auch wenn ihr einziger Schmuck aus einer Halskette bestand, einer komplizierten Silberschmiedearbeit aus miteinander verbundenen Scheiben; es war ein Geschenk von Egwene. Elayne konnte ihre Eile noch immer nicht verstehen. Solange sie die Kleidung der

Feuchtländer trug, hatten Melaine und die anderen scheinbar nichts dagegen einzuwenden gehabt, dass sie ihren eigenen Weg ging, aber jetzt hatten sie Ariendha wieder so fest im Griff wie die Aes Sedai ihre Novizinnen. Es gab nur einen Grund, warum sie ihr überhaupt erlaubten, im Palast – oder in der Stadt, was das anging – zu bleiben: Elayne und sie waren Erstschwestern.

»Wenn du das glaubst, dann tust du es auch.« Ihr Tonfall, mit dem sie das Offensichtliche erklärte, verwandelte sich zu liebevoller Schelte. »Aber nur ein kleines *Toh,* Elayne. Du hattest Gründe für deinen Zweifel. Du kannst dich nicht für jeden Gedanken verpflichtet fühlen, Schwester.« Sie lachte, als wäre ihr plötzlich ein wunderbarer Witz klar geworden. »Auf diesem Weg liegt zu viel Stolz, und ich muss dann wegen allem, was du tust, übermäßigen Stolz zeigen, aber die Weisen Frauen werden dich dafür nicht zur Rechenschaft ziehen können.«

Nynaeve rollte demonstrativ mit den Augen, aber Aviendha schüttelte bloß den Kopf und nahm die Unwissenheit der anderen Frau mit resignierter Geduld auf. Sie hatte bei den Weisen Frauen mehr als nur den Umgang mit der Macht studiert.

»Nun, das können wir wirklich nicht zulassen, dass ihr beiden zu stolz seid«, sagte Birgitte mit einem Unterton, der verdächtig nach unterdrückter Heiterkeit klang. Ihr Gesicht war viel zu reglos, beinahe erstarrt vor Mühe, sich ein Lachen zu verkneifen.

Aviendha betrachtete Birgitte ausdruckslos und voller Vorsicht. Seit Elayne und sie einander adoptiert hatten, hatte auch Birgitte sie in gewisser Weise adoptiert. Nicht als Behüterin, das nicht, aber sie behandelte sie manchmal, als wäre sie ihre ältere Schwester, wie sie es oft bei Elayne tat. Aviendha wusste nicht genau, was sie davon halten sollte. Die Aufnahme in den kleinen

Kreis, der wusste, wer Birgitte in Wirklichkeit war, hatte mit Sicherheit nicht geholfen. Sie schwankte zwischen wilder Entschlossenheit, allen zu zeigen, dass Birgitte Silberbogen sie nicht einschüchterte, und allen möglichen seltsamen Reaktionen bis hin zu überraschender Nachgiebigkeit.

Birgitte lächelte sie an, es war ein amüsiertes Lächeln, aber es verblasste, als sie ein kleines Bündel vom Schoß hochhob und es mit großer Vorsicht zu öffnen begann. Als sie schließlich einen Dolch mit einem lederumwickelten Griff und einer langen Klinge enthüllte, war ihre Miene ernst, und kontrollierter Zorn floss durch den Bund. Elayne erkannte das Messer auf der Stelle; zuletzt hatte sie seinen Zwilling in der Hand eines strohblonden Attentäters gesehen.

»Sie wollten dich nicht entführen, Schwester«, sagte Aviendha leise.

Birgittes Tonfall war grimmig. »Nachdem Mellar die Ersten beiden getötet hat – den Zweiten spießte er mit seinem Schwert auf, das er quer durch den Raum warf, wie in der Geschichte eines verdammten Spielmanns« – sie hielt den Dolch am Griff in die Höhe – »hat er den hier dem letzten Burschen abgenommen und ihn damit getötet. Sie hatten vier fast identische Dolche. Der hier ist vergiftet.«

»Diese braunen Flecken auf der Klinge sind grauer Fenchel, der mit gemahlenen Pfirsichkernen vermischt wurde«, sagte Nynaeve. Sie setzte sich auf die Bettkante und verzog angewidert das Gesicht. »Einen Blick in seine Augen und auf die Zunge und ich wusste, dass das den Kerl umgebracht hat und nicht das Messer.«

»Ein komplizierter Plan«, sagte Elayne einen Augenblick später leise. Diese Worte trafen es in der Tat. »Spaltwurzel, damit ich nicht nach der Macht greifen oder stehen konnte, und zwei Mann, die mich auf den

Beinen halten, während der dritte mir einen vergifteten Dolch in den Leib stößt.«

»Feuchtländer lieben komplizierte Pläne«, sagte Aviendha. Sie bedachte Birgitte mit einem unbehaglichen Blick und fügte hinzu: »Zumindest einige von ihnen.«

»Auf seine Weise war er einfach«, sagte Birgitte und wickelte den Dolch wieder mit der gleichen Sorgfalt ein, die sie beim Auspacken gezeigt hatte. »Man konnte leicht an dich herankommen. Jeder weiß, dass du allein zu Mittag isst.« Ihr langer Zopf schaukelte, als sie den Kopf schüttelte. »Ein glücklicher Umstand, dass der Mann, der dich als Erster erreichte, keinen hiervon hatte; ein Schnitt, und du wärst tot gewesen. Ein glücklicher Umstand, dass Mellar zufällig vorbeiging und in deinen Gemächern einen Mann fluchen hörte. Genug Glück, um ein *Ta'veren* zu sein.«

Nynaeve schnaubte. »Ein Schnitt an deinem *Arm*, der tief genug gewesen wäre, und du wärst tot. Der Kern ist der giftigste Teil eines Pfirsichs. Dyelin hätte keine Chance gehabt, wären die anderen Dolche ebenfalls vergiftet gewesen.«

Elayne sah nacheinander in die ausdruckslosen Gesichter ihrer Freundinnen und seufzte. Ein *sehr* komplizierter Plan. Als wären Spione im Palast nicht schon schlimm genug. »Birgitte, eine kleine Leibwache«, sagte sie schließlich. »Etwas… Diskretes.« Sie hätte wissen sollen, dass die Frau vorbereitet sein würde. Birgittes Miene veränderte sich nicht im Mindesten, aber durch ihren Bund schoss ein winziges Aufflackern von Zufriedenheit.

»Für den Anfang die Frauen, die dich heute bewacht haben«, sagte sie, ohne auch nur so zu *tun*, als müsste sie erst nachdenken, »und noch ein paar, die ich aussuche. Zu wenige können dich nicht Tag und Nacht bewachen, und verdammt noch mal, es muss sein.« Das hörte sich energisch an, obwohl Elayne nicht protestiert hatte. »Frauen können dich bewachen, wo Männern der Zugang verwehrt ist, und weil sie sind, was sie sind, werden sie auch diskret sein. Die meisten Leute werden sie für eine zeremonielle Wache halten – deine eigenen Töchter des Speers –, und wir werden ihnen etwas geben, eine Schärpe vielleicht, damit sie auch danach aussehen.«

Das brachte ihr einen scharfen Blick von Aviendha ein, doch sie gab vor, ihn nicht zu bemerken. »Das Problem besteht darin, wer das Kommando führen soll«, sagte sie und runzelte nachdenklich die Stirn. »Zwei oder drei Adlige, Jägerinnen, streiten sich bereits um Ränge, die ›ihrem Stand angemessen‹ sind. Die verdammten Frauen wissen Befehle zu geben, aber ich bin mir nicht sicher, ob sie auch verdammt noch mal die richtigen Befehle geben können. Ich könnte Caseille zum Leutnant befördern, aber im Herzen ist sie eher ein Bannerträger.« Birgitte zuckte mit den Schultern. »Vielleicht wird sich eine der anderen noch als vielversprechend erweisen, aber ich glaube, sie alle sind bessere Befehlsempfänger und keine Anführer.«

O ja, alles genau durchdacht. Etwa zwanzig? Sie würde Birgitte genau im Auge behalten müssen, um sichergehen zu können, dass die Zahl nicht auf fünfzig stieg. Oder noch mehr. Die sie bewachen konnten, wo Männern der Zugang verwehrt war. Elayne zuckte innerlich zusammen. Das bedeutete auch Leibwächterinnen, die ihr beim Baden zusahen. »Caseille wird es bestimmt schaffen. Eine Bannerträgerin kann zwanzig Leute bändigen.« Sie war überzeugt, Caseille dazu überreden zu können, alles so unauffällig wie möglich zu halten. Und die Leibwächterinnen vor der Tür zu postieren, wenn sie ein Bad nahm. »Der Mann, der im allerletzten Augenblick dazukam. Mellar? Was weißt du von ihm, Birgitte?«

»Doilin Mellar«, sagte Birgitte langsam und mit

nachdenklich gerunzelter Stirn. »Ein kaltherziger Bursche, obwohl er viel lächelt. Hauptsächlich zu Frauen. Er zwickt Dienstmägde, und ich weiß von dreien, die er in vier Tagen rumgekriegt hat – er redet gern über seine ›Eroberungen‹ –, aber er ist bei keiner zudringlich geworden, die abgelehnt hat. Er behauptet, in der Kaufmannswache und danach Söldner gewesen zu sein, und jetzt ist er ein Jäger des Horns. Zweifelsohne hat er die dazu nötigen Fähigkeiten. Sie reichen auf jeden Fall dazu aus, dass ich ihn zum Leutnant gemacht habe. Er ist Andoraner, kommt aus dem Westen, irgendwo aus der Nähe von Baerlon, und er behauptet, während der Thronfolge für deine Mutter gekämpft zu haben, obwohl er damals kaum älter als ein Junge gewesen sein kann. Zumindest kennt er die richtigen Antworten, ich habe das überprüft, also war er vielleicht wirklich dabei. Söldner lügen über ihre Vergangenheit, ohne darüber nachzudenken.«

Elayne faltete die Hände und dachte über Doilin Mellar nach. Sie erinnerte sich nur an das Bild eines drahtigen Mannes mit scharf geschnittenem Gesicht, der einen ihrer Angreifer würgte, während sie um den vergifteten Dolch kämpften. Ein Mann, der über genügend soldatische Fähigkeiten verfügte, dass Birgitte ihn zum Offizier ernannt hatte. Sie bemühte sich, dass zumindest so viele Offiziere wie möglich Andoraner waren. Eine Rettung in letzter Sekunde, ein Mann gegen drei, und ein wie einen Speer quer durch den Raum geschleudertes Schwert; es klang wirklich wie die Geschichte eines Spielmannes. »Er verdient eine angemessene Belohnung. Eine Beförderung zum Hauptmann und das Kommando über meine Leibwache, Birgitte. Caseille kann seine Stellvertreterin sein.«

»Bist du verrückt geworden?«, rief Nynaeve aus, aber Elayne brachte sie mit einer Geste zum Schweigen.

»Ich werde mich viel sicherer fühlen, wenn ich weiß,

dass er da ist, Nynaeve. *Mich* wird er nicht versuchen zu zwicken, nicht, wenn Caseille und zwanzig von ihrer Sorte um ihn herum sind. Mit seinem Ruf werden sie ihn wie Falken beobachten. Du sagtest doch zwanzig, Birgitte? Ich werde dich beim Wort nehmen.«

»Zwanzig«, sagte Birgitte abwesend. »In etwa.« Aber an dem Blick, den sie auf Elayne richtete, war nichts Abwesendes. Sie beugte sich konzentriert vor, die Hände auf die Knie gelegt. »Ich schätze, du weißt, was du da tust.« Gut, wenigstens dieses eine Mal würde sie sich wie eine Behüterin benehmen, statt zu streiten. »Der Gardeleutnant Mellar wird Gardehauptmann Mellar, weil er das Leben der Tochter-Erbin gerettet hat. Das wird ihn noch großspuriger dahergehen lassen. Es sei denn, du hältst es für besser, die ganze Sache geheim zu halten.«

Elayne schüttelte den Kopf. »O nein, keineswegs. Soll es die ganze Stadt wissen. Jemand hat versucht, mich zu ermorden, und Leutnant – Hauptmann – Mellar hat mir das Leben gerettet. Aber das mit dem Gift behalten wir für uns. Nur für den Fall, dass sich jemand verspricht.«

Nynaeve räusperte sich und sah sie von der Seite an. »Eines Tages wirst du zu clever sein, Elayne. So clever, dass du selbst darüber stolperst.«

»Sie ist clever, Nynaeve al'Meara.« Aviendha erhob sich anmutig auf die Füße, richtete die schweren Röcke und tätschelte dann das Gürtelmesser mit dem Horngriff. Es war nicht so groß wie die Klinge, die sie als Tochter des Speers getragen hatte, aber immer noch eine hervorragende Waffe. »Und sie hat mich, um ihr den Rücken zu decken. Ich habe jetzt die Erlaubnis, bei ihr zu bleiben.«

Nynaeve öffnete wütend den Mund. Und, welch ein Wunder, sie schloss ihn wieder, riss sich deutlich sichtbar zusammen und glättete die Röcke und ihre Züge.

»Was starrt ihr mich alle so an?«, murmelte sie. »Wenn Elayne diesen Kerl so nahe bei sich haben will, dass er sie zwicken kann, wenn ihm danach ist, was geht es mich an?« Birgitte blieb der Mund offen stehen, und Elayne fragte sich, ob Aviendha ersticken würde. Auf jeden Fall quollen ihre Augen hervor.

Der leise Klang des Gongs oben im höchsten Turm des Palasts schlug die Stunde und ließ sie zusammenzucken. Es war später, als sie gedacht hatte. »Nynaeve, vermutlich wartet Egwene bereits auf uns.« Ihre Kleider waren nicht in Sicht. »Wo ist meine Tasche? Da ist mein Ring drin.« Ihr Großer Schlangenring saß auf ihrem Finger, aber den meinte sie nicht.

»Ich werde mich allein mit Egwene treffen«, sagte Nynaeve entschieden. »Du bist nicht in der richtigen Verfassung, um *Tel'aran'rhiod* zu betreten. Davon abgesehen hast du den ganzen Nachmittag verschlafen. Jede Wette, dass du in nächster Zeit nicht wieder einschlafen kannst. Und ich weiß, dass du kein Glück darin hattest, dich in eine Wachtrance zu versetzen, also ist die Angelegenheit damit erledigt.« Sie lächelte selbstzufrieden und siegessicher. Der Versuch, sich in jene Wachtrance zu versetzen, die Egwene ihnen beizubringen versucht hatte, hatte *sie* nur schwindelig und benommen gemacht.

»Da gehst du jede Wette ein, ja?«, murmelte Elayne. »Was willst du wetten? Weil ich entschlossen bin, das da zu trinken« – sie warf dem Silberbecher auf dem Nachttisch einen Blick zu – »und *ich* wette, dass ich sofort einschlafe. Wenn du natürlich *nichts* hineingetan hast, wenn du nicht versuchst, mich mit einem Trick dazu zu bringen, es zu trinken… Nun, aber natürlich würdest du das nicht tun. Also, worum wollen wir wetten?«

Das unerträgliche Lächeln verschwand schlagartig von Nynaeves Gesicht und wurde von hellroten Punkten auf den Wangen ersetzt.

»Eine schöne Idee«, sagte Birgitte und stand auf. Mit in die Hüften gestemmten Händen baute sie sich am Bettende auf und ihr Gesicht und Tonfall verrieten gleichermaßen Missbilligung. »Die Frau hat dich vor einem verdorbenen Magen bewahrt und du benimmst dich wie eine verzogene kleine Lady. Wenn du diesen Becher austrinkst und einschläfst und heute Nacht darauf verzichtest, in der Welt der Träume herumzustreifen, erkläre ich dich für erwachsen genug, dass ich weniger als hundert Gardistinnen für nötig erachte, um dich am Leben zu halten. Oder muss ich dir die Nase zuhalten, damit du trinkst?« Nun, Elayne hatte auch nicht damit gerechnet, dass sich Birgitte lange zurückhalten würde. Weniger als einhundert?

Aviendha wirbelte zu Birgitte herum, bevor sie geendet hatte, und wartete kaum ab, bis sie das letzte Wort gesagt hatte. »Birgitte Trahelion, du solltest nicht so zu ihr sprechen«, sagte sie und richtete sich auf, um den Vorteil ihrer überragenden Größe voll ausnutzen zu können. Zog man die hohen Absätze von Birgittes Stiefeln in Betracht, machte es keinen großen Unterschied, aber mit dem eng über den Brüsten zusammengezogenen Schultertuch sah sie eher wie eine Weise Frau als wie eine Schülerin aus. Einige von ihnen hatten ein Gesicht, das nicht viel älter als das ihre aussah. »Du bist ihre Behüterin. Frage Aan'allein, wie man sich zu benehmen hat. Er ist ein großer Mann, doch er gehorcht Nynaeves Befehlen.« Aan'allein war Lan. Der Mann, der allein seinen Weg ging. Seine Geschichte war unter den Aiel wohlbekannt und bewundert.

Birgitte musterte sie von oben bis unten, als würde sie Maß nehmen, und nahm eine entspannte Pose ein, die die zusätzlichen Zentimeter ihrer Stiefelabsätze fast wieder zunichte machte. Sie öffnete mit einem spöttischen Grinsen den Mund, offensichtlich bereit, Aviendha zum Platzen zu bringen, wenn es ihr gelang.

Normalerweise gelang es ihr. Bevor sie ein Wort sagen konnte, ergriff Nynaeve leise, doch ziemlich entschieden das Wort.

»Oh, bei aller Liebe des Lichts, hör auf, Birgitte. Wenn Elayne sagt, sie geht, dann geht sie. Und jetzt will ich kein Wort mehr hören.« Sie stieß mit dem Finger in Richtung der anderen Frau. »Oder wir beide werden uns später unter vier Augen unterhalten.«

Birgitte starre Nynaeve an, ihre Lippen bewegten sich stumm, der Behüterbund übermittelte eine intensive Mischung aus Gereiztheit und Frustration. Schließlich ließ sie sich wieder in ihren Stuhl fallen, spreizte die Beine, balancierte die Stiefel auf den löwenköpfigen Sporen und murmelte mürrisch vor sich hin. Hätte Elayne sie nicht besser gekannt, hätte sie angenommen, sie würde schmollen. Sie wünschte, sie hätte gewusst, wie Nynaeve das machte. Einst hatte Nynaeve genauso viel Ehrfurcht vor Birgitte gehabt, als Aviendha jemals haben würde, aber das hatte sich geändert. Völlig. Jetzt schubste sie Birgitte genauso herum wie die anderen. Und erfolgreicher als so mancher. *Sie ist eine ganz normale Frau*, hatte Nynaeve gesagt. *Das hat sie mir selbst gesagt, und ich habe erkannt, dass sie Recht hatte.* Als würde *das* etwas erklären. Birgitte war immer noch Birgitte.

»Meine Tasche?«, fragte Elayne, und ausgerechnet Birgitte war es, die aufstand, um die goldbestickte rote Gürteltasche aus dem Ankleideraum zu holen. Nun, Behüterinnen taten solche Dinge, doch für gewöhnlich machte Birgitte eine Bemerkung, wenn sie es tat. Aber vielleicht sollte ihre Rückkehr dazu dienen. Sie überreichte Elayne die Tasche mit einer anmutigen Verbeugung und schenkte Nynaeve und Aviendha ein spöttisches Verziehen der Lippen. Elayne seufzte. Man konnte nicht sagen, dass die Frauen einander nicht mochten; sie kamen großartig miteinander aus, wenn man ihre kleinen Schwächen ignorierte. Manchmal rieben sie sich eben aneinander.

Der seltsam verdrehte Steinring, der an einem einfachen Lederband befestigt war, lag ganz unten in der Tasche unter einer Anzahl verschiedener Münzen, direkt neben dem sorgfältig zusammengefalteten Seidentaschentuch, in dem die Federn verstaut waren, die sie für ihren größten Schatz hielt. Das *Ter'angreal* schien aus Stein zu bestehen; es war mit blauen, roten und braunen Flecken übersät, fühlte sich aber so hart und glatt wie Stahl an und war selbst dafür zu schwer. Elayne legte sich das Lederband um den Hals und den Ring zwischen ihre Brüste, dann zog sie die Schnüre fest zusammen und legte die Gürteltasche auf den Nachttisch, um dann den Silberbecher zu nehmen. Er roch nur nach gutem Wein, aber sie hob trotzdem eine Braue und lächelte Nynaeve an.

»Ich gehe in mein Zimmer«, sagte Nynaeve steif. Sie schenkte sowohl Birgitte wie auch Aviendha einen strengen Blick. Irgendwie ließ der *Ki'sain* auf ihrer Stirn sie noch unnachgiebiger erscheinen. »Ihr beiden bleibt wach und haltet die Augen offen! Bis ihr sie mit diesen Frauen umgeben habt, schwebt sie noch immer in Gefahr. Wie auch danach, woran ich euch wohl nicht zu erinnern brauche.«

»Glaubst du, das wüsste ich nicht?«, protestierte Aviendha, während Birgitte gleichzeitig knurrte: »Nynaeve, ich bin keine Närrin!«

»Das sagst du«, entgegnete Nynaeve gleichzeitig an beide gemünzt. »Das hoffe ich, um Elaynes willen. Und um euretwillen.« Sie raffte ihr Schultertuch zusammen und rauschte so majestätisch aus dem Raum, wie es sich eine Aes Sedai nur wünschen konnte. In letzter Zeit wurde sie sehr gut darin.

»Man könnte glauben, sie wäre hier die verdammte Königin«, murmelte Birgitte.

»Sie ist hier diejenige, die zu stolz ist, Birgitte Trahelion«, knurrte Aviendha. »So stolz wie eine Shaido mit einer Ziege.« Sie nickten einander in perfekter Übereinstimmung zu.

Aber Elayne entging nicht, dass sie gewartet hatten, bis sich hinter Nynaeve die Tür geschlossen hatte. Die Frau, die immer so heftig bestritten hatte, eine Aes Sedai werden zu wollen, verwandelte sich sehr wohl in eine. Vielleicht hatte Lan etwas damit zu tun, der sie mit seiner Erfahrung lehrte. Manchmal musste sie sich noch immer bemühen, die Beherrschung nicht zu verlieren, aber seit ihrer seltsamen Hochzeit schien es ihr zusehends leichter zu fallen.

Der erste Schluck Wein schmeckte so, wie er sollte, es war ein sehr guter Wein, aber Elayne bedachte den Becher mit einem Stirnrunzeln und zögerte. Bis sie erkannte, was sie da tat und warum. Die Erinnerung an die in ihren Tee gemischte Spaltwurzel war noch immer stark. Was hatte Nynaeve hier reingetan? Natürlich keine Spaltwurzel, aber was dann? Den Becher zu heben, um einen großen Schluck zu nehmen, erschien sehr mühsam. Trotzig trank sie den Wein aus. *Ich war durstig, das war alles,* dachte sie und stellte den Becher wieder auf dem Silbertablett ab. *Ich habe bestimmt nicht versucht, etwas zu beweisen.*

Die anderen beiden Frauen hatten sie beobachtet, aber als sie eine bequemere Position einnahm, um zu schlafen, sahen sie sich an.

»Ich halte im Wohnzimmer Wache«, erklärte Birgitte. »Dort stehen mein Bogen und mein Köcher. Du bleibst hier für den Fall, dass sie dich braucht.«

Statt zu streiten, zog Aviendha ihr Gürtelmesser und kniete an der Seite nieder, wo sie jeden, der durch die Tür kam, sehen würde, bevor derjenige sie sah. »Klopf zweimal, dann einmal und sag deinen Namen, bevor du eintrittst«, sagte sie. »Sonst gehe ich davon aus, dass es ein Feind ist.« Und Birgitte nickte, als wäre es das Vernünftigste auf der Welt.

»Das ist doch…« Elayne verbarg ein Gähnen hinter der Hand. »Albern«, setzte sie hinzu, als sie wieder sprechen konnte. »Niemand wird einen Versuch unternehmen…« Das nächste Gähnen, und diesmal hätte sie sich die Faust in den Mund stopfen können! Licht, *was* hatte Nynaeve in den Wein getan? »…mich heute Nacht zu töten«, sagte sie schläfrig, »und das wisst ihr beide…« Ihre Lider waren wie Blei und senkten sich trotz aller Bemühungen, sie aufzuhalten. Unbewusst schmiegte sie das Gesicht ins Kissen und versuchte, den Satz zu beenden, aber…

Sie befand sich im Großen Saal, dem Thronsaal des Palastes. In der Widerspiegelung des Großen Saals im *Tel'aran'rhiod*. Hier schien der verdrehte Steinring, der in der Welt der Wachenden viel zu schwer für seine Größe zu sein schien, leicht genug zu sein, um zwischen ihren Brüsten hervorzuschweben. Natürlich gab es Licht, das von überall zugleich und von nirgendwo herzukommen schien. Es glich keinem Sonnenlicht, auch keinem Lampenlicht, aber selbst wenn es hier Nacht war, gab es immer noch genug von diesem seltsamen Licht, um etwas erkennen zu können. Wie in einem Traum. Das ständig gegenwärtige Gefühl, von unsichtbaren Augen beobachtet zu werden, war nicht wie im Traum – eher wie in einem Albtraum, aber daran hatte sie sich gewöhnt.

Im Großen Saal wurden prächtige Audienzen abgehalten, ausländische Botschafter empfangen und den versammelten Würdenträgern wichtige Verträge und Kriegserklärungen verkündet; das lang gezogene Gemach passte zu seinem Namen und seiner Funktion. Jetzt, da es menschenleer war, erschien es wie eine Höhle. Zwei Reihen leuchtender weißer Säulen, die zehn Spannen hoch waren, säumten den Raum, und an einem Ende stand der Löwenthron auf einem Marmorpodest, dessen weiße Stufen, die von dem mit roten und weißen Fliesen ausgelegten Boden hinaufführten, mit rotem Teppich belegt waren. Der Thron hatte die richtige Größe für eine Frau, war aber mit den Beinen, die in stämmigen geschnitzten und vergoldeten Löwenpranken endeten, durchaus massiv; oben auf der hohen Lehne stach der aus Mondsteinen gefertigte Weiße Löwe aus einem Feld aus Rubinen hervor und verkündete allen, dass derjenige, der hier saß, eine mächtige Nation beherrschte. Aus hoch oben in der Kuppeldecke eingesetzten bunten Fenstern blickten die Königinnen, die Andor gegründet hatten, in die Tiefe; ihre Bilder wechselten sich mit dem Weißen Löwen und Szenen aus den Schlachten ab, die sie ausgefochten hatten, um Andor aus einer unbedeutenden Stadt in Artur Falkenflügels zerbrechendem Reich zu dieser Nation zu machen. Viele Länder, die aus dem Hundertjährigen Krieg hervorgegangen waren, gab es nicht mehr, aber Andor hatte die seitdem vergangenen tausend Jahre überstanden und war aufgeblüht. Manchmal hatte Elayne das Gefühl, dass diese Portraits sie einschätzten und für wert befanden, in ihre Fußstapfen zu treten.

Sie hatte sich kaum im Großen Saal eingefunden, als eine andere Frau auf dem Löwenthron erschien, eine dunkelhaarige junge Frau in fließender roter Seide, deren Ärmel und Säume mit silbernen Löwen bestickt waren, die eine Kette aus Feuertropfen so groß wie Taubeneier um den Hals trug und auf deren Kopf die Rosenkrone saß. Eine Hand leicht auf dem Löwenkopf am Ende der Thronlehne ruhend, ließ sie majestätisch den Blick durch den Saal schweifen. Dann entdeckte sie Elayne und zusammen mit Verwirrung kam die Erinnerung. Krone, Feuertropfen und Seide verschwanden, um von einfacher Wolle und einer langen Schürze ersetzt zu werden. Einen Augenblick später verschwand auch die junge Frau.

Elayne lächelte amüsiert. Selbst Tellerwäscherinnen träumten davon, auf dem Löwenthron zu sitzen. Hoffentlich war das Mädchen wegen der erlebten Überraschung nicht voller Furcht aufgewacht oder zumindest in einen anderen schönen Traum übergewechselt. Einen sichereren Traum als im *Tel'aran'rhiod*.

Im Thronsaal veränderten sich andere Dinge. Die kunstvollen Kandelaber, die in Reihen das Gemach säumten, schienen zu vibrieren. Die großen Flügeltüren standen in dem einen Augenblick offen, im nächsten waren sie wieder geschlossen. Nur Dinge, die für lange Zeit an ein und demselben Ort gestanden hatten, hatten in der Welt der Träume eine permanente Spiegelung.

Elayne stellte sich einen Spiegel vor und schon stand er vor ihr und zeigte ihr Abbild in einem hochgeschlossenen grünen Seidengewand, dessen Oberteil mit silbernen Mustern geschmückt war, mit Smaragdohrringen und kleineren Smaragden, die in ihre rotblonden Locken geflochten waren. Sie ließ die Smaragde aus ihrem Haar verschwinden und nickte. So passte es zu einer Tochter-Erbin und war nicht zu auffällig. Hier musste man vorsichtig sein, wie man sich selbst vorstellte, sonst… Ihr bescheidenes grünes Seidengewand wurde zu den eng anliegenden Falten einer tarabonischen Tracht, blitzte auf und wich dunklen, weit geschnittenen Meervolk-Hosen und nackten Füßen, komplett mit goldenen Ohrringen und Nasenring und einer Kette voller Medaillons und sogar dunklen Tätowierungen auf den Händen. Aber ohne Bluse, so wie das Atha'an Miere zur See fuhr. Mit geröteten Wangen machte sie hastig alles wieder ungeschehen und kehrte zur ursprünglichen Kleidung zurück, wechselte jedoch die Smaragdohrringe gegen schlichte Silberreifen aus. Je einfacher man sich seine Kleidung vorstellte, desto leichter war es, sie aufrechtzuerhalten.

Sie ließ den Spiegel verschwinden – sie musste nur aufhören, an ihn zu denken –, und schaute zu den strengen Gesichtern über ihr auf. »Frauen haben den Thron bestiegen, die genauso jung waren wie ich«, sagte sie zu ihnen. Aber nicht sehr viele; nur sieben, die es geschafft hatten, die Rosenkrone für längere Zeit zu behalten. »Frauen, die noch jünger als ich waren.« Drei. Und eine von ihnen hatte kaum ein Jahr durchgehalten. »Ich will nicht behaupten, dass ich so großartig wie ihr sein werde, aber ich werde euch auch keine Schande bereiten. Ich *werde* eine gute Königin sein.«

»Unterhältst du dich mit *Fenstern*?«, sagte Nynaeve und ließ Elayne überrascht zusammenzucken. Sie benutzte eine Kopie des Rings, den Elayne auf der Haut trug, und sie schien aus Nebel zu bestehen, war nahezu durchsichtig. Mit gerunzelter Stirn versuchte sie auf Elayne zuzugehen und stolperte beinahe wegen des hinderlichen Rocks eines dunkelblauen tarabonischen Gewandes, das viel enger war als jenes, das sich Elayne vorgestellt hatte. Nynaeve starrte es an, und unversehens wurde es zu einem andoranischen Gewand aus Seide von der gleichen Farbe, dessen Ärmel und Oberteil mit goldenen Stickereien verziert waren. Sie behauptete noch immer, dass die ›gute, ausdauernde Wolle von den Zwei Flüssen‹ gut genug für sie war, aber selbst hier, wo sie das einfache Tuch hätte tragen können, wenn sie nur gewollt hätte, trug sie es so gut wie nie.

»*Was* hast du in den Wein getan, Nynaeve?«, fragte Elayne. »Ich war weg wie eine Kerze, die man auslöscht.«

»Versuche nicht, das Thema zu wechseln. Wenn du mit Fenstern redest, solltest du *wirklich* besser schlafen, statt hier zu sein. Ich hätte nicht übel Lust, dir zu befehlen…«

»Bitte nicht. Ich bin nicht Vandene, Nynaeve. Licht, ich kenne nicht mal die Hälfte der Bräuche, die für Vandene und die anderen alltäglich sind. Aber ich möchte vermeiden, dir nicht gehorchen zu müssen, also lass es bitte.«

Nynaeve schaute sie finster an und zog einmal fest an ihrem Zopf. Einzelheiten ihres Gewandes veränderten sich, die Röcke wurden etwas voluminöser, die Stickereien nahmen neue Formen an, der hohe Kragen senkte und hob sich, Spitze quoll aus ihm hervor. Sie war nicht sehr gut darin, die nötige Konzentration beizubehalten. Allerdings blieb der rote Punkt auf ihrer Stirn unverändert.

»Also gut«, sagte sie ruhig und die Falten auf ihrer Stirn verschwanden. Ihr mit gelben Fransen versehenes Schultertuch erschien auf ihren Schultern und ihr Gesicht nahm etwas von der Aes Sedai-Alterslosigkeit an. An ihren Schläfen zeigten sich ein paar weiße Strähnen. Allerdings standen ihre Worte in scharfem Gegensatz zu ihrem Erscheinungsbild und dem gelassenen Tonfall. »Lass mich reden, wenn Egwene kommt. Ich meine, über das, was heute passiert ist. Am Ende plaudert ihr wieder, als würdet ihr euch vor dem Zubettgehen das Haar kämmen. Licht! Ich will nicht mit ihr zur Amyrlin gehen, und du weißt, dass sie uns keine Ruhe lassen wird, wenn sie es herausfindet.«

»Wenn ich was herausfinde?«, fragte Egwene. Nynaeves Kopf fuhr mit vor Entsetzen weit aufgerissenen Augen herum und einen Augenblick lang wurden das fransenbesetzte Schultertuch und das Seidengewand vom Weiß einer Aufgenommenen ersetzt. Selbst der *Ki'sain* verschwand. Aber das dauerte nur einen Moment, dann war wieder alles so, wie es gewesen war, abgesehen von dem Weiß in ihrem Haar, aber er reichte aus, um einen traurigen Ausdruck auf Egwenes Gesicht zu zaubern. Sie kannte Nynaeve sehr gut. »Wenn ich was herausfinde, Nynaeve?«

Elayne holte tief Luft. Eigentlich hatte sie nicht beabsichtigt, etwas zurückzuhalten. Jedenfalls nichts, das für Egwene wichtig gewesen wäre. Aber in ihrer derzeitigen Stimmung würde Nynaeve vermutlich entweder alles ausplaudern oder stur darauf beharren, dass es nichts herauszufinden gab. Was Egwene nur noch hartnäckiger graben lassen würde.

»Jemand hat Spaltwurzel in meinen Mittagstee getan«, sagte sie und gab einen knappen Bericht über die Männer mit den Dolchen und Doilin Mellars glückliches Erscheinen und wie sich Dyelin bewährt hatte. Außerdem erzählte sie noch von Elenia und Naean und der Jagd der Haushofmeisterin auf die Spione im Palast, und sogar dass Zarya und Kirstian Vandene zugeteilt worden waren und dass man Rand angegriffen hatte und er verschwunden war. Egwene schien alles unberührt aufzunehmen – sie unterbrach Elayne sogar, als sie auf Rand zu sprechen kam, und sagte, sie wisse bereits Bescheid –, aber als sie hörte, dass Vandene keine Fortschritte darin gemacht hatte, die Identität der Schwarzen Schwester aufzudecken, schüttelte sie kurz den Kopf; das war ihre größte Sorge. »Oh, und ich bekomme eine Leibwache«, kam Elayne zum Ende. »Zwanzig Frauen, die von Hauptmann Mellar kommandiert werden. Ich glaube nicht, dass Birgitte Töchter des Speers für mich finden wird, aber sie wird dem sehr nahe kommen.«

Hinter Egwene erschien ein schwarzer, lehnenloser Stuhl und sie setzte sich, ohne hinzusehen. Sie war hier viel versierter als Elayne oder Nynaeve. Sie trug ein schön geschnittenes, dunkelgrünes Reitgewand aus Wolle, das keine Verzierungen aufwies; vermutlich war es dasselbe, das sie an diesem Tag getragen hatte. Und es blieb ein grünes Reitgewand aus Wolle. »Ich würde euch ja bitten, morgen… also heute Abend in Murandy zu mir zu stoßen«, sagte sie, »wenn die Ankunft der Kusinen unter den Sitzenden keinen Flächenbrand auslösen würde.«

Nynaeve hatte sich wieder gefasst, obwohl sie unnötigerweise ihre Röcke richtete. Die Stickereien auf ihrem Gewand waren jetzt silbern. »Ich dachte, du hättest den Saal der Burg mittlerweile unter Kontrolle.«

»Das ist ungefähr so, als hätte man ein Frettchen unter Kontrolle«, erwiderte Egwene trocken. »Es streckt und windet sich, um einen ins Handgelenk zu beißen. Oh, wenn es um den Krieg gegen Elaida geht, tun sie, was ich sage – da kommen sie nicht herum, auch wenn sie über die Kosten für weitere Soldaten murren! Aber die Abmachung mit den Kusinen hat nichts mit dem Krieg zu tun oder dass man sie darüber informiert hat, dass die Weiße Burg die ganze Zeit von ihnen gewusst hat. Oder es zumindest gedacht hat. Der ganze Saal bekäme einen Schlaganfall, wenn sie herausfänden, wie viel sie eigentlich nicht wissen. Sie geben sich ziemliche Mühe, einen Weg zu finden, die Aufnahme neuer Novizinnen zu verhindern.«

»Das können sie doch nicht tun, oder?«, wollte Nynaeve wissen. Sie machte einen Stuhl für sich, aber als sie nachsah, um sich zu vergewissern, dass er auch dort stand, war es eine Kopie von Egwenes Stuhl; als sie sich setzte, war es ein dreibeiniger Stuhl, und als sie saß, hatte er sich in einen Bauernhofstuhl mit Sprossenlehne verwandelt. Ihr Gewand wies nun einen Reitrock auf. »Du hast eine Proklamation herausgegeben. Jede Frau jeden Alters, falls sie den Test besteht. Du musst nur eine weitere verfassen, diesmal über die Kusinen.« Elayne machte ihren Stuhl zu einer Kopie der Stühle aus ihrem Wohnzimmer. So war es viel einfacher, ihn aufrechtzuerhalten.

»Oh, eine Proklamation der Amyrlin ist so gut wie ein Gesetz«, sagte Egwene. »Bis der Saal eine Möglichkeit findet, sie zu umgehen. Bei der neuesten Beschwerde geht es darum, dass wir nur sechzehn Aufgenommene haben. Allerdings behandeln die meisten Schwestern Faolain und Theodrin, als wären sie noch immer Aufgenommene. Aber selbst achtzehn reichen nicht mal annähernd aus, um den Novizinnen den Unterricht zu erteilen, den Aufgenommene zu leisten imstande sein müssten. Also müssen ihn die Schwestern mit übernehmen. Ich glaube, einige von ihnen hatten die Hoffnung, das Wetter würde ihre Zahl klein halten, aber das hat es nicht.« Plötzlich musste sie lächeln und in ihren dunklen Augen funkelte Schadenfreude. »Es gibt da eine Novizin, die ich dir gern vorstellen würde, Nynaeve. Sharina Melloy. Eine Großmutter. Ich glaube, du würdest mir zustimmen, dass sie eine erstaunliche Frau ist.«

Nynaeves Stuhl löste sich in Luft auf und sie landete mit einem deutlich hörbaren Aufprall auf dem Boden. Sie schien es kaum zu bemerken, denn sie blieb dort sitzen und starrte Egwene erstaunt an. »Sharina Melloy?«, sagte sie mit zitternder Stimme. »Sie ist Novizin?« Plötzlich trug sie ein Gewand, wie es Elayne noch nie zuvor gesehen hatte, mit fließenden Ärmeln und einem tiefen Ausschnitt, bestickt mit Blumenmustern und Zuchtperlen. Ihr Haar floss bis zur Taille, gehalten von einem Netz aus feinem, mit Smaragden und Mondsteinen besetztem Golddraht, der nicht dicker als ein Wollfaden war. Und an ihrem linken Zeigefinger steckte ein einfacher Goldring. Nur der *Ki'sain* und der Große Schlangenring hatten sich nicht verändert.

Egwene blinzelte. »Du kennst diesen Namen?«

Nynaeve erhob sich wieder auf die Füße und starrte ihre Kleidung an. Sie hielt die linke Hand hoch und berührte den schlichten Goldring beinahe zögernd.

Seltsamerweise ließ sie alles so, wie es war. »Möglicherweise handelt es sich um eine andere Frau«, murmelte sie. »Es kann nicht sein!« Sie erschuf einen Stuhl wie Egwenes und sah ihn stirnrunzelnd an, als würde sie ihm befehlen, sich keinesfalls von der Stelle zu rühren, aber als sie Platz nahm, wies er eine hohe Lehne auf. »Da gab es eine Sharina Melloy... Es war während meiner Prüfung zur Aufgenommenen«, stieß sie atemlos hervor. »Ich muss darüber nicht sprechen, so lautet die Regel!«

»Natürlich musst du das nicht«, erwiderte Egwene, obwohl der Blick, den sie Nynaeve zuwarf, mit Sicherheit genauso seltsam war wie der, mit dem Elayne sie ansah. Dennoch konnte man nicht mehr tun; wenn Nynaeve stur sein wollte, konnte sie Maultiere darin unterrichten.

»Da du die Kusinen angesprochen hast, Egwene«, sagte Elayne, »hast du dir weitere Gedanken über den Eidstab gemacht?«

Egwene hob eine Hand, als wollte sie sie aufhalten, aber ihre Erwiderung war ruhig und besonnen. »Darüber muss man nicht weiter nachdenken. Die Drei Eide, die auf den Eidstab abgelegt werden, machen uns zu Aes Sedai. Ich habe das zuerst nicht eingesehen, aber jetzt tue ich es. Am ersten Tag, an dem wir in der Burg herrschen, werde ich die Drei Eide auf den Eidstab schwören.«

»Das ist Wahnsinn!«, rief Nynaeve und beugte sich auf ihrem Stuhl vor. Überraschenderweise war es noch immer derselbe Stuhl. Und noch immer dasselbe Gewand. Sehr überraschend. Ihre Hände waren zu Fäusten geballt, die auf ihrem Schoss ruhten. »Du weißt, was das zur Folge hat, die Kusinen sind der Beweis dafür! Wie viele Aes Sedai werden älter als dreihundert Jahre? Oder erreichen überhaupt dieses Alter? Und sag mir nicht, ich soll nicht über das Alter sprechen. Das ist ein lächerlicher Brauch und das weißt du. Egwene, sie haben Reanne zur Ältesten gemacht, weil sie die älteste Frau der Kusinen in Ebou Dar war. Die älteste überhaupt ist eine Frau namens Aloisia Nemosni, eine Ölhändlerin in Tear. Egwene, sie ist fast *sechshundert* Jahre alt! Wenn der Saal das hört, dann wette ich, dass die Schwestern bereit sind, den Eidstab auf ein Regal zu verbannen.«

»Dreihundert Jahre sind eine lange Zeit«, warf Elayne ein, »aber ich kann nicht behaupten, dass mich die Aussicht glücklich macht, möglicherweise meine Lebensspanne zu halbieren, Egwene. Und was ist mit dem Eidstab und deinem Versprechen gegenüber den Kusinen? Reanne möchte eine Aes Sedai sein, aber was geschieht, wenn sie die Eide schwört? Und Aloisia? Werden sie tot umfallen? Du kannst sie nicht um den Schwur bitten, wenn du es nicht weißt.«

»Ich *bitte* um nichts.« Egwenes Gesicht war noch immer unbewegt, aber sie saß aufrechter da und ihre Stimme war kühler. Und härter. Ihr Blick war bohrend. »Jede Frau, die Schwester werden will, *wird* die Eide schwören. Und jede, die sich weigert und sich trotzdem Aes Sedai nennt, *wird* die volle Macht der Burgjustiz zu spüren bekommen.«

Der kompromisslose Blick ließ Elayne schlucken. Nynaeve wurde blass. Egwenes Worte waren unmissverständlich. Jetzt hörten sie nicht ihre Freundin, sondern den Amyrlin-Sitz, und der Amyrlin-Sitz hatte keine Freunde, wenn die Zeit gekommen war, Recht zu sprechen.

Anscheinend zufrieden mit dem, was sie sah, entspannte sich Egwene. »Ich kenne das Problem«, sagte sie in einem gelasseneren Tonfall. Gelassener, das schon, aber er lud nicht zur Diskussion ein. »Ich erwarte von jeder Frau, die im Novizinnenbuch steht, dass sie so weit geht, wie sie kann, dass sie sich die

Stola verdient, wenn sie kann, und als Aes Sedai dient, aber ich will nicht, dass einer dafür stirbt, wenn er sonst leben könnte. Sobald der Saal von den Kusinen erfährt und sobald sie sich wieder beruhigt haben, werde ich ihnen wohl die Zustimmung abringen können, dass eine Schwester, die sich zur Ruhe setzen will, das auch tun kann. Von den Eiden entbunden.« Sie waren vor langer Zeit zu dem Schluss gekommen, dass der Stab auch dazu benutzt werden konnte, jemanden von seinen Eiden zu entbinden; wieso hätten die Schwarzen Schwestern sonst lügen können?

»Ich schätze, das wäre in Ordnung«, gestand ihr Nynaeve verständnisvoll zu. Elayne nickte bloß; sie war sich sicher, dass da noch mehr kam.

»Sich bei den Kusinen zur Ruhe setzt, Nynaeve«, ergänzte Egwene sanft. »Auf diese Weise sind die Kusinen ebenfalls an die Burg gebunden. Natürlich werden sie weiterhin ihren Regeln folgen, aber sie werden sich einverstanden erklären müssen, dass ihr Nähkränzchen unter der Amyrlin anzusiedeln ist, wenn nicht sogar unter dem Saal, und dass Kusinen unter den Schwestern stehen. Ich will, dass sie ein Teil der Burg werden und nicht ihre eigenen Wege gehen. Aber ich glaube, dass sie darin einwilligen.«

Nynaeve nickte erneut, diesmal glücklich, aber ihr Lächeln verschwand, als ihr die volle Tragweite bewusst wurde. Sie stotterte indigniert. »Aber…! Bei den Kusinen bestimmt das Alter die Stellung! Du wirst dann Schwestern haben, die Befehle von Frauen annehmen müssen, die es nicht einmal bis zur Aufgenommenen geschafft haben!«

»Ehemalige Schwestern, Nynaeve.« Egwene spielte an dem Großen Schlangenring an ihrer rechten Hand herum und seufzte leise. »Selbst Kusinen, die sich den Ring verdient haben, tragen ihn nicht. Also werden wir auch das aufgeben müssen. Wir werden dann Kusinen sein, Nynaeve, keine Aes Sedai mehr.«

Sie hörte sich an, als könnte sie diesen fernen Tag und den Verlust, den er bringen würde, bereits spüren, aber sie ließ den Ring los und holte tief Luft. »Nun, gibt es sonst noch etwas? Ich habe noch eine lange Nacht vor mir, und ich würde gern etwas echten Schlaf mitbekommen, bevor ich mich wieder den Sitzenden stellen muss.«

Nynaeve hatte stirnrunzelnd die Faust geballt und die andere Hand darübergelegt, um die Ringe zu verbergen, aber sie schien bereit zu sein, nicht weiter wegen den Kusinen zu diskutieren. Zumindest für den Augenblick. »Machen dir deine Kopfschmerzen noch immer zu schaffen? Ich finde, wenn die Massagen dieser Frau etwas helfen würden, hättest du sie nicht mehr.«

»Halimas Massagen wirken Wunder. Ohne sie könnte ich überhaupt nicht schlafen. Nun, gibt es noch…« Sie verstummte und starrte auf den Eingang zum Thronraum und Elayne drehte sich um und folgte ihrem Blick.

Ein Mann stand dort und beobachtete sie, ein Mann, der beinahe so groß wie ein Aiel war. Er hatte dunkelrotes Haar, in dem sich ein paar weiße Strähnen abzeichneten, aber kein Aiel hätte je diesen blauen Mantel mit hohem Kragen getragen. Er wirkte muskulös und sein hartes Gesicht kam ihnen irgendwie bekannt vor. Als er bemerkte, dass sie ihn gesehen hatten, drehte er sich um und rannte in den Korridor hinein, bis er aus ihrer Sicht verschwunden war.

Unwillkürlich keuchte Elayne auf. Er hatte sich nicht zufällig ins *Tel'aran'rhiod* hineingeträumt, sonst wäre er längst verschwunden gewesen, aber sie konnte die Laute seiner Stiefel hören, die von den Bodenfliesen widerhallten. Entweder war er ein Traumgänger – die es den Weisen Frauen zufolge nur selten gab –, oder er besaß ein eigenes *Ter'angreal.*

Sie sprang auf und rannte ihm hinterher, aber so schnell sie auch war, Egwene war schneller. In dem einen Augenblick befand sie sich hinter ihnen, im nächsten stand sie an der Tür und sah in die Richtung, in der der Mann verschwunden war. Elayne versuchte, sich neben Egwene hinzudenken, und schon stand sie da. Im Korridor herrschte nun Stille, er war bis auf die flackernden Kandelaber und Truhen und Wandbehänge leer.

»Wie habt ihr das gemacht?«, wollte Nynaeve wissen, die mit geschürzten Röcken angelaufen kam. Sie trug rote Strümpfe, aus Seide! Als sie bemerkte, dass Elayne ihre Strümpfe bemerkt hatte, ließ sie die Röcke hastig fallen und spähte in den Korridor. »Wo ist er hin? Er könnte alles gehört haben! Habt ihr ihn erkannt? Er hat mich an jemanden erinnert, ich weiß nur nicht, an wen.«

»An Rand«, sagte Egwene. »Er hätte Rands Onkel sein können.«

Aber natürlich, dachte Elayne. *Falls Rand einen bösartigen Onkel gehabt hätte.*

Am anderen Ende des Thronsaals ertönte ein metallisches Geräusch. Die hinter dem Podest befindliche Tür zu den Ankleidezimmern schloss sich. Im *Tel'aran'rhiod* standen Türen entweder offen oder geschlossen, manchmal waren sie auch angelehnt; aber sie schwangen niemals zu.

»Beim Licht!«, murmelte Nynaeve. »Wie viele Leute haben uns denn belauscht? Ganz zu schweigen, wer und warum?«

»Wer auch immer sie sind«, erwiderte Egwene beherrscht, »anscheinend kennen sie das *Tel'aran'rhiod* nicht so gut wie wir. Und man kann mit Sicherheit sagen, dass es keine Freunde waren, andernfalls hätten sie nicht gelauscht. Und ich glaube auch nicht, dass sie Freunde waren, warum hätten sie sonst von entgegengesetzten Enden des Raums lauschen sollen? Der Mann trug einen schienarischen Mantel. In meinem Heer sind Schienarer, aber die kennt ihr ja alle. Keiner von ihnen ähnelt Rand.«

Nynaeve schnaubte. »Nun, wer auch immer es ist, mir lauschen zu viele Leute hinter Ecken. Das ist jedenfalls meine Meinung. Ich will in meinen Körper zurück, wo ich mir bloß wegen Spionen und vergifteten Dolchen Sorgen machen muss.«

Schienarer, dachte Elayne. Grenzländer. Wie hatte ihr das nur entfallen können? Nun, da war diese kleine Angelegenheit mit der Spaltwurzel gewesen. »Da ist noch etwas«, sagte sie mit lauter, aber beherrschter Stimme, von der sie hoffte, dass sie nicht weit tragen würde, und berichtete von Dyelins Nachricht über die Grenzländer im Braem-Wald. Sie fügte auch Meister Norrys Brieffreunde hinzu, während sie die ganze Zeit sowohl den Korridor als auch den Thronsaal im Auge zu behalten versuchte. Sie wollte nicht noch von einem anderen Spion überrascht werden. »Ich glaube, diese Herrscher sind im Braem-Wald«, endete sie. »Alle vier.«

»Rand«, hauchte Egwene; es klang gereizt. »Selbst wenn er unauffindbar ist, macht er die Dinge komplizierter. Was meinst du, sind sie gekommen, um ihm ein Bündnis anzubieten, oder wollen sie ihn Elaida übergeben? Sonst wüsste ich keinen Grund, warum sie tausend Meilen reisen sollten. Mittlerweile müssen sie doch ihre Schuhe essen! Hast du auch nur eine Vorstellung davon, wie schwer es ist, ein Heer auf dem Marsch zu versorgen?«

»Ich glaube, das kann ich herausfinden«, sagte Elayne. »Ich meine, den Grund ihres Kommens. Und gleichzeitig… Egwene, du hast mich auf eine Idee gebracht.« Unwillkürlich musste sie lächeln. Der heutige Tag hatte *doch* etwas Gutes gebracht. »Ich glaube, ich könnte sie dazu benutzen, den Löwenthron zu sichern.«

Asne musterte den vor ihr stehenden großen Stickrahmen und stieß ein Seufzen aus, das zu einem Gähnen wurde. Die flackernden Lampen verbreiteten für diese Arbeit zu wenig Licht, aber das war nicht der Grund, warum ihre Vögel alle Schlagseite zu haben schienen. Sie wünschte sich, in ihrem Bett zu liegen, und sie verabscheute Stickereien. Aber sie musste wach bleiben und das war die einzige Möglichkeit, einer Unterhaltung mit Chesmal zu entgehen. Was Chesmal Unterhaltung nannte. Die arrogante Gelbe saß auf der anderen Seite des Raums konzentriert über ihre eigene Stickerei gebeugt, und sie glaubte, dass jeder, der eine Nadel ergriff, auch ein tiefes Interesse an dieser Handarbeit hatte. Andererseits wusste Asne genau, dass wenn sie nun von ihrem Stuhl aufstehen würde, Chesmal sie in kürzester Zeit mit Geschichten über ihre eigene Wichtigkeit erfreuen würde. In den Monaten seit Moghediens Verschwinden hatte Asne die Geschichte, wie Chesmal dabei geholfen hatte, Tamra Ospenya der Befragung zu unterziehen, mindestens zwanzigmal gehört, und wie sie die Roten veranlasst hatte, Sierin Vayu zu ermorden, bevor sie ihre Verhaftung befehlen konnte, mindestens fünfzigmal! Wenn man Chesmal so zuhörte, hatte sie die Schwarze Ajah im Alleingang gerettet, und sie würde es erzählen, wenn sie die Gelegenheit erhielt. Diese Art von Gesprächen waren nicht nur langweilig, sie waren auch gefährlich! Sogar tödlich, wenn der Hohe Rat davon erfuhr. Also unterdrückte Asne ein neuerliches Gähnen, betrachtete die Arbeit mit zusammengekniffenen Augen und stieß die Nadel durch das fest aufgespannte Leinentuch. Vielleicht würde sie, wenn sie das Rotkehlchen größer machte, auch die Schwingen größer machen können.

Das Klicken des Türriegels ließ beide Frauen aufsehen. Die beiden Diener wussten, dass man sie nicht stören durfte, außerdem waren die Frau und ihr Mann schon längst am Schlafen. Asne umarmte *Saidar* und knüpfte ein Gewebe, das einen Eindringling bis auf die Knochen verbrennen würde, und auch Chesmal wurde von dem Glühen umgeben. Falls die falsche Person durch diese Tür schritt, würde sie es bereuen, bis sie starb.

Es war Eldrith; in der Hand hielt sie ihre Handschuhe, und ihr dunkler Umhang lag noch immer über ihren Schultern. Auch das Gewand der untersetzten Braunen war dunkel und schmucklos. Asne hasste es, einfache Wollkleider zu tragen, aber sie durften kein Aufsehen erregen. Die schmucklose Kleidung passte zu Eldrith.

Sie blieb bei ihrem Anblick stehen und blinzelte, auf ihrem runden Gesicht spiegelte sich momentane Verwirrung. »Du meine Güte«, sagte sie. »Was habt ihr geglaubt, wer ich bin?« Sie warf die Handschuhe auf den kleinen Tisch neben der Tür, dann wurde sie sich plötzlich ihres Umhangs bewusst und runzelte die Stirn, als wäre ihr erst jetzt klar geworden, dass sie ihn oben getragen hatte. Sie öffnete sorgfältig die Silberbrosche an ihrem Hals und warf den Umhang auf einen Stuhl, wo er in einem unordentlichen Haufen liegen blieb.

Das Licht *Saidars* um Chesmal verlosch, als sie den Stickereirahmen zur Seite schob, damit sie aufstehen konnte. Ihr strenges Gesicht ließ sie größer erscheinen, als sie war, und sie war eine große Frau. Die hellbunten Blumen, die sie gestickt hatte, hätten in einem Garten stehen können. »Wo seid Ihr gewesen?«, verlangte sie zu wissen. Eldrith nahm unter ihnen den höchsten

Rang ein, außerdem hatte Moghedien ihr das Kommando übergeben, aber Chesmal nahm das, wenn überhaupt, nur flüchtig zur Kenntnis. »Ihr solltet heute Nachmittag zurück sein und jetzt ist die halbe Nacht vorbei!«

»Ich habe die Zeit vergessen«, erwiderte Eldrith scheinbar in Gedanken verloren. »Es ist lange her, seit ich das letzte Mal in Caemlyn war. Die Innenstadt ist faszinierend, und ich habe großartig in einem Gasthaus gegessen, an das ich mich erinnerte. Obwohl ich sagen muss, dass es früher dort weniger Schwestern gab. Jedoch hat mich niemand erkannt.« Sie schaute die Brosche an, als würde sie sich fragen, wo sie herkam, dann steckte sie sie in ihre Gürteltasche.

»Ihr habt die Zeit vergessen«, sagte Chesmal tonlos und verflocht die Finger auf Taillenhöhe. Vielleicht um zu verhindern, dass sie sie um Eldriths Kehle legte. In ihren Augen funkelte Wut. »Ihr habt die Zeit vergessen.«

Eldrith blinzelte wieder, als wäre sie überrascht, angesprochen zu werden. »Oh. Habt Ihr gefürchtet, Kennit hätte mich wiedergefunden? Ich versichere Euch, seit Samara habe ich große Sorgfalt walten lassen, dass der Bund verhüllt ist.«

Manchmal fragte sich Asne, wie viel von Eldriths scheinbarer Zerstreutheit echt war. Niemand, der so wenig von der ihn umgebenden Welt mitbekam, hätte so lange überleben können. Andererseits war sie unaufmerksam genug gewesen, um die Verhüllung vor dem Eintreffen in Samara mehr als einmal verrutschen zu lassen; es hatte gereicht, damit ihr Behüter ihre Spur aufnehmen konnte. Sie hatten Moghediens Befehl befolgt, ihre Rückkehr abzuwarten, und sich während des Aufruhrs nach ihrem Verschwinden verborgen gehalten; sie hatten abgewartet, während der Mob des so genannten Propheten südwärts nach Amadicia strömte und waren selbst dann in dieser erbärmlichen zerstörten Stadt geblieben, nachdem Asne zu der Überzeugung gelangt war, dass Moghedien sie aufgegeben hatte. Bei der Erinnerung daran verzogen sich ihre Lippen verächtlich. Die Ankunft von Eldriths Behüter Kennit in der Stadt hatte den Ausschlag für ihren Aufbruch gegeben; er war sich sicher, dass sie eine Mörderin war, war zur Hälfte überzeugt, dass sie der Schwarzen Ajah angehörte, und fest entschlossen, sie zu töten, ganz egal, welche Konsequenzen das für ihn haben mochte. Sie selbst war ebenfalls nicht willens gewesen, sich diesen Konsequenzen zu stellen, was keine große Überraschung gewesen war, und hatte sich geweigert, den Mann töten zu lassen. Die einzige Alternative hatte in der Flucht bestanden. Allerdings war Eldrith diejenige gewesen, die sie darauf aufmerksam gemacht hatte, dass ihre einzige Hoffnung in Caemlyn lag.

»Habt Ihr irgendetwas erfahren, Eldrith?«, fragte Asne höflich. Chesmal war eine Närrin. Wie zerrüttet die Welt im Augenblick auch erschien, alles würde sich wieder einrenken. Auf die eine oder andere Weise.

»Was? Oh. Diese Pfeffersoße war nicht so gut, wie ich sie in Erinnerung hatte. Natürlich ist das fünfzig Jahre her.«

Asne unterdrückte ein Seufzen. Vielleicht war doch die Zeit gekommen, dass Eldrith einen Unfall erlitt.

Die Tür öffnete sich, und Temaile schlüpfte so leise ins Zimmer, dass sie alle überrascht wurden. Die kleine Graue mit dem Fuchsgesicht hatte einen mit Löwen bestickten Morgenmantel übergeworfen, aber er klaffte auf und entblößte ein cremefarbenes Seidennachthemd, das auf unanständige Art und Weise an ihrem Körper klebte. In der einen Hand hielt sie einen Armreif aus in sich verdrehten Glasringen. Es sah wie Glas aus und fühlte sich auch so an, aber kein Hammer hätte auch nur einen Splitter herauslösen können.

»Ihr wart im *Tel'aran'rhiod*«, sagte Eldrith und bedachte das *Ter'angreal* mit einem Stirnrunzeln. Allerdings hielt sie ihren Tonfall gemäßigt. Seit Moghedien sie gezwungen hatte, mit anzusehen, wie Liandrin endgültig gebrochen wurde, fürchteten sie sich alle ein wenig vor Temaile. Asne vermochte nicht mehr zu sagen, wie oft sie in den hundertdreißig Jahren seit Erringung der Stola getötet oder gefoltert hatte, aber ihr war nur selten jemand begegnet, der so… *enthusiastisch* wie Temaile ans Werk gegangen war. Chesmal beobachtete sie und versuchte gleichzeitig so zu tun, als täte sie es nicht, und sie schien sich nicht bewusst zu sein, dass sie sich nervös die Lippen befeuchtete. Asne zog hastig ihre eigene Zunge hinter die Zähne und hoffte, dass es keiner bemerkt hatte. Wegen Eldrith brauchte sie sich da keine Sorgen zu machen. »Wir waren übereingekommen, es nicht zu benutzen«, fuhr Eldrith fort, und es fehlte nicht viel, und es hätte sich flehentlich angehört. »Ich bin überzeugt, es war Nynaeve, die Moghedien verwundet hat, und wenn sie im *Tel'aran'rhiod* eine der Auserwählten besiegen kann, welche Chance haben dann wir?« Sie wandte sich den anderen zu und bemühte sich um einen rügenden Tonfall. »Habt ihr davon gewusst?« Es gelang ihr tatsächlich, zänkisch zu klingen.

Chesmal erwiderte Eldriths Blick empört, während Asne überraschte Unschuld zur Schau stellte. Sie hatten Bescheid gewusst, aber wer würde sich Temaile in den Weg stellen? Und Asne bezweifelte doch sehr, dass Eldrith, wäre sie hier gewesen, mehr getan hätte als nur der Form halber zu protestieren.

Temaile wusste genau, welche Wirkung sie auf die anderen ausübte. Eigentlich hätte sie nach Eldriths Strafpredigt – so halbherzig sie auch gewesen war – den Kopf hängen lassen und sich dafür entschuldigen müssen, gegen ihre Anweisungen gehandelt zu haben. Stattdessen lächelte sie. Allerdings erreichte das Lächeln nie ihre Augen, die groß und dunkel waren und viel zu sehr strahlten. »Ihr hattet Recht, Eldrith, dass Elayne herkommen und Nynaeve sie begleiten würde. Sie waren zusammen, und es ist eindeutig, dass sich beide im Palast aufhalten.«

»Ja«, sagte Eldrith und wand sich unter Temailes Blick. »Gut.« Und sie befeuchte *ihre* Lippen und scharrte sogar mit den Füßen. »Trotzdem, bis wir eine Möglichkeit gefunden haben, an allen diesen Wilden vorbeizukommen …«

»Es sind *Wilde*, Eldrith.« Temaile warf sich auf einen Stuhl, streckte alle viere von sich, und ihr Tonfall wurde härter. Nicht genug, um befehlend zu erscheinen, aber zweifellos mehr als nur entschieden. »Es gibt nur drei Schwestern, die uns Schwierigkeiten bereiten könnten, und deren können wir uns entledigen. Wir können Nynaeve gefangen nehmen und Elayne vielleicht gleich mit.« Abrupt beugte sie sich vor und legte die Hände auf die Stuhllehnen. In Unordnung gebrachte Kleidung oder nicht, in diesem Augenblick ging von ihr nicht mal ein Hauch von Lässigkeit aus. Eldrith trat zurück, als hätte Temailes Blick sie zurückgestoßen. »Warum sind wir sonst hier, Eldrith? Deswegen sind wir gekommen.«

Darauf wusste niemand etwas zu erwidern. Hinter ihnen lag eine Reihe von Fehlschlägen – in Tear, in Tanchico –, die ihnen möglicherweise das Leben kosten würden, wenn der Hohe Rat sie in seine Hände bekam. Aber das würde nicht geschehen, wenn sie einen der Auserwählten zum Patron hatten, und da Moghedien so verzweifelt auf Nynaeve Jagd gemacht hatte, würde sie möglicherweise auch für einen der anderen von ihnen interessant sein. Die eigentliche Schwierigkeit würde darin liegen, einen der Auserwählten zu finden, um ihr Geschenk zu übergeben. Daran schien bis auf Asne noch keiner gedacht zu haben.

»Da waren noch andere«, fuhr Temaile fort und lehnte sich wieder zurück. Sie klang fast gelangweilt. »Die unsere beiden Aufgenommenen belauscht haben. Ein Mann, der zuließ, dass sie ihn sahen, und jemand anders, den ich nicht sehen konnte.« Sie schmollte verärgert. Das heißt, es wäre ein Schmollen gewesen, hätte in ihren Augen nicht dieser Ausdruck gelegen. »Ich musste mich hinter einer Säule verbergen, damit mich die Mädchen nicht entdecken konnten. Es dürfte Euch erfreuen, Eldrith, dass sie mich nicht wahrgenommen haben. Seid Ihr zufrieden?«

Eldrith stammelte beinahe, als sie herausplatzte, wie zufrieden sie war.

Asne tastete nach ihren vier Behütern, die immer näher kamen. Nach der Abreise aus Samara hatte sie aufgehört, ihren Bund zu verhüllen. Nur Powl war ein Schattenfreund, doch die anderen würden tun, was auch immer sie befahl, glauben, was auch immer sie ihnen sagte. Man würde sie unbedingt vor den anderen Schwestern verbergen müssen, es sei denn, ihre Hilfe wäre von entscheidender Bedeutung, aber sie wollte bewaffnete Männer in der Nähe haben. Muskeln und Stahl waren sehr nützlich. Und falls es zum Schlimmsten kam, konnte sie immer noch den langen, flötenartigen Stab enthüllen, den Moghedien doch nicht so gut verborgen hatte, wie sie geglaubt hatte.

Das Licht des anbrechenden Tages, das durch die Fenster des Wohnzimmers schien, war grau; es war eine frühere Stunde, als Lady Shiaine für gewöhnlich aufstand, aber an diesem Morgen hatte sie sich ankleidet, als draußen noch völlige Finsternis herrschte. Lady Shiaine, so sah sie sich heutzutage. Mili Skane, des Sattelmachers Tochter, war fast völlig vergessen. Sie war die Lady Shiaine Avarhin, und zwar auf jede Weise, die zählte, und das seit Jahren. Lord Willim Avarhin war verarmt gewesen, hatte in einem heruntergekommenen Bauernhaus leben müssen und nicht einmal mehr das ordentlich instandhalten können. Er und seine einzige Tochter, die Letzte eines dahinschwindenden Adelsgeschlechts, hatten auf dem Land gelebt, weit von allem entfernt, was ihre Armut hätte enthüllen können, und jetzt waren sie nur noch im Wald neben diesem Bauernhaus begrabene Knochen, und *sie* war die Lady Shiaine. Und wenn dieses große, stattliche Steinhaus auch kein herrschaftliches Anwesen darstellte, war es doch immerhin der Besitz einer wohlhabenden Händlerin gewesen. Auch sie war schon lange tot – nachdem sie ihrer ›Erbin‹ ihr ganzes Gold vermacht hatte. Die Möbel verrieten solides Handwerk, die Teppiche waren teuer, die Wandbehänge und sogar die Kissen mit Goldfäden bestickt, und in dem großen Kamin aus blau geädertem Marmor knisterte ein Feuer. Sie hatte in den einst schmucklosen Türbalken Avarhins Herz und Hand einschnitzen lassen, in mehreren Reihen.

»Mehr Wein, Mädchen«, sagte sie knapp und Falion eilte mit dem Silberkrug mit dem hohen Hals herbei, um ihren Pokal mit dampfendem, gewürztem Wein aufzufüllen. Die Livree einer Magd mit dem Roten Herzen und der Goldenen Hand auf der Brust stand Falion gut. Ihr langes Gesicht war eine erstarrte Maske, als sie davoneilte, um den Krug auf der Kommode abzustellen und wieder ihren Platz neben der Tür einzunehmen.

»Ihr spielt ein gefährliches Spiel«, sagte Marillin Gemalphin und rollte ihren Pokal zwischen den Händen. Die Schwester der Braunen war eine dürre Frau mit leblosem braunem Haar und sah nicht wie eine Aes Sedai aus. Ihr schmales Gesicht und die breite Nase hätte besser zu Falions Livree gepasst als zu dem teuren blauen Tuch ihres Gewandes, und das passte ohnehin nur zu einer mäßig erfolgreichen Händlerin. »Sie ist irgendwie abgeschirmt, ich weiß, aber wenn sie wieder die Macht lenken kann, wird sie Euch für das hier schreien lassen.« Ihre schmalen Lippen verzogen sich zu einem humorlosen Lächeln. »Vielleicht werdet Ihr Euch dann sogar wünschen, Ihr könntet noch schreien.«

»Das war Moridins Entscheidung«, erwiderte Shiaine. »Sie hat in Ebou Dar versagt und er befahl ihre Bestrafung. Ich kenne die Einzelheiten nicht und ich will sie auch gar nicht kennen, aber wenn Moridin ihre Nase im Dreck sehen will, stoße ich sie so tief hinein, dass sie ein Jahr lang nur Schlamm atmet. Oder schlagt Ihr mir etwa vor, ich soll einem der Auserwählten nicht gehorchen?« Bei dem Gedanken konnte sie nur mühsam ein Schaudern unterdrücken. Marillin versuchte ihren Gesichtsausdruck zu verbergen, indem sie einen Schluck trank, aber ihre Augen wurden schmaler. »Was ist mit dir, Falion?«, fragte Shiaine. »Möchtest du, dass ich Moridin bitte, dich fortzuholen? Er könnte für dich etwas weniger Beschwerliches finden.« Und vielleicht würden Maultiere wie Nachtigallen singen.

Falion zögerte nicht einmal. Sie machte den tiefen Knicks einer Dienstmagd, während ihr Gesicht noch bleicher wurde als zuvor. »Nein, Herrin«, sagte sie hastig. »Ich bin mit meiner Stellung zufrieden, Herrin.«

»Seht Ihr?«, sagte Shiaine zu der anderen Aes Sedai. Sie bezweifelte sehr, dass Falion auch nur im Mindesten zufrieden war, aber die Frau würde alles tun, was man ihr sagte, um sich nicht Moridins Unzufriedenheit auszusetzen. Aus dem gleichen Grund würde Shiaine sie mit ausgesprochen harter Hand behandeln. Man konnte nie wissen, was einer der Auserwählten erfuhr und möglicherweise missverstand. Sie selbst war zwar der Meinung, ihr eigenes Versagen tief genug begraben zu haben, aber sie würde kein Risiko eingehen. »Wenn sie wieder die Macht lenken kann, wird sie nicht die ganze Zeit als Dienstmagd arbeiten müssen, Marillin.« Außerdem hatte Moridin ihr gesagt, dass sie sie töten konnte, wenn sie es wollte. Aber das konnte man immer noch tun, wenn sie zu lästig wurde. Er hatte gesagt, sie könnte beide Schwestern töten, wenn sie wollte.

»Das mag schon sein«, bemerkte Marillin finster. Sie warf Falion einen Seitenblick zu und verzog das Gesicht. »Nun, Moghedien hat mir befohlen, Euch jede Hilfe anzubieten, zu der ich imstande bin, aber ich sage Euch gleich, dass ich den Königlichen Palast nicht betreten werde. Für meinen Geschmack halten sich in der Stadt viel zu viele Schwestern auf, aber der Palast ist obendrein auch noch mit Wilden voll gestopft. Ich würde keine zehn Schritte weit kommen, ohne dass jemand meine Anwesenheit bemerkt.«

Seufzend lehnte sich Shiaine zurück, schlug die Beine übereinander und wippte mit dem Fuß. Warum glaubten die Leute eigentlich immer, man wüsste nicht genauso viel wie sie? Die Welt war voller Narren! »Moghedien hat Euch befohlen, mir zu gehorchen, Marillin. Ich weiß das, weil Moridin es mir gesagt hat. Er hat es zwar nicht direkt so ausgedrückt, aber ich glaube, dass Moghedien springt, wenn er mit dem Finger schnippt.« Auf diese Weise über die Auserwählten zu sprechen war gefährlich, aber sie musste für klare Verhältnisse sorgen. »Wollt Ihr mir noch einmal sagen, was Ihr alles nicht tun werdet?«

Die schmalgesichtige Aes Sedai befeuchtete sich die Lippen und warf Falion noch rasch einen Blick zu. Fürchtete die Frau, sie würde *so* enden? In Wahrheit hätte Shiaine Falion auf der Stelle gegen eine richtige Dienstmagd eingetauscht. Nun, so lange sie ihre anderen Dienste beibehielt. Vermutlich würden sie beide sterben müssen, wenn das hier vorbei war. Shiaine mochte keine losen Enden.

»Das war keine Lüge«, sagte Marillin gedehnt. »Ich würde keine zehn Schritte weit kommen. Aber es befindet sich bereits eine Frau im Palast. Sie kann tun, was Ihr wollt. Allerdings könnte es etwas dauern, mit ihr in Verbindung zu treten.«

»Seht nur zu, dass es nicht zu lange dauert, Marillin.« So. Also gehörte eine der Schwestern im Palast zur Schwarzen Ajah? Um das zu tun, was Shiaine brauchte, würde es eine Aes Sedai sein müssen, nicht bloß eine Schattenfreundin.

Die Tür öffnete sich, und Murellin schaute fragend hinein; seine muskulöse Gestalt füllte die Tür fast aus. Hinter ihm konnte sie einen weiteren Mann ausmachen. Nach ihrem Nicken trat Murellin zur Seite, bedeutete Daved Hanlon einzutreten und schloss die Tür hinter ihm. Hanlon war in einen dunklen Umhang gehüllt, aber er ließ eine Hand zwischen den Falten hervorschießen, um Falions Hinterteil durch ihr Kleid hindurch zu tätscheln. Sie starrte ihn verbittert an, entzog sich ihm aber nicht. Hanlon war Teil ihrer Bestrafung. Allerdings verspürte Shiaine keine Lust, ihm dabei zuzusehen, wie er die Frau betatschte.

»Macht das später«, befahl sie. »Hat es geklappt?«

Sein axtgleiches Gesicht verzog sich zu einem breiten Grinsen. »Es hat sich natürlich genau so abgespielt, wie ich es geplant habe.« Er warf die eine Seite seines dunklen Umhangs über die Schulter und enthüllte die goldenen Abzeichen seines Ranges auf seinem roten Mantel. »Ihr sprecht mit dem Hauptmann der Königlichen Leibwache.«

KAPITEL 2

Bedeutsame Ideen

Ohne einen Blick zu verschwenden, trat Rand durch das Wegetor in einen großen, dunklen Raum. Die Anstrengung, *Saidin* zu bezwingen und das Gewebe zusammenzuhalten, ließ ihn schwanken; er verspürte einen Brechreiz, den Drang, sich zusammenzukrümmen und seinen ganzen Mageninhalt auszuspeien. Allein sich aufrecht zu halten war eine große Anstrengung. Durch die Spalten in den Läden der kleinen Fenster hoch oben an der einen Wand drang etwas Licht hindurch; solange er die Eine Macht hielt, reichte es gerade aus, um etwas sehen zu können. Der Raum war voller Möbel und mit großen Tüchern abgedeckter Gegenstände, dazwischen standen große Fässer von der Art, in denen man Geschirr verstaute, sowie Truhen in allen Größen und Formen, Kisten und Kästen und allerlei Krimskrams. Lediglich ein schmaler Durchgang stand frei, der kaum breiter als ein oder zwei Schritte war.

Rand war der festen Überzeugung gewesen, hier auf keine Diener zu stoßen, die etwas suchten oder sauber machten. Im obersten Stockwerk des Königlichen Palasts gab es mehrere solcher Abstellräume, in denen es wie auf den Dachkammern großer Bauernhöfe aussah und die genauso in Vergessenheit geraten waren. Davon abgesehen war er schließlich *Ta'veren*. Gut, dass niemand hier gewesen war, als sich das Wegetor geöffnet hatte. Die eine Seite hatte die Ecke einer leeren, mit brüchigem, verrottendem Leder verstärkten Kiste abgeschnitten, die andere hatte ein Stück von der Längsseite eines mit Intarsien versehenen Tisches abrasiert, auf dem sich Vasen und Holzkisten stapelten. Vielleicht hatte vor ein oder zwei Jahrhunderten eine Königin von Andor an diesem Tisch gespeist.

Vor ein oder zwei Jahrhunderten. Lews Therin lachte kehlig in seinem Kopf. *Eine sehr lange Zeit. Um der Liebe zum Licht willen, lass los! Das hier ist der Pfuhl des Verderbens!* Die Stimme verklang, als sich der Mann in die Abgründe von Rands Bewusstsein flüchtete.

Ausnahmsweise hatte er seine eigenen Gründe, auf Lews Therins Klagen zu hören. Er bedeutete Min, die auf der anderen Torseite auf der Waldlichtung stand, mit einem hastigen Wink, ihm zu folgen, und sobald sie hindurchgetreten war, gab er *Saidin* frei und ließ zu, dass sich das Tor zu einem vertikalen Lichtstreifen zusammenzog und verglühte. Glücklicherweise verschwand die Übelkeit mit ihm. In seinem Kopf drehte sich noch immer alles, aber er hatte nicht mehr das Gefühl, sich gleich übergeben zu müssen oder umzukippen oder beides. Das Gefühl, von Schmutz durchdrungen zu werden, blieb jedoch bestehen; der Makel des Dunklen Königs tropfte aus den Strängen der Macht, die er um sich herum geschlungen und verknotet hatte, in ihn hinein. Er wechselte den Riemen seiner Ledertasche von der einen Schulter zur anderen und versuchte durch die Bewegung zu verbergen, dass er sich mit dem Ärmel den Schweiß vom Gesicht wischte. Die Sorge, dass Min es schließlich doch bemerkte, war jedoch unnötig.

Ihre blauen Stiefel brachten mit dem ersten Schritt den Staub auf dem Boden in Bewegung und ließen ihn mit dem zweiten in die Höhe wallen. Sie konnte gerade noch rechtzeitig ein spitzenbesetztes Taschentuch aus dem Mantelärmel ziehen, um ein heftiges Niesen aufzufangen, dem ein zweites und drittes folgte, ein

jedes noch heftiger als das vorherige. Rand wünschte sich, sie wäre bereit gewesen, das Kleid anzubehalten. Aufgestickte weiße Blumen zogen sich über die Ärmel und Aufschläge des blauen Mantels und die Hosen in einem helleren Blau lagen eng an und zeichneten die Konturen ihrer Beine nach. Mit den hellblauen, mit gelben Stickereien verzierten Reithandschuhen, die in ihrem Gürtel steckten, und dem mit gelben Verzierungen gesäumten und von einer goldenen Spange in Form einer Rose gehaltenen Umhang erweckte sie durchaus den Eindruck, dass sie auf konventionellere Weise eingetroffen war. Trotzdem würde sie jedermanns Blicke auf sich ziehen. Er trug braune Kleidung aus grobem Tuch wie sie jeder Tagelöhner hätte tragen können. An den meisten Orten, die sie im Verlauf der letzten Tage besucht hatten, hatte er alle Welt von seiner Anwesenheit Zeuge werden lassen, diesmal wollte er nicht nur wieder fort sein, bevor sich die Nachricht von seiner Anwesenheit verbreitete, es sollten überhaupt nur einige wenige Leute erfahren, dass er da gewesen war.

»Warum grinst du mich so an und ziehst wie ein einfältiger Dummkopf an deinem Ohr?«, wollte Min wissen und schob das Taschentuch zurück in den Ärmel. Ihre großen dunklen Augen waren voller Misstrauen.

»Ich dachte gerade darüber nach, wie schön du bist«, sagte er leise. Das war sie tatsächlich. Er konnte sie nicht ansehen, ohne dies zu denken. Oder ohne zu bedauern, dass er zu schwach war, sie fortzuschicken, damit sie in Sicherheit war.

Sie holte tief Luft und nieste, bevor sie die Hand vor den Mund halten konnte, dann starrte sie ihn an, als wäre dies irgendwie seine Schuld. »Rand al'Thor, deinetwegen habe ich mein Pferd zurückgelassen. Deinetwegen habe ich mir Locken gemacht. Ich habe für dich mein *Leben* aufgegeben! Aber ich werde nicht meinen

Mantel und meine Hosen aufgeben! Davon abgesehen hat mich hier keiner jemals länger in einem Kleid gesehen, als es gedauert hat, mich umzuziehen. Du weißt genau, dass unser Plan misslingt, wenn man mich nicht erkennt. Mit diesem Gesicht kannst du niemanden davon überzeugen, dass du einfach von der Straße reingekommen bist.«

Unwillkürlich strich er mit der Hand über seinen Unterkiefer und berührte sein Gesicht, aber das war nicht das Gesicht, das Min sah. Jeder, der ihn ansah, würde einen Mann sehen, der Spannen kürzer und Jahre älter als Rand al'Thor war, der glattes schwarzes Haar, matte braune Augen und eine Warze auf der Knollennase hatte. Nur jemand, der ihn berührte, konnte die Maske der Spiegel durchdringen. Nicht mal ein Asha'man würde es bemerken, da das Geflecht aus Macht umgestülpt war. Allerdings hätte die Anwesenheit eines Asha'mans im Palast bedeutet, dass seine Pläne noch bedeutend umfassender gescheitert waren als vermutet. Dieser Besuch durfte nicht dazu führen, dass jemand getötet wurde. Aber davon abgesehen: sie hatte Recht. Es handelte sich nicht um ein Gesicht, dem man erlaubt hätte, den Palast von Andor ohne Eskorte zu betreten.

»Solange wir das schnell erledigen und wieder verschwinden können«, sagte er. »Bevor jemand genug Zeit hat, um auf den Gedanken zu kommen, dass wenn du hier bist, ich es vielleicht auch bin.«

»Rand«, sagte sie leise und er schaute sie misstrauisch an. Sie legte eine Hand auf seine Brust und blickte mit ernstem Gesichtsausdruck zu ihm hoch. »Rand, du musst mit Elayne sprechen. Und ich schätze, mit Aviendha auch; du weißt, dass sie vermutlich ebenfalls hier sein wird. Wenn du…«

Er schüttelte den Kopf und wünschte sich, er hätte es sein gelassen. Das Schwindelgefühl war noch immer nicht völlig verschwunden. »Nein!«, sagte er kurz angebunden. Beim Licht! Ganz egal, was Min auch sagte, er konnte einfach nicht glauben, dass sowohl Elayne als auch Aviendha ihn liebten. Oder dass die Tatsache, dass sie so empfanden – falls es wirklich eine Tatsache war –, Min nicht aufbrachte. So *seltsam* konnten Frauen nun auch wieder nicht sein! Elayne und Aviendha hatten genug Gründe, ihn zu hassen und nicht zu lieben, und zumindest Elayne hatte ihre Meinung deutlich zum Ausdruck gebracht. Was noch viel schlimmer war, er liebte sie beide, so wie er Min liebte! Er musste so hart wie Stahl sein, aber er würde bestimmt in tausend Stücke zerspringen, wenn er allen dreien gleichzeitig gegenübertreten musste. »Wir finden Nynaeve und Mat und verschwinden dann, so schnell wir können.« Sie wollte etwas erwidern, aber er gab ihr keine Gelegenheit dazu. »Streite nicht mit mir, Min. Dafür haben wir keine Zeit!«

Min legte den Kopf schief und setzte ein kleines, amüsiertes Lächeln auf. »Als ob ich jemals mit dir streiten würde! Tue ich nicht immer genau das, was du von mir verlangst?« Und als wäre diese Lüge nicht bereits schlimm genug, fügte sie hinzu: »Ich wollte sagen, wenn du es so eilig hast, warum stehen wir dann den ganzen Tag lang in dieser staubigen Abstellkammer herum?« Und um ihr Argument zu unterstreichen, nieste sie erneut.

Selbst mit ihrer Kleidung war es unwahrscheinlich, dass sie irgendwelches Aufsehen erregen würde, also steckte sie als Erste den Kopf durch die Tür. Anscheinend war der Abstellraum doch nicht völlig in Vergessenheit geraten; die schweren Türangeln gaben kaum ein Geräusch von sich. Ein schneller Blick nach beiden Seiten und sie eilte nach draußen und gab ihm das Zeichen, ihr zu folgen. *Ta'veren* oder nicht, er verspürte Erleichterung, dass der lange Korridor leer war. Selbst der einfältigste Diener hätte sich gewundert, sie aus einem Abstellraum im oberen Stockwerk des Palastes kommen zu sehen. Trotzdem würden sie bald Menschen begegnen. Der Königliche Palast beschäftigte nicht so viele Diener wie der Sonnenpalast oder der Stein von Tear, aber in einem Palast dieser Größe gab es stets mehrere Hundert von ihnen. Rand eilte an Mins Seite und bemühte sich um einen dahintrottenden Gang; er starrte die hellen Wandteppiche und mit Schnitzereien verzierten Wandtäfelungen und die auf Hochglanz polierten Kommoden staunend an. Zwar wies hier oben nichts davon die Qualität auf, die man in den unteren Stockwerken vorfinden würde, aber ein einfacher Tagelöhner würde alles anstarren.

»Wir müssen so schnell wie möglich nach unten«, murmelte er. Ihnen begegnete noch immer kein Mensch, aber bereits hinter der nächsten Ecke konnten ihnen zehn Leute entgegenkommen. »Denk daran, frag den ersten Diener, den wir sehen, wo Nynaeve und Mat zu finden sind. Gib keine komplizierten Erklärungen ab, es sei denn, du bist dazu gezwungen.«

»Danke, nett, dass du mich daran erinnerst, Rand. Ich wusste doch, dass ich etwas vergessen habe, aber es wollte mir einfach nicht mehr einfallen.« Ihr rasches Lächeln war etwas zu angespannt und sie murmelte etwas, das er nicht verstand.

Rand seufzte. Das hier war zu wichtig, als dass sie hätte Spielchen spielen können, aber wenn er nicht Acht gab, würde sie genau das tun. Nicht, dass sie es so gesehen hätte. Doch manchmal unterschied sich ihre Vorstellung von dem, was wichtig war, von der seinen. Sogar sehr. Er durfte sie nicht aus den Augen lassen.

»Was denn, Frau Farshaw«, sagte da eine Frauenstimme hinter ihnen. »Ihr seid es doch, Frau Farshaw, oder?«

Die Ledertasche schwang herum und stieß hart gegen Rands Rücken, als er sich auf dem Absatz umdrehte. Die pummelige Frau mit dem grauen Haar, die Min erstaunt anstarrte, war neben Elayne und Aviendha so ziemlich die letzte Person, der er hatte begegnen wollen. Er nahm eine gekrümmte Haltung an und vermied es, sie direkt anzusehen; er war nur ein Tagelöhner, der seinen Pflichten nachging, kein Grund, ihm einen zweiten Blick zu widmen. Dabei fragte er sich, warum sie wohl einen roten Wappenrock mit einem weißen Löwen auf der Brust trug.

»Frau Harfor?«, rief Min aus und strahlte erfreut übers ganze Gesicht. »Ja, ich bin es. Und Ihr seid genau die Frau, die ich gesucht habe. Ich fürchte, ich habe mich verlaufen. Könnt Ihr mir sagen, wo ich Nynaeve al'Meara finde? Und Mat Cauthon? Dieser Bursche hier bringt etwas, worum Nynaeve gebeten hat.«

Die Haushofmeisterin betrachtete Rand mit einem kaum merklichen Stirnrunzeln, bevor sie ihre Aufmerksamkeit wieder auf Min richtete. Sie bedachte ihre Aufmachung mit einem missbilligenden Blick – vielleicht galt er auch dem Staub, der überall an der Kleidung haftete –, enthielt sich aber jeder Bemerkung. »Mat Cauthon? Ich glaube nicht, dass ich ihn kenne. Ist das einer der neuen Diener oder ein Gardesoldat?«, fragte sie zweifelnd. »Nynaeve Sedai ist sehr beschäftigt. Sie wird sicher nichts dagegen haben, wenn ich die Lieferung entgegennehme und in ihr Zimmer stelle.«

Unwillkürlich richtete sich Rand zu seiner vollen Größe auf. Nynaeve *Sedai*? Warum sollten die anderen, die echten Aes Sedai, diese Täuschung noch immer zulassen? Und Mat war nicht hier? Anscheinend war er überhaupt nicht hier gewesen! Farben wirbelten durch seinen Geist und verschmolzen beinahe zu einem greifbaren Bild. Es verschwand beim nächsten Herzschlag, aber er taumelte kurz. Frau Harfor bedachte ihn erneut mit einem Stirnrunzeln und schnupperte. Vermutlich hielt sie ihn für betrunken.

Auch Min hatte die Stirn in Falten gelegt, aber sie dachte nach und klopfte mit dem Finger gegen das Kinn. Es dauerte nicht lange. »Ich glaube, Nynaeve… *Sedai* wird ihn sehen wollen.« Das Zögern war kaum zu bemerken gewesen. »Könntet Ihr ihn zu ihren Gemächern führen lassen, Frau Harfor? Ich habe noch eine Besorgung zu erledigen, bevor ich gehe. Nuli, du benimmst dich jetzt und tust, was man dir sagt. Sei ein braver Junge.«

Rand öffnete den Mund; bevor er ein Wort hervorbringen konnte, eilte sie schon den Korridor entlang. Sie rannte beinahe. Sie bewegte sich so schnell, dass ihr Umhang hinter ihr herwehte. Verdammt, sie würde versuchen, Elayne zu finden! Sie konnte alles ruinieren!

Deine Pläne scheitern, weil du leben willst, du Verrückter. Lews Therins Stimme war ein raues, verschwitztes Flüstern. *Akzeptiere, dass du tot bist. Akzeptiere es und hör endlich auf, mich zu foltern, du Narr!* Rand unterdrückte die Stimme, bis sie nur noch ein gedämpftes Summen war, ein Summen in der Dunkelheit der Tiefe seines Bewusstseins. Nuli? Was für ein Name sollte das denn sein?

Frau Harfor starrte Min hinterher, bis sie um die Ecke bog, dann zupfte sie an ihrem Wappenrock herum, um ihn zu richten, dabei hatte er es gar nicht nötig. Selbst mit der Maske der Spiegel sah sie einen Mann vor sich, der sie hoch überragte, aber Ren ee Harfor war keine Frau, die sich auch nur einen winzigen Augenblick lang von einer so unwichtigen Sache aus dem Konzept bringen ließ. »Du siehst nicht vertrauenswürdig aus, Nuli«, sagte sie und kniff die Augen finster zusammen, »also überleg dir gut, was du tust. Und wenn du auch nur einen Funken Verstand hast, überlegst du es dir sogar sehr gut.«

Er hielt den Schulterriemen mit der einen Hand fest und strich sich mit der anderen eine Haarlocke aus der Stirn. »Ja, Herrin«, murmelte er mürrisch und mit verstellter Stimme. Die Haushofmeisterin kannte seine wahre Stimme und würde sie womöglich erkennen. Min hatte das Reden übernehmen sollen, bis sie Nynaeve und Mat fanden. Was beim Licht sollte er nur tun, wenn sie Elayne anschleppte? Und vielleicht auch Aviendha. Sie war möglicherweise auch hier. Licht! »Entschuldigt bitte, Herrin, aber wir sollten uns beeilen. Es ist wichtig, dass ich Nynaeve so schnell wie möglich sehe.« Er hob die Ledertasche ein Stück an. »Sie wollte das hier wirklich ganz dringend haben.« Wenn er bei Mins Rückkehr alles erledigt hatte, würden sie vielleicht von hier verschwinden können, bevor er sich den beiden anderen stellen musste.

»Falls Nynaeve *Sedai* dies wirklich so dringend haben müsste«, sagte die pummelige Frau spitz und betonte den Ehrentitel, den er unterschlagen hatte, »hätte sie dein Kommen angekündigt. Und jetzt folge mir und behalte deine Ansichten bitte für dich.«

Ohne auf eine Erwiderung zu warten, setzte sie sich in Bewegung und rauschte mit würdevoller Anmut durch die Korridore. Was blieb ihm auch anderes übrig, als genau das zu tun, was sie ihm befohlen hatte? Soweit er sich erinnerte, war die Haushofmeisterin daran gewöhnt, dass jeder das tat, was man ihm befahl. Er bemühte sich, sie einzuholen, und verweilte nur einen Schritt lang an ihrer Seite, bis ihr überraschter Blick ihn zurückfallen, sich verlegen an der Haarlocke zupfen und eine Entschuldigung murmeln ließ. Er war es nicht gewöhnt, hinter jemandem hergehen zu müssen. Das war seiner Stimmung nicht gerade förderlich. Wie gewöhnlich war ihm noch immer etwas schwindelig und der Schmutz des Makels war auch noch zu spüren. In letzter Zeit schien er öfters schlecht als gut gelaunt zu sein, es sei denn, Min war an seiner Seite.

Sie hatten noch keine große Strecke zurückgelegt, als die Korridore auch schon von Scharen von Dienern bevölkert wurden, die das Mobiliar auf Hochglanz polierten und Staub wischten und umhereilten. Offensichtlich kam es nur selten vor, dass niemand in der Nähe war, so wie eben, als Min und er die Abstellkammer verlassen hatten. Wieder einmal der Einfluss des *Ta'veren*. Es ging eine schmale, in die Mauern eingebaute Dienstbotentreppe hinunter, und nun begegneten sie noch mehr Dienern. Und noch etwas war interessant, es gab viele Frauen, die keine Livree trugen. Kupferhäutige Domani, kleinwüchsige hellhäutige Cairhienerinnen, Frauen mit olivfarbener Haut und dunklen Augen, bei denen es sich eindeutig nicht um Andoranerinnen handelte. Sie ließen Rand lächeln; es war ein schmales, zufriedenes Lächeln. Keine von ihnen hatte ein Gesicht, das die Bezeichnung alterslos verdient hätte, und viele hatten Falten und Runzeln, die man niemals bei einer Aes Sedai gesehen hätte, aber bei einigen von ihnen bekam er im Vorbeigehen manchmal eine Gänsehaut. Sie konnten die Macht lenken oder zumindest *Saidar* ergreifen. Frau Harfor führte ihn an verschlossenen Türen vorbei, wo sich dieses Kribbeln ebenfalls bemerkbar machte. Hinter diesen Türen gab es andere Frauen, welche die Macht lenkten.

»Entschuldigt, Herrin«, sagte er in der heiseren Stimme, die er für Nuli bemühte, »wie viele Aes Sedai halten sich im Palast auf?«

»Das geht dich nichts an«, fauchte sie. Dann warf sie jedoch einen Blick über die Schulter, seufzte und lenkte ein. »Ich nehme an, es kann keinen Schaden anrichten, wenn du es weißt. Es sind fünf, Lady Elayne und Nynaeve Sedai mitgezählt.« Eine Spur Stolz schlich sich in ihre Stimme ein. »Es ist lange her, dass so viele Aes Sedai gleichzeitig das Gastrecht erbaten.«

Rand hätte am liebsten gelacht, aber nicht, weil er es lustig fand. Fünf? Nein, das schloss ja Nynaeve und Elayne mit ein. Drei echte Aes Sedai. Drei! Und es spielte keine Rolle, wer die restlichen waren. Die Gerüchte, denen zufolge Hunderte Aes Sedai mit einem Heer auf Caemlyn zumarschierten, hatten in ihm langsam den Glauben reifen lassen, dass so viele von ihnen bereit waren, dem Wiedergeborenen Drachen zu folgen. Stattdessen war sogar seine Hoffnung, dass es wenigstens zwei Hand voll waren, übertrieben optimistisch gewesen. Die Gerüchte waren bloß Gerüchte gewesen. Oder einer von Elaidas sorgfältig ausgeheckten Plänen. Licht, wo steckte bloß Mat? Vor seinem inneren Auge blitzte es farbig auf – einen Augenblick lang glaubte er, es wäre Mats Gesicht gewesen –, und er stolperte.

»Wenn du betrunken gekommen bist, Nuli«, sagte Frau Harfor entschieden, »wirst du es auf dem Nachhauseweg bitter bereuen. Dafür werde ich höchstpersönlich sorgen!«

»Ja, Herrin«, murmelte Rand und riss an der Locke. In seinem Kopf brach Lews Therin in ein gackerndes, verrücktes, schluchzendes Gelächter aus. Er hatte diesem Ort einen Besuch abstatten müssen – das war unumgänglich –, aber er bedauerte es schon jetzt.

Vom Licht *Saidars* umgeben standen sich Nynaeve und Talaan vier Schritte voneinander entfernt vor dem Kamin gegenüber, in dem ein munteres Feuer prasselte, das die Kälte aus der Luft vertrieben hatte. Vielleicht war es aber auch nur die Anstrengung, die sie erwärmt hatte, dachte Nynaeve mürrisch. Diese Unterrichtsstunde dauerte laut der verzierten Uhr auf dem Kaminsims nun schon über eine Stunde. Eine Stunde ununterbrochener Arbeit mit der Macht würde jeden zum Schwitzen bringen. Eigentlich hätte Sareitha hier sein sollen und nicht sie, aber die Braune war nicht im Palast. Sie hatte einen Zettel hinterlassen, dem zufolge sie eine dringende Besorgung in der Stadt zu erledigen hatte. Careane hatte sich nun schon den zweiten Tag hintereinander geweigert und Vandene weigerte sich noch immer grundsätzlich, und zwar mit der lächerlichen Begründung, dass Kirstians und Zaryas Unterricht ihr dazu keine Zeit mehr ließ.

»So geht das«, erklärte Nynaeve und band mit ihrem Strom aus Geist den Abwehrversuch der jungen Frau vom Meervolk mit der knabenhaften Figur. Sie verstärkte die Kraft ihres Stroms, stieß den des Mädchens noch weiter zur Seite und flocht gleichzeitig drei verschiedene Gewebe aus Luft. Eines davon kitzelte Talaans Rippen durch ihre blaue Leinenbluse hindurch. Ein simples Ablenkungsmanöver, aber das Mädchen keuchte überrascht auf, und einen Augenblick lang ließ ihr Zugriff auf die Quelle um eine winzige Kleinigkeit nach, flackerte die Macht, die sie erfüllte. Diesen Moment nutzte Nynaeve dazu, den Stoß, mit dem sie gerade den Strom der anderen Frau zur Seite schob, umzulenken und erneut auf ihr ursprüngliches Ziel zuschnellen zu lassen. Talaan die Abschirmung aufzuzwingen fühlte sich noch immer an, als würde man gegen eine Wand schlagen – nur dass ihre ganze Haut brannte statt nur ihre Handfläche, was man aber kaum als Fortschritt bezeichnen konnte –, aber der Schein von *Saidar* verschwand in genau dem Augenblick, in dem die beiden anderen Ströme aus Luft ihr die Arme an die Seiten fesselten und die Knie in den weiten, dunklen Hosen zusammenschnürten.

Das hatte sie sauber hinbekommen. Das Mädchen war sehr flink, sehr geschickt mit ihren Geweben. Davon abgesehen war der Versuch, jemanden abzuschirmen, der gerade die Macht lenkte, bestenfalls riskant und schlimmstenfalls nutzlos, es sei denn, man war *bedeutend* stärker als die betreffende Person, und Talaan kam ihr darin so nahe, dass es eigentlich keinen Unterschied machte. Das half, kein zufriedenes Lächeln auf ihrem Gesicht erscheinen zu lassen. Es schien noch gar nicht so lange her zu sein, dass Schwestern ihre Kraft mit Staunen betrachtet und geglaubt hatten, nur einige der Verlorenen würden über eine noch größere Stärke verfügen. Talaan war in ihrer Entwicklung noch nicht zum Stillstand gekommen, dabei war sie kaum mehr als ein Kind. Wie alt war sie? Fünfzehn? Vielleicht sogar noch jünger. Das Licht allein kannte ihr Potenzial. Keine der Windsucherinnen hatte ein Wort darüber verloren, und Nynaeve hatte nicht vor, danach zu fragen. Sie wollte gar nicht wissen, wie viel stärker das Meervolkmädchen noch werden würde. Nicht im mindesten.

Talaans nackte Fußsohlen schabten über den gemusterten grünen Teppich, als sie den vergeblichen Versuch unternahm, die von Nynaeve mühelos gehaltene Abschirmung zu durchbrechen, dann seufzte sie ergeben und senkte den Blick. Obwohl es ihr gelungen war, Nynaeves Anweisungen zu befolgen, benahm sie sich, als hätte sie versagt, und nun sackte sie so niedergeschlagen in sich zusammen, dass der Eindruck entstand, sie würde nur noch von den Geweben aus Luft auf den Beinen gehalten.

Nynaeve ließ die Ströme sich auflösen, rückte das Schultertuch zurecht und öffnete den Mund, um Talaan zu sagen, was sie falsch gemacht hatte. Und um – wieder einmal – zu betonen, dass der Versuch, sich losreißen zu wollen, keine Aussicht auf Erfolg hatte, falls man nicht bedeutend stärker als derjenige war, der einen abschirmte. Die Meervolkfrauen schienen nichts von dem, was sie ihnen erklärte, zu glauben, bis sie es ihnen zehnmal gesagt und zwanzigmal gezeigt hatte.

»Sie hat deine eigene Kraft gegen dich benutzt«,

sagte Senine din Ryal barsch, bevor Nynaeve auch nur ein Wort hervorbringen konnte. »Und du hast dich wieder ablenken lassen. Es ist wie bei einem Ringkampf, Mädchen. Du kannst doch ringen.«

»Versuch es noch einmal«, befahl Zaida mit einer energischen Geste ihrer dunklen, tätowierten Hand.

Alle Stühle im Raum waren an eine Wand gestellt worden, obwohl es eigentlich unnötig gewesen war, Platz zu schaffen. Zaida saß da und verfolgte den Unterricht, flankiert von sechs Windsucherinnen, die ein buntes Durcheinander aus roter, gelber und blauer Seide und hell gefärbtem Leinen boten, eine Unbehagen erregende Zurschaustellung von Ohrringen und Nasenringen und medaillonbeladenen Ketten. So lief es immer ab; eine der beiden Schülerinnen wurde für den eigentlichen Unterricht benutzt – oder sie zwangen Merilille, wenn sie nicht den Unterricht leitete, die Rolle einer Schülerin zu übernehmen; zumindest hatte Nynaeve das gehört –, während Zaida und irgendeine Gruppe von Windsucherinnen zusah. Die Herrin der Wogen selbst konnte natürlich nicht die Macht lenken, obwohl sie immer dabei war, und natürlich ließ sich keine der Windsucherinnen dazu herab, selbst am Unterricht teilzunehmen. Daran war nicht einmal zu denken.

Angesichts der Besessenheit des Meervolks in Fragen der Rangordnung war die Zusammensetzung der heutigen Gruppe schon recht merkwürdig. Shielyn, Zaidas Windsucherin, saß zu ihrer Rechten; die schlanke, sehr reservierte Frau war fast so groß wie Aviendha und überragte Zaida um Längen. Soweit Nynaeve sich darin auskannte, hatte das seine Richtigkeit, aber zu Zaidas Linken saß Senine, die auf einem Schweber diente, einem der kleinen Schiffe des Meervolks, und ihrer gehörte wiederum zu den kleinsten von ihnen. Natürlich hatte die von den Elementen gezeichnete Frau mit ihrem faltigen Gesicht und dem mit Grau durchzogenen Haar in der Vergangenheit mehr als ihre jetzigen sechs Ohrringe getragen; das galt auch für die Medaillons an der Kette, die sich über ihre dunkle linke Wange spannte. Sie war die Windsucherin der Herrin der Schiffe gewesen, bevor Nesta din Reas auf diesen Posten gewählt wurde. Ihren Gesetzen zufolge musste die Windsucherin der Herrin der Schiffe oder einer jeweiligen Herrin der Wogen nach deren Tod jedoch wieder ganz unten anfangen. Aber Nynaeve war davon überzeugt, dass hier mehr als nur der Respekt für Senines frühere Stellung dahintersteckte.

Neben Senine saß Rainyn, eine junge Frau mit apfelroten Wangen, die ebenfalls auf einem Schweber fuhr. Und neben Shielyn saß die steingesichtige Kurin wie eine schwarze Statue. Das verwies Caire und Tebreille auf die Stühle ganz außen. Die beiden waren ebenfalls Windsucherinnen von Herrinnen der Wogen, mit vier dicken Ohrringen in jedem Ohr und fast so vielen Medaillons wie Zaida sie hatte. Aber vielleicht wollte man die beiden Schwestern mit den hochmütigen Blicken auch nur voneinander fern halten. Sie hassten einander mit einer Leidenschaft, wie sie nur Blutsverwandte zustande brachten. Vielleicht war es das. Der Versuch, das Atha'an Miere verstehen zu wollen, war schlimmer als der Versuch, Männer verstehen zu wollen. Eine Frau konnte darüber den Verstand verlieren.

Nynaeve murmelte etwas Unhörbares, riss an ihrem Schultertuch und bereitete sich innerlich vor, hielt die Ströme aus Macht fest. Die überwältigende Freude, *Saidar* zu halten, konnte kaum mit ihrem Ärger konkurrieren. Noch einmal, Nynaeve. Wenigstens war Renaile nicht hier. Oft wollten sie, dass Nynaeve ihnen Dinge beibrachte, bei denen sie sich nicht so gut auskannte wie bei anderen – viel zu oft waren es Dinge, mit denen sie sich kaum auskannte, wie sie zögerlich zugeben musste; ehrlich gesagt hatte sie in der Burg keine besonders ausführliche Ausbildung erhalten – und bei der kleinsten Ungeschicklichkeit brachte Renaile sie mit offensichtlicher Begeisterung zum Schwitzen. Die anderen brachten sie auch zum Schwitzen, doch sie schienen wenigstens nicht so viel Freude daran zu empfinden. Aber egal, nach einer Stunde harter Arbeit war sie müde. Sareitha und ihre Bitte sollten verdammt sein!

Sie schlug wieder zu, aber diesmal begegnete ihr Talaans Strom aus Geist wesentlich nachgiebiger als erwartet, und sie stieß ihn viel weiter zur Seite als geplant. Plötzlich schossen sechs gegnerische Ströme aus Luft auf Nynaeve zu und sie zerschnitt sie mit Feuer. Die zerteilten Ströme peitschten in Talaan zurück und schüttelten sie sichtlich durch, aber bevor sie ganz verschwunden waren, erschienen schneller als zuvor sechs weitere. Nynaeve hieb zu. Und starrte Talaan ungläubig an, als das gegnerische Gewebe aus Geist das ihre umging, sie einhüllte und von *Saidar* abschnitt. Sie war abgeschirmt! Talaan hatte sie abgeschirmt! Um die Demütigung komplett zu machen, fesselten Ströme aus Luft ihre Arme und Beine eng aneinander und zerdrückten ihre Röcke. Das wäre nie passiert, wäre sie nicht so wütend auf Sareitha gewesen.

»Das Mädchen hat sie erwischt«, sagte Caire. Sie klang überrascht. Dem kalten Blick nach zu urteilen, den sie Talaan zuwarf, wäre niemand auf die Idee gekommen, dass sie ihre Mutter war. Tatsächlich schien Talaan ihr Erfolg peinlich zu sein, sie ließ die Ströme sofort los und senkte den Blick.

»Sehr gut, Talaan«, sagte Nynaeve, da sonst keiner ein Wort des Lobes oder der Ermunterung von sich gab. Gereizt schob sie das Schultertuch zurück und ließ es in die Armbeugen rutschen. Man musste dem

Mädchen nicht sagen, dass es Glück gehabt hatte. Talaan war schnell, das auf jeden Fall, aber Nynaeve war sich nicht darüber im Klaren, ob sie selbst noch lange die Macht lenken konnte. Im Augenblick befand sie sich nicht auf dem Höhepunkt ihrer Kräfte. »Ich fürchte, ich habe heute keine Zeit mehr, also…«

»Versucht es noch einmal«, befahl Zaida und beugte sich gespannt vor. »Ich will mir etwas ansehen.« Das war keine Erklärung oder so etwas Ähnliches wie eine Entschuldigung, sondern lediglich eine Darstellung der Fakten. Zaida erklärte nie etwas, genauso wenig wie sie sich entschuldigte. Sie erwartete bloß Gehorsam.

Nynaeve dachte daran, der Frau zu sagen, dass sie von dem, was sie da taten, sowieso nichts sehen konnte, aber sie verwarf den Gedanken sofort wieder. Nicht mit sechs Windsucherinnen im Raum. Zwei Tage zuvor hatte sie ihre Meinung deutlich zum Ausdruck gebracht, und sie wollte auf keinen Fall eine Wiederholung dessen erleben, was dann geschehen war. Sie hatte versucht, es als Strafe dafür zu betrachten, ohne nachzudenken zu reden, aber das hatte auch nicht viel geholfen. Sie wünschte sich, sie hätte ihnen niemals beigebracht, wie man eine Verknüpfung zustande brachte.

»Noch einmal«, sagte sie angespannt und wandte sich wieder Talaan zu, »aber dann muss ich gehen.«

Diesmal war sie auf den Trick des Mädchens vorbereitet. Sie lenkte die Macht und begegnete Talaans Gewebe geschickter und weniger energisch. Das Mädchen lächelte sie unsicher an. Sie glaubte wohl, Nynaeve würde sich diesmal nicht von nebensächlichen Strömen aus Luft ablenken lassen, oder? Talaans Gewebe fing an, ihr eigenes zu umgehen, und sie drehte es flink, um es abzufangen. Diesmal würde sie bereit sein, wenn die Frau mit ihren Strömen aus Luft ankam. Obwohl – vielleicht würde es diesmal keine Luft sein.

Aber mit Sicherheit nichts Gefährliches. Das hier war eine Übungsstunde. Aber Talaans Strom aus Geist vollendete den Kreis nicht, und es war Nynaeves Gewebe, das nun einen weiten Bogen beschrieb, während das Mädchen plötzlich auf geradem Weg zuschlug und traf. Wieder erstarb *Saidar* und Fesseln aus Luft rissen ihre Arme an den Körper und die Knie zusammen.

Nynaeve holte tief Luft. Sie würde der jungen Frau gratulieren müssen. Daran führte kein Weg vorbei. Hätte sie eine Hand frei gehabt, hätte sie sich ihren Zopf ausgerissen.

»Halt!«, befahl Zaida, erhob sich und rauschte anmutig auf Nynaeve zu; die roten Seidenhosen über den nackten Füßen raschelten leise, die mit einem komplizierten Knoten versehene rote Schärpe rieb sich an ihrer Hüfte. Die Windsucherinnen standen ebenfalls auf und folgten ihr, wobei sie ihre Ränge einhielten. Caire und Tebreille ignorierten einander eisig, während sie sich beeilten, ihre Plätze in unmittelbarer Nähe der Herrin der Wogen einzunehmen, wohingegen Senine und Rainyn einen Schritt zurückblieben.

Gehorsam hielt Talaan den Schild um Nynaeve mitsamt den Fesseln aufrecht, sodass sie gezwungenermaßen wie eine Statue dastand. Und wie ein Kessel brodelte, der zu lange auf dem Feuer stand. Sie weigerte sich entschieden, sich wie eine kaputte Puppe zu winden, aber das war auch schon alles, was sie außer reglos dazustehen tun konnte. Caire und Tebreille musterten sie mit eiskalter Geringschätzung, Kurin mit tiefer Verachtung, die sie für alle Landbewohner empfand. Die Frau mit dem harten Blick zeigte kein spöttisches Grinsen, eigentlich war ihr Gesicht sogar ausdruckslos, aber man musste nicht lange mit ihr zusammen sein, um ihre Ansichten zu spüren. Allein Rainyn zeigte eine winzige Spur Mitgefühl, ein kleines, trauriges Lächeln.

Zaida begegnete Nynaeves Blick gleichmütig. Sie hatten etwa dieselbe Größe. »Du hältst sie so fest du kannst, Schülerin?«

Talaan verbeugte sich tief und berührte Stirn, Lippen und Herz. »Wie Ihr befohlen habt, Herrin der Wogen.« Es war fast schon ein Flüstern.

»Was hat das zu bedeuten?«, verlangte Nynaeve zu wissen. »Lasst mich los! Vielleicht könnt ihr Merilille auf diese Weise ungestraft behandeln, aber wenn ihr auch nur einen Augenblick lang glaubt…!«

»Ihr behauptet, diese Abschirmung sei unmöglich zu durchbrechen, es sei denn, man ist viel stärker«, unterbrach Zaida sie. Ihr Tonfall war nicht grob, aber sie wollte gehört werden und nicht zuhören. »Wenn es das Licht will, werden wir erfahren, ob Ihr uns die Wahrheit gesagt habt. Es ist allseits bekannt, dass die Aes Sedai die Wahrheit wie einen Strudel kreiseln lassen. Windsucherinnen, ihr bildet einen Zirkel. Kurin, Ihr werdet sie anführen. Sollte es ihr gelingen, sich zu befreien, sorgt dafür, dass sie keinen Schaden anrichtet. Als Ansporn… Schülerin, mach dich bereit, sie auf den Kopf zu stellen, wenn ich bis fünf gezählt habe. Eins.«

Das Licht *Saidars* hüllte die Windsucherinnen ein, als sie ihre Kräfte miteinander verknüpften. Kurin stand mit gespreizten Beinen und in die Hüften gestemmten Händen da, als würde sie auf einem Deck das Gleichgewicht halten. Ihre Ausdruckslosigkeit schien zu vermitteln, dass sie bereits fest davon überzeugt war, Ausflüchte, wenn nicht sogar eine glatte Lüge aufzudecken. Talaan holte tief Luft und stand wenigstens dieses eine Mal hoch aufgerichtet da. Sie blinzelte nicht einmal, während sie den Blick aufmerksam auf Zaida gerichtet hielt.

Nynaeve blinzelte. Nein! Das konnten sie ihr doch nicht antun! Nicht schon wieder! »Ich sage euch«, sagte sie viel ruhiger, als sie sich fühlte, »dass ich die

Abschirmung unmöglich durchbrechen kann. Talaan ist zu stark.«

»Zwei«, sagte Zaida, verschränkte die Arme unter den Brüsten und starrte Nynaeve an, als könnte sie die Gewebe tatsächlich sehen.

Nynaeve drückte zögernd gegen die Abschirmung. Sie hätte gleichermaßen gegen eine Mauer drücken können, die hätte genauso wenig nachgegeben. »Hört mir zu, Zai... äh... Herrin der Wogen.« Es war sicher nicht klug, sich die Frau noch mehr zur Feindin zu machen. Sie nahmen es mit der richtigen Anrede pedantisch genau. Sie nahmen viel zu viele Dinge pedantisch genau. »Ich bin sicher, Merilille hat Euch das mit der Abschirmung erklärt. Sie hat die Drei Eide geschworen. Sie *kann* nicht lügen.« Vielleicht hatte Egwene doch Recht mit dem Eidstab.

Zaidas Blick blieb hart, sie verzog keine Miene. »Drei.«

»Hört mir zu«, sagte Nynaeve, und es war ihr egal, wenn sie leicht verzweifelt klang. Vielleicht sogar mehr als nur leicht. Sie stemmte sich stärker gegen die Abschirmung, dann stieß sie so hart dagegen, wie sie konnte. Sie hätte genauso gut mit dem Kopf gegen einen Felsen anrennen können. Instinktiv, wenn auch vergeblich kämpfte sie gegen die Fesseln aus Luft an, die sie hielten, die Fransen des Schultertuchs tanzten auf und ab. Die Chancen, aus den Fesseln auszubrechen, waren genauso groß, wie die Abschirmung durchbrechen zu können, aber sie kam nicht dagegen an. Nicht noch einmal! Das konnte sie nicht ertragen! »Ihr müsst mir zuhören!«

»Vier.«

Nein! Nein! Nicht noch einmal! Verzweifelt kratzte sie an der Abschirmung. Sie mochte so hart wie Stein sein, aber sie fühlte sich mehr wie Glas an, war glatt und schlüpfrig. Nynaeve konnte dahinter die Quelle spüren, sie beinahe sehen, so wie man aus den Augenwinkeln Licht und Wärme sehen konnte. Voller Verzweiflung tastete sie keuchend die glatte Fläche ab. Sie wies einen Rand auf, so wie ihn ein Kreis hatte, der gleichzeitig klein genug war, um in den Händen gehalten zu werden, und groß genug, um die Welt zu bedecken. Aber als sie versuchte, an diesem Rand vorbeizuschlüpfen, fand sie sich sofort in der Mitte des glatten, harten Kreises wieder. Das war sinnlos. Das alles hatte sie schon vor langer Zeit gelernt, hatte es ausprobiert. Ihr Herz pochte heftig genug, um aus der Brust hervorzubrechen. Sie kämpfte vergeblich um Ruhe und ertastete sich einen anderen Weg zum Rand, strich darüber, ohne zu versuchen, daran vorbeizugehen. An einer Stelle fühlte er sich… weicher an. Das war ihr zuvor noch nie aufgefallen. Die weiche Stelle – eine kleine Erhebung? – schien sich auf keine Weise vom Rest zu unterscheiden und sie war auch nicht viel weicher, trotzdem warf sie sich dagegen. Und fand sich in der Mitte wieder. Wie eine Verrückte warf sie sich mit ihrer ganzen Kraft gegen die weiche Stelle, immer wieder, und wurde jedes Mal zurück zur Mitte geschleudert – aber ohne zu zögern warf sie sich erneut dagegen. Und wieder. Oh, Licht! Bitte! Sie musste es schaffen, bevor…

Plötzlich wurde ihr bewusst, dass Zaida noch nicht fünf gesagt hatte. Sie starrte sie an, schnappte dabei nach Luft, als wäre sie zehn Meilen gerannt. Schweiß strömte über ihr Gesicht, ihren Rücken hinunter. Er rann zwischen ihren Brüsten herab über ihren Leib. Ihre Knie zitterten. Die Herrin der Wogen blickte ihr direkt in die Augen, klopfte gedankenverloren mit einem schlanken Finger gegen die vollen Lippen. Der Zirkel aus sechs wurde noch immer von dem Schimmer eingehüllt, Kurin hätte noch immer eine verächtliche Statue sein können, aber Zaida hatte noch nicht fünf gesagt.

»Hat sie sich wirklich so hart angestrengt, wie es den Anschein hatte, Kurin?«, fragte die Herrin der Wogen schließlich, »oder war das Aufbäumen und Wimmern nur ein Schauspiel?« Nynaeve versuchte einen entrüsteten Blick zustande zu bringen. Sie hatte *nicht* gewimmert! Oder etwa doch? Ihr Stirnrunzeln, so weit man es als solches bezeichnen konnte, machte auf Zaida nicht mehr Eindruck als Regen auf einen Felsblock.

»Mit dieser Anstrengung«, sagte Kurin zögernd, »hätte sie ein Ruderboot auf dem Rücken tragen können.« Aber die schwarzen Kiesel, die ihre Augen darstellten, zeigten noch immer Verachtung. Respekt kannte sie nur für diejenigen, die auf dem Meer lebten.

»Lass sie los, Talaan«, befahl Zaida. Die Abschirmung und die Fesseln lösten sich auf, während die Frauen zu den Stühlen zurückgingen, ohne einen weiteren Blick für Nynaeve zu erübrigen. »Windsucherinnen, ich werde noch mit euch sprechen, nachdem sie gegangen ist. Nynaeve Sedai, Euch sehe ich morgen zur selben Stunde.«

Nynaeve strich ihre zerknitterten Röcke glatt und schüttelte gereizt das Schultertuch aus, während sie versuchte, etwas Würde zurückzugewinnen. Schweißgebadet und mit zitternden Gliedern war das nicht einfach. Auf keinen Fall hatte sie *gewimmert*! Sie bemühte sich, die Frau, die sie abgeschirmt hatte – und das zwei Mal! – nicht anzusehen. Talaan stand da, als könnte sie kein Wässerchen trüben, den Blick fest auf den Teppich gerichtet. Ha! Nynaeve legte sich energisch das Tuch über die Schultern. »Morgen ist Sareitha Sedai an der Reihe, Herrin der Wogen.« Zumindest ihre Stimme klang fest. »Ich werde beschäftigt sein…«

»Euer Unterricht ist befriedigender als die Lektionen der anderen«, sagte Zaida, die sich noch immer nicht die Mühe machte, sie anzusehen. »Zur selben Stunde, oder ich schicke Eure Schülerinnen, um Euch zu holen. Ihr dürft gehen.« Und das klang wie ein Befehl.

Mühsam schluckte Nynaeve ihre Einwände runter. Sie hinterließen einen bitteren Nachgeschmack. Befriedigender? Was sollte das denn bedeuten? Sie glaubte nicht, dass sie es tatsächlich wissen wollte.

Bis sie den Raum verlassen hatte, war sie ihre Lehrerin, das Meervolk hielt sich streng an seine Regeln; vermutlich konnte lockere Disziplin an Bord von Schiffen Schwierigkeiten heraufbeschwören, aber sie wünschte sich, sie würden begreifen, dass sie sich nicht auf ihren Schiffen befanden. Noch war sie also die Lehrerin, und das bedeutete, dass sie nicht einfach beleidigt hinausstolzieren konnte, so sehr sie sich das auch wünschte. Schlimmer, ihre Regeln waren ziemlich eindeutig, was Lehrer der Küstenbewohner betraf. Vermutlich hätte sie einfach ihre Mitarbeit verweigern können, aber wenn sie ihren Vertrag auch nur um eine Winzigkeit verletzte, würden es diese Frauen von Tear bis das Licht wusste wohin verbreiten! Die ganze Welt würde wissen, dass Aes Sedai ihr Wort gebrochen hatten. Man durfte gar nicht darüber nachdenken, was dies für die Stellung der Aes Sedai bedeuten würde. Blut und Asche! Egwene *hatte* Recht und sie sollte verdammt sein!

»Danke, Herrin der Wogen, dass Ihr mir erlaubt habt, Euch zu unterrichten«, sagte sie, verneigte sich kurz und berührte mit den Fingern nacheinander Stirn, Lippen und Brust. Keine tiefe Verbeugung, heute würden sie nur die Andeutung einer Verbeugung bekommen. Nun ja, zwei Andeutungen. Die Windsucherinnen würden ebenfalls eine bekommen müssen. »Ich danke Euch, Windsucherinnen, dass Ihr mir erlaubt habt, Euch zu unterrichten.« Die Schwestern, die irgendwann zum Atha'an Miere reisten, würden vor Wut platzen, wenn sie begriffen, dass ihre Schülerinnen ihnen sagen konnten, was sie ihnen beibringen sollten und wann, und ihnen sogar befehlen würden, was sie zu tun hatten, wenn sie *nicht* unterrichteten. Auf einem Schiff des Meervolks nahm eine Lehrerin einen höheren Rang als das gewöhnliche Deckvolk ein, aber auch das nur so gerade eben. Und die Schwestern würden nicht einmal die fetten Börsen voller Gold bekommen, mit denen man die anderen Lehrer an Bord lockte.

Zaida und die Windsucherinnen reagierten ungefähr so, als hätte die Niederste aller Matrosinnen ihr Gehen verkündet. Sie standen bloß in einer stummen Gruppe zusammen und warteten darauf, dass sie endlich verschwand. Allein Rainyn schenkte ihr einen Blick. Einen ungeduldigen Blick. Sie war eine Windsucherin, und das war alles, was zählte. Talaan stand noch immer an derselben Stelle, eine demütige Gestalt, die auf den Teppich vor ihren nackten Füßen starrte.

Mit hoch erhobenem Kopf und durchgedrücktem Rückgrat verließ Nynaeve den Raum mit jedem Funken Würde, den sie zum Ausdruck bringen konnte. Verschwitzte, malträtierte Funken. Draußen im Korridor packte sie die Tür mit beiden Händen und warf sie so fest ins Schloss, wie sie nur konnte. Das laut hallende Krachen war sehr befriedigend. Falls sich jemand beschwerte, konnte sie noch immer sagen, dass sie ihr aus der Hand geglitten sei. Das war sie tatsächlich, nachdem sie ordentlich Schwung geholt hatte.

Sie wandte sich von der Tür ab und klopfte sich zufrieden die Hände ab. Und zuckte zusammen, als sie sah, wer da im Korridor auf sie wartete.

In dem einfachen dunkelblauen Gewand, das eine Leihgabe einer der Kusinen war, sah Alivia auf den ersten Blick nicht im mindesten ungewöhnlich aus; sie war etwas größer als Nynaeve, hatte feine Fältchen um die blauen Augen und weiße Strähnen in dem goldgelben Haar. Die blauen Augen funkelten jedoch vor Intensität, wie die Augen eines Falken, die auf seine Beute gerichtet waren.

»Frau Corly hat mich geschickt, ich soll Euch sagen, dass sie gern mit Euch zu Abend essen möchte«, sagte das blauäugige Falkenweibchen mit einem langsamen, seanchanischen Akzent. »Es werden Frau Karistovan, Frau Arman und Frau Juarde da sein.«

»Was tut Ihr allein hier?«, wollte Nynaeve wissen. Sie wünschte sich, sie könnte wie die meisten anderen Schwestern sein, sich der Stärke, die eine andere Frau in der Macht hatte, bewusst sein, ohne überhaupt darüber nachdenken zu müssen, aber auch das war etwas, das sie zu lernen versäumt hatten. Vielleicht konnte einer der Verlorenen Alivia übertreffen, aber sonst mit Sicherheit niemand. Und sie war Seanchanerin. Eine vom Kragen befreite *Damane*. Die eigentlich keinen Schritt ohne Bewachung tun sollte. Nynaeve wünschte sich, es wäre außer ihnen beiden noch jemand da. Selbst Lan, und dabei hatte sie ihm befohlen, bei ihrem Unterricht beim Meervolk fortzubleiben. Sie war nicht davon überzeugt, dass er ihr die Geschichte mit dem Sturz auf der Treppe letztens geglaubt hatte. »Ihr sollt doch nicht ohne Eskorte irgendwohin gehen!«

Alivia zuckte mit den Schultern, eine kaum merkliche Bewegung. Noch vor wenigen Tagen war sie ein Nervenbündel gewesen, das Talaan wie eine mutige Draufgängerin hätte aussehen lassen. Jetzt beugte sie sich vor niemandem mehr. »Es hatte niemand Zeit, also habe ich mich selbst herausgelassen. Davon abgesehen, wenn Ihr mich immer bewachen lasst, werdet Ihr mir niemals vertrauen, und ich werde niemals *Sul'dam* töten können.« In diesem beiläufigen Tonfall klang das irgendwie noch unheimlicher. »Ihr solltet von mir lernen. Diese Asha'man behaupten, sie seien

Waffen, und sie sind nicht mal schlecht, das weiß ich genau, aber ich bin besser.«

»Das mag ja sein«, erwiderte Nynaeve scharf und rückte ihr Schultertuch zurecht. »Und vielleicht wissen wir mehr, als Ihr glaubt.« Sie hätte nichts dagegen gehabt, dieser Frau ein paar der Gewebe vorzuführen, die sie von Moghedien gelernt hatte. Diejenigen eingeschlossen, über die sie alle übereingekommen waren, dass sie zu grausam waren, um sie jemandem anzutun. Es sei denn… Sie war sich ziemlich sicher, dass die andere Frau sie ohne große Mühe überwältigen konnte, egal, was sie auch tat. »Bis – falls! – wir uns anders entscheiden, werdet Ihr mir niemals wieder ohne zwei oder drei Kusinen gegenübertreten, wenn Ihr wisst, was gut für Euch ist.«

»Wenn Ihr das sagt.« Alivia ließ keine Spur von Demut erkennen. »Was soll ich Frau Corly ausrichten?«

»Bestellt Frau Corly, dass ich Ihre freundliche Einladung leider ablehnen muss. Und denkt an das, was ich Euch gesagt habe!«

»Ich sage es ihr«, nuschelte die Seanchanerin mit ihrem starken Akzent und ignorierte die Ermahnung einfach. »Aber ich glaube nicht, dass es sich um eine *Einladung* handelt. Eine Stunde nach Einbruch der Dunkelheit, hat sie gesagt. Vielleicht solltet Ihr es Euch merken.« Mit einem schmalen, wissenden Lächeln wandte sie sich ab, ohne sich auch nur im Mindesten zu beeilen, um dorthin zurückzukehren, wo sie hingehörte.

Nynaeve starrte der Frau nach, und bestimmt nicht, weil sie auf den Hofknicks verzichtet hatte. Nun, nicht nur deshalb. Eine Schande, dass sie nicht etwas von ihrem demütigen Benehmen behalten hatte, zumindest was die Schwestern betraf. Nynaeve warf der Tür, hinter der sich die Atha'an Miere verbargen, einen Blick zu und dachte darüber nach, Alivia zu folgen, um sicherzugehen, dass sie auch tat, was ihr befohlen worden war. Stattdessen ging sie in die andere Richtung. Aber dabei beeilte sie sich nicht. Es wäre sehr unangenehm gewesen, wenn die Meervolkfrauen nun den Raum verlassen hätten und zu dem Schluss gekommen wären, dass sie sie belauscht hätte, aber sie beeilte sich nicht. Sie wollte nur zügig gehen. Das war alles.

Die Atha'an Miere waren kaum die Einzigen im Palast, denen sie nicht begegnen wollte. *Ich glaube nicht, dass es sich um eine* Einladung *handelt*. Ach ja? Sumeko Karistovan, Chilares Arman und Famelle Juarde waren zusammen mit Reanne Corly Angehörige des Nähkränzchens gewesen. Das Abendessen war nur ein Vorwand. Sie würden mit ihr über die Windsucherinnen reden wollen. Und zwar über die Beziehung der im Palast befindlichen Aes Sedai und den ›Wilden‹ des Meervolks. Sie würden sie nicht unbedingt tadeln, dass es ihr nicht gelungen war, die Würde der Weißen Burg aufrechtzuerhalten. So weit war es dann doch noch nicht; noch nicht, wohlgemerkt, denn sie schienen sich dieser Position zu nähern. Aber während des ganzen Essens würde es bohrende Fragen und scharfe Bemerkungen geben. Und sie konnte sie nicht einfach bitten, damit aufzuhören. Es war zweifelhaft, dass sie es unterlassen würden, es sei denn, es wäre ein direkter Befehl gewesen. Und sie waren durchaus dazu fähig, zu ihr zu kommen, falls sie nicht zu ihnen kam. Der Versuch, ihnen beizubringen, doch etwas Rückgrat zu zeigen, war ein schrecklicher Fehler gewesen. Wenigstens war sie nicht die Einzige, die sich damit herumschlagen musste, obwohl sie fest davon überzeugt war, dass Elayne es geschafft hatte, dem Schlimmsten zu entgehen. Oh, wie sehr sie sich darauf freute, sie alle wieder im Weiß der Novizinnen oder dem Gewand einer Aufgenommenen zu sehen. Wie sie sich darauf freute, den Atha'an Miere beim Abschied zuzuwinken!

»Nynaeve!«, ertönte hinter ihr ein seltsam gedämpfter Ruf. Im Akzent des Meervolks. »Nynaeve!«

Sie zwang sich dazu, den Zopf loszulassen, und fuhr auf dem Absatz herum, bereit, auf der Stelle loszuschimpfen. Jetzt war der Unterricht zu Ende, sie waren nicht auf einem Schiff, und sie sollten sie verdammt noch mal in Ruhe lassen!

Talaan kam rutschend vor ihr zum Stehen; ihre nackten Füße glitten über die dunkelroten Bodenfliesen. Keuchend sah die junge Frau über die Schulter, als hätte sie Angst, jemand würde sich ihr nähern. Sie zuckte jedes Mal zusammen, wenn sich ein Diener am Rand ihres Sichtfeldes bewegte, und wagte erst wieder zu atmen, wenn sie sicher war, dass es sich tatsächlich um einen Diener handelte. »Kann ich die Weiße Burg besuchen?«, fragte sie atemlos, rang die Hände und sprang von einem Fuß auf den anderen. »Ich werde niemals dazu auserwählt werden. Sie nennen es ein Opfer, das Meer für immer verlassen zu müssen, aber ich träume davon, Novizin zu werden. Ich werde meine Mutter schrecklich vermissen, aber... Bitte. Ihr müsst mich in die Weiße Burg mitnehmen. Ihr müsst!«

Der Ausbruch ließ Nynaeve blinzeln. Viele Frauen träumten davon, Aes Sedai zu werden, aber sie hatte noch nie eine sagen gehört, sie würde davon träumen, Novizin zu werden. Außerdem... Das Atha'an Miere verweigerte den Aes Sedai die Passage auf jedem Schiff, dessen Windsucherin die Macht lenken konnte, aber um die Schwestern an genaueren Nachforschungen zu hindern, wurde gelegentlich eine Schülerin ausgewählt und zur Weißen Burg geschickt. Egwene zufolge gab es derzeit nur drei Schwestern aus dem Meervolk und die waren alle schwach in der Macht. Dreitausend Jahre lang hatte das ausgereicht, um die Burg davon zu überzeugen, dass die Fähigkeit bei den Frauen des Atha'an Miere nur schwach und selten ausgeprägt war und keine nähere Untersuchung lohnte. Talaan hatte Recht, man würde niemandem von ihrer Stärke jemals erlauben, die Burg zu besuchen, selbst jetzt nicht, da sich ihre Täuschung dem Ende näherte. Tatsächlich war es ein Bestandteil des Vertrags mit ihnen, dass man aus dem Meervolk hervorgegangenen Schwestern erlaubte, die Aes Sedai zu verlassen und zu den Schiffen zurückzukehren. Der Saal der Burg würde mehr als nur *aufschreien*, wenn er davon erfuhr!

»Nun, die Ausbildung ist sehr schwer, Talaan«, sagte sie sanft, »und du musst mindestens fünfzehn Jahre alt sein. Außerdem …« Plötzlich wurde ihr noch etwas anderes bewusst, das die junge Frau gesagt hatte. »Du wirst deine Mutter vermissen?«, wiederholte sie ungläubig, und es war ihr egal, wie das klang.

»Ich bin neunzehn«, erwiderte Talaan beleidigt. Nynaeve betrachtete das jungenhafte Gesicht und den genauso jungenhaften Körper und war sich nicht sicher, ob sie das glauben sollte. »Und natürlich werde ich meine Mutter vermissen. Sehe ich unnatürlich aus? Oh, ich verstehe. Ihr begreift es nicht. Unter uns gehen wir sehr liebevoll miteinander um, aber in der Öffentlichkeit muss sie jeden Anschein von Bevorzugung vermeiden. Das ist bei uns ein ernstes Vergehen. Man könnte meine Mutter dafür ihres Ranges entheben und uns *beide* an den Füßen in den Rahen aufhängen und auspeitschen.«

Die Erwähnung, kopfüber in der Luft zu hängen, ließ Nynaeve das Gesicht verziehen. »Ich kann durchaus verstehen, warum du das vermeiden möchtest«, sagte sie. »Trotzdem …«

»Jeder bemüht sich, auch nur den Hauch einer Bevorzugung zu vermeiden, aber bei mir ist das noch schlimmer, Nynaeve!« Das Mädchen – nun gut, die junge Frau – würde noch lernen müssen, eine Schwester nicht zu unterbrechen, wenn sie erst einmal Novizin war. Nicht, dass das passieren würde. Nynaeve versuchte wieder das Wort zu ergreifen, aber Talaans Wortschwall ließ sich nicht bremsen. »Meine Großmutter ist die Windsucherin der Herrin der Wogen des Clan Rosshaine, meine Urgroßmutter ist die Windsucherin der Herrin der Wogen des Clan Daran, und ihre Schwester des Clan Takana. Meine Familie ist geehrt, dass fünf von uns in so hohe Positionen aufgestiegen sind. Und jeder wartet nur darauf, dass Gelyn seinen Einfluss missbraucht. Ich weiß, dass das so richtig ist, man darf keine Bevorzugung dulden, aber meine Schwester war fünf Jahre länger Schülerin als üblich, und meine Kusine sogar sechs! Nur damit keiner behaupten kann, sie wären bevorzugt worden. Wenn ich die Sterne berechne und unsere Position richtig wiedergebe, bestraft man mich, weil ich zu langsam bin, selbst wenn ich die Antwort genauso schnell weiß wie Windsucherin Ehvon! Wenn ich das Meer schmecke und die Küste benenne, der wir uns nähern, bestraft man mich, weil der Geschmack, den ich benenne, nicht haargenau derselbe ist, den Windsucherin Ehvon schmeckt! Ich habe Euch zweimal abgeschirmt, aber heute Abend wird man mich an den Füßen aufhängen, weil ich es nicht schneller geschafft habe! Ich werde für Fehler bestraft, die man bei anderen übersieht, ich werde für Fehler bestraft, die ich niemals mache, weil ich sie machen könnte! War Eure Novizinnenzeit viel härter als das, Nynaeve?«

»Meine Novizinnenzeit«, sagte Nynaeve leise. Sie wünschte sich, die Frau würde nicht ständig davon reden, an den Füßen aufgehängt zu werden. »Ja. Nun. Ach, das willst du gar nicht hören.« *Vier* Generationen von Frauen mit der Fähigkeit? Beim Licht! Es kam schon selten genug vor, dass die Tochter der Mutter folgte. Die Burg würde alles dafür geben, Talaan zu bekommen. Aber das würde nicht geschehen. »Ich nehme an, auch Caire und Tebreille lieben in Wirklichkeit einander?«, sagte sie, nur um das Thema zu wechseln.

Talaan grinste höhnisch. »Meine Tante ist verschlagen und hinterlistig. Sie ersinnt jede nur mögliche Demütigung, die sie meiner Mutter zufügen kann. Aber meine Mutter wird sie erniedrigen, so wie sie es verdient hat. Eines Tages wird Tebreille sich auf einem Schweber wiederfinden, und zwar unter einer Segelherrin mit einer eisernen Hand und Zahnschmerzen!« Die Vorstellung ließ sie zufrieden und grimmig nicken. Um dann zusammenzuzucken, als ein Diener hinter ihr vorbeieilte. Das erinnerte sie an ihr Vorhaben. Sie sah sich in jede Richtung um, während sie hastig weitersprach. »Ihr könnt während des Unterrichts natürlich nichts sagen, aber jeder andere Zeitpunkt ist in Ordnung. Verkündet, dass ich die Burg besuche, und sie werden es Euch nicht abschlagen können. Ihr seid Aes Sedai!«

Nynaeve starrte das Mädchen ungläubig an. Und spätestens bei der nächsten Unterrichtsstunde würden sie das vergessen haben? Die kleine Närrin hatte doch *gesehen*, was sie mit ihr machten! »Ich sehe, wie gern du gehen möchtest, Talaan«, sagte sie, »aber…«

»Danke«, unterbrach Talaan sie und machte eine schnelle Verbeugung. »Danke!« Und sie rannte den Weg zurück, den sie gekommen war.

»Warte!«, rief Nynaeve und lief ein paar Schritte hinter ihr her. »Komm zurück! Ich habe gar nichts versprochen!«

Diener starrten sie an und warfen ihr auch dann verwunderte Blicke zu, als sie sich schon längst wieder um ihre Pflichten kümmerten. Sie wäre ja hinter der Närrin hergelaufen, aber sie hatte Angst, dass sie sie direkt zu Zaida und den anderen führte. Und die Närrin würde vermutlich heraussprudeln, dass sie zur Burg gehen würde, dass Nynaeve es versprochen hatte. Licht, vermutlich würde sie es ihnen ohnehin sagen!

»Du siehst aus, als hättest du gerade eine verdorbene Pflaume verschluckt«, sagte Lan und trat an ihre Seite; sein grüner Mantel saß wie angegossen und ließ ihn groß und sehr attraktiv aussehen. Sie fragte sich, wie lange er wohl schon dort gestanden hatte. Es erschien unmöglich, dass ein so großer Mann, dessen Gegenwart überaus dominierend war, selbst ohne einen Behüterumhang so reglos dastehen konnte, dass man ihn nicht wahrnahm.

»Einen ganzen Korb«, murmelte sie und barg das Gesicht an der breiten Brust ihres Ehemannes. Es fühlte sich gut an, sich an ihn und die von ihm verkörperte Kraft anlehnen zu können, nur einen Augenblick lang, während er sanft über ihr Haar strich. Selbst wenn sie seinen Schwertgriff zur Seite rücken musste, damit er sich nicht in ihre Rippen bohrte. Und jeder, der über diese öffentliche Zurschaustellung von Zuneigung die Stirn runzelte, konnte gehen und sich aufhängen. Sie konnte sehen, wie eine Katastrophe der nächsten folgte. Selbst wenn sie Zaida und den anderen versicherte, dass sie keinesfalls die Absicht hatte, Talaan irgendwohin zu bringen, würden sie ihr bei lebendigem Leib die Haut abziehen. Diesmal würde sie es nicht vor Lan verbergen können. Falls ihr das überhaupt gelungen war, was das anging. Reanne und die anderen würden es erfahren. Und Alise auch! Sie würden anfangen, sie genau wie Merilille zu behandeln, ihre Befehle ignorieren und ihr genauso viel Respekt erweisen wie die Windsucherinnen Talaan. Irgendwie würde man ihr die Aufgabe aufbürden, Alivia zu bewachen, und das würde in einer Katastrophe münden, in irgendeiner ungeheuren Demütigung. In letzter Zeit schien das alles zu sein, zu dem sie fähig war; eine weitere Möglichkeit zu finden, sich demütigen zu lassen. Und jeden vierten Tag würde sie trotzdem Zaida und den Windsucherinnen gegenübertreten müssen.

»Weißt du noch, wie du mich gestern Morgen in unseren Gemächern aufgehalten hast?«, murmelte sie und sah rechtzeitig auf, um zu sehen, wie die Besorgnis auf seinem Gesicht durch ein Grinsen ersetzt wurde. Natürlich erinnerte er sich. Ihre Wangen röteten sich. Gespräche mit Freundinnen waren eine Sache, aber es schien ihr noch immer schwer zu fallen, mit dem eigenen Mann offen zu sprechen. »Nun, ich möchte, dass du mich auf der Stelle dorthin bringst und ein Jahr lang davon abhältst, etwas anzuziehen!« Zuerst hatte sie das ziemlich wütend gemacht. Aber er wusste, wie er sie die Wut vergessen machen konnte.

Er warf den Kopf zurück und lachte, es war ein tiefer, hallender Laut, und im nächsten Augenblick stimmte sie darin ein. Dabei wollte sie eigentlich weinen. Sie hatte es nicht unbedingt als Scherz gemeint.

Als verheiratete Frau musste sie sich das Bett nicht mit einer oder zwei Frauen teilen, außerdem hatte es ihr ein Wohnzimmer eingebracht. Es war nicht groß, aber es war ihr immer gemütlich erschienen, mit einem schönen Kamin und einem kleinen Tisch mit vier Stühlen. Genau das, was sie und Lan gebraucht hatten. Ihre Hoffnungen auf ungestörte Zweisamkeit erhielten jedoch im Moment ihres Eintretens einen Dämpfer. Die Haushofmeisterin erwartete sie bereits; sie stand genau in der Mitte des geblümten Teppichs, so imposant wie eine Königin, so makellos in ihrem Erscheinungsbild, als hätte sie sich gerade eben erst angekleidet, und nicht im mindesten erfreut. Und in der Zimmerecke stand ein schlecht gekleideter, massiger Bursche mit einer schrecklichen Warze auf der Nase und einer Ledertasche, die schwer von seiner Schulter hing.

»Dieser Mann behauptet, er hätte etwas, das Ihr dringend erwartet«, sagte Frau Harfor nach den üblichen Floskeln. Sie erfüllten alle nötigen Gebote der Höflichkeit, waren aber sehr knapp; mit Ausnahme von Elayne verschwendete sie sie an niemanden. Sie klang, als würde sie von Nynaeve genauso wenig halten wie von dem Kerl mit der Warze. »Ich will Euch nicht verhehlen, dass mir sein Aussehen nicht gefällt.«

Nynaeve war so müde, dass es ihr beinahe unmöglich war, die Quelle zu umarmen, aber angetrieben von Gedanken an Attentäter und das Licht, schaffte sie es im Handumdrehen. Lan musste eine Veränderung in ihrer Miene bemerkt haben, denn er machte einen Schritt auf den Burschen mit der Warze zu; er griff nicht nach seinem Schwert, aber plötzlich schien seine ganze Haltung zu verkünden, dass die Klinge bereits gezogen war. Nynaeve vermochte nicht zu sagen, wie es ihm manchmal gelang, ihre Gedanken zu lesen, da der Behüterbund ihn doch mit einer anderen verband, aber es freute sie. Es war ihr gelungen, Talaan als Ebenbürtige gegenüberzutreten – zumindest, was die Stärke betraf! –, aber sie war nicht davon überzeugt, im Augenblick genug von der Macht lenken zu können, um einen Stuhl umzuwerfen. »Ich erwarte gar…«, setzte sie an.

»Entschuldigt, Herrin«, murmelte der massige Bursche hastig und zerrte an seiner Haarlocke. »Frau Tahne sagte, Ihr wolltet mich auf der Stelle sehen. Frauenzirkelangelegenheiten, sagte sie. Etwas wegen Cenn Buie.«

Nynaeve riss sich zusammen, und einen Augenblick später fiel ihr ein, den Mund wieder zuzumachen. »Ja«, sagte sie langsam und starrte den Fremden an. Es fiel schwer, außer der scheußlichen Warze etwas von ihm zu sehen, aber sie war fest davon überzeugt, ihm nie zuvor im Leben begegnet zu sein. Angelegenheiten des Frauenzirkels. Man würde keinem Mann erlauben, davon auch nur einen Hauch mitzubekommen. Das war geheim. Sie hielt trotzdem an *Saidar* fest. »Ich... erinnere mich. Danke, Frau Harfor. Ich bin sicher, Ihr habt viel zu erledigen.«

Die Haushofmeisterin schien den Wink nicht verstehen zu wollen, zögernd starrte sie Nynaeve misstrauisch an. Das Stirnrunzeln nahm den massigen Fremden zum Ziel, richtete sich dann auf Lan und verschwand. Sie nickte gedankenverloren, als würde seine Anwesenheit den entscheidenden Unterschied bedeuten! »Dann lasse ich Euch jetzt allein. Ich bin sicher, Lord Lan kommt mit diesem Burschen zurecht.«

Nynaeve unterdrückte ihre Empörung, wartete aber kaum ab, dass sich die Tür geschlossen hatte, bevor sie zu dem Fremden mit der Warze herumfuhr. »Wer seid Ihr?«, wollte sie wissen. »Woher kennt Ihr diese Namen? Ihr kommt nicht von den Zwei...«

Der Mann... flackerte. Es gab keine andere Bezeichnung dafür. Er flackerte und wuchs in die Höhe, und plötzlich war er Rand, der das Gesicht verzog und mühsam schluckte, der diese einfache Wollkleidung trug und auf dessen Handrücken diese schrecklichen Köpfe in Rot und Gold funkelten und der eine Ledertasche an der Schulter trug. Wo hatte er das gelernt? Wer hatte es ihm beigebracht? Nynaeve widerstand der Versuchung, sich nur einen kurzen Augenblick lang zu tarnen, nur um ihm zu zeigen, dass auch sie diese Kunst beherrschte.

»Ich sehe, du hast deinen eigenen Rat nicht befolgt«, sagte Rand zu Lan, als wäre sie nicht da. »Aber warum duldest du es, dass sie sich als Aes Sedai ausgibt? Selbst wenn es die echten Aes Sedai zulassen, könnte sie sich damit schaden.«

»Weil sie eine Aes Sedai ist, Schafhirte«, erwiderte Lan ruhig. Er sah sie auch nicht an! Und schien noch immer bereit zu sein, blitzschnell sein Schwert zu ziehen. »Was das andere angeht … manchmal ist sie stärker als du. Hast du es getan?«

Jetzt richtete Rand den Blick auf sie und runzelte ungläubig die Stirn. Selbst noch, als sie ihr Schultertuch richtete, sodass die gelben Fransen schaukelten. Aber er schüttelte langsam den Kopf und sagte: »Nein. Du hast Recht. Manchmal ist man zu schwach, das zu tun, was man tun sollte.«

»Was plappert ihr da?«, sagte sie in scharfem Tonfall.

»Nur Dinge, über die sich Männer so unterhalten«, erwiderte Lan.

»Du würdest es nicht verstehen«, sagte Rand.

Diese Bemerkung ließ sie verächtlich schnauben. Klatsch und leeres Gerede, das war es, worum sich Unterhaltungen von Männern in neun von zehn Fällen drehten. Bestenfalls. Müde ließ sie *Saidar* los. Zögernd. Sicherlich musste sie sich nicht vor Rand schützen, aber sie hätte es gern noch gehalten, nur um es zu berühren, ob sie nun müde war oder nicht.

»Wir wissen über Cairhien Bescheid, Rand«, sagte sie und ließ sich dankbar auf einen Stuhl sinken. Diese verdammten Meervolkfrauen hatten sie ausgelaugt! »Bist du deswegen so gekleidet gekommen? Wenn du dich vor denjenigen verstecken willst, wer auch immer das war …« Er sah müde aus. Härter, als sie ihn in Erinnerung hatte, aber sehr müde. Doch er blieb stehen. Seltsamerweise schien er Lan sehr zu ähneln, ständig bereit, das Schwert zu ziehen, das er gar nicht trug. Vielleicht würde der Attentatsversuch ja reichen, damit er Vernunft annahm. »Rand, Egwene kann dir helfen.«

»Eigentlich verberge ich mich gar nicht«, sagte er. »Das heißt, nur bis ich ein paar Männer töten kann, die getötet werden müssen.« Licht, er sprach das genauso nüchtern aus wie Alivia! Warum behielten er und Lan einander im Auge und gaben dabei vor, es nicht zu tun? »Davon abgesehen, wie sollte Egwene helfen können?«, fuhr er fort und stellte die Tasche auf dem Tisch ab. Sie gab einen leisen, aber eindeutigen Laut von sich, der auf etwas Schweres in ihrem Inneren hindeutete. »Ich nehme an, sie ist auch eine Aes Sedai?« Er klang *amüsiert*! »Ist sie auch hier? Ihr drei und zwei echte Aes Sedai. Nur zwei! Nein, ich habe keine Zeit dafür. Du musst etwas für mich aufbewahren, bis ich…«

»Egwene ist der Amyrlin-Sitz, du Narr«, knurrte sie. Es war schön, zur Abwechslung mal jemanden anderen unterbrechen zu können. »Elaida ist die Usurpatorin. Ich hoffe, du warst wenigstens so gescheit, dich nicht in ihre Nähe zu wagen! Du würdest nicht auf deinen eigenen zwei Beinen wieder gehen, das kann ich dir sagen! Hier sind fünf echte Aes Sedai, mich *eingeschlossen*, dreihundert weitere sind bei Egwene und einem Heer, dazu bereit, Elaida zu stürzen. Sieh dich doch einmal selbst an! Welche mutigen Parolen du auch immer von dir gibst, beinahe wäre es jemandem gelungen, dich zu töten, und du schleichst hier wie ein Stallbursche gekleidet herum! Welchen sichereren Ort sollte es für dich geben als bei Egwene? Selbst deine Asha'man würden es nicht wagen, gegen dreihundert Schwestern anzutreten!« O ja, und wie schön das war. Er versuchte seine Überraschung zu verbergen, aber er leistete keine gute Arbeit, so wie er sie anstarrte.

»Du wärst überrascht, was meine Asha'man wagen«, sagte er dann trocken. »Ich nehme an, Mat ist bei Egwenes Heer?« Er führte eine Hand zum Kopf und taumelte.

Es war nur ein halber Schritt, aber sie war von ihrem Stuhl hochgeschossen, bevor er sich wieder aufrichten konnte. Mühsam umarmte sie *Saidar*, umfasste seinen Kopf mit beiden Händen und wob schleppend eine Tiefenschau um ihn herum. Sie hatte versucht, eine bessere Methode zu finden, um zu ergründen, was jemandem fehlte, bis jetzt aber erfolglos. Dennoch reichte es. Sie hatte ihn noch nicht richtig mit dem Gewebe eingehüllt, als ihr auch schon der Atem stockte. Sie wusste über die Wunde in seiner Seite Bescheid, die er in Falme davongetragen hatte und die niemals richtig geheilt war, die sich sämtlichen Heilungen, die sie kannte, widersetzt hatte und wie eine Pustel des Bösen in seinem Fleisch wucherte. Jetzt gab es eine weitere zur Hälfte verheilte Wunde über der alten und auch in ihr pulsierte das Böse. Es handelte sich jedoch um eine andere Art des Bösen, das wie ein Spiegelbild des bereits vorhandenen wirkte, aber genauso verheerend war. Und sie konnte beide nicht mit der Macht berühren. Ehrlich gesagt wollte sie es auch nicht – allein der Gedanke daran verursachte ihr eine Gänsehaut! –, aber sie versuchte es. Und etwas Unsichtbares hielt sie fern. Etwas wie ein Abwehrmechanismus. Ein Abwehrmechanismus, den sie nicht bestimmen konnte. Ein Abwehrmechanismus aus *Saidin*?

Das ließ sie aufhören, die Macht zu lenken, und sie trat zurück. Aber die Quelle hielt sie weiterhin umklammert; ganz egal, wie müde sie auch sein mochte, sie würde sich zum Loslassen zwingen müssen. Keine Schwester konnte an die männliche Hälfte der Macht auch nur denken, ohne einen Schauder der Furcht zu verspüren. Er sah ganz ruhig auf sie herab und das ließ sie frösteln. Er schien ein ganz anderer Mann als jener Rand al'Thor zu sein, den sie hatte aufwachsen sehen. Sie war sehr froh, dass Lan hier war, so schwer das auch zuzugeben war. Plötzlich wurde ihr bewusst, dass er sich nicht entspannt hatte. Er mochte mit Rand plaudern, wie es zwei Männer über Pfeifen und Ale taten, aber er hielt ihn auch für gefährlich. Und Rand sah Lan an, als wüsste er dies und würde es auch akzeptieren.

»Das ist jetzt nicht wichtig«, sagte Rand und wandte

sich der Tasche auf dem Tisch zu. Nynaeve wusste nicht, ob er seine Wunden oder Mats Aufenthaltsort meinte. Er holte zwei jeweils einen Fuß hohe Statuetten aus der Tasche, einen weise aussehenden, bärtigen Mann und eine gleichfalls weise aussehende, heitere Frau. Beide waren mit einem fließenden Gewand bekleidet und hielten eine durchsichtige Kristallkugel hoch. Nach der Art und Weise zu schließen, wie Rand mit ihnen umging, waren sie schwerer, als sie aussahen. »Nynaeve, ich möchte, dass du die für mich versteckst, bis ich nach ihnen schicke.« Er zögerte, eine Hand auf die Frauenfigur gelegt. »Und nach dir. Ich brauche dich, wenn ich sie benutze. Wenn *wir* sie benutzen. Nachdem ich mich um diese Männer gekümmert habe. Das muss zuerst erledigt werden.«

»Sie benutzen?«, fragte sie misstrauisch. Warum musste der gewaltsame Tod anderer an erster Stelle stehen? Aber das war im Augenblick kaum die Frage, auf die es ankam. »Wozu? Sind es *Ter'angreale*?«

Er nickte. »Hiermit kannst du das größte *Sa'angreal* berühren, der jemals für eine Frau erschaffen wurde. Soweit ich weiß, ist es in Tremalking vergraben, aber das ist jetzt nicht von Belang.« Seine Hand legte sich auf die Männerfigur. »Mit dem hier kann ich ihren männlichen Zwilling berühren. Einst wurde mir von… jemandem berichtet, dass ein Mann und eine Frau, die diese *Sa'angreale* benutzen, den Dunklen König selbst herausfordern könnten. Möglicherweise wird man sie auch eines Tages genau für diesen Zweck einsetzen, aber in der Zwischenzeit hoffe ich, dass sie ausreichen, um die männliche Hälfte der Quelle zu reinigen.«

»Wenn man das tun könnte, hätten sie es dann nicht im Zeitalter der Legenden getan?«, sagte Lan leise. Leise, so wie Stahl, der aus der Scheide glitt, leise war. »Du sagtest einmal, ich könnte daran schuld sein, dass sie verletzt wird.« Es erschien unmöglich, dass seine

Stimme noch härter wurde, aber das tat sie. »Du könntest sie töten, Schafhirte.« Und sein Ton machte klar, dass er das nicht zulassen würde.

Rand begegnete Lans kaltem Blick mit der gleichen Kälte. »Ich weiß nicht, warum sie es nicht getan haben. Es ist mir auch egal. Der Versuch muss unternommen werden.«

Nynaeve biss sich auf die Unterlippe. Sie vermutete, dass Rand das hier zu einem öffentlichen Auftritt machte – manchmal machte sie dieser Wechsel vom Öffentlichen zum Privaten und die Entscheidung treffen zu müssen, was nun was war, schwindelig –, aber es störte sie nicht, dass Lan sich ungefragt zu Wort gemeldet hatte. Was das betraf, war er wirklich schlimm, aber ihr gefiel ein Mann, der sagte, was er dachte. Sie musste nachdenken. Nicht über ihre Entscheidung, die sie bereits getroffen hatte, sondern wie sie sie durchführen sollte. Rand würde es möglicherweise nicht gefallen. Lan würde es gewiss nicht gefallen. Nun, Männer wollten immer ihren Willen durchsetzen. Manchmal musste man sie eben lehren, dass das nicht immer ging.

»Ich halte das für eine großartige Idee«, sagte sie. Das war nicht einmal gelogen. Es war großartig, verglichen mit den Alternativen. »Aber ich sehe nicht ein, warum ich hier herumsitzen und wie eine Dienstmagd auf deine Botschaft warten sollte. Ich werde es tun, aber wir gehen alle zusammen.«

Sie hatte Recht gehabt. Es gefiel ihnen nicht im mindesten.

KAPITEL 3

Eine Lilie im Winter

Ein weiterer Diener fiel beinahe auf die Nase, weil er sich so tief verbeugte, und Elayne seufzte, als sie durch die Palastkorridore rauschte. Das hieß, sie versuchte zu rauschen. Die Tochter-Erbin von Andor, imposant und erhaben. Sie wollte rennen, obwohl ihre dunkelblauen Röcke sie vermutlich bei dem Versuch hätten stolpern lassen. Sie konnte förmlich spüren, wie die staunenden Blicke des stämmigen Mannes ihr und ihren Begleiterinnen folgten. Ein geringfügiges Ärgernis, und eines, das vergehen würde, ein Sandkorn in ihrem Halbschuh. *Der verdammte Rand al'Thor, der verflucht noch mal zu wissen glaubt, was für alle am besten wäre, ist wie ein juckender Ausschlag auf meinem Rücken!* dachte sie. Wenn es ihm diesmal gelang, ihr aus dem Weg zu gehen, dann…!

»Denkt daran«, sagte sie entschieden. »Er erfährt nichts über Spione oder Spaltwurzel oder sonst etwas davon!« Das Letzte, was sie jetzt gebrauchen konnte, war seine Entscheidung, sie zu ›retten‹. Männer kamen auf solchen Unsinn; Nynaeve nannte es ›mit den Haaren auf der Brust denken‹. Licht, er würde vermutlich versuchen, die Aiel und Saldaeaner zurück in die Stadt zu holen! In den Palast! So bitter es auch war, dies zugeben zu müssen, sie konnte ihn nicht aufhalten, wenn er es versuchte, jedenfalls nicht ohne einen Krieg anzufangen, und möglicherweise nicht mal dann.

»Ich sage ihm nie Dinge, die er nicht zu wissen

braucht«, bemerkte Min und betrachtete stirnrunzelnd eine schmächtige Dienerin mit weit aufgerissenen Augen, deren Hofknicks dazu führte, dass sie beinahe auf den rotbraunen Fliesenboden fiel. Elayne warf Min einen Blick zu und erinnerte sich an die Zeit, in der sie selbst Kniebundhosen getragen hatte, und sie fragte sich, ob sie es nicht noch einmal versuchen konnte. Sie boten mit Sicherheit größere Bewegungsfreiheit als Röcke. Allerdings nicht die hochhackigen Stiefel, entschied sie wohlüberlegt. Sie machten Min beinahe so groß wie Aviendha, aber selbst Birgitte schwankte in ihnen, und mit den eng anliegenden Hosen und einem Mantel, der kaum ihre Hüften bedeckte, bot Min definitiv einen skandalösen Anblick.

»Du lügst ihn an?« Aviendhas Tonfall war voller Misstrauen. Sogar die Art und Weise, wie sie ihr dunkles Schultertuch zurechtrückte, kündete von Missbilligung, und sie starrte Min an Elayne vorbei an.

»Natürlich nicht«, erwiderte Min scharf und starrte zurück. »Nur wenn es unbedingt nötig ist.« Aviendha kicherte, dann sah sie überrascht aus, dass sie es getan hatte, und setzte eine steinerne Miene auf.

Was sollte sie mit ihnen machen? Sie mussten einander mögen. Sie mussten es einfach. Aber die beiden Frauen hatten sich seit ihrem Zusammentreffen wie fremde Katzen in einem kleinen Zimmer angestarrt. Oh, sie hatten allem zugestimmt – sie hatten keine andere Wahl gehabt, da keine von ihnen auch nur erahnen konnte, wann ihnen der Mann das nächste Mal zur Verfügung stand –, aber sie hoffte, dass sie einander nicht wieder zeigten, wie geschickt sie mit ihren Messern umgehen konnten. Ganz beiläufig, ohne jede angedeutete Drohung, aber auch ganz offen. Andererseits hatte Aviendha die Zahl der Messer, die Min am Leib trug, durchaus beeindruckt.

Ein junger Diener, der ein Tablett mit hohen Zylindern für die Kandelaber trug, verbeugte sich, als sie vorbeirauschte. Unglücklicherweise starrte er sie so gebannt an, dass er vergaß, auf seine Last zu achten. Das Geräusch auf den Bodenfliesen zersplitternden Glases hallte durch den Korridor.

Elayne seufzte erneut. Sie hoffte, dass sich jeder bald an die neue Ordnung der Dinge gewöhnt hatte. Natürlich war nicht sie allein das Objekt der Aufmerksamkeit, oder Aviendha oder selbst Min, obwohl sie sicher einen Teil davon auf sich zog. Nein, es waren Caseille und Deni, die ihnen dichtauf folgten, die Diener stolpern und die Augen aufreißen ließen. Sie hatte jetzt acht Leibwächterinnen und diese beiden hatten vor ihrer Tür Wache gestanden, als sie aufgewacht war.

Einige der ungläubigen Blicke rührten vermutlich daher, dass Elayne überhaupt von einer Leibwache begleitet wurde, aber mit Sicherheit lag es daran, dass es Frauen waren. Daran hatte sich noch keiner gewöhnt. Aber Birgitte hatte gesagt, sie würde dafür sorgen, dass sie wie eine Zeremonienwache aussahen, und das hatte sie auch getan. Nachdem sie Elaynes Gemächer in der vergangenen Nacht verlassen hatte, musste sie jede Näherin und Hutmacherin des Palasts an die Arbeit gesetzt haben. Jede der Frauen trug einen hellroten Hut mit einer langen weißen Feder, die sich flach an die breite Krempe schmiegte, sowie eine breite, mit Spitze abgesetzte rote Schärpe quer über der Brust, auf der drohend aufgerichtete Weiße Löwen marschierten. Die mit weißen Kragen versehenen scharlachroten Mäntel waren aus Seide und der Schnitt war etwas verändert worden, sodass sie besser saßen und kurz über den Knien der scharlachroten Kniebundhosen endeten, deren Außenseiten von einem weißen Streifen geschmückt wurden. Aus Ärmeln und Kragen quoll weiße Spitze, und ihre schwarzen Stiefel waren gewachst worden, bis sie glänzten. Sie sahen ziemlich schneidig aus und selbst die immer so gelassene Deni stolzierte ein wenig. Elayne vermutete, dass sie noch stolzer sein würden, sobald die Schwertgürtel und Scheiden mit dem Golddraht und die lackierten Helme und Brustpanzer fertig waren. Birgitte ließ die Brustpanzer für die Frauen passend machen, und Elayne war fest davon überzeugt, dass das den Waffenschmieden des Palasts mit *Sicherheit* fast die Augen aus dem Kopf getrieben hatte!

Im Augenblick war Birgitte fleißig damit beschäftigt, Frauen zu befragen, um die zwanzig für die Leibwache benötigten zusammenzubekommen. Elayne konnte fühlen, wie sie sich konzentrierte; da es keinerlei Anzeichen körperlicher Aktivitäten gab, musste es das sein, es sei denn, sie würde lesen oder Steine spielen, und sie gönnte sich nur selten einen Augenblick für sich selbst. Elayne hoffte, sie würde es auch bei den zwanzig belassen. Und sie hoffte, dass Birgitte beschäftigt genug war, dass sie nichts bemerkte, bis es dann zu spät war, wenn sie den Bund verhüllte. Wenn sie nur daran dachte, was für Sorgen sie sich gemacht hatte, Birgitte könnte spüren, wenn sie etwas tat, mit dem sie nicht einverstanden war. Und dabei hatte die Lösung in einer einfachen Frage an Vandene gelegen. Die Antwort war eine traurige Erinnerung daran gewesen, wie wenig sie doch eigentlich darüber wusste, eine Aes Sedai zu sein, vor allem über solche Dinge, die für die anderen Schwestern eine Selbstverständlichkeit waren. Anscheinend wusste jede Schwester, die einen Behüter hatte, wie das zu bewerkstelligen war, selbst jene, die zölibatär lebten.

Es war schon seltsam, wie sich manche Dinge regelten. Wären da nicht die Leibwächterinnen und die Frage gewesen, wie es zu schaffen war, sowohl ihnen als auch Birgitte aus dem Weg zu gehen, wäre sie nie auf die Idee gekommen, danach zu fragen, hätte sie nie gelernt, wie man den Bund für solche Gelegenheiten verhüllen konnte. Nicht, dass sie in absehbarer Zeit geplant hätte, ihren Leibwächterinnen zu entkommen, aber es war besser, rechtzeitig vorbereitet zu sein. Birgitte würde ihr und Aviendha mit Sicherheit nicht erlauben, allein in die Stadt zu gehen, ob nun am Tag *oder* in der Nacht. Das war vorbei.

Ihre Ankunft vor Nynaeves Tür verdrängte jeden Gedanken an Birgitte. Mal davon abgesehen, dass sie den Bund erst im letzten Augenblick verhüllen durfte. Rand war auf der anderen Seite der Tür. Rand, der manchmal ihren Verstand so durcheinander brachte, dass sie sich fragte, ob sie wie eine dieser dummen Puten aus einem Roman war, die wegen eines Mannes die Beherrschung verloren. Sie war immer der Ansicht gewesen, dass diese Geschichten nur von Männern geschrieben sein konnten. Aber manchmal machte Rand sie sprachlos. Wenigstens bekam er das nicht mit, wofür sie dem Licht dankte.

»Wartet hier draußen und lasst niemanden hinein«, befahl sie den Gardistinnen. Sie konnte jetzt keine Unterbrechungen gebrauchen. Mit etwas Glück waren ihre Leibwächter neu genug, dass keinem auffiel, was ihre schönen Uniformen zu bedeuten hatten. »Es wird nur ein paar Minuten dauern.«

Sie salutierten schneidig, führten den Arm quer über die Brust und stellten sich beiderseits der Tür auf; Caseille mit steinernem Gesicht und der Hand auf dem Schwertgriff, Deni mit schmalem Lächeln und der langen Keule in beiden Händen. Elayne war fest davon überzeugt, dass die stämmige Frau glaubte, Min hätte sie hergebracht, damit sie ihren heimlichen Geliebten treffen konnte. Vermutlich war auch Caseille dieser Ansicht. Sie waren nicht mal annähernd so diskret vor den beiden Frauen gewesen, wie sie es hätten sein sollen; keiner hatte seinen Namen erwähnt, aber es hatte genug von ›er hat dies getan‹ und ›er hat das getan‹ gegeben. Wenigstens hatte keine von ihnen versucht, sich zu entschuldigen, um Birgitte Meldung zu machen. Wenn sie ihre Leibwächterinnen waren, dann waren sie *ihre* Leibwächterinnen und nicht Birgittes. Nur dass sie Birgitte nicht raushalten würden, wenn sie den Bund zu früh verhüllte.

Elayne begriff, dass sie zögerte. Der Mann, von dem sie jede Nacht träumte, war auf der anderen Seite der Tür, und sie stand hier wie ein Schulmädchen. Sie hatte so lange gewartet und so viel gewollt und jetzt hatte sie beinahe Angst. Sie würde hier nicht scheitern. Mit einer bewussten Anstrengung riss sie sich zusammen.

»Seid ihr bereit?« Ihre Stimme war nicht so fest, wie sie es sich gewünscht hätte, aber wenigstens zitterte sie nicht. In ihrem Bauch tanzten Schmetterlinge von der Größe von Füchsen. Das war schon lange nicht mehr geschehen.

»Natürlich«, sagte Aviendha, aber sie musste vorher schlucken.

»Ich bin soweit«, sagte Min leise.

Sie traten ohne anzuklopfen ein und schlossen die Tür schnell hinter sich.

Nynaeve sprang mit weit aufgerissenen Augen auf, bevor sie das Wohnzimmer richtig betreten hatten, aber Elayne bemerkte weder sie noch Lan richtig, obwohl der süße Duft der Pfeife des Behüters den Raum füllte. Rand war leibhaftig da; irgendwie war es ihr schwer gefallen, es tatsächlich glauben zu können. Die schreckliche Verkleidung, die Min beschrieben hatte, war abgesehen von der schäbigen Kleidung und den primitiven Handschuhen verschwunden und er war … wunderschön.

Auch er sprang bei ihrem Anblick vom Stuhl hoch, aber bevor er richtig stand, taumelte er, griff mit beiden Händen nach dem Tisch und würgte mehrmals.

Elayne umarmte die Quelle und trat einen Schritt auf ihn zu, dann blieb sie stehen und überwand sich, die Macht wieder loszulassen. Ihre Fähigkeiten auf dem Gebiet des Heilens waren minimal, außerdem hatte Nynaeve genauso schnell reagiert wie sie. Plötzlich umgab sie der Schein *Saidars* und sie streckte beide Hände nach Rand aus.

Er wich vor ihr zurück und winkte ab. »Das ist nichts, was du Heilen könntest, Nynaeve«, sagte er grob. »Aber wie dem auch sei, es sieht so aus, als würdest du deinen Willen bekommen.« Sein Gesicht war eine starre Maske, die jegliche Gefühle verbarg, aber Elayne hatte den Eindruck, dass seine Augen sie förmlich auffraßen. Und Aviendha auch. Sie war überrascht, als sie feststellte, dass es sie froh stimmte. Sie hatte gehofft, dass es so sein würde, hatte gehofft, es würde ihr um ihrer Schwester willen gelingen, und jetzt erwies sich jede Bemühung als unnötig. Es kostete ihn eine sichtliche Anstrengung, sich aufrecht hinzustellen, ebenso wie den Blick von ihr und Aviendha zu lösen, allerdings versuchte er, beides zu verbergen. »Min, wir müssten schon längst wieder weg sein«, sagte er.

Elayne blieb der Mund offen stehen. »Hast du geglaubt, du könntest einfach wieder gehen, *ohne* mit mir, mit *uns* zu sprechen?«, stieß sie mühsam hervor.

»Männer!«, sagten Min und Aviendha beinahe zugleich und warfen einander überraschte Blicke zu. Hastig nahmen sie die verschränkten Arme runter. Obwohl sie sich in fast jeder Hinsicht voneinander unterschieden, waren sie einen Augenblick lang beinahe Spiegelbilder weiblicher Verachtung gewesen.

»Die Männer, die mich in Cairhien töten wollten, würden diesen Palast in einen Schlackehaufen verwandeln, wenn sie wüssten, dass ich hier bin«, sagte Rand ruhig. »Vielleicht auch schon, wenn sie nur den Verdacht hätten. Ich nehme an, Min hat euch gesagt, dass es Asha'man waren. Vertraut keinem von ihnen. Dreien vielleicht ausgenommen. Damer Flinn, Jahar Narishma und Eben Hopwil. Ihnen könnt ihr möglicherweise vertrauen. Was den Rest angeht…« Er ballte die behandschuhten Fäuste, scheinbar ohne dass es ihm bewusst war. »Manchmal wendet sich das Schwert in der Hand gegen einen selbst, aber ich brauche dieses Schwert. Haltet euch von jedem Mann in einem schwarzen Mantel fern. Hört zu, jetzt ist nicht die Zeit für eine Unterhaltung. Es ist besser, wenn ich jetzt gehe.« Sie hatte sich geirrt. Er war nicht genau so, wie sie von ihm geträumt hatte. Manchmal war in ihm eine gewisse Jungenhaftigkeit gewesen, aber die war verschwunden, als hätte man sie ausgebrannt. Sie trauerte seinetwegen darum, denn sie glaubte nicht, dass er es tat – oder dazu imstande war.

»In einer Sache hat er Recht«, sagte Lan um seinen Pfeifenstiel herum im gleichen ruhigen Tonfall. Noch ein Mann, der nie ein Junge gewesen zu sein schien. Die Augen unter dem geflochtenen Lederband, das seine Brauen umgab, waren wie blaues Eis. »Jeder in seiner Nähe ist in großer Gefahr. Jeder.« Aus irgendeinem Grund schnaubte Nynaeve. Dann legte sie die Hand auf eine Ledertasche auf dem Tisch, deren Inhalt sie ausbeulte, und verzog die Lippen zu einem Lächeln. Obwohl das Lächeln einen Augenblick später wieder in sich zusammenfiel.

»Fürchten meine Erstschwester und ich die Gefahr?«, wollte Aviendha wissen und stemmte die Fäuste in die Hüften. Ihr Schultertuch rutschte herunter und fiel zu Boden, aber sie war so konzentriert, dass sie es nicht zu bemerken schien. »Dieser Mann schuldet uns *Toh*, Aan'allein, so wie wir es ihm schulden. Das muss geklärt werden.«

Min breitete die Hände aus. »Ich weiß nicht, was

jetzt *Toh* mit der Sache zu tun haben soll, aber ich gehe nirgendwohin, bevor du mit ihnen gesprochen hast, Rand!« Sie gab vor, Aviendhas wütenden Blick nicht zu bemerken.

Seufzend lehnte sich Rand gegen die Tischkante und fuhr sich mit den behandschuhten Fingern durch die dunklen, roten Locken, die bis zum Nacken reichten. Er schien lautlos mit sich zu diskutieren.

»Es tut mir Leid, dass du die *Sul'dam* und *Damane* am Ende aufgezwungen bekommen hast«, sagte er schließlich. Es hörte sich an, als würde es ihm tatsächlich Leid tun, gewissermaßen; er hätte genauso gut die Kälte bedauern können. »Taim sollte sie den Schwestern übergeben, von denen ich annahm, dass sie bei dir sind. Aber ich schätze, jeder kann einen solchen Fehler machen. Vielleicht glaubte er ja, dass all diese Seherinnen und Weisen Frauen, die Nynaeve zusammengesucht hat, Aes Sedai sind.« Sein Lächeln war dünn. Es reichte nicht bis zu seinen Augen.

»Rand«, sagte Min in einem leisen, warnenden Tonfall.

Er hatte die Unverschämtheit, sie fragend anzusehen, als würde er sie nicht verstehen. Und er fuhr ungerührt fort. »Aber egal, ihr scheint genug von ihnen zu haben, um eine Hand voll Frauen in Gewahrsam zu halten, bis ihr sie den… anderen Schwestern übergeben könnt, denen bei Egwene. Die Dinge laufen nie genau so ab, wie man es erwartet, nicht wahr? Hätte je einer gedacht, dass aus ein paar Schwestern, die Elaida fortlaufen, eine Rebellion gegen die Weiße Burg entstehen würde? Mit Egwene als Amyrlin! Und der Bande der Roten Hand als ihr Heer. Ich schätze, Mat kann eine Weile bei ihnen bleiben.« Aus irgendeinem Grund blinzelte er und berührte die Stirn, dann machte er in diesem aufreizend beiläufigen Tonfall weiter. »Nun, überall nehmen die Dinge seltsame Wendungen. Bei diesem Tempo würde es mich nicht überraschen, wenn meine Freunde in der Burg genug Mut aufbringen, in die Öffentlichkeit zu treten.«

Elayne sah Nynaeve mit einer hochgezogenen Braue an. Seherinnen und Weise Frauen? Die Bande war Egwenes Heer und Mat war bei ihr? Nynaeves Versuch, naive Unschuld zu zeigen, ließ sie wie die personifizierte Schuld aussehen. Elayne vermutete, dass es keine Rolle spielte. Er würde die Wahrheit früh genug erfahren, falls man ihn überreden konnte, sich zu Egwene zu begeben. Davon abgesehen hatte sie Wichtigeres mit ihm zu regeln. Egal, wie beiläufig sich dieser Mann auch gab, er plapperte einfach drauflos, warf ihnen alle möglichen Brocken hin in der Hoffnung, sie abzulenken.

»So leicht kommst du uns nicht davon, Rand.« Elayne fasste ihre Röcke fester, um zu verhindern, dass sie ihm mit dem Finger drohte. Oder mit der Faust; sie war sich nicht sicher, welches von beiden es sein würde. Die *anderen* Schwestern? Die *echten* Aes Sedai, hatte er sagen wollen. Wie konnte er es wagen? Und seine *Freunde* in der Burg! War es denn möglich, dass er noch immer Alviarins seltsamem Brief Glauben schenkte? Ihre Stimme war kühl und beherrscht, sie duldete keinen Unsinn. »Nichts davon spielt im Augenblick eine Rolle, gar nichts. Du und Aviendha und Min und ich, das ist es, worüber wir reden müssen. Und das werden wir auch. Und zwar wir *alle*, Rand al'Thor, und du wirst den Palast *nicht* verlassen, bis das geschehen ist!«

Einen langen Augenblick sah er sie bloß an, ohne dass sich seine Miene veränderte. Dann holte er hörbar Luft und sein Gesicht wurde zu Stein. »Elayne, ich liebe dich.« Ohne Pause fuhr er dann fort und die Worte strömten aus ihm hervor wie Wasser aus einem geborstenen Damm. Und sein Gesicht blieb versteinert.

»Aviendha, ich liebe dich. Min, ich liebe dich. Und nicht eine Spur mehr oder weniger als die anderen beiden. Ich will nicht eine von euch haben, ich will alle drei. So, jetzt wisst ihr es. Ich bin ein Wüstling. Jetzt könnt ihr alle gehen und nicht zurücksehen. Es ist sowieso Wahnsinn. Ich kann es mir nicht leisten, irgendjemanden zu lieben!«

»Rand al'Thor«, kreischte Nynaeve, »das ist das Ungeheuerlichste, was ich jemals aus deinem Mund gehört habe! Allein schon die Vorstellung, *drei* Frauen zu sagen, dass du sie liebst! Du bist *schlimmer* als ein Wüstling! Du wirst dich auf der Stelle entschuldigen!« Lan hatte sich die Pfeife aus dem Mund gerissen und starrte Rand an.

»Ich liebe dich, Rand«, sagte Elayne einfach, »und auch wenn du mich nicht gefragt hast, will ich dich heiraten.« Sie errötete leicht, aber sie hatte ohnehin vor, in Kürze noch viel forscher zu sein, also ging sie davon aus, dass das jetzt kaum zählte. Nynaeves Lippen bewegten sich, aber sie brachte keinen Ton hervor.

»Mein Herz liegt in deinen Händen, Rand«, sagte Aviendha und sprach seinen Namen wie eine seltene Kostbarkeit aus. »Solltest du einen Brautschleier für meine Erstschwester und mich machen, werde ich ihn aufheben.« Und auch sie errötete und versuchte es zu verbergen, indem sie sich bückte und ihr Schultertuch vom Boden aufhob und es über ihre Arme drapierte. Nach den Aielbräuchen hätte sie nicht ein Wort davon sagen dürfen. Endlich brachte Nynaeve einen Laut hervor. Ein Quieken.

»Wenn du immer noch nicht begriffen hast, dass ich dich liebe«, sagte Min, »dann bist du blind, taub und tot!« Sie errötete nicht; in ihren Augen blitzte es durchtrieben auf und sie schien gleich lachen zu müssen. »Und was diese Heirat angeht, nun, das machen wir drei unter uns aus, also ist das kein Problem!« Nynaeve umklammerte ihren Zopf mit beiden Händen und zog fest daran, während sie durch die Nase schnaufte. Lan hatte mit dem intensiven Studium des Inhalts seines Pfeifenkopfes begonnen.

Rand betrachtete die drei, als hätte er noch nie zuvor eine Frau gesehen und würde sich fragen, was sie wohl darstellten. »Ihr seid alle verrückt«, sagte er schließlich. »Ich würde jede von euch heiraten – euch alle, und das Licht stehe mir bei! –, aber das ist unmöglich und das wisst ihr auch.« Nynaeve sackte auf den Stuhl und schüttelte den Kopf. Sie murmelte etwas vor sich hin, aber alles, was Elayne verstehen konnte, waren ein paar Worte über den Frauenzirkel, dessen Mitglieder ihre Zungen verschluckten.

»Wir müssen noch etwas anderes besprechen«, sagte sie. Licht, Min und Aviendha sahen aus, als würden sie ein Stück Kuchen anstarren! Es kostete sie Mühe, ihr Lächeln etwas weniger… begierig aussehen zu lassen. »In meinen Gemächern, würde ich sagen. Wir müssen Nynaeve und Lan nicht länger belästigen.« Denn sie hatte Angst, dass Nynaeve versuchen würde, sie aufzuhalten, wenn sie davon erfuhr. Die Frau war schnell darin, ihre Autorität ins Spiel zu bringen, wenn es um Angelegenheiten der Aes Sedai ging.

»Ja«, sagte Rand langsam. Und fügte dann seltsamerweise hinzu: »Ich habe gesagt, du hast gewonnen, Nynaeve. Ich werde nicht gehen, ohne vorher noch einmal mit dir gesprochen zu haben.«

»Oh!« Nynaeve schaute auf, als würde sie aus einem Traum erwachen. »Ja, natürlich nicht. Ich habe ihn aufwachsen gesehen«, plapperte sie und schenkte Elayne ein verunglücktes Lächeln. »Fast von Anfang an. Ich habe seine ersten Schritte verfolgt. Er kann nicht gehen, ohne vorher mit mir ein nettes, langes Gespräch zu führen.«

Elayne musterte sie misstrauisch. Beim Licht, sie

hörte sich an wie eine in die Jahre gekommene Amme. Obwohl Lini niemals dummes Zeug gebrabbelt hatte. Elayne hoffte, dass Lini am Leben war und es ihr gut ging. Aber sie fürchtete, dass keines von beidem zutraf. Warum benahm sich Nynaeve nur so? Die Frau führte etwas im Schilde, und wenn sie ihre Stellung nicht dazu ausnutzte, es zu tun, musste es sich um etwas handeln, von dem selbst sie wusste, dass es falsch war.

Plötzlich schien Rand zu flackern, so als würde die um ihn herum befindliche Luft vor Hitze schimmern, und Elayne vergaß alles. Im nächsten Augenblick war er… jemand anderer, kleiner, stämmiger, derb und unzivilisiert. Und so abscheulich anzusehen, dass sie nicht einmal darüber nachdachte, dass er die männliche Hälfte der Macht benutzt hatte. Fettiges schwarzes Haar fiel in ein ungesund bleiches Gesicht, das von Warzen übersät war, einschließlich der auf der Knollennase über den wulstigen, schlaffen Lippen, die scheinbar jeden Augenblick lossabbern wollten. Er kniff die Augen zu und schluckte, dann griff er nach den Armlehnen des Stuhls, als könnte er es nicht ertragen, so von ihnen angestarrt zu werden.

»Du siehst immer noch gut aus, Rand«, sagte sie sanft.

»Ha!«, machte Min. »Dieses Gesicht würde eine Ziege in Ohnmacht fallen lassen!« Nun, das würde es tatsächlich, aber sie hätte es nicht zu sagen brauchen.

Aviendha lachte. »Min Farshaw, du hast Sinn für Humor. Dieses Gesicht würde eine ganze Ziegenherde in Ohnmacht fallen lassen.« Oh, beim Licht, das würde es *tatsächlich*! Elayne konnte gerade noch rechtzeitig ein Kichern unterdrücken.

»Ich bin, wer ich bin«, sagte Rand und stemmte sich aus dem Stuhl hoch. »Ihr könnt es bloß nicht sehen.«

Als die stämmige Deni Rand das erste Mal in seiner

Verkleidung erblickte, erstarrte das Lächeln auf ihrem Gesicht. Caseille blieb der Mund offen stehen. *So viel zu dem geheimen Stelldichein mit einem Liebhaber*, dachte Elayne und kicherte in Gedanken. Sie war fest davon überzeugt, dass er genauso viele Blicke wie die Gardistinnen auf sich zog, während er mit mürrischer Miene zwischen ihnen herschlurfte. Auf jeden Fall würde niemand einen Verdacht hegen, wer er wirklich war. Die Dienerschaft in den Korridoren würde vermutlich glauben, dass man ihn wegen irgendeines Verbrechens festgenommen hatte. Auf jeden Fall sah er aus wie ein Verbrecher. Caseille und Deni behielten ihn so scharf im Auge, als würden sie diese Meinung teilen.

Als den Gardistinnen klar wurde, dass sie vor Elaynes Gemächern warten sollten, während er die drei Frauen hinein begleitete, hätten sie beinahe den Befehl verweigert. Plötzlich erschien Rands Verkleidung nicht länger lustig. Caseilles Lippen zogen sich zu einem dünnen Strich zusammen und Denis breites Gesicht erstarrte zu sturem Unbehagen. Um ein Haar hätte Elayne ihnen den Großen Schlangenring unter die Nasen halten müssen, bevor sie stirnrunzelnd neben der Tür ihre Position einnahmen. Sie drückte die Tür leise ins Schloss und versperrte den Blick auf ihre mürrischen Mienen, dabei hätte sie sie am liebsten zugeknallt. Licht, der Mann hätte auch eine etwas weniger anstößige Gestalt als Tarnung auswählen können.

Und was *ihn* anging, er begab sich schnurstracks zu dem Tisch mit den Intarsien und lehnte sich dagegen, während die Luft um ihn herum schimmerte und er wieder er selbst wurde. Die Drachenschädel auf seinen Handrücken schimmerten scharlachrot und golden metallisch. »Ich brauche etwas zu trinken«, murmelte er mit belegter Stimme und erspähte einen hochhalsigen Silberkrug auf dem langen Beistelltisch an der Wand.

Er ging auf unsicheren Beinen darauf zu – wobei er noch immer jeden Blick auf Elayne, Min oder Aviendha vermied –, und goss einen Silberbecher voll, den er mit einem großen Schluck bis zur Hälfte leerte. Der gewürzte Wein war dort stehen geblieben, als man das Frühstück abgeräumt hatte. Mittlerweile musste er eiskalt sein. Elayne hatte nicht erwartet, so bald in ihre Gemächer zurückzukehren, und das Feuer im Kamin glomm nur noch unter der Asche. Aber so weit sie sehen konnte, machte er keinerlei Anstalten, den Wein mit Hilfe der Macht zu erwärmen. Sie hätte zumindest den aufsteigenden Dampf gesehen. Und warum war er zu dem Wein gegangen, statt ihn mit der Macht zu holen? Sonst hatte er doch immer Weinbecher und Lampen durch die Luft schweben lassen.

»Geht es dir gut, Rand?«, fragte sie. »Ich meine, bist du krank?« Bei dem Gedanken daran, welche Krankheit ihm möglicherweise zusetzte, verkrampfte sich ihr Magen. »Nynaeve kann…«

»Mir geht es so gut, wie es geht«, erwiderte er tonlos. *Noch immer* mit dem Rücken zu ihnen. Er leerte den Becher und füllte ihn nach. »Also, was wollt ihr mir sagen, das Nynaeve nicht mitbekommen soll?«

Elayne wechselte einen überraschten Blick mit Min und Aviendha. Wenn *er* ihre Ausrede durchschaut hatte, dann hatte es Nynaeve erst recht. Warum hatte sie sie gehen lassen? Aviendha schüttelte überrascht den Kopf. Min schüttelte ihn ebenfalls, aber mit einem Grinsen, das besagte, dass man gelegentlich mit so etwas rechnen musste. Elayne verspürte einen kleinen Stich der… nein, es war keine Eifersucht, für sie drei kam Eifersucht nicht in Frage. Es war vielmehr Wut darüber, dass Min so viel Zeit mit ihm verbracht hatte und sie nicht. Nun, wenn er Überraschungen haben wollte…

»Wir wollen den Behüterbund mit dir eingehen«, erklärte sie und strich die Röcke glatt, während sie Platz nahm. Min setzte sich auf die Tischkante und ließ die Beine baumeln, und Aviendha setzte sich mit überkreuzten Beinen auf den Teppich, wobei sie vorher sorgfältig ihre schweren wollenen Röcke ausbreitete. »Wir drei. Natürlich fragen wir dich vorher, so wie es sich gehört.«

Er fuhr herum. Wein spritzte aus dem Becher und noch mehr aus dem Krug, bevor er ihn wieder in die aufrechte Stellung brachte. Mit einem gemurmelten Fluch trat er hastig aus dem sich auf dem Teppich ausbreitenden feuchten Fleck und stellte den Krug zurück auf das Tablett. Die Vorderseite seines groben Mantels wurde ebenfalls von einem großen feuchten Fleck und Tropfen dunklen Weins geschmückt, die er mit der freien Hand wegzuwischen versuchte. Sehr gut!

»Du bist wirklich nicht bei Verstand«, knurrte er. »Du weißt genau, was mir bevorsteht. Du weißt, was das für jeden bedeutet, mit dem ich durch den Bund verknüpft wäre. Selbst wenn ich nicht wahnsinnig werden sollte, wird sie meinen Tod miterleben müssen! Und was soll das heißen, ihr drei? Min kann die Macht nicht lenken. Und davon abgesehen ist euch Alanna Mosvani zuvorgekommen und sie hat sich nicht die Mühe gemacht und vorher gefragt. Sie und Verin haben ein paar Mädchen von den Zwei Flüssen in die Weiße Burg geholt. Ich bin schon seit Monaten mit ihr verbunden.«

»Und das hast du mir vorenthalten, du wollköpfiger Schafhirte?«, rief Min. »Hätte ich das gewusst…!« Sie zog ein schlankes Messer aus dem Ärmel, starrte es wütend an und steckte es mürrisch zurück. Diese Heilmethode wäre genauso verheerend für Rand wie für Alanna gewesen.

»Das war ein Verstoß gegen die Sitten«, sagte Aviendha nachdenklich. Sie veränderte die Stellung auf dem Teppich und fummelte an ihrem Gürtelmesser herum.

»Und ob«, erwiderte Elayne grimmig. Dass eine Schwester überhaupt so etwas einem Mann antun konnte, war widerwärtig. Dass Alanna es Rand angetan hatte…! Sie erinnerte sich an die dunkle, wilde Grüne mit dem unberechenbaren Humor und dem gleichermaßen unberechenbaren Temperament. »Alanna schuldet ihm mehr *Toh*, als sie in ihrem ganzen *Leben* zurückzahlen könnte! Und uns ebenfalls. Und selbst wenn ich sie in die Finger bekomme, wird sie sich wünschen, ich hätte sie auf der Stelle umgebracht!«

»Nachdem *wir* sie in die Finger bekommen haben«, sagte Aviendha und nickte, um es zu unterstreichen.

»Also.« Rand blickte in seinen Wein. »Du siehst, dass es sinnlos ist. Ich… ich finde, ich sollte jetzt lieber zu Nynaeve zurückgehen. Kommst du, Min?« All dem zum Trotz, was sie ihm gesagt hatten, klang er, als würde er es nicht so richtig glauben, als könnte Min ihn jetzt verlassen. Es hörte sich nicht so an, als hätte er Angst davor; es klang einfach nur resigniert.

»Es ist nicht sinnlos«, sagte Elayne beschwörend. Sie beugte sich vor und versuchte ihn mit der Kraft ihrer Persönlichkeit dazu zu bringen, dass er ihre Worte akzeptierte. »Ein Bund schließt einen anderen nicht aus. Schwestern verbinden sich nicht mit demselben Mann, weil es so Brauch ist, Rand, weil sie ihn nicht *teilen* wollen, und nicht, weil das nicht möglich wäre. Es verstößt nicht einmal gegen das Burggesetz.« Natürlich waren manche Bräuche so mächtig wie ein Gesetz, zumindest in den Augen der Schwestern. Nynaeve schien jeden neuen Tag mehr daran interessiert zu sein, die Bräuche und Erhabenheit der Aes Sedai aufrechtzuerhalten. Wenn sie hiervon erfuhr, würde sie vermutlich an die Decke gehen. »Nun, wir *wollen* dich teilen! Wir *werden* dich teilen, wenn du einverstanden bist.«

Wie leicht es ihr doch fiel, das zu sagen! Einst war sie der festen Überzeugung gewesen, so etwas unmöglich über die Lippen bringen zu können. Bis sie begriffen hatte, dass sie Aviendha genauso sehr liebte wie ihn, nur eben auf eine andere Weise. Das Gleiche galt für Min; eine weitere Schwester, selbst wenn sie einander nicht adoptiert hatten. Sollte sich ihr die Gelegenheit bieten, würde sie Alanna dafür auspeitschen, dass sie ihn berührt hatte, aber bei Aviendha und Min war das etwas anderes. Sie waren ein Teil von ihr. In gewisser Weise waren die anderen Frauen *sie* und umgekehrt.

Sie senkte die Stimme. »Ich bitte dich, Rand. Wir bitten dich. Bitte lass uns den Bund eingehen.«

»Min«, murmelte er beinahe anklagend. Sein auf Mins Gesicht gerichteter Blick war voller Verzweiflung. »Du hast das gewusst, nicht wahr? Du wusstest, wenn ich sie sehen sollte…« Er schüttelte den Kopf, unfähig oder unwillig weiterzusprechen.

»Von dem Bund wusste ich nichts, bis sie es mir vor einer Stunde sagten«, erklärte sie und erwiderte seinen Blick mit dem zärtlichsten Ausdruck in den Augen, den Elayne je gesehen hatte. »Aber ich wusste, ich hoffte, was passieren würde, solltest du sie wiedersehen. Manche Dinge müssen einfach sein, Rand. Sie müssen es einfach.«

Rand starrte in den Weinbecher. Momente schienen sich zu Stunden auszudehnen. Schließlich stellte er den Becher zurück. »Also gut«, sagte er leise. »Ich kann nicht sagen, dass ich das nicht will, weil ich es tue. Soll das Licht mich dafür zu Asche verbrennen! Aber denkt an den Preis. Denkt an den Preis, den ihr zahlen müsst.«

Elayne musste nicht über den Preis nachdenken. Der

war ihr von Anfang an klar gewesen, sie hatte ihn mit Aviendha besprochen, um sicherzugehen, dass auch sie ihn verstand. Sie hatte ihn Min erklärt. Nimm dir, was du willst, und bezahle dafür, lautete ein altes Sprichwort. Keine von ihnen musste über den Preis nachdenken; sie kannten ihn und waren bereit, ihn zu zahlen. Aber es galt keine Zeit zu verschwenden. Selbst jetzt hielt sie ihn durchaus dazu fähig, dass ihm der Preis plötzlich zu hoch war und er sich dagegen entschied. Als wäre das seine Entscheidung!

Sie öffnete sich *Saidar,* ging mit Aviendha eine Verknüpfung ein und teilte mit ihr ein Lächeln. Wie immer war es eine Freude, mit ihrer Schwester Gefühle und physische Wahrnehmungen zu teilen; das war nun wesentlich intimer geworden, so wie die Fähigkeit, einander bewusst zu sein, viel stärker geworden war. Es ähnelte dem, was sie bald mit Rand teilen würden. Elayne hatte das sehr sorgfältig geplant, es aus jeder Richtung genau studiert. Dabei war ihr das, was sie von den Adoptions-Geweben der Aiel gelernt hatte, von großem Nutzen gewesen. Diese Zeremonie hatte sie überhaupt erst auf die Idee gebracht.

Sie wob sorgfältig Geist, ein Strom aus über hundert Strängen, von denen jeder genau den ihm zustehenden Platz erhielt, und hüllte die auf dem Boden sitzende Aviendha mit dem fertigen Gewebe ein, dann wiederholte sie es bei der auf der Tischkante sitzenden Min. In gewisser Weise handelte es sich gar nicht um zwei verschiedene Gewebe. Sie leuchteten mit einer präzisen Gleichförmigkeit, und wenn sie das eine betrachtete, kam es ihr so vor, als würde sie gleichzeitig das andere sehen. Es handelte sich nicht um die Gewebe der Adoptionszeremonie, aber sie unterlagen denselben Prinzipien. Sie *verbanden* miteinander; was *eine* mit diesem Gewebe verwobene Person erlebte, erlebten *alle* damit verwobenen. Sobald die Gewebe an Ort und

Stelle waren, übergab sie die Führung des aus zwei Frauen bestehenden Zirkels an Aviendha. Die bereits erschaffenen Gewebe blieben bestehen und Aviendha wob sofort identische Gewebe um Elayne und auch um Min. Das zweite vermengte sie mit dem ersten, bis es von Elaynes nicht mehr zu unterscheiden war, dann reichte sie die Kontrolle zurück. Nach viel Übung gelang ihnen dies nun beinahe mühelos. Vier Gewebe, das heißt, nun waren es drei, aber sie schienen alle dieselben zu sein.

Alles war bereit. Aviendha war wie ein Fels in der Brandung, das personifizierte Selbstbewusstsein, so stark wie alles, was Elayne je von Birgitte wahrgenommen hatte. Min hielt die Knöchel übereinander geschlagen und den Tischrand umklammert; sie konnte die Ströme nicht wahrnehmen, zeigte aber ein selbstsicheres Lächeln, das lediglich etwas dadurch verdorben wurde, dass sie sich mit der Zunge über die Lippen fuhr. Elayne holte tief Luft. Ihren Augen bot sich das Bild eines Netzes aus Geist, das die feinste Spitzenstickerei grob erscheinen ließ. Wenn es jetzt nur so funktionierte, wie sie angenommen hatte.

Sie griff gleichzeitig nach allen Geweben und zog sie in schmalen Bahnen bis zu Rand, wobei sie die drei Stränge zu einem verwob und daraus den Behüterbund erschuf. Sie hüllte Rand so sanft damit ein, als würde sie ein Baby mit seiner Decke zudecken. Der an den Faden eines Spinnennetzes erinnernde Strang aus Geist umhüllte Rand, drang in ihn ein. Er blinzelte nicht einmal, aber es war vollbracht. Sie ließ *Saidar* los. Das war es.

Er starrte sie ausdruckslos an und führte langsam die Finger an die Schläfen.

»Oh, Licht, Rand, die Schmerzen«, murmelte Min mit gequälter Stimme. »Ich habe es nicht gewusst, ich hatte ja keine Ahnung. Wie kannst du das ertragen? Da sind Schmerzen, von denen du nicht einmal zu wissen scheinst, als hättest du so lange mit ihnen gelebt, dass sie ein Teil von dir geworden sind. Diese Reiher auf deinen Händen; du spürst noch immer, wie sie sich dir eingebrannt haben. Diese Dinger auf deinen Armen schmerzen! Und deine Seite! Warum weinst du nicht, Rand? Warum weinst du nicht?«

»Er ist der *Car'a'carn*«, sagte Aviendha lachend. »So stark wie das Dreifache Land!« Der Stolz stand ihr ins Gesicht geschrieben – oh, sie war so stolz –, aber noch während sie lachte, rannen ihr Tränen über die von der Sonne verbrannten Wangen. »Die Adern aus Gold. Oh, die Adern aus Gold. Du liebst mich, Rand.«

Elayne starrte ihn einfach nur an, fühlte ihn in ihrem Kopf. Die Schmerzen der Wunden und Verletzungen, die er tatsächlich vergessen hatte. Die Anspannung und der Unglaube; das Staunen. Aber seine Gefühle waren zu unnachgiebig, wie ein erstarrender Bernsteintropfen, fast schon wie ein Stein. Doch sie wurden von goldenen Adern durchzogen, die pulsierten und aufglühten, wenn er Min ansah. Oder Aviendha. Oder sie. Er *liebte* sie tatsächlich. Er liebte sie alle drei. Und darüber hätte Elayne am liebsten vor Freude gelacht. Andere Frauen würden ihre Zweifel haben, aber sie würde immer wissen, dass seine Liebe wahrhaftig war.

»Möge das Licht geben, dass ihr wisst, was ihr getan habt«, sagte er leise. »Möge das Licht geben, dass ihr nicht…« Der Bernstein wurde noch etwas härter. Er war davon überzeugt, dass sie verletzt werden würden, und er stählte sich bereits dagegen. »Ich… ich muss jetzt gehen. Wenigstens weiß ich nun, dass es euch allen gut geht; ich muss mir wegen euch keine Sorgen machen.« Plötzlich grinste er; beinahe hätte er jungenhaft ausgesehen, wenn das Grinsen seine Augen erreicht hätte. »Nynaeve wird schon glauben, ich hätte mich verdrückt, ohne noch einmal bei ihr vorbeizuschauen. Nicht, dass sie ein bisschen Aufregung nicht verdient hätte.«

»Rand, da ist noch etwas«, sagte Elayne und hielt inne, um zu schlucken. Licht, und sie hatte gedacht, dass das der leichte Teil werden würde.

»Ich schätze, Aviendha und ich sollten uns miteinander unterhalten, solange wir Gelegenheit haben«, sagte Min hastig und sprang vom Tisch. »An irgendeinem Ort, wo wir ungestört sind. Wenn ihr uns entschuldigt?«

Aviendha erhob sich anmutig vom Teppich und glättete die Röcke. »Ja. Min Farshaw und ich müssen mehr über einander erfahren.« Sie warf Min einen zweifelnden Blick zu und richtete das Schultertuch, aber sie gingen mit untergehakten Armen.

Rand sah ihnen misstrauisch nach, als wüsste er, dass ihr Gehen Teil eines Plans war. Ein in die Ecke getriebener Wolf. Aber diese goldenen Adern leuchteten in ihrem Verstand.

»Da gibt es etwas, das sie von dir bekommen haben und ich noch nicht«, begann Elayne und verschluckte sich, während das aufsteigende Blut ihre Wangen beinahe verbrannte. Blut und Asche! *Wie* machten andere Frauen das bloß? Sorgfältig musterte sie das Bündel aus Gefühlen in ihrem Inneren, das ihn darstellte, und das Bündel, das Birgitte war. Noch immer keine Veränderung bei dem zweiten. Sie stellte sich vor, es in ein Taschentuch einzuwickeln, welches sie fest zusammenknotete, und Birgitte war verschwunden. Nur noch Rand war da. Und die leuchtenden goldenen Adern. In ihrem Bauch schlugen Schmetterlinge mit der Größe von *Wolfshunden* heftig mit den Flügeln. Sie schluckte schwer und holte tief Luft. »Du wirst mir bei den Knöpfen helfen müssen«, sagte sie unsicher. »Ich kann dieses Gewand nicht allein ausziehen.«

Als Min mit der Aielfrau in den Korridor hinaustrat, nahmen die beiden Gardistinnen Haltung an, aber nachdem Min die Tür wieder geschlossen hatte und ihnen klar wurde, dass sonst niemand mehr den Raum verließ, kam Bewegung in sie.

»Sie kann doch unmöglich so einen schlechten Geschmack haben«, murmelte die Stämmige mit dem müden Blick kaum verständlich; ihre Fäuste schlossen sich fester um die lange Keule. Min glaubte nicht, dass das jemand hatte hören sollen.

»Zu viel Mut und viel zu viel Naivität«, knurrte die Schlanke, die etwas von einem Mann an sich hatte. »Davor hat uns der Generalhauptmann gewarnt.« Sie legte die Hand in dem schweren Panzerhandschuh auf den Löwenkopfknauf.

»Wenn Ihr jetzt da hinein geht, wird sie Euch vermutlich die Haut abziehen«, sagte Min vergnügt. »Habt Ihr sie je wütend erlebt? Sie könnte einen Bären zum Weinen bringen!«

Aviendha löste sich von Min und trat einen Schritt zur Seite. Allerdings war ihr finsterer Blick auf die Gardistin gerichtet. »Bezweifelt ihr, dass meine Schwester mit einem einzigen Mann fertig werden kann? Sie ist Aes Sedai und hat das Herz einer Löwin. Und ihr habt einen Eid geschworen, ihr zu folgen! Ihr folgt ihr, wohin sie euch führt, und steckt nicht eure Nasen in ihren Ärmel.«

Die Gardistinnen tauschten einen langen Blick aus. Die massigere Frau zuckte mit den Schultern. Die Drahtige schnitt eine Grimasse, aber sie nahm die Hand von dem Türknauf. »Ich habe den Eid geschworen, dieses Mädchen zu beschützen«, sagte sie mit harter Stimme, »und das werde ich auch tun. Und jetzt geht ihr Mädchen mit euren Puppen spielen und lasst mich meine Arbeit tun.«

Min überlegte, ein Messer zu ziehen und es auf diese

angeberische Art über die Finger rollen zu lassen, die ihr Thom Merrilin beigebracht hatte. Nur um ihr zu zeigen, wer hier das Kind war. Die schlanke Frau war nicht jung, aber in ihrem Haar war keine graue Strähne zu entdecken, und sie sah ziemlich kräftig aus. Und schnell. Min hätte gern geglaubt, dass einiges von der Masse der anderen Frau Fett war, aber sie wusste es besser. Sie konnte bei keiner von ihnen Bilder oder Auren sehen, aber die beiden sahen nicht im Mindesten so aus, als fürchteten sie sich davor, das zu tun, was sie für nötig hielten. Nun, wenigstens ließen sie Elayne und Rand allein. Vielleicht war das Messer doch unnötig.

Aus dem Augenwinkel sah sie, dass die Aiel zögernd die Hand vom Gürtelmesser nahm. Wenn die Frau nicht bald aufhörte, ihr alles wie ein Spiegelbild nachzumachen, würde sie doch noch glauben, dass mehr an diesem Hokuspokus mit der Macht war, als man ihr gesagt hatte. Andererseits hatte es schon vor dem Hokuspokus angefangen. Vielleicht dachten sie ja alle gleich? Eine schreckliche Vorstellung. Licht, dieses ganze Gerede, dass er sie alle drei heiratete, war ja schön und gut, solange es Gerede war, aber wen würde er nun *tatsächlich* heiraten?

»Elayne *ist* mutig«, sagte sie zu der Leibwache. »So mutig wie alle anderen, die ich kennen gelernt habe. Und sie ist nicht dumm. Wenn ihr das glaubt, werdet ihr bald Ärger mit ihr haben.« Sie starrten aus der vorteilhaften Position der fünfzehn oder zwanzig Jahre Altersunterschied zwischen ihnen auf sie herunter, ungerührt und entschlossen. Gleich würden sie ihr erneut befehlen, sich endlich aus dem Staub zu machen. »Nun, wir können hier nicht rumstehen, wenn wir uns unterhalten wollen, nicht wahr, Aviendha?«

»Nein«, sagte die Aiel angespannt und starrte die Gardistinnen finster an. »Wir können hier nicht rumstehen.«

Die Leibwächterinnen nahmen keine Notiz von ihnen, als sie gingen. Sie hatten einen Auftrag zu erledigen, und es ging nicht darum, Elaynes Freundinnen nachzusehen. Min hoffte, dass sie ihre Arbeit gut erledigten. *Sie ist überhaupt nicht dumm*, dachte sie. *Sie lässt nur manchmal zu, dass ihr Mut den Weg vorgibt.* Hoffentlich würden sie Elayne nicht in ein Dornengestrüpp gehen lassen, aus dem sie nicht wieder herausgelangte.

Auf dem Weg durch den Korridor musterte sie die Aielfrau verstohlen. Aviendha ging so weit von ihr entfernt, wie das im selben Gang möglich war. Sie sah nicht einmal in Mins Richtung, sondern zog ein reich verziertes Elfenbeinarmband aus der Gürteltasche und schob es mit einem selbstzufriedenen Lächeln über die linke Hand. Sie hatte von Anfang an die Nase gerümpft. Min verstand es einfach nicht. Angeblich waren es die Aiel gewohnt, sich einen Mann zu teilen. Jedenfalls eher, als sie es war. Sie liebte ihn so sehr, dass sie bereit war, ihn zu teilen, und wenn sie es schon musste, gab es auf der ganzen Welt keine Person, mit der sie ihn lieber geteilt hätte als mit Elayne. Bei ihr war es fast so, als würden sie ihn überhaupt nicht teilen. Aber diese Aielfrau war eine Fremde. Elayne hatte gesagt, es sei wichtig, dass sie einander kennen lernten, aber wie sollte das gehen, wenn die Frau nicht mit ihr reden wollte?

Allerdings verschwendete sie nicht viel Zeit damit, sich Sorgen um Elayne oder Aviendha zu machen. Dafür war das, was sich in ihrem Kopf abspielte, viel zu wunderbar. Rand. Eine kleine Kugel, die ihr alles über ihn verriet. Sie war davon überzeugt gewesen, dass die Sache nicht klappen würde, zumindest nicht bei ihr. Wie würde es wohl sein, wenn sie sich das nächste Mal liebten, wenn sie *alles* erfuhr! Licht! Natürlich würde er auch alles über sie wissen. Sie konnte nicht sagen, was sie davon halten sollte!

Plötzlich wurde sie sich bewusst, dass das Bündel aus Gefühlen und Sinnesempfindungen nicht länger so war wie zuvor. Nun hatte es etwas… Animalisches an sich… so wie ein Buschfeuer, das durch einen zundertrockenen Wald tobte. Was konnte…? Licht! Sie taumelte und konnte gerade noch verhindern, dass sie stolperte. Hätte sie gewusst, dass er diese Feuersbrunst, diesen rasenden Hunger in sich trug, hätte sie Angst gehabt, von ihm berührt zu werden! Andererseits… Das Wissen, der auslösende Funke für ein solches Inferno zu sein, wäre nett gewesen. Sie konnte kaum erwarten auszuprobieren, ob sie das gleiche Ergebnis verursachen konnte wie… Sie stolperte wieder und diesmal musste sie sich auf eine verzierte Holztruhe aufstützen. Oh, Licht! Elayne! Ihr *Gesicht* fühlte sich wie ein Ofen an. Das war ja so, als würde man heimlich durch die Bettvorhänge spähen!

Schnell versuchte sie, den Trick durchzuführen, von dem Elayne ihr erzählt hatte, und stellte sich vor, diese Kugel aus Gefühlen in einem Taschentuch zu verknoten. Nichts geschah. Völlig außer sich unternahm sie den nächsten Versuch, aber das tobende Feuer war noch immer da! Sie musste aufhören, es sich anzusehen, aufhören, es zu fühlen. Egal, worauf sie sich konzentrierte, solange sie nur die Aufmerksamkeit auf etwas anderes richtete! Egal was! Vielleicht, wenn sie redete.

»Sie hätte diesen Herzblatt-Tee trinken sollen«, plapperte sie drauflos. Sie verriet das, was sie sah, immer nur jenen, die darin verwickelt waren, und dann auch nur, wenn sie es hören wollten, aber sie musste etwas sagen. »Sie wird davon schwanger werden. Zwei Kinder, ein Junge und ein Mädchen, beide stark und gesund.«

»Sie will seine Babys«, murmelte die Aielfrau. Ihre grünen Augen starrten stur geradeaus; sie biss die

Zähne zusammen, ihre Stirn war schweißbedeckt. »Ich werde diesen Tee nicht trinken, falls ich…« Sie schüttelte sich und warf Min über die Breite des Korridors einen finsteren Blick zu. »Meine Schwester und die Weisen Frauen haben mir von dir berichtet. Siehst du bei Menschen wirklich Dinge, die dann wahr werden?«

»Manchmal sehe ich Dinge, und wenn ich verstehe, was sie bedeuten, dann geschehen sie auch«, sagte Min. Ihre Stimmen hallten durch den Korridor, weil sie laut sprachen, damit die andere sie auch hören konnte. In Rot und Weiß gekleidete Diener drehten sich um und starrten sie an. Min ging zurück in die Mitte des Korridors. Sie würde der Frau auf halbem Weg entgegenkommen, aber auf keinen Fall mehr. Einen Augenblick später gesellte sich Aviendha zu ihr.

Min dachte darüber nach, ob sie ihr verraten sollte, was sie gesehen hatte, als sie alle zusammen gewesen waren. Auch Aviendha würde von Rand Kinder bekommen. Vier auf einmal! Allerdings war etwas seltsam daran. Die Babys würden gesund sein, trotzdem würde etwas an ihnen merkwürdig sein. Oftmals wollten die Leute nichts von ihrer Zukunft wissen, selbst wenn sie sagten, dass sie es wollten. Sie wünschte, jemand könnte ihr sagen, ob sie auch…

Aviendha ging schweigend neben ihr her, wischte sich mit den Fingern Schweiß von ihrem Gesicht und schluckte schwer. Min musste ebenfalls schlucken. Alles, was Rand fühlte, befand sich in dieser Kugel. Alles!

»Bei dir hat der Trick mit dem Taschentuch also auch nicht funktioniert?«, sagte sie heiser.

Aviendha blinzelte, ihr Gesicht nahm eine scharlachrote Färbung an. Einen Augenblick später sagte sie: »So ist es besser. Danke. Ich… Mit ihm in meinem Kopf habe ich es vergessen.« Sie runzelte die Stirn. »Bei dir hat es nicht funktioniert?«

Min schüttelte elend den Kopf. Das war schamlos! »Aber es hilft, wenn ich rede.« Wenn diese seltsame Sache auch nur die leiseste Chance auf einen Erfolg haben sollte, dann musste sie irgendwie mit dieser Frau Freundschaft schließen. »Was ich gesagt habe, tut mir Leid. Ich meine das mit dem *Toh*. Ich weiß ein wenig über eure Bräuche Bescheid. Dieser Mann hat etwas an sich, das mich einfach vorlaut macht. Ich kann meine Zunge nicht im Zaum halten. Aber glaube ja nicht, ich würde zulassen, dass du mich schlägst oder an mir herumschnitzt. Vielleicht habe ich *Toh*, aber wir werden einen anderen Weg finden müssen. Ich könnte ja dein Pferd striegeln, wenn wir Zeit haben.«

»Du bist so stolz wie meine Schwester«, murmelte Aviendha stirnrunzelnd. Was wollte sie denn damit sagen? »Außerdem hast du Sinn für Humor.« Sie schien mit sich selbst zu sprechen. »Du hast dich wegen Rand und Elayne nicht zur Närrin gemacht, so wie es die meisten Feuchtländerinnen getan hätten. Und du hast mich auf einen Gedanken gebracht ...« Mit einem Seufzer hob sie das Tuch auf die Schultern. »Ich weiß, wo wir *Oosquai* finden. Wenn du zu betrunken zum Denken bist, dann ...« Sie starrte geradeaus und blieb wie angewurzelt stehen. »Nein!«, knurrte sie. »Noch nicht!«

Eine Gestalt kam auf sie zu, die Mins Mund offen stehen ließ. Bestürzung schob Rand jenseits der bewussten Wahrnehmung. Sie hatte mitbekommen, dass es sich bei dem Generalhauptmann von Elaynes Garde um eine Frau handelte, die gleichzeitig ihre Behüterin war, aber das war es auch schon gewesen. Diese Frau hatte einen dicken, kompliziert geflochtenen goldenen Zopf über der einen Schulter des kurzen roten Mantels mit dem weißen Kragen hängen, und ihre voluminöse blaue Hose steckte in Stiefeln mit Absätzen, die mindestens so hoch wie Mins waren. Auren führten einen wilden Tanz um sie herum, Bilder flackerten, viel mehr, als Min jemals bei einer Person gesehen hatte, es mussten Tausende sein, die sich wie eine Sturzflut übereinander ergossen. Elaynes Behüterin und der Generalhauptmann der Königlichen Garde… flackerte irgendwie, so als hätte Min bereits den *Oosquai* getrunken. Diener, die sie erblickten, entschieden, dass auf sie Arbeit in anderen Teilen des Palasts wartete, und plötzlich standen die drei dort in dem Korridor ganz allein da. Die Frau schien Min und Aviendha erst wahrzunehmen, als sie kurz vor ihnen stand.

»Verdammt, du hast ihr dabei geholfen, nicht wahr?«, fauchte sie und richtete den glasigen Blick aus den blauen Augen mühsam auf Aviendha. »Zuerst verschwindet sie einfach aus meinem Kopf und dann…!« Sie bebte am ganzen Leib, und es kostete sie sichtlich Mühe, sich zu beherrschen, aber selbst das ließ sie schwer atmen. Ihre Knie schienen nachgeben zu wollen. Sie fuhr sich mit der Zunge über die Lippen, schluckte und fuhr wütend fort. »Soll man sie doch zu Asche verbrennen, ich kann mich nicht genug konzentrieren, um es abzuschütteln! Eines sage ich dir, wenn sie das tut, was ich vermute, dann treibe ich sie quer durch den ganzen verdammten Palast, und danach werde ich sie – und dich gleich mit! – so lange mit dem Gürtel bearbeiten, dass sie einen *Monat* nicht sitzen kann, und wenn ich ihr vorher Spaltwurzel eintrichtern muss!«

»Meine Erstschwester ist eine erwachsene Frau, Birgitte Trahelion«, sagte Aviendha widerborstig. Ihrem Tonfall zum Trotz waren ihre Schultern nach vorn gebeugt und sie konnte den stechenden Blick der anderen Frau nicht erwidern. »Du musst aufhören, uns wie Kinder zu behandeln!«

»Wenn sie sich verdammt noch mal wie eine Erwachsene aufführt, dann werde ich sie verdammt noch mal auch so behandeln, aber sie hat kein Recht, *das* zu tun, nicht in meinem verflixten Kopf, nein! Nicht in meinem…!« Plötzlich quollen Birgittes blaue Augen hervor. Ihr Mund klappte auf, und sie wäre gefallen, hätten Aviendha und Min ihr nicht unter die Arme gegriffen.

Sie kniff die Augen zusammen, schluchzte einmal auf und wimmerte: »*Zwei* Monate!« Sie schüttelte die beiden ab, richtete sich auf und fixierte Aviendha mit einem Blick so klar wie Wasser und so hart wie Eis. »Schirme sie für mich ab und ich erlasse dir deinen Teil.« Aviendhas mürrischer, empörter Blick glitt einfach von ihr ab.

»Ihr seid Birgitte Silberbogen!«, hauchte Min. Schon bevor Aviendha den Namen gesagt hatte, war sie sich dessen sicher gewesen. Kein Wunder, dass sich die Aielfrau benahm, als befürchte sie, dass die Drohungen auf der Stelle ausgeführt würden. Birgitte Silberbogen! »Ich sah Euch in Falme!«

Birgitte zuckte zusammen, als hätte sie ein kalter Wasserguss getroffen, dann schaute sie sich eilig um. Als ihr bewusst wurde, dass sie allein waren, entspannte sie sich. Zumindest ein bisschen. Sie musterte Min von Kopf bis Fuß. »Was auch immer Ihr gesehen habt, Silberbogen ist tot«, sagte sie grob. »Ich bin jetzt Birgitte Trahelion und das ist alles.« Einen Augenblick lang verzog sie die Lippen. »Verdammt noch mal, sogar *Lady* Birgitte Trahelion, wenn es Euch beliebt. Wenn ich daran etwas ändern könnte, würde ich am Muttertag ein verfluchtes Schaf küssen. Und wer seid bitteschön Ihr? Stellt Ihr immer Eure Beine zur Schau wie eine verdammte Federtänzerin?«

»Ich bin Min Farshaw«, erwiderte sie kurz angebunden. *Das* war Birgitte Silberbogen, die Heldin Hunderter Legenden? Die Frau war vielleicht ordinär! Und was hatte das zu bedeuten, dass Silberbogen tot war? Die Frau stand doch direkt vor ihr! Zwar blitzten die Bilder und Auren viel zu schnell vorbei, als dass sie etwas Klares hätte erkennen können, aber sie war davon überzeugt, dass sie auf mehr Abenteuer hindeuteten, als eine Frau in einem Leben bestehen konnte. Seltsamerweise hatten einige davon mit einem hässlichen Mann zu tun, der älter als sie war, während andere mit einem hässlichen Mann in Verbindung standen, der wesentlich jünger war, aber aus einem unerfindlichen Grund war Min klar, dass es sich immer um denselben Mann handelte. Legende oder nicht, diese überlegene Art und Weise brachte sie in Wut. »Elayne, Aviendha und ich sind gerade den Bund mit einem Behüter eingegangen«, sagte sie ohne nachzudenken. »Und wenn Elayne etwas feiert, nun, Ihr solltet Euch besser zweimal überlegen, bevor Ihr da reinstürmt, oder *Ihr* werdet diejenige sein, die Probleme beim Sitzen hat.«

Das reichte, um sich wieder Rand bewusst zu werden. Der lodernde Ofen brannte noch immer, fast genauso stark wie zuvor, aber glücklicherweise war er nicht länger damit beschäftigt … Ihre Wangen färbten sich blutrot. Er hatte oft genug in ihren Armen gelegen und war in dem Gewirr ihres Bettzeugs zu Atem gekommen, aber das hier war wirklich so, als würde man heimlich zusehen!

»Er?«, sagte Birgitte leise. »Mutters Milch in einer Tasse! Sie hätte sich in einen Beutelschneider oder einen Pferdedieb verlieben können, aber sie musste sich ihn aussuchen. Welch eine Närrin! Nach dem zu urteilen, was ich von ihm an jenem Ort gesehen habe, den Ihr erwähntet, ist der Mann viel zu hübsch, um für eine Frau zu taugen. Wie dem auch sei, sie muss sofort damit aufhören.«

»Dazu hast du kein Recht!«, beharrte Aviendha mürrisch und Birgitte setzte eine geduldige Miene auf. Es war eine angespannte Geduld, aber immerhin.

»Sie könnte glatt als Talmourimädchen durchgehen, solange sie nicht den Kopf auf den Richtblock legen muss, aber ich fürchte, sie wird den Mut aufbringen, ihn von vorn anfangen zu lassen, und selbst wenn sie tut, was auch immer sie da getan hat, wird sie dann nicht mehr daran denken und wieder in meinem Kopf sein. Und das werde ich verflucht noch mal nicht noch einmal mitmachen!« Sie nahm die Schultern zurück, offensichtlich dazu bereit, ihr Vorhaben in die Tat umzusetzen.

»Betrachte es doch als guten Witz«, sagte Aviendha bettelnd. Bettelnd! »Sie hat dir einen guten Streich gespielt, das ist alles.« Birgitte verzog die Lippen, und das sagte bereits alles, was sie von dieser Idee hielt.

»Da gibt es einen Trick, den Elayne mir verraten hat«, sagte Min hastig und ergriff Birgittes Ärmel. »Bei mir hat er nicht funktioniert, aber vielleicht…« Doch sobald sie ihn erklärt hatte…

»Sie ist immer noch da«, sagte Birgitte einen Augenblick später grimmig. »Geht mir aus dem Weg, Min Farshaw«, befahl sie grimmig, »oder…«

»*Oosquai*!« Aviendha hob verzweifelt ihre Stimme und sie rang doch tatsächlich die Hände. »Ich weiß, wo es *Oosquai* gibt! Wenn du betrunken bist…! Bitte, Birgitte! Ich… Ich verspreche dir zu gehorchen, wie eine Schülerin ihrer Herrin, aber bitte stör sie nicht! Beschäme sie nicht auf diese Weise!«

»*Oosquai?*«, sagte Birgitte nachdenklich und rieb sich das Kinn. »Ist das so was wie Branntwein? Hm… Ich glaube tatsächlich, das Mädchen wird knallrot! Wisst Ihr, meistens ist sie ja furchtbar steif. Ein Scherz, hast du gesagt?« Plötzlich grinste sie und breitete die Arme weit aus. »Bring mich zu diesem *Oosquai*, Aviendha. Ich kann nicht für euch beide sprechen, aber ich will mich so betrinken, dass ich… nun ja, dass ich mich nackt ausziehe und auf dem Tisch tanze. Und nicht ein Haar betrunkener.«

Das verstand Min genauso wenig wie den Grund, warum Aviendha Birgitte anstarrte und plötzlich zu lachen anfing und etwas von ›einem wunderbaren Scherz‹ sagte, aber sie war fest davon überzeugt, genau zu wissen, warum Elayne errötete, falls sie es tatsächlich tat. Die harte Kugel aus Gefühlen in ihrem Kopf hatte sich wieder in ein tobendes Buschfeuer verwandelt.

»Könnten wir jetzt zu diesem *Oosquai* gehen, bitte?«, sagte sie. »Ich will so betrunken wie eine ersoffene Maus werden, und zwar schnell!«

Als Elayne am nächsten Morgen erwachte, war das Schlafgemach eiskalt, Schnee rieselte sanft auf Caemlyn herab und Rand war weg. Aber in ihrem Kopf war er noch immer gegenwärtig. Das würde reichen. Sie lächelte; es war ein träges Lächeln. Für den Moment würde es reichen. Sie streckte sich wohlig unter den Decken, erinnerte sich an ihre Hemmungslosigkeit in der vergangenen Nacht – und den größten Teil des Tages! Sie konnte kaum glauben, dass sie das gewesen war! – und fand, dass sie eigentlich so rot wie die *Sonne* hätte werden müssen! Aber sie hatte hemmungslos mit Rand umgehen wollen, und sie glaubte nicht, je wieder zu erröten, jedenfalls nicht bei irgendwas, was mit ihm zu tun hatte.

Aber das Beste war, er hatte ihr ein Geschenk dagelassen. Neben ihr auf dem Kissen lag eine goldene Lilie in voller Blüte, die noch vom Tau benetzt war. Sie konnte sich nicht einmal vorstellen, wo er sie mitten im Winter herbekommen hatte. Aber sie hüllte sie in ein Erhaltungsgewebe und stellte sie auf einen Seitentisch, wo sie sie jeden Morgen beim Aufwachen sehen würde. Das Gewebe hatte ihr Moghedien beigebracht, aber es würde die Blüte für alle Zeiten erhalten und die Tautropfen würden niemals verdunsten, eine immerwährende Erinnerung an den Mann, der ihr sein Herz geschenkt hatte.

Ihr Vormittag wurde von der Nachricht in Beschlag genommen, dass Alivia während der Nacht verschwunden war, eine ernste Angelegenheit, die die Kusinen in helle Aufregung versetzte. Erst als Zaida kam und sich darüber beschwerte, dass Nynaeve nicht zu ihrem Unterricht bei den Heervolkfrauen gekommen war, erfuhr Elayne, dass sowohl sie als auch Lan den Palast verlassen hatten, ohne dass jemand erfahren hatte, wie und wann. Kurz darauf wurde ihr berichtet, dass neben anderen Gegenständen das mächtigste der drei *Angreale* aus der Sammlung der Artefakte, die sie aus Ebou Dar gerettet hatten, verschwunden war. Einige davon waren ihrer Meinung nach für eine Frau vorgesehen, die jeden Augenblick damit rechnete, mit der Einen Macht angegriffen zu werden. Was die hastig hingekritzelte Nachricht, die Nynaeve verborgen zwischen den anderen Artefakten zurückgelassen hatte, noch beunruhigender machte.

KAPITEL 4

Wundervolle Neuigkeiten

In den Kaminen an beiden Enden des Sonnengemachs im Sonnenpalast prasselten Feuer; auf dem Boden lagen dicke Teppiche. Das schräge Glasdach ließ das helle Morgenlicht hereinströmen, aber nur dort, wo der Schnee nicht an den schmalen Fensterrahmen hängen geblieben war und die Scheiben verdeckte. Trotzdem war es in dem Raum kalt, was aber kein Hinderungsgrund war, dort Audienzen abzuhalten. Cadsuane hatte es für vernünftiger gehalten, nicht den Thronsaal zu benutzen. Bislang hatte sich Lord Dobraine nicht dazu geäußert, dass sie Caraline Damodred und Darlin Sisnera festhielt – sie hatte keine bessere Methode gefunden, um sie davon abzuhalten, weiterhin Unruhe zu stiften, als sie unter strenge Aufsicht zu stellen –, aber wenn sie über das hinausging, was er für verhältnismäßig erachtete, würde er möglicherweise Ärger machen. Er stand dem Jungen zu nahe, als dass sie versucht hätte, ihn zu zwingen, und er stand zu seinen Eiden. Sie konnte auf ihr Leben zurücksehen und sich an Fehlschläge erinnern, von denen sie einige bitterlich bereut hatte, auch an Fehler, die Leben gekostet hatten, aber hier konnte sie sich weder Fehler noch Fehlschläge leisten. Vor allem keinen Fehlschlag. Licht, am liebsten hätte sie jemanden *gebissen*!

»Ich verlange die Freilassung meiner Windsucherin, Aes Sedai!« Harine din Togara, in grüne, brokatverzierte Seide gekleidet, saß steif vor Cadsuane, die vollen Lippen angespannt. Ihr Gesicht war faltenfrei, aber ihr glattes schwarzes Haar wies weiße Strähnen auf. Seit zehn Jahren war sie Herrin der Wogen ihres Clans und lange davor hatte sie ein großes Schiff kommandiert. Ihre Segelherrin Derah din Selaan, eine jüngere, ganz in Blau gekleidete Frau, saß auf einem Stuhl, der genau einen Fuß hinter dem ihren stand, um ihr Gefühl für den nötigen Anstand zu befriedigen. Die beiden hätten dunkle Statuen der Empörung sein können und ihr exotischer Schmuck verstärkte diesen Eindruck noch. Keine von ihnen würdigte Eben auch nur eines Blickes, als er sich verbeugte und Silberpokale mit heißem gewürztem Wein auf einem Tablett anbot.

Der Junge schien nicht zu wissen, wie er sich verhalten sollte, als sie nichts nahmen. Er runzelte unsicher die Stirn und verharrte in der Verbeugung, bis Daigian an seinem roten Mantel zupfte und ihn lächelnd fortführte, ein amüsierter Kropftäuberich in Dunkelblau mit weißen Schlitzen. Ein schlanker Bursche mit einer großen Nase und großen Ohren, den man weder ansehnlich und erst recht nicht hübsch nennen konnte, aber Cadsuane war besitzergreifend, was ihn anging. Die beiden setzten sich vor einem der Kamine eng nebeneinander auf eine gepolsterte Bank und begannen sich in ein Fadenspiel zu vertiefen.

»Eure Schwester ist uns dabei behilflich, die näheren Umstände zu ergründen, was an jenem unglückseligen Tag geschah«, sagte Cadsuane aalglatt und etwas nachdenklich. Sie trank einen Schluck von ihrem gewürzten Wein und wartete ab; es war ihr gleichgültig, ob sie ihre Ungeduld bemerkten oder nicht. Ganz egal, wie sehr Dobraine auch darüber murrte, wie unmöglich es doch war, die Bedingungen jenes unglaublichen Handels einzuhalten, den Rafela und Merana zugunsten des al'Thor-Jungen gemacht hatten, hätte er sich dennoch persönlich um das Meervolk kümmern können.

Sie durfte ihnen nicht ihre volle Aufmerksamkeit schenken. Und vermutlich war das auch besser so. Falls sie sich auf die Atha'an Miere konzentrierte, würde es sie einige Anstrengung kosten, sie nicht wie Fliegen zu zerquetschen, dabei waren sie nicht einmal der eigentliche Anlass ihrer Verbitterung.

Um den Kamin am anderen Ende des Sonnengemachs saßen fünf Schwestern. Nesune hatte ein großes Buch mit einem Holzeinband aus der Palastbibliothek aufgeschlagen auf ein Lesepodest gestellt, das vor ihrem Stuhl stand. Wie auch die anderen trug sie ein einfaches Wollgewand, das eher zu einer Händlerin als zu einer Aes Sedai gepasst hätte. Falls eine von ihnen bedauerte, dass sie keine Seide oder das nötige Geld dafür besaß, zeigte sie es nicht. Sarene mit ihren dünnen, mit Perlen geschmückten Zöpfen stand vor einem großen Stickrahmen und war damit beschäftigt, die winzigen, für eine weitere Blume in einem Blütenfeld nötigen Stiche zu machen. Erian und Beldeine spielten Steine; Elza schaute ihnen dabei zu und wartete darauf, gegen die Gewinnerin anzutreten. Allem äußeren Anschein nach genossen sie einen ruhigen Morgen und schienen keine Sorgen auf der Welt zu haben. Vielleicht wussten sie, dass sie hier waren, weil Cadsuane sie sich ansehen wollte.

Warum hatten sie dem jungen al'Thor Gehorsam geschworen? Kiruna und die anderen hatten sich wenigstens in seiner Gegenwart aufgehalten, als sie sich zu dem Eid entschieden hatten. Cadsuane wollte ihnen gern zugestehen, dass sich niemand dem Einfluss eines *Ta'veren* entziehen konnte, wenn man davon erwischt wurde. Aber diese fünf waren für seine Entführung hart bestraft worden und hatten sich dafür entschieden, ihm den Eid anzubieten, bevor man sie zu ihm brachte. Anfangs war sie geneigt gewesen, ihre verschiedenen Erklärungen zu akzeptieren, aber während der letzten paar Tage hatte diese Bereitschaft ein paar schwere Schläge hinnehmen müssen. Unerfreulich harte Schläge.

»Meine *Windsucherin* untersteht nicht Eurer Autorität, Aes Sedai«, sagte Harine scharf, als würde sie ihre Blutsbande bestreiten. »Shalon muss mir sofort übergeben werden.« Derah nickte kurz zustimmend. Cadsuane war der festen Überzeugung, dass die Segelherrin genau das Gleiche tun würde, wenn Harine ihr befahl, von einer Klippe zu springen. In der Hierarchie des Atha'an Miere stand Derah tief unter Harine. Und das machte auch schon den Großteil dessen aus, was Cadsuane über sie wusste. Das Meervolk konnte sich als nützlich erweisen oder auch nicht, aber was davon nun zutraf, sie würde auf jeden Fall einen Weg finden, es in den Griff zu bekommen.

»Das ist eine Untersuchung der Aes Sedai«, erwiderte sie höflich. »Wir müssen uns an das Burggesetz halten.« Eine gewagte Interpretation, zugegeben. Sie hatte schon immer die Meinung vertreten, dass der Geist des Gesetzes wichtiger als sein Buchstabe war.

Harine plusterte sich auf wie eine Natter und setzte zu der nächsten Tirade an, in der sie ihre Rechte und Forderungen auflistete, aber Cadsuane hörte nur mit halbem Ohr zu.

Erian konnte sie sogar beinahe verstehen; die blasse, schwarzhaarige Illianerin beharrte leidenschaftlich darauf, an der Seite des Jungen stehen zu müssen, wenn er die Letzte Schlacht schlug. Genau wie Beldeine, die die Stola erst so kurze Zeit trug, dass sie die Alterslosigkeit noch nicht erreicht hatte und die so entschlossen war, alles das zu sein, was eine Grüne sein sollte. Und Elza, eine Andoranerin mit ansehnlichen Zügen, deren Augen beinahe zu leuchten anfingen, wenn sie davon sprach, dafür zu sorgen, dass er am Leben blieb, um dem Dunklen König gegenüberzutreten. Ebenfalls eine Grüne, und noch viel leidenschaftlicher als die meisten anderen. Nesune, die vornübergebeugt dasaß, um in ihr Buch zu schauen, sah aus wie ein schwarzäugiger Vogel, der einen Wurm musterte. Als Braune würde sie in einen Kasten mit einem Skorpion klettern, wenn sie ihn studieren wollte. Sarene war vielleicht dumm genug, um überrascht zu sein, wenn jemand sie für hübsch oder sogar atemberaubend hielt, aber als Weiße beharrte sie auf der Präzision ihrer Logik; al'Thor war der Wiedergeborene Drache, also musste sie ihm logischerweise folgen. Ungestüme Gründe, idiotische Gründe, aber Cadsuane hätte sie akzeptieren können, wären da nicht die anderen gewesen.

Die Türen des Gemachs wurden geöffnet und Verin und Sorilea traten ein. Die weißhaarige Aiel mit der lederartigen Haut gab Verin etwas Kleines, das die Braune in ihre Gürteltasche stopfte. Verin trug eine Spange in Form einer Blüte an ihrem einfachen, bronzefarbenen Gewand, der erste Schmuck, den Cadsuane außer ihrem Großen Schlangenring je an ihr entdeckt hatte.

»Das wird Euch helfen zu schlafen«, sagte Sorilea, »aber vergesst nicht, nur drei Tropfen in Wasser oder einen in Wein. Etwas mehr, und Ihr schlaft einen ganzen Tag oder noch länger. Viel mehr, und Ihr erwacht nie wieder. Es hat keinen Geschmack, der Euch warnen könnte, also müsst Ihr vorsichtig sein.«

Also hatte auch Verin unter Schlaflosigkeit zu leiden. Seit der Junge aus dem Sonnenpalast geflohen war, hatte Cadsuane nicht eine Nacht durchschlafen können. Wenn ihr das nicht bald gelang, würde sie vermutlich tatsächlich jemanden beißen. Nesune und die anderen betrachteten Sorilea unbehaglich. Der Junge hatte sie dazu gebracht, dass sie sich freiwillig zu *Schülerinnen* der Weisen Frauen machten, und sie hatten erfahren müssen, dass die Aielfrauen dies ausgesprochen ernst nahmen. Ein Schnippen von Sorileas knochigen Fingern konnte ihren müßigen Morgen beenden.

Harine beugte sich auf ihrem Stuhl vor und tippte mit dem Finger kurz und kräftig gegen Cadsuanes Wange! »Ihr hört mir nicht zu!«, sagte sie scharf. Ihre Miene war finster und die ihrer Segelherrin kaum weniger stürmisch. »Ihr *werdet* zuhören!«

Cadsuane legte die Hände zusammen und betrachtete die Frau über die Fingerspitzen hinweg. Nein. Sie würde die Herrin der Wogen nicht hier und jetzt auf den Kopf stellen. Sie würde die Frau nicht weinend in ihre Gemächer zurückschicken. Sie würde so diplomatisch sein, wie sich Coiren nur wünschen konnte. Schnell ging sie das Gehörte durch. »Ihr sprecht im Namen der Herrin der Schiffe des Atha'an Miere und folglich mit ihrer ganzen Autorität, die größer ist, als ich es mir vorstellen kann«, sagte sie höflich. »Falls Euch Eure Windsucherin nicht innerhalb der nächsten Stunde zurückgegeben wird, werdet Ihr dafür sorgen, dass der Coramoor mich streng bestraft. Ihr wollt eine Entschuldigung für die Gefangenschaft Eurer Windsucherin. Und Ihr verlangt, dass ich Lord Dobraine dazu bringe, auf der Stelle das Land bereitzustellen, das der Coramoor versprochen hat. Ich glaube, das waren alle wichtigen Punkte.« Mal davon abgesehen, dass man sie auspeitschen sollte!

»Gut.« Harine lehnte sich bequem zurück, da sie jetzt die Oberhand hatte. Ihr Lächeln war Ekel erregend selbstzufrieden. »Ihr werdet lernen, dass...«

»Euer Coramoor ist mir völlig egal«, fuhr Cadsuane in noch immer höflichem Tonfall fort. Alles auf der Welt für den Wiedergeborenen Drachen, aber nichts für den Coramoor. Sie veränderte ihren Ton nicht um ein Haar. »Solltet Ihr mich jemals wieder ohne Erlaubnis berühren, werde ich Euch nackt ausziehen, prügeln, fesseln und in einem Sack zurück in Eure Gemächer schaffen lassen.« Nun, Diplomatie war noch nie ihre Stärken gewesen. »Wenn Ihr nicht aufhört, mir wegen Eurer Schwester zuzusetzen... Nun, es könnte passieren, dass ich tatsächlich wütend werde.« Sie erhob sich und ignorierte das empörte Schnaufen der Meervolkfrau, die sie ungläubig anstarrte, und hob ihre Stimme, damit man sie auch am anderen Ende des Raumes noch hören konnte. »Sarene!«

Die schlanke Taraboneirin wandte sich so schnell von ihrer Stickarbeit ab, dass ihre perlengeschmückten Zöpfe klirrten; sie eilte an Cadsuanes Seite und hob fast ohne zu zögern die dunkelgrauen Röcke für einen Hofknicks. Die Weisen Frauen hatten ihnen beibringen müssen, dass sie zu springen hatten, wenn sie ihre Stimme erhoben, aber es war mehr als Gewohnheit, dass sie auch für *sie* sprangen. Eine Legende zu sein brachte wahrlich seine Vorteile mit sich, vor allem, wenn man eine unberechenbare Legende war.

»Begleitet die beiden zu Ihren Räumen«, befahl Cadsuane. »Sie möchten fasten und über Höflichkeit nachdenken. Sorgt dafür, dass sie es auch tun. Und sollten sie auch nur ein unfreundliches Wort von sich geben, lasst beiden ein paar Hiebe verpassen. Aber macht es auf diplomatische Weise.«

Sarene setzte zu einer Erwiderung an. Sie öffnete den Mund, als wollte sie wegen der Unlogik des Letzteren protestieren, aber ein Blick in Cadsuanes Gesicht reichte aus, um sich den Frauen des Atha'an Miere zuzuwenden und ihnen mit einer Geste verstehen zu geben, dass sie aufstehen sollten.

Harine sprang auf die Füße, ihr dunkles Gesicht war wie erstarrt. Bevor sie jedoch ein Wort ihrer zweifellos wütenden Tirade loswerden konnte, berührte Derah sie am Arm und beugte sich vor, um ihr hinter einer vorgelegten, mit dunklen Tätowierungen bedeckten Hand etwas in das mit Ringen übersäte Ohr zu flüstern. Was auch immer die Segelherrin zu sagen hatte, jedenfalls schloss Harine den Mund. Ihr Gesichtsausdruck hellte sich nicht auf, aber sie warf den Schwestern am anderen Ende des Raumes einen Blick zu und bedeutete Sarene nach einem kurzen Moment mit einer knappen Geste vorauszugehen. Harine konnte so tun, als wäre es ihre Entscheidung, jetzt zu gehen, aber Derah folgte ihr so dichtauf, dass es den Anschein hatte, sie würde sie vor sich hertreiben. Sie warf einen unbehaglichen Blick über die Schulter, bevor sich die Tür hinter ihr schloss.

Beinahe bedauerte Cadsuane, diesen leichtfertigen Befehl gegeben zu haben. Sarene würde ihn buchstabengetreu erfüllen. Die Frauen des Meervolks waren ein Ärgernis, davon abgesehen waren sie bisher obendrein nutzlos gewesen. Das Ärgernis musste beseitigt werden, damit sie sich auf das Wesentliche konzentrieren konnte, und falls sie doch einen Nutzen für sie finden würde… Werkzeuge mussten geformt werden, egal auf welche Weise. Sie war viel zu wütend auf sie, um sich Sorgen zu machen, wie dies geschah, und sie konnte genauso gut auch jetzt damit anfangen. Nein, sie war auf den Jungen wütend, aber an ihn kam sie noch nicht heran.

Mit einem lauten Räuspern hörte Sorilea auf, Sarene und den Atha'an Miere nachzusehen, und richtete ihre finstere Miene auf die Schwestern, die am Ende des Raums standen. Armreifen klirrten an ihren Handgelenken, als sie das Schultertuch richtete. Noch eine Frau, die nicht in der besten Stimmung war. Die Frauen des Meervolks hatten seltsame Vorstellungen von den ›Aielwilden‹ – obwohl sie eigentlich nicht viel seltsamer waren als jene, die Cadsuane selbst gehabt hatte, bevor sie Sorilea kennen gelernt hatte –, und die Weise Frau konnte sie nicht im Mindesten ausstehen.

Cadsuane ging ihr mit einem Lächeln entgegen, um sie zu begrüßen. Sorilea war keine Frau, die man dazu bringen konnte, zu einem zu kommen. Alle glaubten, sie würden sich anfreunden – was tatsächlich möglich war, wie sie überrascht feststellte –, aber niemand wusste von ihrem Bündnis. Eben kam mit seinem Tablett an und schien erleichtert zu sein, als sie ihren zur Hälfte geleerten Pokal darauf abstellte.

»Gestern am späten Abend hat Chisaine Nurbaya darum gebeten, dem *Car'a'carn* dienen zu dürfen«, sagte Sorilea, als der rot gekleidete Junge zu Daigian zurückeilte. Ihre Stimme war voller Missbilligung. »Vor dem ersten Tageslicht fragte Janine Pavlara, dann Innina Darenhold, dann Vayelle Kamsa. Ihnen war jeder Kontakt untereinander verboten. Sie konnten sich nicht absprechen. Ich habe ihre Bitten akzeptiert.«

Cadsuane gab einen verdrießlichen Laut von sich. »Ich nehme an, Ihr lasst sie bereits dafür büßen«, murmelte sie und dachte angestrengt nach. Neunzehn Schwestern waren Gefangene im Lager der Aiel gewesen. Diese Närrin Elaida hatte neunzehn Schwestern ausgesandt, um den Jungen zu fangen, und jetzt hatten sie *alle* den Eid geschworen, ihm zu folgen! Diese letzten waren die Schlimmsten. »Was könnte Schwestern der Roten dazu bringen, einem Mann Gehorsam zu schwören, der die Macht lenken kann?«

Verin setzte zu einer Bemerkung an, verstummte dann aber, um der Aiel nicht zuvorzukommen. Seltsamerweise hatte sich Verin auf ihre erzwungene Schülerinnenzeit gestürzt wie ein Reiher auf den Sumpf. Sie verbrachte mehr Zeit im Aiel-Lager als außerhalb.

»Keine Strafe, Cadsuane Melaidhrin.« Sorilea machte eine abwehrende Geste, die die Armreifen aus Gold und Elfenbein wieder klirren ließ. »Sie versuchen ein

Toh zu erfüllen, das nicht erfüllt werden kann. Auf seine Weise ist das so albern wie unser Bemühen, sie als *Da'tsang* zu bezeichnen, aber wenn sie es versuchen wollen, besteht vielleicht noch die Möglichkeit, dass sie sich wieder bewähren«, gestand sie widerstrebend ein. Sorilea konnte die neunzehn Schwestern nicht ausstehen. Sie lächelte schmal. »Wir werden ihnen auf jeden Fall vieles beibringen, was sie noch lernen müssen.« Die Frau schien der Überzeugung zu sein, dass alle Aes Sedai davon profitieren könnten, bei den Weisen Frauen in die Lehre zu gehen.

»Ich hoffe, Ihr werdet sie auch weiterhin im Auge behalten«, sagte Cadsuane. »Vor allem diese letzten vier.« Sie glaubte schon, dass sie sich an diesen lächerlichen Eid halten würden, wenn auch nicht immer auf eine Art und Weise, die dem Jungen gefallen würde, aber es bestand immer die Möglichkeit, dass eine oder zwei von ihnen zur Schwarzen Ajah gehörten. Sie hatte einmal geglaubt, kurz davor zu stehen, die Schwarzen auszurotten, nur um zusehen zu müssen, wie ihre Beute ihr wie Rauch durch die Finger schlüpfte; es war ihre bitterste Niederlage, wenn sie einmal davon absah, Jahre zu spät in Erfahrung gebracht zu haben, was Caraline Damodreds Cousine in den Grenzländern getan hatte, sodass ihr dieses Wissen dann nichts mehr nutzen konnte. Jetzt erschien selbst die Schwarze Ajah nur eine Ablenkung von den wirklich wichtigen Dingen.

»Schülerinnen behält man immer genau im Auge«, erwiderte die von den Elementen gezeichnete Frau. »Ich glaube, ich muss die anderen daran erinnern, dankbar dafür zu sein, dass man ihnen erlaubt, wie Clanhäuptlinge herumzulungern.«

Die restlichen vier Schwestern vor dem Kamin erhoben sich bei ihrem Näherkommen eilfertig, machten tiefe Knickse und hörten sorgfältig auf das, was sie ihnen mit leiser Stimme und ohne viel Fingerwedeln sagte. Sorilea mochte glauben, ihnen viel beibringen zu müssen, aber sie hatten bereits begriffen, dass die Stola der Aes Sedai für die Schülerin einer Weisen Frau nicht den geringsten Schutz bot. Cadsuane hatte den Eindruck, dass *Toh* eine große Ähnlichkeit mit einer Strafe hatte.

»Sie ist… beachtlich«, murmelte Verin. »Ich bin sehr froh, dass sie auf unserer Seite steht. Wenn dem tatsächlich so ist.«

Cadsuane warf ihr einen scharfen Blick zu. »Ihr erweckt den Anschein einer Frau, die etwas zu sagen hat, was sie nicht sagen will. Über Sorilea?« Diese Allianz war sehr vage definiert. Freundschaft oder nicht, es war noch immer möglich, dass sie und die Weise Frau verschiedene Ziele verfolgten.

»Das ist es nicht«, sagte die stämmige kleine Frau. Sie legte den Kopf auf die Seite, was sie trotz ihres kantigen Gesichts wie einen dicken Spatz aussehen ließ. »Ich weiß, dass es mich nichts anging, Cadsuane, aber Bera und Kiruna machten mit unseren Gästen keinerlei Fortschritte, also habe ich unter vier Augen mit Shalon gesprochen. Nach ein paar *sanften* Fragen ist sie mit der ganzen Geschichte herausgerückt, und Ailil hat alles bestätigt, nachdem ihr klar wurde, dass ich bereits alles wusste. Kurz nach der Ankunft des Meervolks ist Ailil in der Hoffnung zu Shalon gegangen, herausfinden zu können, was sie mit dem jungen al'Thor vorhatten. Shalon wiederum wollte alles über ihn und die hiesigen Verhältnisse erfahren, was sie nur konnte. Das führte zu weiteren Treffen, die führten zu Freundschaft, und die führten wiederum zu einer Kopfkissenfreundschaft. Ich vermute, genauso sehr aus Einsamkeit wie wegen allem anderen. Auf jeden Fall war es das, was sie viel hartnäckiger als ihr gemeinsames Herumschnüffeln verbargen.«

»Sie haben Tage unter der Befragung erduldet, um *das* zu verbergen?«, sagte Cadsuane ungläubig. Bera und Kiruna hatten die beiden kreischen lassen!

In Verins Augen funkelte unterdrückte Heiterkeit. »Cairhiener sind steif und prüde, Cadsuane, zumindest in der Öffentlichkeit. Wenn die Vorhänge zugezogen sind, treiben sie es wie die Kaninchen, aber vor Zeugen würden sie nicht mal zugeben, den eigenen Ehemann angefasst zu haben! Und das Meervolk ist fast genauso zugeknöpft. Immerhin ist Shalon mit einem Mann verheiratet, der anderswo seinen Pflichten nachgeht, und der Bruch des Ehegelübdes ist ein sehr ernstes Vergehen. Anscheinend eine Verletzung der ordnungsgemäßen Disziplin. Sollten ihre Schwestern es herausfinden, wäre Shalon ›eine Windsucherin in einem Ruderboot‹. Ich glaube, das waren ihre exakten Worte.«

Cadsuane war sich bewusst, dass ihr Haarschmuck schaukelte, als sie den Kopf schüttelte. Als man die beiden Frauen unmittelbar nach dem Angriff auf den Palast gefesselt und geknebelt unter Ailils Bett entdeckte, hatte sie angenommen, sie wüssten mehr über den Angriff, als sie zugaben. Als sie sich dann geweigert hatten, den Grund ihrer heimlichen Treffen zu offenbaren, war sie davon überzeugt gewesen. Vielleicht waren sie sogar irgendwie darin verwickelt, obwohl der Angriff offensichtlich das Werk abtrünniger Asha'man war. Angeblich abtrünniger Asha'man. Die ganze Zeit und Mühe für nichts und wieder nichts verschwendet. Oder vielleicht doch nicht ganz, wenn sie so verzweifelt etwas zu verheimlichen versuchten.

»Bringt die Lady Ailil in ihre Gemächer zurück und entschuldigt Euch für ihre Behandlung, Verin. Versichert ihr, dass ihre vertraulichen Aussagen ein Geheimnis bleiben. Aber gebt ihr zu verstehen, dass diese Verschwiegenheit an einem seidenen Faden hängt.

Und sorgt dafür, dass sie begreift, wie hauchzart dieser Faden ist. Und gebt ihr zu verstehen, dass es in ihrem Interesse liegen sollte, mich über alles auf dem Laufenden zu halten, das sie über die Aktivitäten ihres Bruders hört.« Erpressung gehörte ebenfalls zu den Werkzeugen, die sie nur ungern einsetzte, aber sie hatte es bereits bei den drei Asha'man getan, und Toram Riatin konnte möglicherweise noch immer Ärger machen, obwohl sich seine Rebellion in Luft aufgelöst zu haben schien. In Wahrheit war es ihr ziemlich gleichgültig, wer auf dem Sonnenthron saß, aber die Intrigen und Pläne derjenigen, die Throne für wichtig hielten, übten oftmals einen störenden Einfluss auf die wirklich wichtigen Dinge aus.

Verin lächelte; ihr Haarknoten hüpfte auf und ab, als sie nickte. »O ja, ich glaube, das ist ein ausgezeichneter Plan. Vor allem, weil sie ihren Bruder verabscheut. Bei Shalon die gleiche Vorgehensweise, nehme ich an? Nur dass Ihr über die Ereignisse bei den Atha'an Miere unterrichtet werden wollt? Ich bin mir nicht sicher, wie weit sie Harine hintergehen wird, egal, welche Konsequenzen es für sie haben würde.«

»Sie wird verraten, was ich ihr befehle«, sagte Cadsuane grimmig. »Haltet sie noch bis morgen fest, bis zum späten Nachmittag.« Harine durfte keinen Augenblick lang auf die Idee kommen, dass man ihre Forderungen erfüllte. Das Meervolk war nur ein weiteres Werkzeug, das man bei dem Jungen benutzen musste, nichts weiter. Alles und jeder musste von diesem Standpunkt aus betrachtet werden.

Abseits von Verin schlüpfte Corele in das Sonnengemach und schloss die Tür leise hinter sich, als hoffte sie, niemanden zu stören. Das war nicht ihre Art. Jungenhaft schlank und mit buschigen schwarzen Augenbrauen und einem Schopf glänzenden schwarzen Haars versehen, das ihr den Rücken hinunterflutete und ihr ein wildes Aussehen verlieh, unabhängig davon, wie ordentlich ihre Kleidung auch war, hätte es eigentlich dem Naturell der Gelben entsprochen, lachend in einen Raum hineinzustürmen. Sie rieb sich die Nasenspitze und sah Cadsuane zögernd an und ihre blauen Augen ließen das gewöhnliche Funkeln vermissen.

Cadsuane winkte sie entschieden heran, und Corele holte tief Luft und rauschte über die Teppiche, wobei sie ihre blauen, gelb gestreiften Röcke mit beiden Händen anhob. Sie warf den Schwestern, die sich am anderen Ende des Raums um Sorilea scharten, und Daigian und Eben, die am entgegengesetzten Ende das Fadenspiel spielten, einen schnellen Blick zu und sprach dann mit leiser Stimme, aus der der trällernde Akzent Murandys zum Vorschein trat.

»Ich habe wunderbare Neuigkeiten, Cadsuane.« Sie klang, als wäre sie sich nicht sicher, wie wunderbar sie tatsächlich waren. »Ich weiß, Ihr habt mir befohlen, Damer hier im Palast beschäftigt zu halten, aber er bestand darauf, sich die Schwestern anzusehen, die sich noch immer im Aiel-Lager aufhalten. So freundlich er auch ist, kann er doch sehr beharrlich sein, wenn er es darauf anlegt, und so sicher, wie die Sonne aufgeht, gibt es nichts, das nicht geheilt werden kann. Und, nun ja, wie dem auch sei, er ist gegangen und hat Irgain geheilt. Cadsuane, es ist, als wäre sie niemals…« Sie verstummte, unfähig, das Wort auszusprechen. Trotzdem stand es im Raum. Gedämpft.

»Wunderbare Neuigkeiten«, sagte Cadsuane tonlos. Das waren sie auch. Tief in ihrem Inneren trug jede Schwester die Furcht mit sich herum, man könnte sie von der Macht abschneiden. Und jetzt war eine Möglichkeit gefunden worden, das zu heilen, was man nicht heilen konnte. Von einem Mann. Bevor *dies* seinen Abschluss gefunden hatte, würde es Tränen und

Beschuldigungen geben. Aber davon einmal abgesehen würde jede Schwester, die davon hörte, es als eine weltbewegende Entdeckung betrachten – in mehr als nur einer Weise: ein Mann! –, aber verglichen mit Rand al'Thor war es nur ein Sturm in einer Teetasse. »Ich nehme an, sie bietet an, sich wie die anderen auch auspeitschen zu lassen?«

»Das braucht sie nicht«, sagte Verin gedankenverloren. Sie betrachtete stirnrunzelnd einen Tintenfleck auf ihrem Finger, schien aber etwas zu untersuchen, das sich jenseits davon befand. »Die Weisen Frauen haben offensichtlich entschieden, dass Rand Irgain und die anderen beiden ausreichend bestraft hat, als er... tat, was er tat. Während sie die anderen wie wertlose Tiere behandelten, haben sie darum gekämpft, diese drei am Leben zu erhalten. Wie ich hörte, wurde davon gesprochen, für Ronaille einen Ehemann zu finden.«

»Irgain weiß über die Eide Bescheid, die die anderen geschworen haben.« Corele klang erstaunt. »Als Damer mit ihr fertig war, fing sie schluchzend an, den Verlust ihrer Behüter zu beklagen, doch auch sie ist zu dem Eid bereit. Aber die Sache ist die: Damer will es auch bei Sashalle und Ronaille versuchen.« Überraschenderweise nahm sie fast trotzig die Schultern zurück. Sie war immer so arrogant wie die meisten Gelben gewesen, aber sie hatte stets genau gewusst, welche Stellung sie bei Cadsuane einnahm. »Cadsuane, ich kann nicht zusehen, wie eine Schwester in diesem Zustand verbleibt, wenn es einen Ausweg gibt. Ich möchte es Damer versuchen lassen.«

»Natürlich, Corele.« Anscheinend war etwas von Damers Beharrlichkeit auf sie abgefärbt. Cadsuane war bereit, es durchgehen zu lassen, solange es nicht zu weit ging. An dem Tag, an dem sie von den seltsamen Vorgängen in Schienar erfuhr, hatte sie damit angefangen, Schwestern um sich zu scharen, denen sie vertraute, jene, die sie begleiteten und andere – ihre Augen-und-Ohren, die jahrelang Siuan Sanche und Moiraine Damodred beobachtet hatten, ohne je etwas Nützliches erfahren zu haben –, aber nur, weil sie ihnen vertraute, bedeutete das nicht, dass sie sie ihre eigenen Wege gehen ließ. Dafür stand zu viel auf dem Spiel. Aber davon abgesehen, konnte auch sie keine Schwester in diesem Zustand lassen.

Die Tür flog auf und Jahar kam mit klirrenden Silberglöckchen an den Enden seiner Zöpfe hereingestürzt. Köpfe drehten sich, um den Jungen in dem gut sitzenden blauen Mantel, den Merise für ihn ausgewählt hatte, anzusehen – sogar Sorilea und Sarene starrten ihn an –, aber die Worte, die aus seinem Mund sprudelten, verscheuchten jeden Gedanken daran, wie hübsch sein sonnengebräuntes Gesicht doch war.

»Cadsuane, Alanna ist bewusstlos. Sie ist gerade im Korridor zusammengebrochen. Merise hat sie in ein Schlafgemach bringen lassen und mich zu Euch geschickt.«

Cadsuane verbannte jede entsetzte Gefühlsregung aus ihrer Miene, gab Corele und Sorilea – die man hierbei nicht ausschließen konnte – ein Zeichen und befahl Jahar vorauszugehen. Verin schloss sich ihnen ebenfalls an und Cadsuane hielt sie nicht davon ab. Verin hatte die Gabe, Dinge zu bemerken, die anderen entging.

Die schwarz livrierten Diener hatten keine Ahnung, wer oder was Jahar war, aber sie beeilten sich, Cadsuane aus dem Weg zu gehen, als sie mit raschen Schritten hinter ihm herging. Sie hätte ihm gern befohlen, schneller zu gehen, aber dann hätte sie laufen müssen. Sie waren noch nicht sehr weit gekommen, als ein kleinwüchsiger Mann, dessen Kopf an der Vorderseite kahl geschoren war und der einen dunklen Mantel mit waagrechten bunten Streifen auf der Vorderseite trug, ihnen den Weg vertrat und sich tief verbeugte. Sie musste stehen bleiben.

»Die Gnade sei mit Euch, Cadsuane Sedai«, sagte er glatt. »Vergebt mir, dass ich Euch belästige, da Ihr doch in solcher Eile seid, aber ich fand, ich sollte Euch mitteilen, dass sich Lady Caraline und der Hochlord Darlin nicht länger in Lady Arilyns Palast befinden. Sie sind auf einem Flussschiff auf dem Weg nach Tear. Ich fürchte, mittlerweile sind sie außerhalb Eurer Reichweite.«

»Ihr wärt überrascht, wie weit meine Macht reicht, Lord Dobraine«, sagte sie kalt. Sie hätte wenigstens eine Schwester in Arilyns Palast abkommandieren sollen, aber sie war davon überzeugt gewesen, die beiden in sicherem Gewahrsam zu wissen. »War das klug?« Sie hatte nicht den geringsten Zweifel, dass es scin Werk war, obwohl sie sich nicht vorstellen konnte, dass er den Mut hatte, es zuzugeben. Kein Wunder, dass er sie ihretwegen nicht bedrängt hatte.

Ihr Ton konnte den Mann nicht beeindrucken. Und er überraschte sie. »Der Hochlord Darlin wird für den Lord Drachen der Großhofmeister von Tear, und es erschien klug, die Lady Caraline aus dem Land zu schaffen. Sie hat ihrer Rebellion und ihrem Anspruch auf den Sonnenthron abgeschworen, aber andere könnten noch immer versuchen, sie zu benutzen. Vielleicht war es unklug, sie der Aufsicht von Dienern zu überlassen, Cadsuane Sedai. Ihr dürft es ihnen aber nicht zum Vorwurf machen. Sie konnten zwei… Gäste festhalten, aber sich nicht gegen meine Waffenmänner durchsetzen.«

Jahar hüpfte vor Ungeduld beinahe von einem Fuß auf den anderen. Merise führte ein strenges Regiment. Cadsuane hatte es ebenfalls eilig, zu Alanna zu kommen.

»Ich hoffe, Ihr seid in einem Jahr noch derselben Meinung«, sagte sie. Dobraine verbeugte sich lediglich.

Das Schlafgemach, in das man Alanna gebracht hatte, war das nächstgelegene gewesen, und es war nicht groß und wirkte dank der dunklen Holzvertäfelung, die Cairhiener so sehr liebten, noch viel kleiner. Sobald alle eingetreten waren, erschien es ziemlich eng. Merise schnippte mit den Fingern und zeigte auf Jahar, der sich in eine Ecke zurückzog, aber das half nur wenig.

Alanna lag mit geschlossenen Augen auf dem Bett, ihr Behüter Ihvon kniete an ihrer Seite und rieb ihr Handgelenk. »Sie scheint sich vor dem Aufwachen zu fürchten«, sagte der große, schlanke Mann. »Soweit ich sagen kann, fehlt ihr nichts, aber sie scheint sich zu fürchten.«

Corele schob ihn zur Seite, damit sie Alannas Gesicht mit beiden Händen umfassen konnte. Der Schein *Saidars* umgab die Gelbe, und das Gewebe des Heilens senkte sich auf Alanna, aber die schlanke Grüne zuckte nicht einmal. Corele zog sich zurück und schüttelte den Kopf.

»Meine Fertigkeiten im Heilen kommen Euren nicht nahe, Corele«, sagte Merise trocken, »aber ich habe es versucht.« Nach all diesen Jahren war der tarabonische Akzent noch immer sehr stark, aber sie trug ihr dunkles Haar streng aus ihrem Gesicht zurückgekämmt. Cadsuane vertraute ihr womöglich mehr als all den anderen. »Was machen wir jetzt, Cadsuane?«

Sorilea starrte die auf dem Bett ausgestreckt liegende Frau ausdruckslos an, sie presste lediglich die Lippen aufeinander. Cadsuane fragte sich, ob sie ihre Allianz noch einmal überdachte. Auch Verin starrte Alanna an und sie sah völlig entsetzt aus. Cadsuane hätte niemals geglaubt, dass etwas Verin so sehr ängstigen könnte. Aber sie verspürte selbst einen Hauch des Entsetzens. Wenn sie jetzt die Verbindung zu dem Jungen verlor…

»Wir setzen uns und warten, dass sie aufwacht«, erklärte sie mit ruhiger Stimme. Es gab nichts, was sie sonst hätten tun können. Gar nichts.

»Wo ist er?«, knurrte Demandred und ballte hinter seinem Rücken die Fäuste. Er stand mit gespreizten Beinen da und war sich bewusst, dass er den Raum dominierte. Das tat er immer. Trotzdem wünschte er sich, Semirhage oder Mesaana wären hier. Ihr Bündnis war zerbrechlich – die simple Übereinkunft, dass sie sich nicht gegeneinander wandten, bis die anderen ausgeschaltet waren –, aber es hatte die ganze Zeit gehalten. Zusammen hatten sie einen Gegner nach dem anderen aus dem Gleichgewicht gebracht und manche in den Tod oder Schlimmeres geschickt. Aber für Semirhage war es sehr schwierig, zu diesen Treffen zu kommen, und Mesaana war in der letzten Zeit sehr zurückhaltend gewesen. Falls sie daran dachte, dieses Bündnis zu beenden… »Seit diese blinden Narren – diese Idioten! – in Cairhien versagt haben, wurde al'Thor in fünf Städten gesehen, einschließlich diesem verfluchten Ort in der Wüste, sowie in einem Dutzend Dörfer. Und das besagen nur die Berichte, die uns zur Verfügung stehen! Der Große Herr allein weiß, was sonst noch auf einem Pferd, einem Schaf oder was diese Wilden sonst zur Beförderung einer Botschaft finden, angekrochen kommt.«

Graendal hatte die Umgebung ausgesucht, da sie als Erste eingetroffen war, und sie irritierte ihn. Bildwände verliehen dem Holzboden den Anschein, von einem Wald voller mit leuchtenden Blüten bewachsener Kletterpflanzen und farbenprächtiger Vögel umgeben zu sein. Die Luft war voll süßem Duft und lieblichem Vogelgezwitscher. Allein der Torbogen verdarb die Illusion. Warum diese Erinnerung an etwas, das verloren war? Außerhalb dieses Ortes in der Nähe von Shayol Ghul konnten sie genauso wenig Schocklanzen oder

Shoflügel herstellen, wie sie Bildwände errichten konnten. Und soweit er sich erinnerte, hatte sie alles verabscheut, was mit der Natur zu tun hatte.

Osan'gar runzelte über die ›Idioten‹ und ›blinden Narren‹ die Stirn, was nun wirklich sein Problem war, glättete das unscheinbare, faltige Gesicht, das so wenig Ähnlichkeit mit dem hatte, mit dem er geboren worden war, aber schnell wieder. Egal mit welchem Namen man ihn rief, er hatte immer gewusst, wen er herausfordern konnte und wen nicht. »Eine Sache des Zufalls«, sagte er ruhig, obwohl er anfing, seine Hände zu ringen. Eine alte Gewohnheit. Gekleidet wie ein Herrscher dieses Zeitalters trug er einen Mantel, der so mit goldenen Stickereien übersät war, dass der rote Stoff darunter fast völlig verborgen wurde, und die Stiefel waren mit goldenen Troddeln besetzt. An Hals und Handgelenken bauschte sich genug Spitze, um ein Kind einzukleiden. Der Mann hatte nie begriffen, was man unter Exzess verstand. Wären seine besonderen Fähigkeiten nicht gewesen, wäre er niemals zu einem der Auserwählten geworden. Er bemerkte, was seine Hände taten, riss das hohe *Cuendillar*-Weinglas von dem runden Tisch neben seinem Stuhl und atmete das Aroma des dunklen Weins tief ein. »Einfache Wahrscheinlichkeitsrechnung«, murmelte er und versuchte beiläufig zu klingen. »Das nächste Mal wird er getötet oder gefangen genommen. Der Zufall kann ihn nicht immer beschützen.«

»Ihr wollt Euch auf den Zufall verlassen?« Aran'gar lag auf einem langen Stuhl, der an ein Sofa erinnerte. Sie schenkte Osan'gar ein rauchiges Lächeln und zog das Bein mit dem nackten Fuß langsam an, bis der Schlitz in ihrem hellroten Rock es bis zur Hüfte entblößte. Jeder Atemzug drohte sie von dem roten Satin zu befreien, der ihre vollen Brüste nur mühsam bändigte. Seit ihrer Verwandlung in eine Frau hatte sich ihr ganzes Gehabe verändert, aber das erstreckte sich nicht auf den Kern dessen, was in einen weiblichen Körper gepflanzt worden war. Demandred verachtete keineswegs fleischliche Genüsse, aber eines Tages würden ihre Begierden ihr noch den Tod bringen. Wie es bereits schon einmal geschehen war. Nicht, dass er sie betrauern würde, wenn es das nächste Mal endgültig war. »Ihr wart dafür verantwortlich, ihn im Auge zu behalten, Osan'gar«, fuhr sie fort und ihre Stimme liebkoste jede Silbe. »Ihr und Demandred.« Osan'gar zuckte zusammen und fuhr sich mit der Zunge über die Lippen. Aran'gar lachte kehlig. »Mein Schützling ist…« Sie drückte den Daumen auf den Stuhlrand, als würde sie etwas festhalten, und lachte erneut.

»Ich glaube, Ihr solltet etwas besorgter sein, Aran'gar«, murmelte Graendal in ihren Wein. Sie verbarg ihre Verachtung genauso überzeugend wie der beinahe durchsichtige silbrige Nebel ihres Gewandes aus *Streith* ihre üppigen Kurven. »Ihr und Osan'gar und Demandred. Und Moridin, wer auch immer er ist. Vielleicht solltet ihr al'Thors Erfolg genauso sehr fürchten wie sein Scheitern.«

Lachend griff Aran'gar nach der Hand der stehenden Frau. Ihre grünen Augen funkelten. »Und vielleicht könntet Ihr mir ausführlicher erklären, was Ihr damit meint, wenn wir unter uns sind?«

Graendals Gewand verwandelte sich in schwarzen, verbergenden Rauch. Sie riss sich mit einem heiseren Fluch los und trat von dem Stuhl zurück. Aran'gar… kicherte.

»Was wollt Ihr damit sagen?«, rief Osan'gar schneidend aus und sprang von seinem Stuhl hoch. Sobald er stand, nahm er die Pose eines Schulmeisters ein und packte seine Revers, während sein Tonfall pedantisch wurde. »Meine liebe Graendal, erstens bezweifle ich, dass selbst ich eine Methode entwickeln könnte, *Saidin* vom Schatten des Großen Herrn zu befreien. Al'Thor ist ein Primitiver. Was er auch versucht, es wird sich letztlich als unzulänglich erweisen, und ich für meinen Teil kann nicht glauben, dass er eine Vorstellung hat, wie er überhaupt damit anfangen soll. Auf jeden Fall werden wir ihn schon bei dem Versuch aufhalten, weil es der Große Herr so will. Ich kann verstehen, dass man sich vor dem Missfallen des Großen Herrn fürchtet, falls wir irgendwie versagen, so unwahrscheinlich das auch sein mag, aber warum sollten die, die Ihr genannt habt, sich besonders fürchten?«

»So blind und trocken wie immer«, murmelte Graendal. Mit der Rückkehr ihrer Fassung bestand das Gewand wieder aus klarem Nebel, der allerdings von Rot durchzogen wurde. Vielleicht war sie doch nicht so ruhig, wie sie vorgab. Vielleicht wollte sie auch nur die anderen glauben machen, dass sie irgendeine innere Unruhe unterdrückte. Abgesehen von dem Streith kam ihr gesamter Schmuck aus diesem Zeitalter, in ihrem goldenen Haar funkelten Feuertropfen, zwischen ihren Brüsten baumelte ein großer Rubin, an beiden Handgelenken klirrten verzierte goldene Armreifen. Und da war noch etwas Seltsames – Demandred fragte sich, ob es wohl auch einem der anderen aufgefallen war. An dem kleinen Finger ihrer linken Hand steckte ein einfacher Goldring. Einfach war ein Begriff, der niemals in einem Atemzug mit Graendal fiel. »Wenn der junge Mann irgendwie den Schatten entfernt, nun… Ihr, die ihr *Saidin* lenkt, werdet dann nicht länger den besonderen Schutz des Großen Herrn benötigen. Ob er dann wohl noch eurer… Loyalität… vertraut?« Lächelnd trank sie einen Schluck Wein.

Osan'gar lächelte nicht. Sein Gesicht verlor jegliche Farbe und er rieb sich mit der Hand über den Mund. Aran'gar setzte sich auf den Stuhlrand; sie versuchte nicht länger sinnlich zu erscheinen. Die in ihrem

Schoß liegenden Hände bildeten Krallen, und sie starrte Graendal an, als wollte sie ihr an die Kehle springen.

Demandred entspannte die Fäuste. Endlich war es heraus. Er hatte gehofft, al'Thor tot – oder falls das scheiterte – als Gefangenen zu sehen, bevor dieser Verdacht sein hässliches Haupt erhob. Während des Krieges um die Macht waren mehr als ein dutzend Auserwählte dem Misstrauen des Großen Herrn zum Opfer gefallen.

»Der Große Herr ist von euer aller Treue überzeugt«, verkündete Moridin und trat ein, als wäre er der Große Herr der Dunkelheit höchstpersönlich. Er hatte oft den Anschein erweckt, dies tatsächlich zu glauben, und der jungenhafte Gesichtsausdruck, den er in diesem Augenblick aufsetzte, änderte daran nichts. Trotz seiner Worte war dieses Gesicht ernst und das schmucklose Schwarz seiner Kleidung ließ seinen Namen – Tod – passend erscheinen. »Ihr müsst euch erst dann Sorgen machen, wenn er aufhört, daran zu glauben.« Das Mädchen Cyndane klebte an seinen Fersen wie ein vollbusiges kleines, silberhaariges Schoßtier, das in Rot und Schwarz gekleidet war. Aus irgendeinem Grund hatte Moridin eine Ratte auf der Schulter sitzen, deren helle Nase aufgeregt schnupperte, während ihre schwarzen Augen den Raum misstrauisch musterten. Aber vielleicht saß sie auch grundlos da. Das jugendliche Gesicht hatte ihn ja auch nicht weniger verrückt gemacht.

»Warum habt Ihr uns herbestellt?«, verlangte Demandred zu wissen. »Ich habe viel zu tun und keine Zeit für irgendwelche Plaudereien.« Unbewusst versuchte er, größer zu erscheinen, um gegenüber dem anderen Mann zu bestehen.

»Mesaana ist wieder nicht gekommen?«, sagte Moridin anstelle einer Antwort. »Schade. Sie sollte sich anhören, was ich zu sagen habe.« Er pflückte die Ratte am Schwanz von seiner Schulter und sah zu, wie das Tier vergeblich mit den Beinen strampelte. Außer der Ratte schien nichts für ihn zu existieren. »Kleine, scheinbar unwichtige Dinge können große Bedeutung erlangen«, murmelte er. »Diese Ratte… Ob es Isam gelingt, dieses andere Ungeziefer namens Fain zu finden und zu töten? Ein Wort in das falsche Ohr geflüstert oder nicht in das richtige gesagt. Ein Schmetterling schlägt auf einem Ast mit seinen Flügeln und auf der anderen Seite der Welt stürzt ein Berg in sich zusammen.« Plötzlich krümmte sich die Ratte zusammen und versuchte, ihre Zähne in sein Handgelenk zu schlagen. Mit einer fast beiläufigen Bewegung warf er die Kreatur fort. Mitten in der Luft flammte ein Feuerball auf, etwas, das heißer als jede Flamme war, und die Ratte war verschwunden. Moridin lächelte.

Demandred zuckte ungewollt zusammen. Das war die Wahre Macht gewesen; er hatte nichts gespürt. Ein schwarzes Körnchen trieb quer durch Moridins Augen, gefolgt von dem nächsten, ein gleichmäßiger Strom. Der Mann musste ausschließlich die Wahre Macht benutzt haben, seit Demandred beim letzten Mal Zeuge geworden war, wie er so viele *Saa* so schnell gesammelt hatte. Er selbst hatte die Wahre Quelle nie angefasst, es sei denn in größter Bedrängnis. Natürlich hatte jetzt allein Moridin dieses Privileg, seit seiner… Salbung. Der Mann musste wirklich wahnsinnig sein, um sie unbedacht zu verwenden. Sie war eine Droge, noch Sucht erzeugender als *Saidin*, tödlicher als jedes Gift.

Moridin trat auf Osan'gar zu und legte ihm die Hand auf die Schulter. Das *Saa* ließ sein Lächeln noch Unheil verkündender erscheinen. Der kleinere Mann schluckte und erwiderte das Lächeln unsicher. »Es ist gut, dass Ihr nie in Erwägung gezogen habt, den Schatten des Großen Herrn zu entfernen«, sagte Moridin leise. Wie lange hatte er draußen gestanden? Osan'gars Lächeln wurde noch eine Spur kränklicher. »Al'Thor ist nicht so klug wie Ihr. Erzähl es ihnen, Cyndane.«

Die kleine Frau richtete sich zu ihrer vollen Größe auf. Vom Gesicht und ihrer Figur her war sie eine süße Pflaume, die nur darauf wartete, gepflückt zu werden, aber ihre großen blauen Augen waren wie ein Gletscher. Vielleicht ein Pfirsich. In diesem Zeitalter waren Pfirsiche giftig. »Ich schätze, ihr erinnert euch an die Choedan Kal.« Keine noch so große Anstrengung hätte diese tiefe, atemlose Stimme irgendwie anders als erotisch klingen lassen, aber ihr gelang es, sie mit einem sarkastischen Tonfall zu unterlegen. »Lews Therin hat zwei der Zugangsschlüssel, einen für jeden. Und er kennt eine Frau, die stark genug ist, den weiblichen der beiden zu benutzen. Er plant, die Choedan Kal für seine Tat zu verwenden.«

Auf der Stelle redeten alle durcheinander.

»Ich dachte, sämtliche Schlüssel wären zerstört!«, rief Aran'gar und sprang auf die Füße. Ihre Augen waren vor Furcht weit aufgerissen. »Er könnte die Welt zerstören, wenn er auch nur *versucht*, die Choedan Kal zu benutzen!«

»Hättest du jemals etwas anderes als historische Abhandlungen gelesen, dann wüsstest du, dass es so gut wie unmöglich ist, sie zu zerstören!«, fauchte Osan'gar sie an. Aber er riss an seinem Kragen, als wäre er zu eng, und seine Augen schienen bereit, ihm gleich aus dem Kopf zu fallen. »Woher will dieses Mädchen wissen, dass er sie hat? Woher?«

Cyndane hatte noch nicht zu Ende gesprochen, als Graendal auch schon ihr Weinglas hatte fallen lassen und es über den Boden gerollt war. Ihr Gewand wurde so scharlachrot wie frisch vergossenes Blut, und ihr Mund verzerrte sich, als müsste sie sich übergeben.

»Und Ihr habt gehofft, ihm zufällig über den Weg zu laufen!«, schrie sie Demandred an. »Hofftet, jemand würde ihn für Euch finden! Narr! Narr!«

Demandred fand, dass Graendal selbst für ihre Verhältnisse etwas übertrieb. Er wäre jede Wette eingegangen, dass die Nachricht keine Überraschung für sie war. Anscheinend konnte es nicht schaden, sie im Auge zu behalten. Er enthielt sich jeden Kommentars.

Wie ein Liebender legte Moridin die Hand aufs Herz und drückte Cyndanes Kinn mit den Fingerspitzen nach oben. In ihren Augen brannte Hass, aber ihr Antlitz hätte das leblose Gesicht einer Puppe sein können. Sie ertrug seine Aufmerksamkeiten in der Tat wie eine fügsame Puppe. »Cyndane weiß viele Dinge«, sagte Moridin leise, »und sie erzählt mir alles, was sie weiß. Alles.« Die kleine Frau verzog keine Miene, aber sie erzitterte deutlich sichtbar.

Für Demandred war sie ein Rätsel. Zuerst hatte er geglaubt, sie wäre die reinkarnierte Lanfear. Anscheinend wurden Körper für Seelenwanderungen nach dem ausgewählt, was gerade vorhanden war, aber Osan'gar und Aran'gar waren ein Beweis für den grausamen Humor des Großen Herrn. Er war sich dessen sicher gewesen, bis ihm Mesaana verraten hatte, dass das Mädchen schwächer als Lanfear war. Mesaana und die anderen glaubten, sie würde aus diesem Zeitalter stammen. Dennoch nannte sie al'Thor immer Lews Therin, genau wie Lanfear es getan hatte, und sie sprach von den Choedan Kal wie jemand, der mit dem Schrecken vertraut war, den sie während des Krieges der Macht verbreitet hatten. Allein Baalsfeuer war noch gefürchteter gewesen, und das auch nicht sehr. Oder hatte Moridin ihr das für seine eigenen Zwecke beigebracht? Vorausgesetzt, er verfolgte überhaupt eigene Pläne. Es hatte immer Phasen gegeben, in denen die Handlungen dieses Mannes vom Wahnsinn diktiert worden waren.

»Dann sieht es wohl so aus, als müsste er doch getötet werden«, sagte Demandred. Es fiel ihm nicht leicht, seine Befriedigung zu verbergen. Rand al'Thor oder Lews Therin Telamon, er würde ruhiger schlafen, wenn der Kerl tot war. »Bevor er die Welt und uns zerstören kann. Dies macht es noch wichtiger, ihn zu finden.«

»Ihn töten?« Moridin bewegte die Hände, als würde er etwas abwägen. »Falls es nötig werden wird, ja«, sagte er schließlich. »Aber ihn zu finden ist kein Problem. Wenn er den Choedan Kal berührt, werdet ihr wissen, wo er ist. Und ihr werdet euch dorthin begeben und ihn holen. Oder ihn töten, falls es nicht anders geht. Der Nae'blis hat gesprochen.«

»Wie der Nae'blis befiehlt«, sagte Cyndane eifrig und senkte den Kopf. Das Echo dieser Worte hallte durch den Raum, auch wenn Aran'gar mürrisch, Osan'gar verzweifelt und Graendal seltsam nachdenklich klang.

Den Kopf zu senken schmerzte Demandred genauso sehr, wie diese Worte auszusprechen. Also würden sie sich al'Thor holen – während er versuchte, die Choedan Kal zu benutzen, das musste man sich einmal vorstellen, während er und irgendeine Frau genug von der Einen Macht tranken, um ganze Kontinente zu zerschmelzen! –, aber es hatte keinen Hinweis gegeben, dass Moridin ihnen zur Seite stehen würde. Oder seine Schoßtiere Moghedien und Cyndane. Im Augenblick war der Mann Nae'blis, aber vielleicht konnte man die Dinge so arrangieren, dass für ihn bei seinem nächsten Tod kein neuer Körper zur Verfügung stand. Und vielleicht konnte man es sogar bald arrangieren.

KAPITEL 5

Was ein Schleier verbirgt

Die *Sieg von Kidron* rollte in ein tiefes Wellental und ließ die vergoldeten Lampen der Heckkabine an ihren Aufhängungen schwingen, aber Tuon saß ganz ruhig da, während das Rasiermesser in Selucias sicherer Hand über ihre Kopfhaut glitt. Die hohen Heckfenster gaben den Blick auf die anderen Großschiffe frei, welche die graugrüne Dünung in weiß aufstiebenden Gischtwolken durchbrachen, Hunderte von ihnen, die sich Bug an Bug bis zum Horizont erstreckten. Viermal so viel waren in Tanchico zurückgelassen worden. Die *Rhyagelle*, die, die in die Heimat zurückgekehrt waren. Die *Corenne*, die Wiederkehr, hatte begonnen.

Ein dahingleitender Albatros schien der *Kidron* zu folgen, in der Tat ein Omen des Sieges, auch wenn die langen Flügel des Tieres schwarz statt weiß waren. Es musste trotzdem das Gleiche bedeuten. Omen veränderten sich nicht, nur weil sich die Gegend änderte. Ein Eulenruf zur Morgendämmerung verkündete den Tod und Regen ohne Wolken einen unerwarteten Besucher, egal, ob man in Imfaral oder Noren M'Shar war.

Das morgendliche Ritual mit dem Rasiermesser ihrer Ankleidedame war beruhigend und genau das, was sie heute brauchte. Am vergangenen Abend hatte sie von Wut erfüllt einen Befehl gegeben. Kein Befehl sollte von Wut erfüllt gegeben werden. Sie fühlte sich beinahe *sei'mosiev*, als hätte sie ihre Ehre verloren. Ihr Gleichgewicht war gestört, und das war ein genauso schlechtes Vorzeichen für die Rückkehr wie der Verlust von *Sei'taer*, Albatros oder kein Albatros.

Selucia wischte mit einem feuchten Tuch den letzten Rest Rasierseife ab, benutzte dann ein trockenes Tuch und puderte schließlich Tuons glatte Kopfhaut mit einem Pinsel ein. Als ihre Ankleidedame schließlich zurücktrat, erhob sich Tuon und ließ ihren aufwendig bestickten blauen Seidenmorgenmantel auf den mit golden und blauen Mustern verzierten Teppich fallen. Sofort rief die kalte Luft eine Gänsehaut auf ihrer dunklen nackten Haut hervor. Vier ihrer zehn Zofen erhoben sich anmutig von der Stelle, wo sie an der Wand gekniet hatten; ihre hauchzarten weißen Gewänder betonten ihre schlanken, anmutigen Glieder. Sie alle waren sowohl ihres Erscheinungsbildes als auch ihrer Fertigkeiten wegen gekauft worden und sie waren sehr geschickt. Während der langen Reise von Seanchan hatten sie sich an die Bewegungen des Schiffs gewöhnt, und sie eilten los, um die auf den Truhen bereitgelegten Kleidungsstücke zu holen und sie Selucia zu bringen. Selucia erlaubte den *Da'covale* niemals, ihr tatsächlich etwas anzuziehen, nicht mal die Strümpfe oder die Schuhe.

Als sie ein mit Falten versehenes Gewand von der Farbe gealterten Elfenbeins über Tuons Kopf schob, konnte die junge Frau nicht widerstehen, sie in dem hohen Spiegel, der an der Innenwand befestigt war, verstohlen zu mustern. Die blonde Selucia war eine vornehme, hellhäutige Schönheit mit kühlen blauen Augen. Wäre ihre linke Kopfseite nicht glatt rasiert gewesen, hätte sie jeder für eine hochrangige Angehörige des Blutes halten können und nicht für eine *So'jhin*. Ein Gedanke, der die Frau bis ins Mark erschüttert hätte. Allein die Vorstellung, über die ihr zugeteilte Stellung hinauszutreten, hätte ausgereicht, Selucia zu erschrecken. Tuon wusste, dass sie selbst niemals eine so do-

minierende Ausstrahlung haben würde. Ihre Augen waren zu groß und von einem feuchten Braun. Wenn sie vergaß, eine strenge Miene zu machen, war ihr herzförmiges Gesicht das eines schelmischen Kindes. Ihr Scheitel reichte kaum bis an Selucias Augen, obwohl ihre Ankleidedame keine große Frau war. Tuon konnte im Sattel mit den besten mithalten, sie war eine hervorragende Ringerin und verstand mit den zu ihr passenden Waffen umzugehen, aber ihren Verstand hatte sie ständig trainieren müssen, wenn sie jemanden beeindrucken wollte. Sie hatte dieses Werkzeug einer so harten Ausbildung unterzogen wie alle anderen Fertigkeiten zusammen. Wenigstens betonte der breite, aus Goldfäden geflochtene Gürtel ihre Taille genug, damit sie nicht für einen Jungen in Frauenkleidung gehalten wurde. Männer sahen auf, wenn Selucia vorbeiging, und Tuon hatte gehört, wie man leise Bemerkungen über ihre vollen Brüste machte. Vielleicht hatte das ja nichts mit einer dominierenden Ausstrahlung zu tun, aber es wäre schön gewesen, etwas mehr Busen zu haben.

»Das Licht erleuchte mich«, murmelte Selucia und klang amüsiert, als die *Da'covale* zurückeilten, um sich wieder vor der Wand hinzuknien. »Seit dem Tag, an dem Euer Kopf das erste Mal rasiert wurde, habt Ihr das jeden Morgen getan. Glaubt Ihr nach drei Jahren immer noch, dass ich ein paar Stoppeln übrig lasse?«

Tuon wurde sich bewusst, dass sie über ihren kahlen Kopf gestrichen hatte. Auf der Suche nach Stoppeln, wie sie sich reumütig eingestand. »Wenn du das getan hättest«, erwiderte sie mit vorgetäuschtem Ernst, »hätte ich dich prügeln lassen. Die Vergeltung für all die Male, die du mich mit der Rute geschlagen hast.«

Selucia legte eine Kette aus Rubinen um Tuons Hals und lachte. »Wenn Ihr mir das heimzahlt, werde ich niemals wieder sitzen können.«

Tuon lächelte. Selucias Mutter hatte sie Tuon als Wiegengeschenk gegeben, um ihre Amme und, viel wichtiger, ihr Schatten zu sein, eine Leibwächterin, von der niemand wusste. Die ersten fünfundzwanzig Jahre von Selucias Leben waren der Ausbildung für diese Aufgaben gewidmet gewesen; für die zweite war sie im Geheimen trainiert worden. An Tuons sechzehntem Namensgebungstag hatte sie Selucia die traditionellen Geschenke ihres Hauses überreicht, ein kleines Anwesen für die Fürsorglichkeit, die sie bewiesen hatte, ein Pardon für die Züchtigungen, die sie ausgeteilt hatte, und einen Beutel mit hundert Goldthrone für jedes Mal, das sie ihren Schützling hatte bestrafen müssen. Die Angehörigen des Blutes, die sich versammelt hatten, um Zeuge ihres ersten Auftritts als Erwachsene zu werden, waren von den vielen Beuteln voller Münzen beeindruckt gewesen; sie überstiegen bei weitem die Zahl, die die meisten Hand an ihresgleichen hätten legen können. Sie war ein… aufsässiges Kind gewesen, ganz zu schweigen von ihrer Sturheit. Und das letzte traditionelle Geschenk: das Angebot für Selucia, sich auszusuchen, wo sie als Nächstes dienen wollte. Tuon vermochte nicht zu sagen, wer erstaunter gewesen war, sie oder die versammelte Menge, als die würdevolle Frau Macht und Autorität den Rücken zuwandte und stattdessen darum bat, Tuons Ankleidedame zu werden, ihre Erste Zofe. Und natürlich weiterhin ihr Schatten, obwohl das der Öffentlichkeit verborgen blieb. Tuon war begeistert gewesen.

»Vielleicht in kleinen Dosen, verteilt über die nächsten sechzehn Jahre«, sagte sie. Sie sah sich im Spiegel an und hielt ihr Lächeln lange genug bei, um sicherzugehen, dass ihre Worte nicht verletzten, dann ersetzte sie es durch Strenge. Sie fühlte für die Frau, die sie aufgezogen hatte, mit Sicherheit mehr Zuneigung als für ihre leibliche Mutter, die sie vor dem Eintritt in ihr Erwachsenendasein nur zweimal im Jahr gesehen hatte, oder für ihre Brüder und Schwestern. Von ihren ersten Schritten an war sie gelehrt worden, um die Gunst der Mutter zu kämpfen. Bis jetzt waren zwei von ihnen in diesem Kampf gestorben und drei hatten versucht, sie zu töten. Eine Schwester und ein Bruder waren zu *Da'covale* gemacht worden, und man hatte ihre Namen so entschieden aus den Chroniken gestrichen, als hätte man entdeckt, dass sie die Macht lenken konnten. Selbst jetzt war ihre Stellung noch alles andere als sicher. Ein einziger Fehltritt konnte ihren Tod bedeuten oder, noch schlimmer, dass man sie nackt auszog und auf dem öffentlichen Sklavenmarkt verkaufte. Das Licht sei gesegnet – wenn sie lächelte, sah sie noch immer wie sechzehn aus! Höchstens!

Kichernd wandte sich Selucia ab, um die eng sitzende Haube aus goldener Spitze von ihrem rot lackierten Ständer auf dem Ankleidetisch zu holen. Die sparsam verarbeitete Spitze würde den größten Teil ihres kahl geschorenen Kopfes entblößen und sie mit den Raben-und-Rosen kennzeichnen. Vielleicht war sie ja gar nicht *sei'mosiev*, aber um der *Corenne* willen musste sie ihr Gleichgewicht wiederfinden. Sie konnte Anath, ihre *Soe'feia,* darum bitten, ihr eine Strafe aufzuerlegen, aber seit Neferis unerwartetem Tod waren keine zwei Jahre vergangen, und sie fühlte sich bei ihrem Ersatz noch immer nicht ganz wohl. Etwas sagte ihr, dass sie das allein tun musste. Vielleicht hatte sie ein Omen gesehen, das sie nicht beachtet hatte. Vermutlich gab es keine Ameisen auf dem Schiff, aber doch bestimmt irgendwelche Käfer.

»Nein, Selucia«, sagte sie leise. »Einen Schleier.«

Selucias Lippen verzogen sich missbilligend, aber sie stülpte die Haube wortlos auf ihren Ständer. Unter vier Augen, so wie jetzt, hatte sie die Erlaubnis, frei zu sprechen, aber sie wusste, was man aussprechen durfte und was nicht. Tuon hatte sie nur zweimal bestrafen müssen, und das Licht war ihr Zeuge, sie hatte es genauso sehr bedauert wie Selucia. Wortlos holte ihre Ankleidedame einen langen, durchsichtigen Schleier, wand ihn um Tuons Kopf und befestigte ihn mit einem schmalen Band aus rubinenbesetztem Goldgeflecht. Der Schleier war noch durchsichtiger als die Gewänder der *Da'covale* und verbarg ihr Gesicht nicht im mindesten. Aber er verbarg das, was am wichtigsten war.

Nun legte Selucia einen langen, goldbestickten blauen Umhang auf Tuons Schultern, trat zurück und machte eine so tiefe Verbeugung, dass das Ende ihres goldblonden Zopfes den Teppich berührte. Die knienden *Da'covale* neigten die Gesichter bis auf den Boden. Die Zeit für Privatangelegenheiten war vorbei. Tuon verließ die Kabine allein.

In der zweiten Kabine standen sechs *Sul'dam*, drei auf jeder Seite, deren Schutzbefohlene vor ihnen auf den breiten, polierten Planken knieten. Die *Sul'dam* nahmen bei ihrem Anblick Haltung an, so stolz wie die silbernen Blitze auf den roten Stoffrechtecken auf ihren Röcken. Die in Grau gekleideten *Damane* knieten aufrecht, von ihrem eigenen Stolz erfüllt. Bis auf die arme Lidya, die zusammengesunken auf den Knien hockte und versuchte, das tränennasse Gesicht auf das Deck zu pressen. Ianelle, die die Leine der rothaarigen *Damane* hielt, starrte stirnrunzelnd auf sie herab.

Tuon seufzte. Lidya war für ihre Wut am gestrigen Abend verantwortlich gewesen. Nein, sie hatte sie ausgelöst, aber Tuon war für ihre eigenen Gefühle verantwortlich. Sie hatte der *Damane* befohlen, ihr die Zukunft vorherzusagen, und hätte nicht anordnen sollen, ihr mit der Rute eine Tracht Prügel zu verpassen, weil ihr nicht gefiel, was sie zu hören bekam.

Sie beugte sich vor, nahm Lidyas Kinn in die Hand, legte die langen, rot lackierten Fingernägel auf die sommersprossige Wange der *Damane* und zog sie hoch, bis sie auf den Fersen saß. Was ein Zusammenzucken und frische Tränen hervorrief, die Tuon abwischte, während sie die *Damane* hochzog, bis sie kniete. »Lidya ist eine gute *Damane,* Ianelle«, sagte sie. »Bestreicht ihre Striemen mit Sorfatinktur und gebt ihr Löwenherz gegen die Schmerzen, bis sie verschwunden sind. Und *bis* sie verschwunden sind, soll sie zu jeder Mahlzeit einen süßen Vanillekuchen bekommen.«

»Wie die Hochlady befiehlt«, erwiderte Ianelle förmlich, aber sie lächelte schmal. Alle *Sul'dam* mochten Lidya, und es hatte ihr nicht gefallen, die *Damane* zu bestrafen. »Sollte sie fett werden, werde ich sie rennen lassen, Hochlady.«

Lidya drehte den Kopf, um Tuons Handfläche zu küssen, und murmelte: »Lidyas Herrin ist freundlich. Lidya wird nicht fett.«

Tuon schritt die beiden Reihen ab, sprach ein paar Worte zu jeder *Sul'dam* und tätschelte jede *Damane.* Die sechs, die sie mitgebracht hatte, waren ihre besten, und sie strahlten sie mit einer Zuneigung an, die jener gleichkam, die sie für sie empfand. Sie hatten eifrig darum gekämpft, erwählt zu werden. Dali und Dani, beide pummelig und blond, zwei Schwestern, die kaum die Anleitung einer *Sul'dam* brauchten. Charral, deren Haare so grau wie ihre Augen waren, die aber noch immer die geschickteste im Wirken eines Gewebes war. Sera, die rote Schleifen in ihren dichten schwarzen Locken trug, die stärkste von ihnen und so stolz wie eine *Sul'dam.* Tiny Mylen, die noch kleiner als selbst Tuon war. Mylen war Tuons ganz besonderer Stolz.

Viele hatten es seltsam gefunden, als Tuon sich bei Erreichen des Erwachsenenalters als *Sul'dam* hatte testen lassen, obwohl ihr damals niemand widersprechen konnte. Mit Ausnahme ihrer Mutter, die es erlaubte, indem sie geschwiegen hatte. Natürlich war es undenkbar für sie, *Sul'dam* zu werden, aber sie fand in der Abrichtung von *Damane* genauso viel Freude wie in der von Pferden, und sie war in einem so gut wie im anderen. Mylen war der Beweis dafür. Als Tuon sie auf den Docks von Shon Kifar gekauft hatte, war die blasse kleine *Damane* vor Furcht und Verzweiflung halb tot gewesen und hatte jegliche Nahrung und Flüssigkeit verweigert. Alle *Der'sul'dam* hatten aufgegeben und ihr vorhergesagt, dass sie nicht mehr lange leben würde, aber jetzt lächelte Mylen zu Tuon hoch und beugte sich vor, um ihr die Hand zu küssen, bevor sie die Hand ausstreckte, um der *Damane* über das dunkle Haar zu streichen. Einst nur noch Haut und Knochen, setzte sie Gewicht an. Statt sie zurechtzuweisen, verzog Catrona, die ihre Leine hielt, ihr für gewöhnlich strenges schwarzes Gesicht zu einem Lächeln und murmelte, Mylen sei die perfekte *Damane*. Es stimmte, niemand würde mehr glauben, dass sie sich einst Aes Sedai genannt hatte.

Bevor Tuon ging, gab sie noch ein paar Befehle, die die Ernährung und die Übungen der *Damane* betrafen. Die *Sul'dam* wussten, was sie zu tun hatten, genau wie die zwölf anderen in Tuons Gefolge, andernfalls wären sie nicht in ihren Diensten gewesen, aber sie vertrat die Meinung, dass man keinem erlauben sollte, *Damane* zu besitzen, wenn derjenige kein ausgeprägtes Interesse für sie aufbrachte. Sie kannte die Eigenarten einer jeden von ihnen so gut wie ihr eigenes Gesicht.

In der äußeren Kabine nahm die Totenwache in ihren in Blutrot und fast schwarzem Grün lackierten Rüstungen bei ihrem Eintritt Haltung an. Das heißt, sie nahmen Haltung an, wenn Statuen Haltung annehmen konnten. Diese hartgesichtigen Männer und fünfhundert andere ihres Schlages waren persönlich für Tuons Sicherheit verantwortlich. Sie alle würden sterben, um sie zu beschützen. Sie würden sterben, wenn sie starb. Jeder Mann hatte sich freiwillig gemeldet, hatte darum gebeten, ihrer Leibwache beitreten zu dürfen. Als der grauhaarige Hauptmann Musenge den Schleier erblickte, kommandierte er nur zwei seiner Männer dazu ab, sie an Deck zu begleiten, wo zwei Dutzend Ogier-Gärtner in Rot und Grün sich zu beiden Seiten des Niedergangs mit erhobenen, quastengeschmückten Äxten aufbauten und mit grimmig blickenden Augen selbst hier nach Gefahren Ausschau hielten. Sie würden nicht sterben, wenn sie starb, aber sie hatten ebenfalls darum gebeten, in ihre Leibwache aufgenommen zu werden, und sie würde ihr Leben ohne nachzudenken jeder dieser großen Hände anvertrauen.

Die gerippten Segel an den drei hohen Masten der *Kidron* wurden von dem kalten Wind aufgebauscht, der das Schiff dem voraus liegenden Land entgegentrieb, eine dunkle Küste, die nahe genug war, dass sie Berge und Landzungen erkennen konnte. Das Deck war voller Männer und Frauen. Die Angehörigen des Blutes trugen ihre besten Seidengewänder und ignorierten den Wind, der ihre Umhänge flattern ließ, genauso wie die barfüßigen Männer und Frauen der Besatzung, die zwischen ihnen umherhuschten. Einige der Adligen ignorierten die Besatzung etwas zu auffällig, als könnten sie das Schiff auf den Knien oder unter ständigen Verbeugungen führen. Als das Blut Tuons Schleier bemerkte, führten sie statt der Niederwerfung lediglich angedeutete Verbeugungen durch. Yuril, der Mann mit der scharf geschnittenen Nase, den alle für ihren Sekretär hielten, ließ sich auf ein Knie nieder. Natürlich war er tatsächlich ihr Sekretär, aber auch ihre Hand, die ihre Sucher kommandierte. Die Macura warf sich zu Boden und küsste die Decksplanken, bevor ein paar Worte Yurils sie wieder errötend aufstehen und ihre Röcke glätten ließ. Tuon hatte ihre Zweifel gehabt, sie in Tanchico in ihre Dienste aufzunehmen, aber die Frau hatte gebettelt wie eine *Da'covale*. Aus irgendeinem Grund hasste sie Aes Sedai bis aufs Blut, und trotz der Belohnungen, die sie für ihre außerordentlich wertvollen Informationen erhalten hatte, hoffte sie, ihnen noch mehr Schaden zuzufügen.

Tuon neigte vor dem Blut den Kopf und stieg von den beiden Männern der Totenwache begleitet zum Achterdeck hoch. Der Wind machte es ihr schwer, den Umhang zu halten, und drückte ihr in dem einen Augenblick den Schleier gegen das Gesicht, um ihn im nächsten über ihren Kopf zu wirbeln. Es spielte keine Rolle; es reichte, dass sie ihn trug. Ihr persönliches Banner – zwei goldene, vor einen uralten Streitwagen angeschirrte Löwen – flatterte am Heck über den sechs Steuermännern, die mit dem langen Ruder kämpften. Man würde die Raben-und-Rosen in dem Augenblick entfernt haben, in dem der erste Matrose, der ihren Schleier entdeckt hatte, die Meldung weitergegeben hatte. Der Kapitän der *Kidron*, eine breite, wettergegerbte Frau mit weißem Haar und den unglaublichsten grünen Augen, verbeugte sich, als Tuon das Achterdeck betrat, und wandte ihre Aufmerksamkeit sofort wieder ihrem Schiff zu.

Anath stand von Kopf bis Fuß in schwarze Seide gekleidet an der Reling, trotz des fehlenden Umhangs schien sie der kalte Wind nicht zu stören. Sie war eine schlanke Frau, die selbst für einen Mann groß gewesen wäre. Ihr holzkohleschwarzes Gesicht war wunderschön, aber ihre großen dunklen Augen erschienen so durchbohrend wie Ahlen. Tuons *Soe'feia*, ihre Wahrheitssprecherin, nach Neferis Tod von der Kaiserin ernannt, mochte sie ewig leben. Das war eine Überraschung gewesen, war doch Neferis Linke Hand ausgebildet und bereit, an ihre Stelle zu treten, aber wenn die Kaiserin vom Kristallthron sprach, war ihr Wort

Gesetz. Man sollte sich nicht vor seiner *Soe'feia* fürchten, aber das tat Tuon, zumindest ein bisschen. Sie gesellte sich zu der Frau, ergriff die Reling und musste die Hände wieder lösen, bevor sie einen lackierten Nagel brach. Das hätte böses Unglück bedeutet.

»So«, sagte Anath und das Wort bohrte sich wie ein Nagel in Tuons Schädel. Die große Frau sah stirnrunzelnd auf sie herab und in ihrer Stimme lag Verachtung. »Ihr verbergt – in gewisser Weise – Euer Gesicht und jetzt seid Ihr nur die Hochlady Tuon. Nur dass trotzdem jeder weiß, wer Ihr wirklich seid, selbst wenn sie es nicht erwähnen. Wie lange wollt Ihr diese Farce durchhalten?« Anaths volle Lippen verzogen sich höhnisch und sie machte mit einer schlanken Hand eine knappe, herablassende Geste. »Ich vermute, dieser Irrsinn kommt daher, weil Ihr die *Damane* mit dem Stock habt prügeln lassen. Ihr seid eine Närrin, wenn Ihr glaubt, wegen einer solchen Kleinigkeit betrübt sein zu müssen. Was hat sie gesagt, was Euch so wütend machte? Keiner scheint das zu wissen, nur dass Ihr einen Wutanfall bekommen habt, den ich leider verpasst habe.«

Tuon zwang ihre Hände, ruhig auf der Reling zu liegen. Sie wollten zittern. Mühsam kontrollierte sie ihre Züge, um weiterhin streng zu erscheinen. »Ich werde den Schleier tragen, bis ein Omen mir sagt, dass die Zeit gekommen ist, ihn wieder abzunehmen«, sagte sie und zwang ihre Stimme zur Ruhe. Es war reines Glück gewesen, dass niemand Lidyas rätselhafte Worte gehört hatte. Jeder wusste, dass *Damane* die Zukunft vorhersagen konnten, und hätte jemand vom Blut es gehört, hätten sie alle hinter vorgehaltener Hand über ihr Schicksal geklatscht.

Anath lachte grob und fing erneut an, ihr zu sagen, was für eine Närrin sie doch war, diesmal nur ausführlicher. Viel ausführlicher. Sie gab sich keine Mühe, ihre

Stimme zu senken. Kapitän Tehan starrte stur geradeaus, aber ihre Augen drohten ihr aus dem runzligen Gesicht zu fallen. Tuon hörte aufmerksam zu, obwohl ihre Wangen immer heißer wurden, bis sie fürchtete, der Schleier würde gleich in Flammen aufgehen.

Viele Angehörige des Blutes nannten ihre Stimmen *Soe'feia*, aber Stimmen des Blutes waren im legalen Sinn *So'jhin* und wussten, dass sie bestraft werden konnten, falls ihren Besitzern missfiel, was sie sagten, selbst wenn sie *Soe'feia* genannt wurden. Von einem Verkünder der Wahrheit wurde *verlangt*, die nackte Wahrheit zu sagen – ob man sie nun hören wollte oder nicht –, und er hatte auch dafür zu sorgen, dass man sie sich anhörte. Diejenigen des Blutes, die ihre Stimmen *Soe'feia* nannten, vertraten die Meinung, dass Algwyn, der letzte Mann, der auf dem Kristallthron gesessen hatte, verrückt gewesen war, weil er seine *Soe'feia* leben und ihr Amt weiterhin bekleiden ließ, nachdem sie ihm vor dem versammelten Hof eine Ohrfeige gegeben hatte. Sie verstanden die Traditionen ihrer Familie genauso wenig wie der ungläubige Kapitän. Die Mienen der Männer der Totenwache hinter dem verbergenden Wangenschutz blieben reglos. Sie verstanden es.

»Danke, aber ich brauche keine Buße«, sagte sie höflich, als Anath schließlich ihre Tirade beendete.

Nachdem sie Neferi damals dafür verflucht hatte, dass sie bei so etwas Albernem wie einem Treppensturz gestorben war, hatte sie ihre neue *Soe'feia* gebeten, diesen Dienst für sie zu übernehmen. Die Toten zu verfluchen reichte aus, um einen monatelang *sei'mosiev* zu machen. Die Frau war dabei auf eine seltsame Weise beinahe sanft umgegangen, obwohl sie sie dazu gebracht hatte, tagelang zu weinen. Aber das war nicht der Grund dafür, warum sie das Angebot ablehnte; eine Buße musste streng sein oder sie nutzte nichts, um das

Gleichgewicht wieder herzustellen. Nein, sie würde nicht den einfacheren Weg wählen, weil sie ihre Entscheidung getroffen hatte. Und, wie sie zugeben musste, weil sie beabsichtigte, sich dem Rat ihrer *Soe'feia* zu widersetzen. Ihr nicht einmal zuhören wollte. Selucia hatte Recht, sie war schon immer dickköpfig gewesen. Sich zu weigern, seiner eigenen Wahrheitssprecherin zuzuhören, war abscheulich. Vielleicht hätte sie es doch akzeptieren sollen, um dieses Gleichgewicht wieder herzustellen. Neben dem Schiff tauchten drei lange graue Tümmler auf und stießen Laute aus. Drei, und sie kamen nicht wieder an die Oberfläche. Halte den von dir gewählten Kurs bei.

»Wenn wir an Land sind«, sagte sie, »muss die Hochlady Suroth eine Belobigung erhalten.« Halte den von dir gewählten Kurs bei. »Und man muss ihre Ambitionen erforschen. Sie hat mehr mit den Vorläufern erreicht, als sich die Kaiserin, möge sie ewig leben, hätte träumen lassen, aber ein so großer Erfolg erzeugt auch oft entsprechende Ambitionen.«

Über den Themenwechsel beleidigt, presste Anath die Lippen zusammen. Ihre Augen funkelten. »Ich bin davon überzeugt, dass Suroth nur eine Ambition hat, nämlich die besten Interessen des Reiches zu verfolgen«, sagte sie kurz angebunden.

Tuon nickte. Sie war sich da nicht so sicher. Diese Art von Überzeugung konnte selbst sie in den Turm der Raben bringen. Vor allem sie. »Ich muss einen Weg finden, so schnell wie möglich einen Kontakt zum Wiedergeborenen Drachen herzustellen. Er muss vor Tarmon Gai'don vor dem Kristallthron knien oder alles ist verloren.« Das besagten die Prophezeiungen des Drachen eindeutig.

Anaths Stimmung schlug sofort um. Lächelnd legte sie beinahe besitzergreifend eine Hand auf Tuons Schulter. Das ging zu weit, aber sie war *Soe'feia*, und das Gefühl, dass es besitzergreifend war, bestand möglicherweise nur in Tuons Einbildung. »Ihr müsst vorsichtig sein«, schnurrte Anath. »Ihr dürft ihn nicht wissen lassen, wie gefährlich Ihr für ihn seid, bis es zu spät für ihn ist und er nicht mehr entkommen kann.«

Sie hatte noch weitere Ratschläge, aber Tuon ließ sie über sich ergehen. Sie hörte nur mit einem Ohr zu, aber es war nichts dabei, das sie nicht schon Hunderte Male zuvor gehört hatte. Voraus konnte sie die Bucht eines großen Hafens erkennen. Ebou Dar, von wo aus sich die *Corenne* ausbreiten würde, so wie sie sich von Tanchico ausbreitete. Der Gedanke erzeugte bei ihr einen Schauder des Vergnügens, der Erfüllung. Hinter ihrem Schleier war sie bloß die Hochlady Tuon, die keinen höheren Rang als so viele andere Angehörige des Blutes einnahm, aber in ihrem Herzen war sie stets Tuon Athaem Kore Paendrag, die Tochter der Neun Monde, und sie war gekommen, um das zurückzufordern, was ihren Vorfahren gestohlen worden war.

KAPITEL 6

Die Suche nach einem Glockengießer

Der kastenähnliche Wagen erinnerte Mat an die Wagen der Kesselflicker, kleine Häuser auf Rädern, obwohl dieser mit seinen in die Wände eingearbeiteten Werkbänken und Vitrinen nicht zum Wohnen gedacht war. Der seltsam scharfe Geruch in seinem Inneren ließ ihn die Nase rümpfen, er rutschte unbehaglich auf dem dreibeinigen Hocker herum, der den einzigen Sitzplatz darstellte. Sein gebrochenes Bein und die gebrochenen Rippen waren beinahe verheilt, genau wie die Schnittwunden, die er erlitten hatte, als ihm das verdammte Haus auf den Kopf gefallen war, aber gelegentlich schmerzten die Verletzungen noch immer. Außerdem hoffte er auf Mitgefühl. Wenn man es richtig anstellte, liebten es die Frauen, Mitgefühl zu zeigen. Er zwang sich, nicht länger an dem großen Siegelring an seinem Finger herumzuspielen. Lass eine Frau wissen, dass du nervös bist, und sie bringt ihre eigene Deutung ins Spiel, und mit dem Mitgefühl ist Schluss.

»Hört doch, Aludra«, sagte er und zeigte sein gewinnendstes Lächeln, »mittlerweile müsstet Ihr doch wissen, dass die Seanchaner dem Feuerwerk keinen zweiten Blick schenken. Wie ich gehört habe, vollbringen diese *Damane* etwas namens Himmelslichter, das Euer bestes Feuerwerk wie ein paar Funken aussehen lässt. Das soll keine Beleidigung sein.«

»Ich habe dieses so genannte Himmelslicht noch nicht gesehen«, erwiderte sie abschätzig mit ihrem starken tarabonischen Akzent. Ihr Kopf war über einen hölzernen Mörser von der Größe eines kleinen Fässchens gebeugt, der auf einer der Werkbänke stand. Obwohl ein breites, blaues Tuch ihr taillenlanges schwarzes Haar im Nacken zusammenhielt, fiel es nach vorn und verhüllte ihr Gesicht. Die lange weiße Schürze mit den dunklen Flecken konnte nicht verbergen, wie eng sich ihr dunkelgrünes Kleid an ihre Hüften schmiegte, aber Mat war mehr an ihrem Tun interessiert. Nun ja, es interessierte ihn genauso sehr. Sie mahlte mit einem fast armlangen hölzernen Stößel ein grobes schwarzes Pulver. Das Pulver hatte eine gewisse Ähnlichkeit mit dem, das er in aufgeschnittenen Feuerwerkskörpern gesehen hatte, aber er kannte noch immer nicht seine Zusammensetzung. »Wie dem auch sei«, fuhr sie fort, ohne sich seines forschenden Blickes bewusst zu sein, »ich werde Euch keine Gildegeheimnisse verraten. Das müsst Ihr doch verstehen, oder?«

Mat zuckte innerlich zusammen. Seit ein zufälliger Besuch bei Valan Lucas Wanderzirkus enthüllt hatte, dass sie hier in Ebou Dar war, hatte er sie tagelang bearbeitet, um sie an diesen Punkt zu bringen, und die ganze Zeit hatte er befürchtet, dass sie die Gilde der Feuerwerker ins Spiel bringen würde. »Aber Ihr seid doch gar keine Illuminatorin mehr, schon vergessen? Sie haben Euch rausgeworfen… äh… Ihr habt gesagt, Ihr hättet die Gilde verlassen.« Nicht zum ersten Mal zog er in Erwägung, sie ganz beiläufig daran zu erinnern, dass er sie mal vor vier Gildenmitgliedern gerettet hatte, die ihr die Kehle hatten durchschneiden wollen. So etwas reichte für gewöhnlich aus, dass die meisten Frauen einem um den Hals fielen, einen mit Küssen bedeckten und anboten, was auch immer man haben wollte. Aber nach ihrer Rettung hatte es keine Küsse gegeben, also war es unwahrscheinlich, dass sie jetzt damit anfangen würde. »Wie dem auch sei«, fuhr er leichthin fort, »Ihr müsst Euch keine Sorgen wegen der Gilde machen. Wie lange stellt Ihr jetzt Nachtblumen her? Und keiner ist gekommen und hat versucht, Euch davon abzuhalten. Ich gehe sogar jede Wette ein, dass Ihr nie wieder einen anderen Feuerwerker seht.«

»Was habt Ihr gehört?«, fragte sie ruhig, den Kopf noch immer gesenkt. Die Rotation des Stößels kam beinahe zum Stillstand. »Sagt es mir.«

Ihm sträubten sich beinahe die Haare. Warum taten Frauen so etwas? Da ließ man sich nichts anmerken, und sie stürzten sich trotzdem auf genau das, was man verbergen wollte. »Was meint Ihr? Vermutlich höre ich dieselben Klatschgeschichten wie Ihr. Hauptsächlich Dinge über die Seanchaner.«

Sie fuhr so schnell herum, dass ihr Haar wehte, riss den schweren Stößel mit beiden Händen hoch und hielt ihn über den Kopf. Sie war vermutlich etwa zehn Jahre älter als er und hatte große dunkle Augen und einen kleinen Mund mit vollen Lippen, die für gewöhnlich ständig zum Küssen bereit waren. Er hatte ein paar Mal in Erwägung gezogen, sie zu küssen. Die meisten Frauen waren nach ein paar Küssen zugänglicher. Aber jetzt hatte sie die Zähne gefletscht und sah aus, als wäre sie bereit, ihm die Nase abzubeißen. »Sagt es mir!«, befahl sie.

»Ich habe unten in der Nähe der Docks mit ein paar Seanchanern Würfel gespielt«, begann er zögernd und hielt den erhobenen Stößel im Auge. Ein Mann plusterte sich auf und ging, wenn die Sache nicht ernst war, aber eine Frau konnte einem aus einer Laune heraus den Schädel einschlagen. Davon abgesehen schmerzte seine Hüfte vom langen Sitzen und war ganz steif. Er war sich nicht sicher, wie schnell er von dem Stuhl wegkommen konnte. »Ich wollte nicht derjenige sein, der es Euch sagt, aber… Die Gilde existiert nicht mehr, Aludra. Das Gildehaus in Tanchico existiert nicht mehr.« Das war das einzige richtige Haus der Gilde gewesen. Das in Cairhien war schon vor langer Zeit aufgegeben worden, und was die restlichen Feuerwerker anging, so reisten sie umher, um für Herrscher und Adlige Schauspiele zu veranstalten. »Sie weigerten sich, die seanchanischen Soldaten in die Anlage zu lassen, und kämpften, als sie trotzdem eindrangen. Das heißt, sie versuchten es. Ich weiß nicht, was genau passiert ist – vielleicht hat ein Soldat eine Laterne dorthin mitgenommen, wo er es lieber hätte bleiben lassen sollen –, aber so weit ich es verstanden habe, ist die halbe Anlage explodiert. Das ist vielleicht übertrieben. Aber die Seanchaner glaubten, einer der Feuerwerker hätte die Eine Macht benutzt, und sie…« Er seufzte und versuchte mitleidsvoll zu klingen. Blut und Asche, er wollte ihr das nicht sagen! Aber sie starrte ihn finster an, die verdammte Keule erhoben, um ihm den Schädel einzuschlagen. »Aludra, die Seanchaner haben jeden Überlebenden aus dem Gildehaus zusammengetrieben und dazu ein paar Illuminatoren, die nach Amador gekommen waren, und dazu jeden, der auch nur wie ein Feuerwerker aussah, und sie haben sie alle zu *Da'covale* gemacht. Das bedeutet…«

»Ich weiß, was das bedeutet!«, sagte sie heftig. Sie wandte sich wieder dem großen Mörser zu und schlug so hart mit dem Stößel darauf ein, dass er fürchtete, das Ding könnte – falls es sich tatsächlich um das Zeug handelte, das man in die Feuerwerkskörper füllte – explodieren. »Narren!«, murmelte sie wütend und stieß den Stößel hart nach unten. »Blinde Narren! Bei den Mächtigen muss man den Kopf ein Stück senken und weitergehen, aber sie wollten das nicht einsehen!« Sie schniefte und fuhr sich mit dem Handrücken über die Wangen. »Ihr irrt Euch, mein junger Freund. So lange noch ein Illuminator lebt, lebt auch die Gilde, und ich, ich lebe noch!« Sie sah ihn noch immer nicht an und fuhr sich erneut mit der Hand über die Wangen. »Und was würdet Ihr tun, wenn ich Euch das Feuerwerk überlasse? Es mit einem Katapult gegen die Seanchaner schleudern?« Ihr Schnauben verriet, was sie davon hielt.

»Und was wäre an dieser Idee so falsch?«, fragte er vorsichtig. Ein gutes Feldkatapult, ein Skorpion, konnte einen zehn Pfund schweren Stein fünfhundert Schritte weit schleudern, und zehn Pfund Feuerwerk würden mehr Schaden anrichten als ein Stein. »Aber ich habe sowieso eine bessere Idee. Ich habe diese Röhren gesehen, mit denen Ihr Nachtblumen an den Himmel werft. Dreihundert Schritte oder mehr, habt Ihr gesagt. Ich wette, wenn man eine davon verstärkt, könnte sie eine Nachtblume *tausend* Schritte weit befördern.«

»Ich rede zu viel«, murmelte sie kaum hörbar und starrte konzentriert in den Mörser. Zumindest glaubte er das verstanden zu haben, dazu kam noch irgendetwas über schöne Augen, das keinen Sinn ergab. Er beeilte sich, damit sie nicht wieder von den Gildegeheimnissen anfing. »Diese Röhren sind wesentlich kleiner als ein Katapult, Aludra. Falls man sie gut versteckt, würden die Seanchaner nie erfahren, wo sie abgefeuert wurden. Betrachtet es doch einfach als Rache für das Gildehaus.«

Sie drehte den Kopf und warf ihm einen respektvollen Blick zu. In den sich auch Überraschung mischte, aber es gelang ihm, das zu ignorieren. Ihre Augen waren rot gerändert, ihre Wangen wiesen Spuren von Tränen auf. Wenn er vielleicht den Arm um sie legte … Für gewöhnlich wussten Frauen etwas Trost zu schätzen, wenn sie geweint hatten.

Er hatte noch nicht einmal den Ansatz einer Bewegung gemacht, als sie den Stößel herumschwang und ihn mit einer Hand wie ein Schwert auf ihn richtete. Diese schlanken Arme mussten stärker sein, als sie aussahen; der Holzstößel zitterte nicht einmal. *Licht*, dachte er, *sie konnte doch gar nicht wissen, was ich tun wollte!*

»Für einen, der die Abschussröhren vor ein paar Tagen zum ersten Mal gesehen hat, ist das nicht schlecht«, sagte sie, »aber ich habe schon lange vor Euch daran gedacht. Ich hatte meine Gründe.« Einen Augenblick lang war ihre Stimme voller Bitterkeit, aber sie wurde wieder unbeschwerter und schließlich sogar amüsiert. »Ich werde Euch das Rätsel stellen, da Ihr doch so schlau seid, oder etwa nicht?«, fügte sie hinzu und hob eine Braue. Oh, da gab es auf jeden Fall etwas, das sie amüsierte! »Ihr verratet mir, wozu ich einen Glockengießer brauchen könnte, und dafür verrate ich Euch alle meine Geheimnisse. Sogar die, die Euch erröten lassen, einverstanden?«

Das hörte sich interessant an. Aber das Feuerwerk war wichtiger, als eine Stunde mit ihr herumzuschmusen. Welche Geheimnisse konnte sie haben, die ihn erröten ließen? Was das anging, würde er sie vermutlich überraschen können. Nicht all die Erinnerungen der anderen Männer, die man in seinen Kopf gezwängt hatte, drehten sich um Schlachten. »Ein Glockengießer«, sagte er nachdenklich, ohne die geringste Ahnung, in welche Richtung ihn das führen sollte. Nicht eine jener alten Erinnerungen regte sich. »Nun, ich vermute… ein Glockengießer könnte… vielleicht…«

»Nein«, sagte sie abrupt. »Ihr werdet jetzt gehen und in zwei oder drei Tagen wiederkommen. Ich habe zu arbeiten und Ihr mit Euren Fragen und Schmeicheleien seid eine zu große Ablenkung. Nein, ich will nichts hören! Ihr werdet jetzt gehen.«

Er erhob sich mit finsterer Miene und stülpte sich den breitkrempigen Hut auf den Kopf. Schmeicheleien? Schmeicheleien! Blut und verdammte Asche! Beim Reinkommen hatte er seinen Umhang neben der Tür zu Boden fallen lassen, und er stöhnte leise, als er sich bückte, um ihn aufzuheben. Er hatte fast den ganzen Tag auf dem Stuhl gesessen. Aber vielleicht hatte er bei ihr einen kleinen Fortschritt gemacht. Und wenn er das Rätsel lösen konnte, dann sowieso. Alarmglocken. Gongs, die die Stunde schlugen. Es ergab keinen Sinn.

»Ich könnte mir vorstellen, einen so schlauen jungen Mann wie Euch zu küssen, würdet Ihr nicht einer anderen gehören«, murmelte sie in entschieden warmem Tonfall. »Ihr habt ein so knackiges Hinterteil.«

Er schoss hoch, hielt ihr aber weiterhin den Rücken zugewandt. Die Hitze in seinem Gesicht war pure Empörung, aber er war davon überzeugt, dass sie es als Erröten auslegen würde. Normalerweise konnte er seine Kleidung vergessen, solange es niemand ansprach. In den Schenken hatte es da den einen oder anderen Zwischenfall gegeben. Als er mit dem geschienten Bein und verbundenen Rippen und von Kopf bis Fuß mit Verbänden versehen flach auf dem Rücken lag, hatte Tylin seine Kleidung versteckt. Er hatte noch immer nicht herausgefunden, wo sie war, aber mit Sicherheit war sie versteckt und nicht verbrannt. Schließlich würde sie ihn ja wohl nicht für alle Zeiten festhalten wollen. Von seinen Sachen waren nur noch der Hut und das schwarze Seidentuch, das er um den Hals trug, übrig geblieben. Und das Medaillon aus Silber, das einen Fuchskopf darstellte, das unter seinem Hemd an einem Lederband hing. Und seine Messer; ohne die hätte er sich wirklich verloren gefühlt.

Als er es endlich geschafft hatte, aus dem verdammten Bett zu kriechen, hatte das verfluchte Weibsstück für ihn neue Kleider anfertigen lassen, und sie hatte dabei zugesehen, wie die verfluchte Schneiderin seine Maße nahm! Die schneeweißen Spitzenrüschen an seinen Ärmeln verbargen verdammt noch mal beinahe seine Hände, wenn er nicht Acht gab, und noch mehr von dem Zeug quoll verflucht noch mal aus seinem Halsausschnitt und reichte fast bis zur Taille. Tylin mochte Spitze an einem Mann. Sein Umhang war von flammendem Scharlachrot – so rot wie die zu engen Hosen –, und mit goldenen Schnörkeln und – ausgerechnet! – weißen Rosen abgesetzt. Ganz zu schweigen von dem weißen Oval auf seiner linken Schulter mit dem grünen Schwert und dem Anker von Haus Mitsobar. Sein Mantel war blau genug, um einem Kesselflicker zu gehören, und zu allem Überfluss zogen sich goldene und rote tairenische Labyrinthe quer über die Brust und die Ärmel entlang. Mat erinnerte sich ungern daran, was er hatte durchmachen müssen, nur um Tylin davon zu überzeugen, auf die Perlen und Saphire und das Licht allein wusste was noch zu verzichten. Und er war kurz. Unanständig kurz! Auch Tylin liebte sein verdammtes Hinterteil, und es schien ihr egal zu sein, wer es noch sah!

Er rückte den Umhang auf den Schultern zurecht – wenigstens er verhüllte etwas – und nahm den schulterhohen Wanderstab, der neben der Tür lehnte. Seine Hüfte und sein Bein würden wehtun, bis er den Schmerz durch Laufen verdrängte. »Dann bis in zwei oder drei Tagen«, sagte er mit so viel Würde, wie er aufbringen konnte.

Aludra lachte leise. Aber nicht leise genug, dass er es nicht mitbekam. Licht, eine Frau konnte mehr mit einem Lachen anstellen als ein Schläger von den Docks mit einer Tirade voller Flüche! Mit der gleichen Absicht.

Sobald er einige der an dem Wagen befestigten Stufen hinkend hinuntergestiegen war, schlug er die Tür zu. Der nachmittägliche Himmel sah genauso aus wie am Morgen, grau und stürmisch und voll mürrischer Wolken. Ein scharfer Wind wehte launenhaft. Altara kannte keinen echten Winter, aber das, was es hatte, reichte auch so aus. Statt Schnee gab es Eisregen und Stürme, die vom Meer heranbrausten, und zwischenzeitlich war es feucht genug, um die Kälte noch schlimmer erscheinen zu lassen. Der Boden unter den Stiefeln fühlte sich selbst dann matschig an, wenn er trocken war. Mit gerunzelter Stirn humpelte Mat von dem Wagen fort.

Frauen! Aber Aludra war hübsch. Und sie wusste, wie man Feuerwerk herstellte. Ein Glockengießer? Vielleicht konnte er ja zwei kurze Tage daraus machen. Solange Aludra nicht anfing, *ihn* zu jagen. In letzter Zeit schienen das eine Menge Frauen zu tun. Hatte Tylin ihn irgendwie verändert, sodass Frauen ihn auf dieselbe Weise wie sie verfolgten? Nein. Das war lächerlich. Der Wind packte seinen Umhang und ließ ihn hinter sich herflattern, aber er war zu sehr in Gedanken versunken, um ihn wieder zu bändigen. Zwei schlanke Frauen – vermutlich Akrobatinnen – lächelten ihn im Vorbeigehen verstohlen an und er lächelte zurück und machte seinen besten Kratzfuß. Tylin hatte ihn nicht verändert. Er war noch immer derselbe Mann, der er immer gewesen war.

Lucas Schauspieltruppe war fünfzigmal größer, als Thom behauptet hatte, vielleicht sogar noch größer, ein sich ausbreitendes Durcheinander aus Zelten und Wagen mit der Fläche eines Dorfes. Trotz des Wetters übten eine Reihe von Darstellern im Freien. Eine Frau in einer locker fallenden weißen Bluse und Hosen, die mindestens so eng wie die seinen waren, schwang an einem durchhängenden, zwischen zwei hohen Pfosten befestigten Seil auf und ab, dann warf sie sich nach vorn und schaffte es irgendwie, das Seil mit den Füßen zu umklammern, bevor sie zu Boden stürzte. Sie krümmte sich zusammen, um das Seil mit den Händen zu ergreifen, zog sich zurück auf ihren Sitz und fing von vorn an. Nicht weit von ihr stand ein Mann mit entblößter Brust, der drei funkelnde Bälle über Arme und Schultern rollen ließ, ohne sie mit den Händen zu berühren. Das war interessant. Das hätte Mat vielleicht auch noch geschafft. Wenigstens würden diese Bälle einem keine Glieder brechen und bluten lassen. Davon hatte er sein Leben lang genug.

Was ihm jedoch vor allem ins Auge stach, waren die Pferdeseile. Lange Pferdeseile, hinter denen zwei Dutzend gegen die Kälte dick vermummte Männer Dung auf Schubladen schaufelten. Hunderte von Pferden. Angeblich hatte Luca ein paar seanchanischen Tierbändigern Unterschlupf gewährt, und seine Belohnung war eine von der Hochlady Suroth persönlich unterzeichnete Vollmacht, die ihm erlaubte, seine Pferde zu behalten. Mats Pip war in Sicherheit, vor der von Suroth angeordneten Lotterie gerettet, weil er in den Ställen des Tarasin-Palasts stand, aber es war ihm unmöglich, den Wallach dort herauszuholen. Tylin hatte ihn so gut wie angeleint, und sie hatte nicht vor, ihn in absehbarer Zukunft wieder gehen zu lassen.

Er wandte sich ab und dachte darüber nach, Vanin ein paar der Zirkuspferde stehlen zu lassen, falls die Gespräche mit Luca scheitern sollten. Nach dem zu urteilen, was Mat über Vanin in Erfahrung gebracht hatte, musste das für den seltsamen Mann so etwas wie ein Abendspaziergang sein. So fett Vanin auch war, konnte er jedes Pferd stehlen und reiten. Unglücklicherweise glaubte Mat nicht, länger als eine Meile im Sattel sitzen zu können. Trotzdem, das war etwas, worüber sich nachzudenken lohnte. Langsam wurde er verzweifelt.

Er hinkte weiter, betrachtete Sprungartisten und Jongleure und Akrobaten beim Training und fragte sich, wie es überhaupt so weit hatte kommen können. Blut und Asche! Er war ein *Ta'veren*! Er sollte die um sich herum befindliche Welt formen! Aber stattdessen saß er in Ebou Dar fest, war Tylins Schoßtier und Spielzeug – die Frau hatte ihn nicht einmal richtig genesen lassen, bevor sie auf ihn gesprungen war wie eine Ente auf einen Käfer! –, während es sich alle anderen gut gehen ließen. Vermutlich herrschte Nynaeve über jeden in Sichtweite, während diese Kusinen ihr voller Ehrfurcht folgten. Sobald Egwene erkannt hatte, dass diese völlig verrückten Aes Sedai, die sie zur Amyrlin ernannt hatten, es in Wahrheit gar nicht so meinten, standen Talmanes und die Bande der Roten Hand bereit, sie wegzuschaffen. Licht, so wie er Elayne kannte, trug sie mittlerweile die Rosenkrone! Rand und Perrin lungerten vermutlich in irgendeinem Palast vor einem Kaminfeuer herum, gossen Wein in sich rein und erzählten sich Witze.

Er verzog das Gesicht und rieb sich die Stirn, als in seinem Kopf ein Kaleidoskop aus Farben umherzuwirbeln schien. Das geschah in letzter Zeit, wenn er an einen der beiden Männer dachte. Den Grund dafür kannte er nicht und er wollte ihn auch gar nicht wissen. Er wollte einfach nur, dass es aufhörte. Wenn er doch nur aus Ebou Dar herausgekommen wäre. Natürlich mit dem Geheimnis des Feuerwerks, aber er hätte die Flucht dem Geheimnis jeden Tag vorgezogen.

Thom und Beslan waren noch genau da, wo er sie zurückgelassen hatte; sie tranken mit Luca vor dessen aufwendig verziertem Wagen, aber er gesellte sich nicht sofort zu ihnen. Aus irgendeinem Grund hatte Luca auf den ersten Blick eine heftige Abneigung gegen Mat Cauthon gefasst. Mat erwiderte seine Gefühle, aber er hatte dafür seine Gründe. Luca hatte ein selbstzufriedenes Gesicht und er lächelte jede vorbeikommende Frau auf eine zweideutige Art und Weise an. Und er schien zu glauben, dass sein Anblick jede Frau auf der Welt begeisterte. Licht, der Mann war verheiratet!

Luca rekelte sich in einem vergoldeten Stuhl, den er aus einem Palast gestohlen haben musste, grinste und machte großspurige Gesten, die für Thom und Beslan bestimmt waren; die beiden saßen zu beiden Seiten von ihm auf Bänken. Lucas hellroter Mantel und sein Umhang waren mit Sternen und Kometen bedeckt. Ein *Kesselflicker* wäre vor Scham errötet! Sein Wagen hätte einen Kesselflicker zum Weinen gebracht! Das Ding war nicht nur viel größer als Aludras Werkstattwagen, es schien zu allem Überfluss auch noch *lackiert* zu sein! Die Mondphasen zogen sich in unablässiger Folge in Silber um seine Seiten und der Rest der rot und blau gestrichenen Oberfläche war voller goldener Sterne und Kometen. Unter diesen Umständen sah Beslan in seinem mit herabsausenden Vögeln bestickten Mantel und dem dazu passenden Umhang beinahe gewöhnlich aus. Thom, der gerade mit dem Handrücken Wein aus dem Schnurrbart strich, erschien in seinem einfachen bronzefarbenen Tuch und dem dunklen Umhang richtiggehend schlicht.

Eine Person, die hätte da sein müssen, war es nicht, aber mit einem schnellen Blick in die Runde entdeckte er eine Gruppe von Frauen, die in der Nähe vor anderen Wagen stand. Jedes Alter war vertreten, von seinem bis zu ergrauten Haaren, aber sie alle kicherten über das, worum sie sich versammelt hatten. Mit einem Seufzen begab sich Mat zu ihnen.

»Oh, ich kann mich einfach nicht entscheiden«, ertönte die piepsende Stimme eines Jungen, der in der Mitte der Frauen stand. »Wenn ich Euch ansehe, Merici, habt Ihr die schönsten Augen, die ich je gesehen habe. Aber wenn ich Euch ansehe, Neilyn, dann sind es Eure. Gillin, Eure Lippen sind reife Kirschen, und Adria, die Euren erwecken in mir den Wunsch, sie zu küssen. Und Jameine, Euer Hals ist so anmutig wie der eines Schwans…«

Mat schluckte einen Fluch herunter, beschleunigte seine Schritte, so gut es ging, und zwängte sich Entschuldigungen murmelnd an den Frauen vorbei. Olver stand genau in ihrer Mitte, ein kleiner blasser Junge, der posierte und eine Frau nach der anderen angrinste. Allein schon deshalb konnte sich jeden Moment eine von ihnen entscheiden, ihm so lange eins auf die Ohren zu geben, bis sie abfielen.

»Bitte verzeiht ihm«, murmelte Mat und nahm den Jungen bei der Hand. »Komm schon, Olver, wir müssen in die Stadt zurück. Hör auf, mit deinem Umhang rumzuwedeln. Er weiß eigentlich gar nicht, was er da sagt. Und ich weiß nicht, wo er solche Dinge überhaupt aufschnappt.«

Glücklicherweise lachten die Frauen und strichen Olver über das Haar, als Mat ihn fortführte. Eine murmelte doch tatsächlich, er sei ein süßer Junge! Eine andere griff mit der Hand unter Mats Umhang und kniff ihn in den Hintern. Frauen!

Sobald sie unter sich waren, warf er dem Jungen, der fröhlich an seiner Seite ging, einen finsteren Blick zu. Olver war gewachsen, seit Mat ihn kennen gelernt hatte, aber er war noch immer klein für sein Alter. Und mit diesem breiten Mund und den dazu passenden Ohren würde er nie ein hübscher Bursche. »Du bringst dich in echte Schwierigkeiten, wenn du so mit Frauen sprichst«, sagte Mat. »Frauen mögen es, wenn ein Mann zurückhaltend ist und gute Manieren hat. Und reserviert. Reserviert und vielleicht ein bisschen schüchtern. Kultiviere diese Qualitäten und du wirst es richtig machen.«

Olver starrte ihn ungläubig an und Mat seufzte. Der Junge hatte einen Haufen Onkel, die sich um ihn kümmerten, und abgesehen von Mat übte jeder einen schlechten Einfluss auf ihn aus.

Thom und Beslan reichten aus, um Olvers Grinsen wiederherzustellen. Thom brachte ihm bei, wie man jonglierte und Harfe und Flöte spielte, und Beslan unterrichtete ihn im Gebrauch des Schwerts. Seine anderen ›Onkel‹ unterrichteten ihn in anderen Dingen, in erstaunlich unterschiedlichen Fertigkeiten. Sobald Mat seine alten Kräfte zurückgewonnen hatte, wollte er ihm den Gebrauch des Kampfstabes und des Bogens von den Zwei Flüssen zeigen. Er wollte gar nicht wissen, was der Junge von Chel Vanin oder den Rotwaffen lernte.

Luca erhob sich bei Mats Näherkommen von seinem protzigen Stuhl und sein albernes Lächeln verblasste zu einer säuerlichen Grimasse. Er musterte Mat von Kopf bis Fuß, warf sich den lächerlichen Umhang mit Schwung über die Schulter und verkündete mit donnernder Stimme: »Ich bin ein viel beschäftigter Mann. Ich habe viel zu tun. Es könnte sein, dass ich bald die Ehre habe, der Hochlady Suroth eine Privatvorstellung geben zu dürfen.« Ohne ein weiteres Wort zu verlieren stolzierte er fort; er hielt den verzierten Umhang mit einer Hand fest, und die Windböen ließen ihn wie ein Banner flattern.

Mat packte seinen Umhang mit beiden Händen. Ein Umhang diente zum Wärmen. Er hatte Suroth im Palast gesehen. Zwar nicht aus nächster Nähe, aber er war nahe genug dran gewesen. Er konnte sich nicht vorstellen, dass sie auch nur einen Gedanken an *Valan Lucas Großen Wanderzirkus und Prächtige Zurschaustellung von Mysterien und Wundern*, wie das zwischen zwei hohen Pfosten aufgespannte Spruchband am Eingang in ellenhohen roten Buchstaben verkündete, verschwendete. Und falls doch, würde sie die Löwen fressen. Oder sie zu Tode erschrecken.

»Thom, hat er schon zugestimmt?«, fragte er leise und sah Luca stirnrunzelnd nach.

»Wir können uns ihm anschließen, wenn er Ebou Dar verlässt«, sagte der Mann mit dem von Wind und Wetter gezeichneten Antlitz. »Für einen Preis.« Er schnaubte, pustete in seinen Schnurrbart und fuhr sich gereizt mit den Fingern durch sein weißes Haar. »Für das, was er verlangt hat, sollten wir wie Könige essen und schlafen, aber da ich ihn kenne, bezweifle ich das. Er hält uns nicht für Verbrecher, da wir uns noch immer frei bewegen können, aber er weiß, dass wir vor etwas auf der Flucht sind, da wir sonst auf andere Weise reisen würden. Unglücklicherweise will er frühestens im Frühling aufbrechen.«

Mat lagen mehrere ausgesuchte Flüche auf der Zunge. Nicht vor dem Frühling. Das Licht allein wusste, was Tylin ihm bis zum Frühling angetan, wozu sie ihn gebracht haben würde. Vielleicht war es doch keine so schlechte Idee, Vanin Pferde stehlen zu lassen. »Lässt mir mehr Zeit zum Würfeln«, sagte er, als würde es keine Rolle spielen. »Wenn er so viel haben will, wie du sagst, muss ich meinen Geldbeutel mästen. Eines muss man den Seanchanern lassen, es scheint ihnen nichts auszumachen, wenn sie verlieren.« Er versuchte sein Glück nicht überzustrapazieren, und man hatte ihm nicht angedroht, ihm wegen Falschspiels die Kehle durchzuschneiden. Zumindest nicht, seit er den Palast wieder aufrecht auf zwei Füßen hatte verlassen können. Zuerst hatte er geglaubt, sein Glück hätte sich verbessert, aber vielleicht war sein Dasein als *Ta'veren* endlich zu etwas nütze.

Beslan sah ihn ernst an. Er war ein dunkler, schlanker Mann, etwas jünger als Mat, und als sie sich kennen gelernt hatten, war er ein wüster Draufgänger gewesen, stets zu einem Zug durch die Schenken bereit, vor allem wenn er mit Frauen oder einer Rauferei endete. Doch seit der Ankunft der Seanchaner war er ernsthafter geworden. Für ihn stellten sie eine sehr ernste Sache dar. »Meine Mutter wird nicht erfreut sein, wenn sie erfährt, dass ich ihrem Schatz dabei helfe, Ebou Dar zu verlassen, Mat. Sie wird mich mit einem Weibsbild verheiraten, das ein Matschauge und einen Schnurrbart wie ein tarabonischer Fußsoldat hat.«

Nach dieser ganzen Zeit zuckte Mat noch immer zusammen. Er würde sich nie daran gewöhnen, dass Tylins Sohn der Meinung war, dass das, was seine Mutter mit ihm machte, in Ordnung war. Nun, Beslan glaubte immerhin, dass sie etwas zu besitzergreifend war – nur etwas, wohlgemerkt! –, aber das war der einzige Grund, warum er helfen wollte. Beslan behauptete, Mat sei genau das, was seine Mutter brauchte, um sich von den Übereinkünften abzulenken, die ihr von den Seanchanern aufgezwungen worden waren! Manchmal wünschte sich Mat, wieder in den Zwei Flüssen zu sein, wo er wenigstens wusste, was die anderen dachten. Manchmal tat er das tatsächlich.

»Können wir jetzt in den Palast zurückkehren?«, fragte Olver; es war mehr eine Forderung als eine Frage. »Ich habe Leseunterricht bei Lady Riselle. Sie lässt mich den Kopf auf ihren Busen legen, wenn sie mir vorliest.«

»Eine bemerkenswerte Leistung, Olver«, sagte Thom und strich sich den Schnurrbart, um ein Lächeln zu verbergen. Er beugte sich näher an die beiden anderen Männer heran und senkte die Stimme, damit der Junge seine Worte nicht mitbekam. »Mich lässt die Frau immer Harfe spielen, bevor *ich* meinen Kopf auf dieses prächtige Kissen betten darf.«

»Riselle lässt sich vorher von jedem unterhalten.« Beslan kicherte wissend und Thom starrte ihn erstaunt an.

Mat stöhnte. Diesmal war es weder sein Bein noch die Tatsache, dass sich in Ebou Dar anscheinend jeder Mann aussuchen konnte, an welchen Busen er sein Haupt betten wollte, mit Ausnahme von Mat Cauthon. Gerade hatten die verdammten Würfel wieder angefangen, in seinem Kopf umherzurollen. Etwas Böses kam auf ihn zu. Etwas sehr Böses.

KAPITEL 7

Eine unerwartete Begegnung

Der Rückweg zur Stadt war länger als zwei Meilen und führte über niedrige Hügel, die die Schmerzen aus Mats Bein fortmassierten und neue verursachten, bevor die Männer eine Anhöhe erklommen und Ebou Dar hinter seinen übertrieben dicken, weiß getünchten Mauern voraus sahen, die kein Belagerungskatapult jemals hatte bezwingen können. Die dahinterliegende Stadt war ebenfalls weiß, auch wenn es gelegentlich mit dünnen Farbstreifen versehene Spitzkuppeln gab. Die weiß verputzten Gebäude, die weißen Türme und Kuppeln und die marmornen Paläste schimmerten selbst an einem grauen Wintertag. Hier und da endete ein Turm in einer zerborstenen Spitze oder es war eine Lücke zu sehen, wo ein Haus zerstört worden war, aber in Wahrheit hatte die seanchanische Eroberung nur wenig Schaden angerichtet. Sie waren zu schnell und zu stark gewesen und hatten die Kontrolle über die Stadt errungen, noch bevor sich mehr als vereinzelter Widerstand formieren konnte.

Überraschenderweise war der Handel, den es zu dieser Jahreszeit gab, trotz der Eroberung der Stadt kaum eingebrochen. Die Seanchaner unterstützten ihn, allerdings mussten die Kaufleute und Kapitäne und ihre Mannschaften einen Eid ablegen, demzufolge sie den Anordnungen der Vorläufer gehorchten, die Rückkehr erwarteten und *Denen, die Heimkehrten* dienen würden. In der Praxis bedeutete das, dass man sein

Leben größtenteils wie gewohnt fortführen konnte, also beklagten sich nur wenige. Der große Hafen war jedes Mal, wenn Mat ihn sich ansah, mit mehr Schiffen gefüllt. An diesem Nachmittag hatte es den Anschein, als könnte er von Ebou Dar direkt hinüber zum Rahad gehen, einem ungemütlichen Viertel, in das er nie mehr einen Fuß setzen würde, wenn es sich vermeiden ließ. Als er wieder gehen konnte, war er oft hinunter zu den Docks spaziert, um sich dort umzusehen. Nicht nach den Schiffen mit den gerippten Segeln oder den Schiffen des Meervolks, die die Seanchaner neu aufriggten und mit ihren Mannschaften besetzten, sondern nach Schiffen, an deren Masten die Goldenen Bienen von Illian oder Schwert und Hand von Arad Doman oder die Halbmonde von Tear flatterten. Er tat es nicht länger. Heute schenkte er dem Hafen kaum einen Blick. Die in seinem Kopf umherklappernden Würfel schienen wie Donner zu grollen. Was auch immer geschehen würde, er bezweifelte sehr, dass es ihm gefallen würde. Das tat es nur selten, wenn die Würfel ihn warnten.

Obwohl ein stetiger Verkehrsstrom aus dem großen Torbogen drängte und Fußgänger sich allem Anschein nach durch ihn hindurchschlängeln mussten, um hineinzugelangen, erstreckte sich eine breite Reihe aus Wagen und Ochsenkarren bis zur Anhöhe, die alle in die Stadt hineinwollten und sich kaum bewegten. Jeder, der auf einem Pferd hinausritt, war ein Seanchaner, ob seine Haut nun so dunkel wie die eines der Angehörigen des Meervolks war oder so blass wie die eines Cairhieners, und sie ragten durch mehr aus der Menge heraus als nur durch die Tatsache, dass sie im Sattel saßen. Einige der Männer trugen voluminöse Hosen und seltsame, eng sitzende Mäntel mit hohen Kragen, die sich an den Hals schmiegten und bis zum Kinn reichten und an deren Vorderseite Reihen glänzender Metallknöpfe funkelten, oder sie trugen aufwendig bestickte Mäntel, die fast die Länge von Frauenkleidern hatten. Sie gehörten dem Blut an, genau wie die Frauen in den seltsam geschnittenen Reitgewändern, die sich scheinbar nur aus schmalen Falten zusammenzusetzen schienen, deren abgenähte Röcke so geschneidert waren, dass sie die farbigen Stiefel entblößten, und deren ausladende Ärmel bis zu den Füßen in den Steigbügeln reichten. Ein paar trugen Spitzenschleier, die alles bis auf ihre Augen verbargen, so dass ihre Gesichter nicht den Angehörigen der niederen Stände preisgegeben wurden. Aber die meisten der Reiter trugen hell bemalte Plattenrüstungen. Einige der Soldaten waren Frauen, aber die bemalten Helme, die wie die Köpfe monströser Insekten aussahen, machten sie völlig unkenntlich. Zumindest trug keiner das Schwarz und Rot der Totenwache. Ihre Anwesenheit schien selbst bei den anderen Seanchanern Unruhe hervorzurufen, und das reichte Mat als Warnung, einen weiten Bogen um sie zu machen.

Auf jeden Fall hatte keiner der Seanchaner auch nur einen Blick für die drei Männer und den Jungen übrig, die die Reihe aus wartenden Wagen und Karren entlanggingen. Nun, die Männer gingen langsam. Olver hüpfte. Mats Bein gab ihr Tempo vor, aber er bemühte sich, die anderen nicht sehen zu lassen, wie sehr er sich auf den Wanderstab stützte. Für gewöhnlich kündeten die Würfel Geschehnisse an, die er nur haarscharf überlebte, Schlachten, ein Haus, das ihm auf den Kopf fiel. Tylin. Er fürchtete sich vor dem, was geschehen würde, wenn sie diesmal fielen.

Fast alle Wagen und Karren, welche die Stadt verließen, wurden von Seanchanern gelenkt oder zu Fuß begleitet, die einfacher gekleidet waren als die Reiter und kaum seltsam anzuschauen waren, aber die Menschen in der Warteschlange gehörten eher nach Ebou

Dar oder waren Leute aus der näheren Umgebung; es waren Männer in langen Westen und Frauen, deren Röcke an einer Seite hochgenäht waren, um ein bestrumpftes Bein oder farbige Unterröcke zu enthüllen. Ihre Wagen und Karren wurden von Ochsen gezogen. In der Reihe waren vereinzelt auch Ausländer zu sehen, Kaufmänner mit kleinen Reihen von Pferdefuhrwerken. Hier im Süden gab es mehr Handelsverkehr als weiter oben im Norden, wo sich die Händler mit verschneiten Straßen auseinandersetzen mussten, und einige von ihnen kamen von weither.

Eine stämmige Domani mit einem dunklen Schönheitsfleck auf der kupferfarbenen Wange, die einen Zug von vier Wagen anführte, zog ihren geblümten Umhang enger um sich und starrte einen Mann finster an, der fünf Wagen voraus neben dem Kutscher saß, einen schmierig aussehenden Burschen, der hinter einem tarabonischen Schleier einen langen, dicken Schnurrbart verbarg. Zweifellos ein Konkurrent. Eine schlanke Kandori mit einer großen Perle in ihrem linken Ohr und Silberketten über der Brust saß ruhig in ihrem Sattel, die behandschuhten Hände auf dem Sattelknopf gefaltet; vermutlich wusste sie noch nicht, dass ihr grauer Wallach und ihre Zugtiere nach ihrem Eintreffen in der Stadt der Lotterie zugeteilt werden würden. Den Einheimischen hatte man jedes fünfte Pferd abgenommen und um den Handel nicht zu stören, nahmen sie bei den Ausländern jedes zehnte Pferd. Man hatte dafür bezahlt, das schon, und zu anderen Zeiten wäre es ein gerechter Preis gewesen, aber es war nicht annähernd das, was der Markt bei dieser Nachfrage erzielen würde. Mat bemerkte Pferde immer, selbst wenn er mit den Gedanken woanders war. Ein fetter Cairhiener, dessen Mantel die gleiche graubraune Farbe wie die seiner Fahrer aufwies, brüllte wütend wegen der Verzögerung herum und ließ seine kastanienbraune Stute nervös umhertänzeln. Die Stute hatte einen guten Körperbau. Sie würde wahrscheinlich an einen Offizier gehen. Was würde geschehen, wenn die Würfel zu rollen aufhörten?

Die großen Stadttore hatten ihre Wächter, obwohl vermutlich nur die Seanchaner sie als solche erkannten. *Sul'dam* in ihren blauen Gewändern schlängelten sich mit grau gekleideten *Damane* an den silbrigen *A'dam* durch den Verkehrsstrom. Nur ein Paar hätte ausgereicht, um jeden Tumult bis hin zu einem Frontalangriff zu unterdrücken – und vielleicht sogar den –, aber das war nicht der wahre Grund für ihre Anwesenheit. In den ersten Tagen nach dem Fall von Ebou Dar – während Mat noch bettlägerig gewesen war – hatten sie die Stadt auf der Suche nach Frauen durchkämmt, die sie *Marath'damane* nannten, und jetzt sorgten sie dafür, dass keine hereinkam. Jede *Sul'dam* trug für alle Fälle eine zusätzliche Leine über der Schulter. Weitere Paare patrouillierten auf den Docks und kümmerten sich um jedes eintreffende Schiff und Boot.

Neben dem breiten Stadttor stellten zwanzig Fuß hohe Spieße auf einer langen Plattform die geteerten, aber noch immer erkennbaren Köpfe von über einem Dutzend Männer und zweier Frauen zur Schau, die der seanchanischen Justiz zum Opfer gefallen waren. Über ihnen hing das Symbol für diese Justiz, eine Scharfrichteraxt mit schräger Klinge, deren Schaft in eine kompliziert geknotete Schnur gehüllt war. Ein Schild unter jedem Kopf verkündete das Verbrechen, dessen der Delinquent überführt worden war, Mord oder Vergewaltigung, gewalttätiger Raub, Angriff auf einen Angehörigen des Blutes. Geringere Vergehen wurden mit Geldstrafen oder Auspeitschen bestraft oder man wurde zu *Da'covale* gemacht. Da entschieden die Seanchaner von Fall zu Fall. Vom Blut war keiner zu sehen – diejenigen von ihnen, die die Hinrichtung verdienten, würde man nach Seanchan zurückschicken oder mit der weißen Schnur erdrosseln –, aber drei der Verurteilten waren Seanchaner, und die Wucht ihrer Justiz fiel auf die oberen wie auch auf die unteren Schichten. Zwei Schilder mit der Aufschrift REBELLION hingen unter den Köpfen der Frauen, die die Herrin der Schiffe des Atha'an Miere und ihre Herrin der Klingen gewesen waren.

Mat war oft genug durch das Tor gegangen, um das Schauspiel kaum noch wahrzunehmen. Olver hüpfte an ihrer Seite und sang ein Kinderlied. Beslan und Thom hatten die Köpfe zusammengesteckt, und einmal schnappte Mat die Worte ›riskante Sache‹ von Thom auf, aber ihm war egal, worüber sie sprachen. Dann waren sie in dem langen, düsteren Tunnel, in dem die Straße durch die Mauer führte, und der Lärm der passierenden Wagen hätte jedes Zuhören auch dann unmöglich gemacht, wenn er es gewollt hätte. Sie hielten sich dicht an der Wand, so weit wie möglich von den Wagenrädern entfernt; Thom und Beslan gingen voraus und unterhielten sich leise, und Olver lief hinter ihnen her, aber als Mat wieder ins Tageslicht trat, rannte er in Thom hinein, bevor er bemerkte, dass sie alle direkt neben der Tunnelmündung stehen geblieben waren. Er wollte schon eine scharfe Bemerkung machen, aber dann sah er, was sie alle anstarrten. Die hinter ihnen aus dem Tunnel kommenden Fußgänger stießen sie zur Seite, aber auch er konnte nur hinstarren.

Die Straßen von Ebou Dar waren immer voller Leute, aber niemals so; es war, als wäre ein verfluchter Damm gebrochen und hätte eine Menschenflut in die Stadt gespült. Die Masse füllte die vor ihnen liegende Straße von der einen bis zur anderen Seite aus und schloss kleine Herden mit ein, Vieh, wie Mat es noch nie zuvor gesehen hatte, gepunktete weiße Rinder mit langen, nach oben gebogenen Hörnern, hellbraune Ziegen mit feinem Fell, das bis zu den Pflastersteinen reichte, Schafe mit vier Hörnern. Jede Straße in Sichtweite schien gleichermaßen verstopft zu sein. Wagen und Karren schoben sich quälend langsam durch die Menge, sofern sie sich überhaupt bewegten, und die Flüche und Rufe der Kutscher und Fuhrmänner wurden beinahe von dem Stimmengewirr und dem Lärm der Tiere übertönt. Mat konnte keine einzelnen Wörter verstehen, aber er konnte Akzente unterscheiden. Langsame, gedehnte seanchanische Akzente. Ein paar der Neuankömmlinge stießen ihre Nachbarn an und zeigten auf ihn in seiner grellbunten Kleidung. Sie starrten und zeigten auf alles, so als hätten sie noch nie zuvor eine Schenke oder einen Scherenschleiferladen gesehen, aber er fluchte trotzdem lautlos vor sich hin und zog die Hutkrempe tiefer ins Gesicht.

»Die Wiederkehr«, murmelte Thom und hätte Mat nicht direkt neben seiner Schulter gestanden, hätte er ihn nicht gehört. »Während wir gemütlich mit Luca geplaudert haben, ist die *Corenne* eingetroffen.«

Mat hatte diese Rückkehr immer so verstanden, dass die Seanchaner ihre Invasion fortführten, eben mit einer Armee. Eine der Kutscherinnen brüllte herum und zeigte mit ihrer langstieligen Peitsche auf ein paar Jungen, die an der Wagenseite hochgeklettert waren und an etwas herumstocherten, das wie Weinstöcke in Holzfässern voller Erde aussah. Ein anderer Wagen transportierte eine Druckerpresse, und ein weiterer, der es nur mühsam schaffte, in den Tunnel einzubiegen, Gerätschaften, die wie Brauereibottiche aussahen; außerdem ging ein leichter Geruch nach Hopfen von ihm aus. Einige der Wagen wurden von Kisten seltsam gefärbter Hühner und Enten und Gänse dekoriert, aber das waren keine zum Verkauf bestimmten Vögel, sondern der Viehbestand eines Bauern. Es war eine

Armee, da gab es keinen Zweifel, aber nicht in der Form, wie Mat es sich vorgestellt hatte. Diese Art von Armee würde man schwerer bekämpfen können als Soldaten.

»Stecht mir die Augen aus, wir müssen da durch!«, murmelte Beslan angewidert und stellte sich auf die Zehen, um die Menge überblicken zu können. »Wie weit, bis wir eine freie Straße finden?«

Mat dachte daran, dass er es nicht erkannt hatte, als es vor seinen Augen geschehen war, der Hafen voller Schiffe. *Voller* Schiffe. Vielleicht zwei- oder dreimal so viele Schiffe, wie dort geankert hatten, als sie beim ersten Tageslicht zu Lucas Lager aufgebrochen waren, und einige von ihnen hatten noch unter Segeln manövriert. Was bedeutete, dass vermutlich noch mehr darauf warteten, in den Hafen einlaufen zu können. Beim Licht! Wie viele konnten seit Tagesanbruch ihre Ladung gelöscht haben? Wie viele mussten noch entladen werden? Und beim Licht, wie viele Menschen konnten auf so vielen Schiffen transportiert werden? Und warum waren sie alle hierher gekommen statt nach Tanchico? Eine Gänsehaut lief ihm den Rücken hinunter. Vielleicht waren das noch lange nicht alle.

»Am besten versucht ihr es durch die Seitenstraßen und Gassen«, sagte er und hob die Stimme, damit sie ihn über den Lärm verstehen konnten. »Sonst werdet ihr den Palast nicht vor dem Abend erreichen.«

Beslan betrachtete ihn stirnrunzelnd. »Kommst du nicht mit uns? Mat, wenn du noch einmal versuchst, dir eine Schiffspassage zu erkaufen… Du weißt, dass sie es dir diesmal nicht so ohne weiteres durchgehen lassen wird.«

Mat erwiderte das Stirnrunzeln des Königssohns Falte für Falte. »Ich will mich nur etwas umsehen«, log er. Sobald er den Palast betrat, würde Tylin anfangen, ihn zu herzen und zu küssen. Das wäre eigentlich nicht so schlimm gewesen – wenn er ehrlich war! –, aber es war ihr egal, wer Zeuge wurde, wie sie seine Wangen zärtlich streichelte und Koseworte in sein Ohr flüsterte, selbst wenn es sich dabei um ihren Sohn handelte. Davon abgesehen, was war, wenn die Würfel in seinem Kopf umherzurollen aufhörten, wenn er vor ihr stand? In letzter Zeit traf es das Wort ›besitzergreifend‹ nicht mal mehr annähernd, soweit es Tylin betraf. Blut und Asche, als hätte sich die Frau entschieden, ihn zu heiraten! Er wollte nicht heiraten, jedenfalls noch nicht, aber er wusste auch, wen er heiraten würde, und es handelte sich nicht um Tylin Quintara Mitsobar. Aber was konnte er tun, wenn sie sich tatsächlich dazu entschied?

Plötzlich fiel ihm wieder Thoms gemurmelte Bemerkung über die ›riskante Sache‹ ein. Er kannte Thom und er kannte Beslan. Olver starrte die Seanchaner so staunend an, wie sie alles in ihrer Umgebung betrachteten. Er wollte näher an sie heran, doch Mat erwischte ihn noch gerade rechtzeitig an der Schulter und stieß ihn protestierend in Thoms Hände. »Bringt den Jungen in den Palast zurück und gebt ihm seinen Unterricht, wenn Riselle mit ihm fertig ist. Und vergesst, welche verrückte Sache euch auch immer vorschwebt. Ihr könntet dafür sorgen, dass man eure Köpfe draußen vor dem Tor zur Schau stellt, und Tylins auch.« Und den seinen. Das durfte man dabei nie vergessen!

Die beiden Männer starrten ihn ausdruckslos an, was seinen Verdacht bestätigte.

»Vielleicht sollte ich dich begleiten«, sagte Thom schließlich. »Wir könnten reden. Du hast erstaunlich viel Glück, Mat, und du hast ein gewisses Flair für, sagen wir, das Abenteuerliche?« Beslan nickte. Olver wand sich in Thoms Griff und versuchte all die seltsamen Leute auf der Straße gleichzeitig anzustarren; es kümmerte ihn nicht, worüber sich die Erwachsenen unterhielten.

Mat grunzte mürrisch. Warum wollten alle immer, dass er den Helden spielte? Früher oder später würde ihn so etwas umbringen. »Ich muss über nichts reden. Sie sind hier, Beslan. Wenn du ihr Kommen nicht verhindern konntest, wird es dir auch nicht gelingen, sie wieder zu vertreiben. Falls die Gerüchte stimmen, wird sich Rand um sie kümmern.« Wieder rasten die wirbelnden Farben durch seinen Verstand und unterdrückten dabei einen Augenblick lang beinahe den Lärm der Würfel. »Du hast diesen verdammten Eid geschworen, auf die Wiederkehr zu warten; wir alle haben das.« Eine Weigerung hätte bedeutet, in Ketten gelegt zu werden und auf den Docks arbeiten oder die Abwasserkanäle des Rahads säubern zu müssen. Was es seiner Meinung nach zu keinem richtigen Eid machte. »Warte auf Rand.« Die Farben blühten wieder auf und verschwanden. Blut und Asche! Er musste einfach aufhören, an… an bestimmte Leute zu denken. Erneut wirbelten sie durcheinander. »Mit etwas Geduld könnte sich noch alles zum Guten wenden.«

»Mat, du verstehst nicht«, sagte Beslan wild. »Mutter sitzt noch immer auf dem Thron und Suroth behauptet, sie würde ganz Altara beherrschen, nicht nur das Gebiet, das wir um Ebou Dar herum halten, und vielleicht sogar noch mehr, aber Mutter müsste das *Gesicht* in den Staub legen und einer Frau auf der anderen Seite des Aryth-Meeres die *Lehnstreue* schwören. Suroth sagt, ich sollte eine Angehörige ihres Blutes heiraten und die Seiten meines Kopfes rasieren und Mutter hört ihr zu. Suroth mag ja so tun, als wären sie Gleichgestellte, aber sie muss *zuhören,* wenn die Hochlady spricht. Ganz egal, was Suroth sagt, Ebou Dar gehört uns nicht mehr, und der Rest auch nicht. Vielleicht ist es aussichtslos, sie mit Waffengewalt zu vertreiben, aber wir können dafür sorgen, dass das Land ihnen solche Probleme bereitet, dass sie es nicht länger halten können. Die Weißmäntel mussten das herausfinden. Frag sie doch, was ›Altaranischer Mittag‹ für sie bedeutet.«

Das konnte sich Mat denken, ohne jemanden fragen zu müssen. Er biss sich auf die Zunge, um ihn nicht darauf hinzuweisen, dass sich mehr seanchanische Soldaten in Ebou Dar aufhielten als während des Weißmantel-Krieges Weißmäntel in ganz Altara. Eine Straße voller Seanchaner war nicht der richtige Ort für eine lose Zunge, selbst wenn die meisten Bauern und Handwerker zu sein schienen. »Ich verstehe, dass du deinen Kopf auf einem Spieß enden sehen willst«, sagte er leise. So leise wie er konnte, um in diesem Getöse aus Stimmen und Viehgeblöke und Gänsegeschnatter noch verstanden zu werden. »Du weißt über ihre Lauscher Bescheid. Der Bursche da drüben, der wie ein Stallknecht aussieht, könnte einer sein, oder diese dürre Frau da mit dem Bündel auf dem Rücken.«

Beslan starrte die beiden, auf die Mat ihn hingewiesen hatte, so finster an, dass sie, falls sie Lauscher waren, ihn vermutlich allein schon deswegen melden würden. »Vielleicht wirst du es anders sehen, wenn sie Andor erreichen«, knurrte er, drängte sich in die Menge und stieß jeden zur Seite, der sich ihm in den Weg stellte. Es hätte Mat nicht überrascht, wenn es zu einer Prügelei gekommen wäre. Vermutlich war der Mann sogar darauf aus.

Thom wollte sich ihm mit Olver anschließen, aber Mat packte ihn am Ärmel. »Beruhige ihn, wenn du kannst, Thom. Und beruhige dich selbst, wenn du schon mal dabei bist. Eigentlich sollte man glauben, dass du mittlerweile genug davon hast, dich blind zu rasieren.«

»Ich habe einen kühlen Kopf und versuche, auch diese Sache abzukühlen«, sagte Thom trocken. »Aber er kann nicht einfach still dasitzen; es ist seine Heimat.« Ein leises Schmunzeln erhellte kurz sein faltiges Gesicht. »Du sagst, du wirst keine Risiken eingehen, aber du wirst es doch tun. Und wenn du es tust, wirst du alles, was Beslan und ich unternehmen könnten, dagegen wie einen Abendspaziergang im Garten aussehen lassen. Mit dir in der Nähe ist sogar der Barbier blind. Komm, Junge«, sagte er und setzte sich Olver auf die Schultern. »Riselle lässt dich vielleicht nicht deinen Kopf an ihren Busen betten, wenn du zu spät zu deinem Unterricht kommst.«

Mat sah ihm stirnrunzelnd nach, als er sich entfernte und mit Olver auf den Schultern besser vorankam als Beslan. Was hatte Thom damit gemeint? Er ging nie ein Risiko ein, es sei denn, es wurde ihm aufgezwungen. Niemals. Er warf der dürren Frau und dem Burschen mit dem Dung an den Stiefeln einen unauffälligen Blick zu. Licht, sie konnten Lauscher sein. Jeder von ihnen. Es reichte, um bei ihm ein Jucken zwischen den Schulterblättern hervorzurufen, so als würde man ihn beobachten.

Je näher er zu den Docks kam, desto dichtgedrängter mit Menschen, Tieren und Wagen schienen die Straßen zu sein, aber er kam dennoch ein ordentliches Stück voran. Die Buden auf den Kanalbrücken hatten ihre Läden geschlossen, die Straßenhändler hatten ihre Decken vom Boden aufgehoben und die Jongleure und Akrobaten, die für gewöhnlich an jeder Straßenkreuzung ihr Handwerk ausübten, hätten keinen Platz für ihre Kunst gehabt, wenn auch sie nicht gegangen wären. Es waren zu viele Seanchaner da, einfach zu viele, und vermutlich war einer von fünfen ein Soldat, wie man eindeutig an dem harten Blick ihrer Augen und ihrer Körperhaltung erkennen konnte, die sich so sehr von jener der Bauern und Handwerker unterschied, selbst wenn sie keine Rüstung trugen. Gelegentlich kam eine *Sul'dam* mit ihrer *Damane* die Straße entlang und man ließ ihnen einen gehörigen Freiraum, der selbst noch größer war als der für die Soldaten. Das geschah nicht aus Furcht, zumindest nicht bei den Seanchanern. Man verneigte sich respektvoll vor den Frauen, deren blaue Gewänder rote Rechtecke mit Blitzsymbolen aufwiesen, und lächelte voller Anerkennung, wenn die Paare vorbeigingen. Beslan hatte den Verstand verloren. Keiner würde die Seanchaner jemals wieder vertreiben, abgesehen vielleicht von einem Heer aus Asha'man, so wie jenes, das Gerüchten zufolge vor einer Woche im Osten gegen sie angetreten war. Oder jemand, der mit den Geheimnissen der Illuminatoren bewaffnet war. Was beim Licht konnte Aludra mit einem Glockengießer wollen?

Er gab sich Mühe, nicht in Sichtweite der Docks zu gelangen. Diese Lektion hatte er gelernt. Eigentlich suchte er ein Würfelspiel, und zwar eines, das bis spät in die Nacht andauern würde. Vorzugsweise so spät, dass Tylin bereits schlief, wenn er in den Palast zurückkehrte. Sie hatte ihm die Würfel weggenommen und behauptet, es würde ihr nicht gefallen, wenn er spielte, allerdings hatte sie es getan, nachdem er sie, als er noch ans Lager gefesselt gewesen war, zu einem Liebespfand als Einsatz überredet hatte. Würfel ließen sich überall finden, und bei seinem Glück war es sowieso immer besser, die Würfel der anderen Männer zu benutzen. Unglücklicherweise hatte er nach der Entdeckung, dass sie nicht im Traum daran dachte, das Liebespfand, ihn gehen zu lassen, auch einzulösen – die Frau hatte tatsächlich so getan, als wüsste sie überhaupt nicht, wovon er da sprach! Folglich hatte er ihr etwas von ihrer eigenen Medizin zu kosten geben. Ein schwerer Fehler, so viel Spaß es seinerzeit auch gemacht hatte. Nachdem die Liebespfänder alle eingelöst worden waren, war sie doppelt so schlimm wie vorher.

Die Schenken und Schankräume der Gasthäuser, die er betrat, waren allerdings genauso voll wie die Straßen; der Platz reichte kaum aus, einen Becher zu heben, geschweige denn zum Würfeln. Sie waren voller lachender und singender Seanchaner und finster dreinblickender Ebou Dari, welche die Seanchaner mit mürrischem Schweigen betrachteten. Er befragte die Wirte und Schankmägde trotzdem, ob einer einen freien Verschlag hatte, den er vermieten würde, aber sie alle schüttelten bloß den Kopf. Eigentlich hatte er auch nichts anderes erwartet. Schon vor den Neuankömmlingen war nichts frei gewesen. Er fing an, in die gleiche düstere Stimmung wie die ausländischen Kaufleute zu verfallen, die in ihren Wein starrten und sich fragten, wie sie ohne Pferde wohl ihre Waren aus der Stadt herausbekommen sollten.

Er hatte Gold, um Luca jeden gewünschten Preis zu bezahlen und noch mehr, aber es befand sich alles in einer Truhe im Tarasin-Palast, und er würde nicht den Versuch wagen, genug auf einmal mitzunehmen, nicht nachdem ihn die Palastdiener wie einen auf der Jagd erbeuteten Hirsch von den Docks *zurückgetragen* hatten. Damals hatte er bloß mit Schiffskapitänen gesprochen; falls Tylin erfuhr – und sie würde es erfahren –, dass er versuchte, den Palast mit mehr Gold zu verlassen, als er für einen Würfelabend brauchte… O nein! Er musste ein Zimmer haben, eine Kammer von der Größe eines Schrankes auf dem Dachboden irgendeines Gasthauses, egal was, wo er im Laufe der Zeit immer wieder ein paar Münzen verstecken konnte, oder er musste Glück im Spiel haben, eines von beiden. Aber ob Glück oder nicht, er kam schließlich zu dem Schluss, dass er an diesem Tag keines von beiden finden würde. Und diese verdammten Würfel rasselten noch immer in seinem Kopf herum.

Er blieb nie lange an einem Ort und das nicht nur, weil weder ein Spiel noch ein Raum zu finden waren. Seine grellbunten Kleider, die einen Kesselflicker noch beschämen würden, zogen Blicke auf sich. Einige Seanchaner glaubten, er sei zur Unterhaltung da, und versuchten ihn für eine Darbietung zu bezahlen! Beinahe hätte er ein- oder zweimal eingewilligt, aber sie hätten nach seinen Sangeskünsten ihr Geld zurückverlangt. Einige der Ebou Dari, die lange, gekrümmte Messer hinten im Gürtel stecken und Wut im Bauch hatten, die sie nicht an den Seanchanern auslassen konnten, dachten daran, sie an dem Hanswurst abzureagieren, dem nur noch das geschminkte Gesicht fehlte, um wie der Hofnarr eines Adligen auszusehen. Wann immer Mat sah, dass ihn solche Kerle musterten, wich er sofort auf die belebte Straße zurück. Er hatte auf die harte Weise lernen müssen, dass er noch nicht in der Verfassung zum Kämpfen war, und es würde ihm gar nichts nützen, wenn der Kopf seines Mörders vor dem Stadttor zur Schau gestellt wurde.

Er ruhte sich aus, wo immer er konnte, auf einem leeren Fass, das an einer Gassenmündung stand, auf den raren Bänken vor einer Schenke, wo noch Platz für eine Person war, oder auf den Steinstufen eines Gebäudes, bis die Besitzerin herauskam und ihm mit einer schwungvollen Bewegung ihres Besens den Hut vom Kopf fegte. Sein Magen hing ihm schon bis zu den Knien, und er wurde das Gefühl nicht los, dass ihn jeder wegen seiner bunten Kleidung anstarrte. Die feuchte Kälte sickerte in seine Knochen, und die einzigen Würfel, die es zu finden gab, donnerten wie die Hufe eines galoppierenden Pferdes in seinem Kopf herum. Er glaubte nicht, dass sie jemals so laut gewesen waren.

»Da bleibt mir wohl nichts anderes übrig, als zurück in den Palast zu gehen und das verdammte Schoßtier der Königin zu sein!«, knurrte er und benutzte den Stab, um sich von einer zerbrochenen Holzkiste, die an der Straßenseite lag, in die Höhe zu stemmen. Einige Passanten sahen ihn bereits an, als wäre sein Gesicht bemalt. Er ignorierte sie. Sie waren seine Aufmerksamkeit nicht wert. Er versetzte ihnen keinen Hieb mit dem Stab auf den Kopf, obwohl sie es verdient hatten, starrten sie einen Mann doch auf diese Weise an.

Ihm wurde bewusst, dass die Straßen genauso überfüllt waren wie zuvor; falls er versuchte, sich einen Weg durch die Menge zu bahnen, würde er den Palast erst weit nach Einbruch der Dunkelheit erreichen. Natürlich würde Tylin bis dahin vermutlich schon schlafen. Vielleicht. Sein Magen knurrte beinahe laut genug, um die Würfel zu übertönen. Falls er zu spät kam, mochte sie dem Küchenpersonal befehlen, ihm nichts zu essen zu geben.

Zehn hart erkämpfte Schritte durch die Menschenmenge und er kam zu einer schmalen und dunklen Gasse. Sie war nicht gepflastert. Der weiße Verputz auf den fensterlosen Wänden war gesprungen und an einigen Stellen abgefallen, um die darunter liegenden Ziegel zu enthüllen. Die Luft stank nach Verfall, und auch wenn das, was unter seinen Stiefeln schmatzte, einen widerwärtigen Geruch absonderte, hoffte er dennoch, dass es sich um Schlamm handelte. Es war niemand in Sicht. Er konnte schnell ausschreiten. Zumindest so schnell, wie er dazu fähig war. Er konnte kaum den Tag abwarten, an dem er wieder ein paar Meilen gehen konnte, ohne keuchen zu müssen, Schmerzen zu haben oder sich auf einen Stock stützen zu müssen. Verwinkelte Gassen durchzogen die Stadt in einem Labyrinth, in dem man sich leicht verirren konnte, wenn man den Weg nicht kannte; die meisten von ihnen waren so schmal, dass seine Schultern beide Häuserwände berührten. Er nahm niemals eine falsche Abzweigung, selbst wenn sich eine enge, gebogene Passage plötzlich in drei oder sogar vier neue gabelte, die sich alle scheinbar in ungefähr die gleiche Richtung schlängelten. Es hatte einige Gelegenheiten in Ebou Dar gegeben, bei denen er neugierige Blicke meiden musste, und er kannte diese Gassen wie seine Hand. Obwohl er seltsamerweise noch immer das Gefühl hatte, beobachtet zu werden. Aber das würde sich wohl kaum ändern, solange er diese verfluchten Sachen tragen musste.

Um von einer Gasse zur anderen zu gelangen, musste er sich durch die Massen aus Menschen und Vieh kämpfen und gelegentlich auch den Weg über eine Brücke erzwingen, die wie eine solide Menschenmauer erschien, trotzdem würde er es noch immer in der Zeit zum Palast schaffen, die er sonst allein für drei Straßen gebraucht hätte. Als er in die dunkle Passage zwischen einer hell erleuchteten Schenke und einem geschlossenen Lackwarenladen eilte, fragte er sich, was die Palastköche wohl vorbereitet haben würden. Diese Gasse war geräumiger als die meisten, breit genug für drei, wenn sie freundlich gesinnt waren, und führte auf den Mol Hara-Platz, der sich fast genau vor dem Tarasin-Palast befand. Suroth lebte dort, und seit sie die Köche nach ihrer ersten Mahlzeit hatte auspeitschen lassen, übertrafen sie sich beinahe in ihrer Fertigkeit. Möglicherweise gab es Austern mit Sahne und vielleicht Bratfisch und Tintenfisch mit Pfeffer. Nach zehn Schritten in den Schatten trat er gegen etwas, das nicht nachgab, und er fiel mit einem Grunzen in den kalten Schlamm. Im letzten Augenblick konnte er sich noch so drehen, dass er nicht auf seinem schlimmen Bein landete. Eiskalte Flüssigkeit drang durch den Mantelstoff. Er hoffte, dass es Wasser war.

Da krachten von oben Stiefel auf seine Schultern und er grunzte erneut. Der Springer stolperte fluchend von ihm herunter, taumelte durch den Schlamm tiefer in die Gasse hinein, fiel auf ein Knie und schaffte es gerade noch, sich an der Schenkenwand abzustützen, bevor er selbst der Länge nach hinschlug. Mats Augen waren an das Dämmerlicht gewöhnt, es reichte, um einen schlanken, unauffälligen Mann auszumachen. Ein Mann, der scheinbar eine große Narbe auf der Wange hatte. Nur dass es sich um keinen Menschen handelte. Mat hatte gesehen, wie die Kreatur seinem Freund mit der nackten Hand die Kehle herausgerissen und sich ein Messer aus der Brust gezogen und zurück in seine Richtung geschleudert hatte. Und wäre er gerade eben nicht gestolpert, wäre das Ding genau vor ihm gelandet, in bequemer Reichweite. Vielleicht hatte ja eine kleine *ta'veren*-Beeinflussung zu seinen Gunsten gewirkt, dem Licht sei Dank! Das alles raste ihm in dem Augenblick durch den Kopf, den es dauerte, zu sehen, wie der *Gholam* sich an der Wand abfing und den Kopf drehte, um ihn böse anzustarren.

Mit einem Fluch schnappte sich Mat seinen zu Boden gefallenen Wanderstab und schleuderte ihn wie einen Speer unbeholfen auf das Ungeheuer. Auf seine Beine, in der Hoffnung, es zum Stolpern zu bringen, einen Augenblick zu gewinnen. Das Ding floss zur Seite wie Wasser und entging dem Stab, dann warf es sich Mat entgegen. Aber der Aufschub hatte gereicht. Der Stab hatte noch nicht Mats Hand verlassen, als er auch schon unter dem Hemd nach dem Fuchskopf-Medaillon tastete. Er riss es heraus, und dabei ging das Lederband entzwei, an dem es hing. Der *Gholam* warf sich auf ihn und er schwang verzweifelt das Medaillon. Silber, das kühl auf seiner Haut gelegen hatte, fuhr mit einem Zischen wie bratender Speck und dem Gestank nach verbranntem Fleisch über eine ausgestreckte Hand. Das Ding fauchte, bewegte sich so flüssig wie Quecksilber, versuchte dem Medaillon auszuweichen und nach Mat zu greifen. Sobald es auch nur eine Hand an ihn legte, war er so gut wie tot. Diesmal würde es nicht versuchen, mit ihm zu spielen, wie es das im Rahad getan hatte. In ständiger Bewegung traf er es mit dem Fuchskopf an der anderen Hand, dann im Gesicht, und beide Male zischte es und stank, als hätte er es mit einem glühenden Eisen getroffen. Der *Gholam* wich mit gebleckten Zähnen zurück, blieb aber leicht geduckt, die Hände zu Krallen geformt, dazu bereit, beim kleinsten Anzeichen von Schwäche zu springen.

Mat wirbelte das Medaillon unablässig umher, stieß sich unsicher auf die Beine und betrachtete das Ding, das wie ein Mann aussah. *Er will dich genauso sehr tot sehen, wie er sie will,* hatte es ihm im Rahad mit einem Lächeln gesagt. Jetzt sprach oder lächelte es nicht. Mat wusste nicht, wer ›er‹ oder ›sie‹ waren, aber alles andere war glasklar. Hier war er nun, kaum dazu in der Lage, auf eigenen Beinen zu stehen. Sein Bein und seine Hüfte brannten wie Feuer, genau wie seine Rippen. Ganz zu schweigen von den Schultern, auf denen der *Gholam* gelandet war. Er musste zurück auf die Straße, unter Menschen. Vielleicht würden genügend Leute das Ding ablenken. Eine kleine Hoffnung, aber die einzige Hoffnung, die er sah. Er konnte das Stimmengewirr hören, das die Entfernung kaum dämpfte.

Er machte einen vorsichtigen Schritt zurück. Sein Stiefel rutschte in etwas aus, das scheußlich stank. Mat prallte gegen die Schenkenwand. Nur wildes Herumgefuchtel mit dem silbernen Fuchskopf hielt den *Gholam* zurück. Die Stimmen auf der Straße waren verführerisch nah. Sie hätten genauso gut in Barsine sein können. Barsine war seit langem tot und er würde es bald auch sein.

»Er ist in der Gasse!«, rief ein Mann. »Folgt mir! Beeilt Euch! Er kommt davon!«

Mat hielt seine Augen auf den *Gholam* gerichtet. Dessen Blick flackerte an ihm vorbei, zur Straße, und er zögerte. »Ich habe den Befehl, mich keinem erkennen zu geben, nur denen, die ich ernte«, fauchte er Mat entgegen, »also wirst du noch eine Weile leben. Eine kleine Weile.«

Er fuhr herum und rannte in die Gasse, rutschte leicht in dem Schlamm aus und schien trotzdem immer noch zu fließen, als er hinter die Schenke sprang.

Mat rannte ihm hinterher. Er hätte dafür keinen Grund nennen können, außer dass das Ungeheuer versucht hatte, ihn zu töten und es wieder versuchen würde. Seine Nackenhaare sträubten sich. Also würde es ihn töten, wenn es ihm passte? Wenn das Medaillon das Ding verletzen konnte, vielleicht konnte er es dann damit auch töteten.

Er erreichte die Ecke der Schenke und sah den *Gholam* in demselben Augenblick, in dem dieser zurückblickte und ihn ansah. Wieder zögerte das Ding einen Augenblick lang. Die Hintertür der Schenke stand offen und ließ den Lärm von Zecherei hören. In der Rückwand des gegenüberliegenden Gebäudes fehlte ein Stein. Die Kreatur stieß ihre Hände in das Loch. Mat erstarrte. Sie schien kaum Waffen zu brauchen, aber wenn sie dort eine versteckt hatte… Wenn das Ding ihm mit einer Waffe entgegentrat, würde er es bestimmt nicht überleben. Arme folgten Händen, dann verschwand der Kopf des *Gholams* in dem Loch. Mat klappte der Mund auf. Die Brust des Ungeheuers schlängelte sich hindurch, dann die Beine, und schon war es verschwunden. Durch eine Öffnung, die vielleicht so groß wie Mats beide Hände war.

»Ich glaube nicht, dass ich jemals etwas Ähnliches gesehen habe«, sagte jemand leise neben ihm, und er zuckte zusammen, als er begriff, dass er nicht länger allein dort stand. Der Sprecher war ein weißhaariger alter Mann mit gebeugten Schultern und einer großen Hakennase im traurigen Gesicht, der ein Bündel auf dem Rücken trug. Er schob einen sehr langen Dolch in eine Scheide unter seinem Mantel.

»Ich schon«, sagte Mat in hohlem Tonfall. »In Shadar Logoth.« Manchmal trieben verloren geglaubte Teile seiner eigenen Erinnerung aus dem Nichts an die Oberfläche; diese war gerade aufgetaucht, als er den *Gholam* betrachtet hatte. Es war eine Erinnerung, die besser verschollen geblieben wäre.

»Nur wenige überleben einen Besuch dort«, sagte der alte Mann und schaute ihn an. Irgendwie kam Mat sein faltiges Gesicht bekannt vor, aber er konnte es nicht unterbringen. »Was hat Euch nach Shadar Logoth geführt?«

»Wo sind Eure Freunde?«, fragte Mat. »Die Leute, denen Ihr zugerufen habt?« Sie standen allein in der Gasse. Die Geräusche von der Straße drangen ungebrochen zu ihnen herüber, doch es ertönten keine Rufe, dass jemand davonkommen würde, wenn sie sich nicht beeilten.

Der Alte zuckte mit den Schultern. »Ich weiß nicht, ob jemand da draußen gehört hat, was ich gerufen habe. Es ist schon schwer genug, etwas zu verstehen. Aber ich dachte, dass es den Burschen vielleicht vertreibt. Nachdem ich jedoch das hier gesehen habe …« Er zeigte auf das Loch in der Wand und lachte humorlos, was seine Zahnlücken enthüllte. »Vielleicht habt Ihr das Glück des Dunklen Königs auf Eurer Seite.«

Mat schnitt eine Grimasse. Er hatte das zu oft über sich gehört und es gefiel ihm nicht. Vor allem, weil er nicht wusste, ob es womöglich stimmte. »Vielleicht«, murmelte er. »Verzeiht mir, ich sollte mich dem Mann vorstellen, der meinen Hals gerettet hat. Ich bin Mat

Cauthon. Seid Ihr neu in Ebou Dar?« Das auf den Rücken geschnallte Bündel verlieh ihm das Aussehen eines Mannes auf der Reise. »Ihr werdet es schwer haben, einen Platz zum Schlafen zu finden.« Er nahm die knorrige Hand, die der andere ihm reichte, mit Vorsicht. Sie bestand nur aus Höckern, als wäre jeder Knochen zur gleichen Zeit gebrochen worden und schlecht geheilt. Aber sein Griff war kräftig.

»Ich bin Noal Charin, Mat Cauthon. Nein, ich bin schon seit einiger Zeit hier. Aber meine Schlafstelle auf dem Dachboden der *Goldenen Ente* wird jetzt von einem fetten illianischen Ölhändler besetzt, der heute Morgen wegen einem seanchanischen Offizier aus seinem Zimmer geworfen wurde. Ich dachte, ich würde in der Gasse einen Platz zum Schlafen finden.« Er rieb sich mit einem verkrümmten Finger die große Nase und kicherte, als hätte es keine Bedeutung, in einer Gasse schlafen zu müssen. »Es wäre nicht das erste Mal, dass ich unbequem schlafen muss, selbst in einer Stadt.«

»Ich glaube, da weiß ich etwas Besseres«, sagte Mat, aber der Rest von dem, was er hatte sagen wollen, erstarb auf seiner Zunge. Die Würfel wirbelten noch immer in seinem Kopf umher. Er hatte es geschafft, sie zu vergessen, während der *Gholam* ihn zu töten versuchte, aber sie waren noch immer in Bewegung, warteten noch immer darauf zu fallen. Wenn sie ihn vor etwas Schlimmerem als dem *Gholam* warnen wollten, dann wollte er es nicht erfahren. Aber das würde er. Da bestand nicht der geringste Zweifel. Er würde es erfahren, wenn es zu spät war.

KAPITEL 8

Rosafarbene Schleifen

Kalte Windböen wehten über den Mol Hara, hoben Mats Umhang und drohten den an seiner Kleidung klebenden Schlamm zu gefrieren, als Noal und er aus der Gasse eilten. Die Sonne hing zur Hälfte verborgen hinter den Dachrändern und die Schatten wurden zusehends länger. Mat musste den Umhang gewähren lassen, denn mit der einen Hand hielt er den Stab und mit der anderen in der Manteltasche die zerrissene Schnur des Fuchskopfes, dazu bereit, sie herauszureißen, falls es erforderlich war. Sein Körper schmerzte von Kopf bis Fuß, die klappernden Würfel in seinem Kopf verkündeten ihre Warnung, doch er nahm beides kaum wahr. Er war viel zu sehr damit beschäftigt, alle Richtungen auf einmal im Auge zu behalten und sich dabei zu fragen, durch ein wie kleines Loch sich das Ding wohl zwängen konnte. Er ertappte sich dabei, wie er die Spalten zwischen den Pflastersteinen des Platzes voller Unbehagen betrachtete. Allerdings erschien es doch eher unwahrscheinlich, dass ihn das Ungeheuer in aller Öffentlichkeit angriff.

Von den umgebenden Straßen drang ein beständiger Lärm heran, aber hier rannte bloß ein Hund mit hervortretenden Rippen an dem Brunnen mit der Statue der vor langer Zeit verstorbenen Königin Nariene vorbei. Manche behaupteten, ihre ausgestreckte Hand zeige auf die Beute des Ozeans, die Ebou Dar reich gemacht hatte, während andere es als Warnung vor kommenden Gefahren interpretierten. Es gab auch Leute, die behaupteten, ihre Nachfolgerin hätte die Aufmerksamkeit auf die Tatsache lenken wollen, dass lediglich eine Brust der Statue unbedeckt war und damit öffentlich verkündet wurde, dass Nariene nur leidlich ehrlich gewesen war.

Zu einer anderen Zeit wäre der Mol Hara im Winter selbst zu dieser Stunde voller spazierender Liebespärchen und Straßenhändler und von Hoffnung erfüllter Bettler gewesen, aber die Bettler hatten seit der Ankunft der Seanchaner erleben müssen, dass man sie auf den Straßen einsammelte und ihnen eine Arbeit zuteilte, und der Rest blieb selbst im Tageslicht fort. Der Grund dafür war der Tarasin-Palast, jener große Berg aus weißen Kuppeln und Marmorturmspitzen und schmiedeeisernen Balkonen, die Residenz von Tylin Quintara Mitsobar, Dank der Gnade des Lichts Königin von Altara – oder zumindest so viel von Altara, wie in ein paar Tagesritten im Umkreis von Ebou Dar zu erreichen war –, die Herrin der Vier Winde und Wächterin der See der Stürme. Und, was vielleicht noch wichtiger war, die Residenz der Hochlady Suroth Sabelle Meldarath, Befehlshaberin der Vorläufer der Kaiserin von Seanchan, mochte sie ewig leben. Im Augenblick war das eine viel wichtigere Position. An jedem Eingang standen Tylins Wachen mit ihren bauschigen weißen Hosen, grünen Stiefeln und vergoldeten Brustpanzern über den grünen Mänteln, aber da waren auch Männer und Frauen mit jenen insektenhaften Helmen und blaugelben oder grünweißen oder in allen möglichen anderen vorstellbaren Kombinationen gestreiften Rüstungen. Die Königin von Altara brauchte Sicherheit und Stille für ihre Erholung. Zumindest behauptete das Suroth. Und wenn Suroth sagte, dass Tylin es so wollte, dann wollte Tylin es nach kurzer Zeit auch tatsächlich.

Nach kurzem Überlegen ging Mat mit Noal zu einem der Tore, die zu den Stallungen führten. Dort bestand eine größere Chance, einen Fremden hereinzubringen, als wenn er die große Marmortreppe benutzte, die auf den Platz hinunterführte. Ganz zu schweigen von einer Gelegenheit, den Schlamm loszuwerden, bevor er Tylin gegenübertreten musste. Als er das letzte Mal nach einer Wirtshausschlägerei zerzaust zurückgekommen war, hatte sie ihr Missfallen deutlich zum Ausdruck gebracht.

Eine Hand voll Ebou Dari-Wachen standen mit Hellebarden auf der einen Seite des offenen Tores und auf der anderen befand sich die gleiche Anzahl Seanchaner mit quastengeschmückten Speeren; sie alle standen so steif wie Narienes Statue.

»Des Lichts Segen für alle«, murmelte Mat höflich an die Ebou Dari gewandt. Es war immer besser, Ebou Dari mit Höflichkeit gegenüberzutreten, solange man sie nicht gut kannte. Und danach ebenfalls, was das anging. Trotzdem waren sie viel… flexibler als die Seanchaner.

»Und für Euch, mein Lord«, erwiderte ihr stämmiger Offizier und trat vor. Mat erkannte ihn. Surlivan Sarat, ein anständiger Bursche, immer zu einer schlagfertigen Bemerkung bereit und mit einem guten Auge für Pferde. Surlivan schüttelte den Kopf und klopfte mit dem dünnen, vergoldeten Stab, dem Zeichen seines Amtes, gegen die Seite seines spitzen Helms. »Wart Ihr schon wieder in einen Kampf verwickelt, mein Lord? Sie wird wie eine Wasserfontäne in die Luft gehen, wenn sie Euch sieht.«

Mat nahm aufgebracht die Schultern zurück und versuchte, sich nicht zu offensichtlich auf seinen Stab zu stützen. Immer zu einer schlagfertigen Bemerkung bereit? Wenn man so darüber nachdachte, hatte der von der Sonne dunkel gebräunte Mann eine Zunge wie eine Raspel. Und so gut war sein Auge für Pferde nun auch wieder nicht. »Wird es Fragen geben, wenn mein Freund hier bei meinen Männern schläft?«, fragte er kurz angebunden. »Das sollte es nicht. Bei meinen Männern ist Platz genug.« Platz für mehr als nur einen, um der Wahrheit die Ehre zu geben. Bis jetzt waren acht Männer gestorben, weil sie ihm nach Ebou Dar gefolgt waren.

»Nicht von mir, mein Lord«, sagte Surlivan, obwohl er den dürren Mann an Mats Seite musterte und verständnisvoll die Lippen schürzte. Noals Mantel erschien von guter Qualität, zumindest unter diesen Lichtverhältnissen, und die Spitze, die er trug, war in einem besseren Zustand als Mats. Vielleicht gab das den Ausschlag. »Und sie braucht nicht alles zu wissen, also auch nicht von ihrer Seite.«

Mat runzelte die Stirn, aber bevor unbeherrschte Worte ihn und Noal in den Suppenkessel befördern konnten, kamen drei gepanzerte Seanchaner ans Tor galoppiert und Surlivan wandte sich ihnen zu.

»Ihr und Eure Ehefrau wohnt im königlichen Palast?«, erkundigte sich Noal und wollte sich Richtung Tor in Bewegung setzen.

Mat zog ihn zurück. »Wartet auf sie«, sagte er und deutete auf die Seanchaner. Seine Ehefrau? Verdammte Frauen! Verdammte Würfel in seinem verdammten Kopf!

»Ich habe Depeschen für die Hochlady Suroth«, verkündete eine der Seanchanerinnen und hieb auf eine Ledertasche, die von einer gepanzerten Schulter hing. Ihr Helm wies eine einzige Feder auf, was sie als untergeordneten Offizier kennzeichnete, aber ihr Pferd war ein großer Wallach, der ziemlich schnell aussah. Die anderen beiden Tiere machten einen durchaus stämmigen Eindruck, aber das war auch alles, was man zu ihren Gunsten sagen konnte.

»Tretet mit dem Segen des Lichts ein«, sagte Surlivan und verbeugte sich andeutungsweise.

Die Verbeugung der Seanchanerin in ihrem Sattel war das genaue Spiegelbild seiner Bemühung. »Der Segen des Lichts auch für Euch«, nuschelte sie und die drei ritten auf den Stallhof.

»Das ist schon seltsam«, meinte Surlivan und sah ihnen nach. »Sie fragen immer uns um Erlaubnis, nie sie.« Er wies mit dem Stab auf die seanchanischen Wachen auf der anderen Seite des Tors. Sie hatten ihre starre Haltung beibehalten, sie hatten, soweit es Mat betraf, die Neuankömmlinge nicht mal angesehen.

»Und was würden sie tun, wenn Ihr ihnen sagt, sie könnten nicht eintreten?«, fragte Noal leise und rückte das Bündel auf seinem Rücken zurecht.

Surlivan fuhr auf dem Absatz herum. »Es reicht, dass ich meiner Königin einen Eid geschworen habe«, sagte er mit ausdrucksloser Stimme, »und sie hat ihren … wem auch immer sie ihn geleistet hat. Gebt Eurem Freund ein Bett, mein Lord. Und warnt ihn, dass es Dinge gibt, die in Ebou Dar besser ungesagt bleiben, wie auch Fragen, die man besser nicht stellt.«

Noal sah verblüfft aus und fing an zu protestieren, dass er nur neugierig sei, aber Mat tauschte mit dem altaranischen Offizier weitere Höflichkeiten aus – so schnell er konnte – und drängte seinen neuen Bekannten durch das Tor, wobei er ihn mit gesenkter Stimme über die Lauscher aufklärte. Der Mann mochte ihm ja das Leben vor dem *Gholam* gerettet haben, aber das bedeutete nicht, dass er zulassen würde, wie er es den Seanchanern in die Hände spielte. Auch sie verfügten über Leute, die man Sucher der Wahrheit nannte, und dem Wenigen zufolge, was er gehört hatte – selbst Leute, die unbefangen über die Totenwache sprachen, machten den Mund zu, wenn es um die Sucher ging –, ließen die Sucher die Zweifler der Weißmäntel wie kleine Jungen aussehen, die Fliegen die Flügel ausrissen; sicherlich ekelhaft, aber nichts, worüber sich ein Mann Sorgen machen musste.

»Ich verstehe«, sagte der Alte langsam. »Das habe ich nicht gewusst.« Er klang, als würde er sich über sich selbst ärgern. »Ihr müsst viel Zeit mit den Seanchanern verbringen. Kennt Ihr auch die Hochlady Suroth? Ich muss schon sagen, ich hatte keine Ahnung, dass Ihr solch weit reichende Verbindungen habt.«

»Wenn ich kann, verbringe ich Zeit mit den Soldaten in Schenken«, erwiderte Mat mürrisch. Wenn Tylin ihn ließ. Licht, er hätte genauso gut verheiratet sein können! »Suroth weiß nicht, dass es mich gibt.« Und er hoffte inständig, dass das auch so blieb.

Die drei Seanchaner waren bereits außer Sicht, ihre Pferde hatte man in die Ställe geführt, aber mehrere Dutzend *Sul'dam* verschafften ihren *Damane* den abendlichen Auslauf und führten sie in einem großen Kreis über den gepflasterten Hof. Fast die Hälfte der grau gekleideten *Damane* waren dunkelhäutige Frauen, die nun auf den Schmuck verzichten mussten, den sie als Windsucherinnen getragen hatten. Im Palast und auch überall sonst gab es noch mehr von ihnen; die Seanchaner hatten auf den Schiffen des Meervolks, die ihnen nicht entkommen waren, eine reiche Ernte eingefahren. Die meisten Gesichter zeigten mürrische Resignation oder steinerne Mienen, aber sieben oder acht von ihnen starrten verloren und verwirrt ins Leere, da sie es noch immer nicht glauben konnten. Jede dieser Frauen wurde von einer in Seanchan geborenen *Damane* begleitet, die ihr die Hand hielt oder einen Arm um sie gelegt hatte und ihr unter den anerkennenden Blicken der Frauen, die zu ihren silbernen Kragen gehörende Armbänder trugen, lächelnd zuflüsterte. Ein paar der benommenen Frauen klammerten sich so verzweifelt an die sie begleitende *Damane*, als hielten sie

Rettungsringe. Es hätte ausgereicht, um Mat frösteln zu lassen, hätten dafür nicht schon seine feuchten Kleider gesorgt.

Er versuchte, Noal schnell über den Hof zu führen, aber der Kreis brachte eine *Damane* in seine Nähe, die weder Seanchanerin noch eine Atha'an Miere war. Sie war mit einer fülligen *Sul'dam* mit grauen Haaren verbunden, die olivfarbene Haut hatte und als Altaranerin und Mutter durchgegangen wäre. Der Art und Weise nach zu urteilen, wie sie ihren Schützling ansah, war sie eine strenge Mutter mit einem möglicherweise widerspenstigen Kind. Teslyn Baradon war nach anderthalb Monaten seanchanischer Gefangenschaft dicker geworden, doch ihr altersloses Gesicht sah noch immer so aus, als würden ihre drei Mahlzeiten des Tages nur aus Brombeeren bestehen. Andererseits ging sie friedlich an ihrer Leine, gehorchte den gemurmelten Anweisungen der *Sul'dam,* ohne zu zögern, und blieb nur stehen, um sich tief vor ihm und Noal zu verbeugen. Aber einen Augenblick lang blitzte in ihren dunkeln Augen tiefer, auf ihn gemünzter Hass auf, bevor sie und die *Sul'dam* ihre Runde auf dem Stallhof fortführten. Friedlich, gehorsam. Er hatte auf genau diesem Stallhof miterlebt, wie man *Damane* wegen irgendwelchen Kleinigkeiten so lange mit Ruten geschlagen hatte, bis sie schrien. Teslyn war unter ihnen gewesen. Sie hatte ihm nie etwas Gutes getan, manchmal vielleicht sogar etwas Schlechtes, aber er hätte ihr niemals ein solches Schicksal gewünscht.

»Besser als tot zu sein, schätze ich«, murmelte er und ging weiter. Teslyn war eine harte Frau, die vermutlich jeden Augenblick mit Fluchtplänen beschäftigt war, aber Härte brachte einen auch nur bis zu einem gewissen Punkt. Die Herrin der Schiffe und ihre Meisterin der Klingen waren ohne einen Schrei von sich zu geben am Pfahl gestorben, aber es hatte sie nicht gerettet.

»Glaubt Ihr das wirklich?«, fragte Noal gedankenverloren und fummelte wieder an seinem Bündel herum. Seine verkrüppelten Hände waren mit dem Messer recht geschickt umgegangen, aber bei allem anderen schienen sie unbeholfen zu sein.

Mat sah ihn stirnrunzelnd an. Nein, er war sich nicht sicher, ob er es glaubte. Die silbernen *A'dam* schienen zu sehr dem unsichtbaren Kragen zu ähneln, den Tylin ihm angelegt hatte. Andererseits konnte Tylin ihn den Rest seines Lebens unter dem Kinn kitzeln, wenn ihn das vom Pfahl fern hielt. Licht, er wünschte sich, die verdammten Würfel in seinem Kopf würden endlich aufhören zu rollen und die Sache zu Ende bringen! Nein, das war eine Lüge. Seit er endlich begriffen hatte, was die Würfel bedeuteten, hatte er sich gewünscht, sie würden nie mehr aufhören zu rollen.

Der Raum, den sich Chel Vanin und die Rotwaffen teilten, lag nicht weit von den Ställen entfernt, ein langes, weiß verputztes Gemach mit niedriger Decke und zu vielen Betten für jene, die überlebt hatten. Vanin, ein kahl werdender Fleischberg, lag hemdsärmlig auf einem von ihnen, ein aufgeschlagenes Buch auf der Brust. Mat war überrascht, dass der Mann lesen konnte. Vanin spuckte durch eine Zahnlücke und musterte Mats schlammverschmierte Kleidung. »Habt Ihr Euch wieder geprügelt?«, fragte er. »Ich schätze, ihr wird das nicht gefallen.« Er stand nicht auf. Von ein paar überraschenden Ausnahmen abgesehen betrachtete sich Vanin jedem Lord und jeder Lady ebenbürtig.

»Ärger, Lord Mat?«, knurrte Harnan und sprang auf. Er war ein robuster Mann, physisch gesehen und vom Temperament her, aber er biss die Zähne zusammen, was den unbeholfen auf seine Wange tätowierten Falken sich verziehen ließ. »Entschuldigt, aber Ihr seid nicht in der Verfassung dafür. Sagt uns, wie er aussieht, und wir kümmern uns um ihn.«

Drei weitere Männer versammelten sich mit eifrigen Mienen hinter ihm, zwei von ihnen griffen nach ihren Mänteln, während sie noch damit beschäftigt waren, sich das Hemd in die Hose zu stecken. Metwyn, ein jungenhaft aussehender Cairhiener, der zehn Jahre älter als Mat war, griff stattdessen nach dem Schwert, das am Fußende seines Bettes stand, und zog die Klinge ein Stück aus der Scheide, um ihre Schneide zu überprüfen. Von ihnen allen konnte er am besten mit dem Schwert umgehen, sogar sehr gut, obwohl Gorderan ihm darin sehr nahe kam – auch wenn er wie ein Schmied aussah. Gorderan war nicht einmal annähernd so langsam, wie ihn seine breiten Schultern wirken ließen. Ein Dutzend Rotwaffen waren Mat nach Ebou Dar gefolgt, davon waren acht gestorben. Der Rest saß hier im Palast fest, wo sie weder Schankmädchen in den Hintern kneifen noch in Kämpfe wegen Würfelspielen geraten und bis zum Umfallen trinken konnten, wie sie es getan hätten, wenn sie in einem Gasthaus gewohnt und gewusst hätten, dass der Wirt im letzteren Fall dafür sorgen würde, dass man sie nach oben in ihre Betten trug, wenn auch vermutlich mit erleichtertem Geldbeutel.

»Noal kann euch besser als ich erzählen, was passiert ist«, erwiderte Mat und schob sich den Hut in den Nacken. »Er wird bei euch schlafen. Er hat mir heute Abend das Leben gerettet.«

Das rief entsetzte Ausrufe und lautstarken Beifall für Noal hervor, ganz zu schweigen von überschwänglichen Hieben auf den Rücken, die den alten Burschen beinahe von den Füßen holten. Vanin ging sogar so weit, die Stelle, an der er gerade las, mit einem fetten Finger zu markieren und sich auf den Rand seiner dünnen Matratze zu setzen.

Nachdem Noal sein Bündel auf ein freies Bett geworfen hatte, erzählte er die Geschichte mit ausgiebigen Gesten, spielte seine Rolle herab und machte sich sogar zu so etwas wie einem Tölpel, der im Schlamm ausrutschte und den *Gholam* anstarrte, während Mat wie ein Held kämpfte. Harnan und die Rotwaffen lachten herzlich, da sie wussten, was er damit bezweckte, und es guthießen, dass er ihren Hauptmann nicht schlecht aussehen lassen wollte, aber ihr Gelächter erstarb, als er dazu kam, wie Mats Angreifer in einem winzigen Loch in der Wand verschwand. Er schilderte auch das sehr anschaulich. Vanin legte sein Buch weg und spuckte erneut durch die Zähne aus. Der *Gholam* hatte ihn und Harnan im Rahad halb tot zurückgelassen. Halb tot, weil er hinter einem anderen her gewesen war.

»Anscheinend ist das Ding aus irgendeinem Grund hinter mir her«, sagte Mat leichthin, als der Alte geendet hatte und sich scheinbar erschöpft auf sein Bett sinken ließ. »Vermutlich hat es irgendwann einmal mit mir Würfel gespielt, auch wenn ich mich nicht mehr daran erinnern kann. Solange ihr ihm und mir nicht in die Quere kommt, hat keiner von euch etwas zu befürchten.« Er grinste und versuchte, einen Witz daraus zu machen, aber keiner von ihnen lächelte auch nur. »Wie dem auch sei, ich werde euch morgen früh Gold geben. Ihr werdet auf dem ersten Schiff nach Illian eine Passage buchen und Olver mitnehmen. Thom und Juilin auch, falls sie mitgehen wollen.« Er vermutete, dass der Diebefänger auf jeden Fall wollte. »Und natürlich Nerim und Lopin.« Er hatte sich daran gewöhnt, dass die beiden Diener sich um ihn kümmerten, aber eigentlich brauchte er sie hier nicht. »Talmanes muss mittlerweile in der Nähe von Caemlyn sein. Ihr dürftet keine großen Schwierigkeiten haben, ihn zu finden.« Wenn sie weg waren, würde er mit Tylin allein sein. Licht, lieber würde er sich wieder dem *Gholam* stellen!

Harnan und die anderen drei Rotwaffen tauschten

Blicke aus, Fergin kratzte sich am Kopf, als würde er nicht genau verstehen. Vielleicht tat er es tatsächlich nicht. Der knochige Mann war ein guter Soldat – nicht der beste, das nicht, aber gut genug –, aber er war nicht der hellste, wenn es um andere Dinge ging.

»Das wäre nicht richtig«, sagte Harnan schließlich. »Lord Talmanes würde uns das Fell gerben, wenn wir ohne Euch zurückkommen.« Die anderen drei nickten. Das konnte Fergin verstehen.

»Und Ihr, Vanin?«, fragte Mat.

Der fette Mann zuckte mit den Schultern. »Wenn ich diesen Jungen von Riselle fortbringe, wird er mich im Schlaf wie eine Forelle ausweiden. An seiner Stelle würde ich das Gleiche tun. Wie dem auch sei, ich habe hier Zeit zum Lesen. Dazu habe ich als Hufschmied nicht oft Gelegenheit.« Das war eines der Handwerke, die er augenblicklich ausübte. Das andere war Stallknecht. In Wahrheit war er Pferdedieb und Wilderer, und zwar der beste in zwei Ländern und vermutlich noch viel mehr.

»Ihr seid alle verrückt«, sagte Mat stirnrunzelnd. »Nur weil er mich will, heißt das nicht, dass er euch nicht tötet, wenn ihr ihm in die Quere kommt. Das Angebot bleibt bestehen. Jedermann, der zur Besinnung kommt, kann gehen.«

»Ich habe schon Männer wie Euch gesehen«, sagte Noal plötzlich. Der nach vorn gebeugte Mann war das gestaltgewordene Bild von Alter und Erschöpfung, aber seine funkelnden Augen musterten Mat eindringlich. »Einige Männer haben eine Ausstrahlung, die andere Männer dazu bringt, ihnen überallhin zu folgen. Einige führen in die Vernichtung, andere zum Ruhm. Ich könnte mir vorstellen, dass Euer Name in die Geschichtsbücher Einzug halten wird.«

Harnan sah so verwirrt wie Fergin aus. Vanin spuckte aus, legte sich wieder hin und öffnete das Buch.

»Wenn mich mein Glück verlässt, dann vielleicht«, murmelte Mat. Er wusste, was dazu nötig war, um in die Geschichtsbücher aufgenommen zu werden. Dabei konnte ein Mann leicht sein Leben verlieren.

»Ihr solltet besser ein Bad nehmen, bevor sie Euch sieht«, sagte Fergin plötzlich. »Der ganze Dreck wird ihr eine Klette unter den Sattel schieben.«

Wütend riss sich Mat den Hut vom Kopf und stolzierte wortlos weg. Das heißt, er stolzierte, so gut es ging, wenn man an einem Stab hinken musste. Bevor sich hinter ihm die Tür schloss, hörte er, wie Noal anfing, die Geschichte zu erzählen, wie er einmal auf einem Schiff des Meervolks gesegelt war und gelernt hatte, in Salzwasser zu baden. Zumindest fing sie so an.

Er wollte sich sauber machen, bevor Tylin ihn zu Gesicht bekam – das wollte er wirklich –, aber als er durch die Korridore hinkte, in denen die geblümten Wandteppiche hingen, die Ebou Dari wegen der Jahreszeit, an die sie erinnerten, Sommerteppiche nannten, schlugen ihm vier der in die grünen und weißen Livreen des Palasts gekleideten Diener und nicht weniger als sieben Dienerinnen vor, doch besser ein Bad zu nehmen und die Kleider zu wechseln, bevor die Königin ihn so sah; sie boten ihm sogar an, ein Bad einzulassen und frische Sachen zu holen, ohne dass sie davon erfuhr. Sie wussten nicht alles über Tylin und ihn, wofür er dem Licht dankte – allein Tylin und er kannten die schlimmsten Einzelheiten –, aber sie wussten verdammt noch mal zu viel. Schlimmer noch, jeder verfluchte Diener des verfluchten Tarasin-Palasts hieß es gut. Zum einen war Tylin die Königin und konnte, soweit es sie betraf, tun, wozu sie Lust hatte. Davon abgesehen waren ihre Nerven zum Zerreißen gespannt, seit die Seanchaner die Stadt erobert hatten, und wenn ein geschrubbter und in hübsche, saubere

Spitzenrüschen gekleideter Mat Cauthon sie davon abhielt, ihnen wegen Nichtigkeiten die Nasen abzureißen, dann würden sie ihn auch hinter den Ohren waschen und wie ein Geschenk in Spitze einwickeln!

»Schlamm?«, sagte er zu einer hübschen, lächelnden Dienerin, die ihre Röcke zum Hofknicks raffte. Ein Funkeln lag in ihren dunklen Augen, und der tiefe Ausschnitt ihres Oberteils stellte eine ordentliche Portion eines Busens zur Schau, der selbst Riselles hätte Konkurrenz machen können. An einem anderen Tag hätte er sich etwas Zeit genommen, um sich an dem Anblick zu erfreuen. »Schlamm? Was für Schlamm!« Ihr Mund klappte auf, sie vergaß, sich wieder aufzurichten, und starrte ihm mit gebeugten Knien nach, wie er davonhinkte.

Juilin Sandar kam schnell um eine Ecke gebogen und wäre beinahe mit ihm zusammengestoßen. Der Diebefänger aus Tairen sprang mit einem unterdrückten Fluch zurück, sein dunkelhäutiges Gesicht verfärbte sich grau, bis er erkannte, wer ihn da fast umgerannt hätte. Dann murmelte er eine Entschuldigung und setzte sich wieder eilig in Bewegung.

»Hat Thom dich mit in sein Irrsinnsunternehmen reingezogen, Juilin?«, fragte Mat. Juilin und Thom teilten sich irgendwo bei den Dienstbotenquartieren einen Raum, und er hatte keinen Grund, sich hier aufzuhalten. Mit dem dunklen tairenischen Mantel, der über die Stiefel ging, fiel Juilin unter dem Personal auf wie eine Ente in einem Hühnerstall. Suroth war sehr streng in solchen Dingen, strenger als Tylin. Mat fiel nur ein Grund ein, die Angelegenheit, in die Thom und Beslan verwickelt waren. »Nein, sag es mir nicht. Ich habe Harnan und den anderen ein Angebot gemacht und es gilt auch für dich. Wenn du gehen willst, gebe ich dir das nötige Geld.«

Tatsächlich machte Juilin nicht im Mindesten den

Eindruck, als wollte er ihm etwas sagen. Der Diebefänger steckte die Daumen in den Gürtel und erwiderte Mats Blick ungerührt. »Was haben Harnan und die anderen gesagt? Und was hat es mit Thoms Unternehmung auf sich, die du für irrsinnig hältst? Das sind ein paar Dächer, auf denen er sich doch wohl besser auskennt als du und ich.«

»Der *Gholam* ist noch immer in Ebou Dar, Juilin.« Thom wusste, dass er das Spiel der Häuser beherrschte, und er liebte es, seine Nase in die Politik zu stecken. »Das Ding hat vor wenigen Stunden versucht, mich umzubringen.«

Juilin grunzte, als hätte er einen Schlag in die Magengrube bekommen, und er fuhr sich mit der Hand durch das kurz geschnittene schwarze Haar. »Ich habe trotzdem einen Grund, noch etwas länger zu bleiben«, sagte er. Sein Auftreten veränderte sich, nun drückte es etwas Stures und Abwehrendes und irgendwie Schuldiges aus. Mat hatte noch nie gesehen, dass er den Frauen nachstieg, aber wenn ein Mann so aussah, konnte das nur eines bedeuten.

»Nimm sie mit«, sagte er. »Und wenn sie nicht will, nun, du wirst noch keine Stunde in Tear sein, dann hast du schon auf jedem Knie eine Neue sitzen. So ist das mit den Frauen, Juilin. Wenn die eine nein sagt, gibt es immer eine andere, die ja sagen wird.«

Ein Diener mit dem Arm voller Leinenhandtücher eilte vorbei und starrte Mats schlammverkrustetes Erscheinungsbild erstaunt an, aber Juilin bezog das auf sich, riss die Daumen aus dem Gürtel und versuchte, eine etwas demütigere Haltung anzunehmen. Ohne großen Erfolg. Zwar schlief Thom bei der Dienerschaft, aber er hatte es von Anfang an geschafft, es so aussehen zu lassen, als wäre das seine Entscheidung gewesen, eine Exzentrizität, daher fand es niemand seltsam, ihn hier oben in diesem Stockwerk zu sehen, wie er vielleicht in Riselles Gemächer schlüpfte, in denen einst Mat gewohnt hatte. Juilin hatte viel Mühe darauf verwendet, deutlich zu machen, dass er ein Diebefänger war; er hatte so vielen mit Vorsicht zu genießenden kleinen Adligen und selbstzufriedenen Kaufleuten in die Augen geschaut, um klarzustellen, dass er genauso gut war wie sie, dass jeder im Palast wusste, wer und was er war. Und wo er sich aufzuhalten hatte, und zwar im Erdgeschoss.

»Mein Lord ist klug«, sagte er viel zu laut und machte eine steife, ruckartige Verbeugung. »Mein Lord weiß alles über Frauen. Wenn mein Lord nun einem einfachen Mann verzeihen möge, ich muss dorthin zurück, wo ich hingehöre.« Er wandte sich zum Gehen, drehte sich aber noch einmal um und sagte mit weithin verständlicher Stimme: »Ich habe heute gehört, gesetzt den Fall, mein Lord sollte noch einmal so zurückkommen und aussehen, als hätte man ihn die Straße entlang geschleift, wird die Königin meinen Lord mit einer Rute bestrafen.«

Und das war der Stein, der den Wagen entzwei brach.

Mat riss die Türen zu Tylins Gemächer auf, stürmte herein, warf den Hut quer durch den Raum … und erstarrte. Alles, was er hatte sagen wollen, erstarb auf seiner Zunge. Sein Hut landete auf dem Teppich und rollte weiter, aber er sah nicht, wohin. Eine Windböe rüttelte an den hohen, dreibögigen Verandatüren, die auf den langen Balkon hinausführten, von dem aus man auf den Mol Hara herabblicken konnte.

Tylin drehte sich auf einem Stuhl um, dessen Schnitzwerk ihn wie vergoldetes Bambus aussehen ließ, und starrte ihn über den Rand ihres goldenen Weinpokals an. Wellen glänzenden schwarzen Haars, das an den Schläfen eine leichte Grautönung aufwies, umrahmten ein wunderschönes Gesicht mit den Augen eines

Raubvogels, das im Augenblick nicht besonders zufrieden aussah. Sie wippte etwas mit dem übereinander geschlagenen Bein, was die grünen und weißen Stoffschichten der Unterröcke rascheln ließ. Die ovale Öffnung ihres Gewandes, die ihre vollen Brüste zur Hälfte enthüllte, wurde von hellgrüner Spitze gesäumt; zwischen ihnen baumelte der juwelenbesetzte Griff ihres Hochzeitsdolchs.

Sie war nicht allein.

Suroth saß ihr gegenüber, sah stirnrunzelnd in ihren Weinpokal und trommelte mit den langen Fingernägeln auf der Stuhllehne; obwohl ihr Haar bis auf einen langen Schopf abrasiert war, stellte sie eine durchaus hübsche Frau dar, wenn man einmal davon absah, dass sie Tylin wie einen verschreckten Hasen aussehen ließ. Zwei Fingernägel jeder Hand waren blau lackiert. An ihrer Seite saß ausgerechnet ein kleinwüchsiges Mädchen, das ebenfalls ein mit aufwendigen Blumenmustern besticktes Oberteil mit weißen Faltenröcken trug, dessen Kopf – der anscheinend völlig kahl geschoren war! – mit einem durchsichtigen Schleier bedeckt und mit einem Vermögen an Rubinen behängt war. Selbst in seinem Entsetzen fielen Mat die Rubine und das Gold auf. Hinter dem Stuhl des Mädchens stand eine schlanke Frau mit verschränkten Armen und schlecht verhohlener Ungeduld, deren Hautfarbe fast so dunkel wie ihr beinahe schwarzes Gewand war und die, selbst wenn sie eine Aiel gewesen wäre, über eine erstaunliche Körpergröße verfügte. Ihr lockiges schwarzes Haar war kurz geschnitten, aber nicht abrasiert, also war sie weder Blut noch *So'jhin*. Mit ihrer majestätischen Schönheit stellte sie sowohl Tylin wie auch Suroth in den Schatten. Ihm entging die Schönheit von Frauen nicht, selbst wenn er das Gefühl hatte, gerade einen Schlag mit einem Hammer auf den Kopf erhalten zu haben.

Es war nicht Suroths Anwesenheit oder die der Fremden, die ihn hatte erstarren lassen. Die Würfel hatten innegehalten und waren mit einem Donnern gefallen, das seinen Schädel erbeben ließ. Das war noch nie zuvor geschehen. Er stand da und wartete darauf, dass einer der Verlorenen aus den Flammen des Marmorkamins sprang oder die Erde aufklaffte, um den Palast unter seinen Füßen zu verschlingen.

»Du hörst mir nicht zu, mein Täubchen«, gurrte Tylin in einem gefährlichen Tonfall. »Ich sagte, geh in die Küche und iss eine Pastete, bis ich Zeit für dich habe. Und wenn du schon mal dabei bist, nimm gleich ein Bad.« Ihre dunklen Augen funkelten. »Wir sprechen später über den Schlamm.«

Benommen ging er noch einmal alles in Gedanken durch. Er hatte den Raum betreten, die Würfel waren verstummt und... Nichts war geschehen. Nichts!

»Der Mann wurde überfallen«, sagte die zierliche, verschleierte Gestalt und erhob sich. Ihre Stimme wurde so schneidend wie der draußen heulende Wind. »Ihr habt mir versichert, dass die Straßen sicher sind, Suroth! Ich bin ungehalten!«

Es *musste* etwas geschehen! Es hätte schon längst geschehen sollen! Es geschah immer etwas, wenn die Würfel verstummten.

»Ich versichere Euch, Tuon, die Straßen von Ebou Dar sind so sicher wie die Straßen von Seandar«, erwiderte Suroth und das riss Mat aus seiner Benommenheit. Sie klang... nervös. Aber Suroth war diejenige, die andere Menschen nervös machte.

Ein schlanker, anmutiger junger Mann in dem fast durchscheinenden Gewand eines *Da'covale* trat mit einem großen, blauen Porzellankrug an ihre Seite, neigte den Kopf und bot stumm an, ihr Wein nachzuschenken. Und ließ Mat erneut zusammenzucken. Er hatte nicht bemerkt, dass noch andere anwesend waren. Da war nicht nur der blonde Mann in seiner unanständigen Kleidung. Eine schlanke, aber mit hübschen Kurven ausgestattete rothaarige Frau in einem ebenfalls durchsichtigen Gewand kniete neben einem Tisch, auf dem Fläschchen mit Gewürzen, Weinkrüge aus feinem Meervolkporzellan und ein kleiner vergoldeter Bronzeofen mit den zum Erwärmen des Weines nötigen Feuerhaken aufgebaut waren, während am anderen Ende eine Dienerin in der grünen und weißen Livree von Haus Mitsobar stand. Und in einer Ecke stand noch eine Seanchanerin so reglos, dass er sie beinahe übersehen hätte, eine kleine Frau, deren Kopf zur Hälfte rasiert war und deren Brüste selbst Riselles in den Schatten gestellt hätten, wenn ihr Gewand aus roten und gelben Rechtecken nicht eng am Hals angelegen und sie verhüllt hätte. Nicht, dass er das Verlangen verspürt hätte, sie sich näher anzusehen. Seanchaner waren so empfindlich, wenn es um ihre *So'jhin* ging. Tylin reagierte empfindlich auf andere Frauen. Seit er das Bett wieder verlassen konnte, hatte keine Dienerin seine Gemächer betreten, die jünger als seine Großmutter war.

Suroth betrachtete den anmutigen Mann, als würde sie sich fragen, wer er war, dann schüttelte sie wortlos den Kopf und wandte ihre Aufmerksamkeit dem Kind mit dem Namen Tuon zu, das den Burschen fortwinkte. Die livrierte Dienerin eilte los, um ihm den Krug abzunehmen und Tylins Pokal aufzufüllen, aber die Königin machte eine kleine Geste, die sie zurück zur Wand schickte. Tylin saß so gut wie reglos da. Kein Wunder, dass sie keine Aufmerksamkeit auf sich ziehen wollte, wenn diese Tuon Suroth Angst einjagte, was offensichtlich der Fall war.

»Ich bin unzufrieden, Suroth«, sagte das Mädchen erneut und blickte streng auf die andere Frau herab. Selbst im Stehen hatte sie es nicht weit, um auf die sitzende Hochlady heruntersehen zu können. Mat vermutete, dass auch sie eine Hochlady war, nur von höherer Stellung als Suroth. »Ihr habt viel zurückgeholt und das wird die Kaiserin freuen, möge sie ewig leben, aber Euer schlecht geplanter Angriff im Osten war ein Desaster, das sich nicht wiederholen darf. Und wenn die Straßen der Stadt sicher sind, wieso wurde er dann angegriffen?«

Suroths Knöchel verfärbten sich weiß, weil sie die Stuhllehne und den Pokal so fest umklammerte. Sie starrte Tylin an, als wäre alles ihre Schuld, und die Königin lächelte entschuldigend und senkte den Kopf. Oh, Blut und Asche, dafür würde er bezahlen!

»Ich bin gefallen, das ist alles.« Der Art und Weise nach zu urteilen, wie die Köpfe zu ihm herumfuhren, hätte seine Stimme genauso gut ein Feuerwerk sein können. Suroth und Tuon waren offensichtlich schockiert, dass er zu sprechen gewagt hatte. Tylin sah aus wie ein Adlerweibchen, das seinen Hasen gebraten verspeisen wollte. »Ladys«, fügte er hinzu, aber das schien die Situation auch nicht zu verbessern.

Plötzlich beugte sich die große Frau vor, riss Tuon den Pokal aus der Hand und warf ihn in den Kamin. Funken stoben zum Schornstein hoch. Die Dienerin regte sich, als wollte sie den Becher zurückholen, bevor er noch mehr beschädigt wurde, ließ es aber sein, als die *So'jhin* sie berührte.

»Ihr seid dumm, Tuon«, sagte die große Frau und ihre Stimme ließ den strengen Tonfall des Mädchens wie Gelächter erscheinen. Der bekannte seanchanische Akzent schien fast völlig zu fehlen. »Suroth hat die Situation hier gut im Griff. Was im Osten geschehen ist, kann in jeder Schlacht passieren. Ihr müsst aufhören, Eure Zeit mit lächerlichen Nichtigkeiten zu verschwenden.«

Suroth starrte sie einen Augenblick lang erstaunt an, bevor sie ihre Miene in eine ausdruckslose Maske verwandelte. Mat starrte ebenfalls. Sprach man einen vom Blut in diesem Ton an, hatte man Glück, wenn man mit einem Ausflug zum Peitschenpfahl davonkam!

Überraschenderweise neigte Tuon den Kopf ein Stück. »Ihr könntet Recht haben, Anath«, sagte sie ruhig und sogar mit einer Spur Ehrerbietung. »Die Zeit und Omen werden es erweisen. Aber der junge Mann lügt offensichtlich. Vielleicht fürchtet er Tylins Zorn. Seine Verletzungen sind jedoch schwerwiegender, als sie von einem Sturz sein könnten, es sei denn, es gibt Klippen in der Stadt, die ich nicht gesehen habe.«

Er fürchtete also Tylins Zorn? Nun, was das anging, so tat er das tatsächlich, zumindest ein bisschen. Aber nur ein kleines bisschen. Doch es gefiel ihm nicht, daran erinnert zu werden. Er stützte sich auf seinen schulterhohen Stab und versuchte, eine bequeme Stellung zu finden. Sie hätten ihm auch einen Sitzplatz anbieten können. »Ich wurde an dem Tag verletzt, als eure Jungs die Stadt eroberten«, sagte er mit seinem dreistesten Grinsen. »Euer Haufen hat Blitze geschleudert und Feuerbälle aus irgendeinem verheerenden Zeug. Ich bin aber fast schon wieder gesund, danke der Nachfrage.« Tylin verbarg ihr Gesicht im Weinpokal, schaffte es aber trotzdem, ihm über den Rand einen Blick zuzuwerfen, der spätere Vergeltung versprach.

Tuons Röcke raschelten, als sie über den Teppich auf ihn zukam. Das dunkle Gesicht unter dem Schleier hätte hübsch sein können, hätte es nicht den Ausdruck eines Richters gehabt, der ein Todesurteil verkündete. Und mit vernünftigem Haar statt einem Kahlkopf. Ihre Augen waren groß und feucht, aber völlig ausdruckslos. Alle ihre Fingernägel waren lackiert. In einem hellen Rot. Mat fragte sich, ob das etwas zu bedeuten hatte. Licht, allein für das Geld, das die Rubine kosteten, hätte ein Mann jahrelang im Luxus leben können.

Sie hob die Hand, legte die Fingerspitzen unter sein Kinn, und er fing an zurückzuzucken. Bis Tylin ihm über Tuons Kopf einen scharfen Blick zuwarf und auf der Stelle Vergeltung versprach, falls er etwas dergleichen tat. Mürrisch ließ er das Mädchen seinen Kopf herumdrehen, damit sie ihn studieren konnte.

»Ihr habt gegen uns gekämpft?«, verlangte sie zu wissen. »Ihr habt die Eide geschworen?«

»Ich habe geschworen«, murmelte er. »Was das andere angeht, hatte ich dazu keine Gelegenheit.«

»Also hättet Ihr es getan.« Sie umkreiste ihn langsam und führte ihr Studium fort, berührte die Spitze an seinem Handgelenk, hob den Saum seines Umhangs an, um die Stickereien zu mustern. Er erduldete es, weigerte sich jedoch, seine Position zu verändern. Sein finsterer Blick konnte sich mit dem Tylins messen. Licht, er hatte schon Pferde gekauft, ohne sie einer so gründlichen Untersuchung zu unterziehen! Als Nächstes würde sie sich seine Zähne ansehen wollen!

»Der Junge hat Euch gesagt, dass er verletzt wurde«, sagte Anath frostig. »Wenn Ihr ihn haben wollt, dann kauft ihn und fertig. Es war ein langer Tag und Ihr solltet längst im Bett sein.«

Tuon verharrte und untersuchte den langen Siegelring an seinem Finger. Er war ein Probestück, das die Kunstfertigkeit des Handwerkers zeigen sollte, ein laufender Fuchs und zwei fliegende Raben; die Tiere wurden von den Sichelmonden umgeben. Er hatte ihn zufällig gekauft, obwohl er ihm mittlerweile ans Herz gewachsen war. Er fragte sich, ob sie ihn haben wollte. Sie richtete sich wieder auf und starrte in sein Gesicht. »Ein guter Rat, Anath«, sagte sie. »Wie viel kostet er, Tylin? Wenn er ein Liebling ist, nennt Euren Preis, und ich werde ihn verdoppeln.«

Tylin verschluckte sich an ihrem Wein und hustete. Mat hätte beinahe den Stab fallen lassen. Das Mädchen wollte ihn *kaufen*? Nun, ihrem Gesichtsausdruck nach zu urteilen, hätte sie sich genauso gut ein Pferd ansehen können.

»Er ist ein freier Mann, Hochlady«, sagte Tylin unsicher, als sie wieder sprechen konnte. »Ich… ich kann ihn nicht verkaufen.« Am liebsten hätte Mat gelacht, hätte sich Tylin nicht angehört, als wollte sie verhindern, dass ihre Zähne klapperten, und hätte sich diese verfluchte Tuon nicht gerade nach seinem Preis erkundigt. Ein freier Mann! Ha!

Das Mädchen wandte sich von ihm ab, als hätte sie ihn aus seinen Gedanken gestrichen. »Ihr habt Angst, Tylin, aber das sollte nicht so sein.« Sie ging zu Tylins Stuhl, hob mit beiden Händen den Schleier, entblößte die untere Gesichtshälfte und beugte sich vor, um Tylin sanft zu küssen, einmal auf jedes Augenlid und einmal auf die Lippen. Tylin sah erstaunt aus. »Ihr seid mir eine Schwester, und Suroth auch«, sagte Tuon mit überraschend sanfter Stimme. »Ich selbst werde Euren Namen als einen des Blutes eintragen. Ihr werdet die Hochlady Tylin und die Königin von Altara und noch mehr sein, wie es Euch versprochen wurde.«

Anath schnaubte laut.

»Ja, Anath, ich weiß«, sagte das Mädchen seufzend, erhob sich und ließ den Schleier wieder herunter. »Der Tag war lang und anstrengend und ich bin müde. Aber ich werde Tylin zeigen, welche Länder für sie bestimmt sind, sodass sie sich keine Sorgen zu machen braucht. In meinen Gemächern sind Karten, Tylin. Wollt Ihr mir die Ehre erweisen und mich dorthin begleiten? Ich habe ausgezeichnete Masseusen.«

»Ich bin diejenige, die geehrt ist«, sagte Tylin, ohne allerdings beruhigter als zuvor zu klingen.

Auf eine Geste der *So'jhin* hin lief der blonde Mann

zur Tür, um sie zu öffnen. Auf den Knien hielt er sie offen, aber vorher erfolgte das übliche Glattstreichen und Richten der Gewänder, das Frauen zu tun hatten, bevor sie irgendwohin gehen konnten, ob sie nun aus Seanchan oder Altara oder sonst woher kamen. Allerdings nahm die rothaarige *Da'covale* Tuon und Suroth diese Arbeit ab. Mat nutzte die Gelegenheit, um Tylin ein Stück zur Seite zu nehmen, weit genug, um nicht belauscht zu werden. Die *So'jhin* verfolgte ihn mit ihren Blicken, was ihm nicht entging, aber wenigstens schien Tuon, die die Bemühungen der schlanken *Da'covale* über sich ergehen ließ, seine Existenz vergessen zu haben.

»Ich bin nicht einfach nur gefallen«, sagte er leise zu Tylin. »Der *Gholam* hat vor wenigen Stunden versucht, mich zu töten. Es wäre vielleicht besser, wenn ich gehe. Das Ding ist hinter mir her und wird nicht davor zurückschrecken, jeden in meiner Nähe töten.« Dieser Plan war ihm gerade erst eingefallen, aber er fand, dass er gute Erfolgsaussichten hatte.

Tylin schniefte. »Er… es… kann dich nicht bekommen, Schweinchen.« Sie warf Tuon einen Blick zu, der die Hochlady ihren Plan mit der Schwesternschaft hätte vergessen lassen, wenn sie ihn gesehen hätte. »Und sie auch nicht.« Wenigstens war sie schlau genug, um zu flüstern.

»Wer ist sie?«, fragte er. Nun, einen Versuch war es wert gewesen.

»Die Hochlady Tuon und du weißt so viel wie ich«, erwiderte Tylin genauso leise. »Suroth springt, wenn sie die Stimme erhebt, und sie springt, wenn Anath spricht, obwohl ich fast schwören könnte, dass diese Anath eine Dienerin ist.« Plötzlich kratzte sie mit dem Finger einen Schlammfleck von seiner Wange. Er hatte gar nicht gewusst, dass er auch Dreck im Gesicht hatte. Auf einmal trat das Adlerweibchen wieder deutlich in ihre Augen. »Erinnerst du dich an die rosafarbenen Schleifen, Süßer? Wenn ich zurückkomme, werden wir ausprobieren, wie du in Rosa aussiehst.«

Sie rauschte mit Tuon und Suroth aus dem Raum, gefolgt von Anath und der *So'jhin* und den *Da'covale*, und ließ Mat mit der großmütterlichen Dienerin zurück, die anfing, den Weintisch aufzuräumen. Er ließ sich auf einen der Bambusstühle sinken und verbarg den Kopf in den Händen.

Zu jeder anderen Zeit hätten ihn die rosafarbenen Schleifen erschaudern lassen. Er hätte niemals versuchen sollen, ihr die Meinung zu sagen. Selbst der *Gholam* nahm nur einen kleinen Teil seiner Gedanken ein. Die Würfel waren verstummt und… Was? Er war drei Leuten von Angesicht zu Angesicht – oder zumindest so gut wie – begegnet, die er nie zuvor getroffen hatte, aber das konnte es nicht sein. Vielleicht hatte es etwas damit zu tun, dass Tylin zu einer Angehörigen des Blutes gemacht werden sollte. Aber wenn die Würfel zuvor innegehalten hatten, war immer ihm persönlich etwas zugestoßen.

Er saß da und machte sich deswegen Sorgen, während die Dienerin anderes Personal hereinrief, um alles wegzubringen. Mat saß da, bis Tylin zurückkehrte. Sie hatte das mit den rosafarbenen Schleifen nicht vergessen und das ließ wiederum ihn alles andere für eine ziemlich lange Zeit vergessen.

KAPITEL 9

Ein Angebot

Die Tage, nachdem der *Gholam* versucht hatte, ihn zu töten, nahmen einen Rhythmus an, der Mat fast in den Wahnsinn trieb.

In den Straßen sprach man von einem Mann, der nicht weit außerhalb der Stadt von einem Wolf getötet worden war, man hatte ihm die Kehle herausgerissen. Niemand war deswegen besorgt, sondern lediglich neugierig, man hatte schon jahrelang keine Wölfe mehr in der Nähe von Ebou Dar gesehen. Mat machte sich Sorgen. Die Stadtleute mochten ja glauben, dass sich ein Wolf so nahe an die Stadtmauern heranwagen würde, aber er wusste es besser. Der *Gholam* war nicht verschwunden. Harnan und die anderen Rotwaffen weigerten sich stur abzureisen; sie behaupteten, ihm den Rücken decken zu können, und Vanin weigerte sich, ohne überhaupt einen Grund anzugeben, es sei denn, man würde die gemurmelte Bemerkung, dass Mat ein gutes Auge für schnelle Pferde habe, als solchen verstehen. Allerdings hatte er ausgespuckt, nachdem er es gesagt hatte.

Riselle, deren olivfarbenes Gesicht hübsch genug war, um einen Mann schlucken zu lassen, und deren große feuchte Augen wissend genug waren, um seinen Mund auszutrocknen, erkundigte sich nach Olvers Alter. Als Mat ihr daraufhin antwortete, er sei fast zehn, wirkte sie überrascht und klopfte sich nachdenklich gegen die vollen Lippen, aber falls sie etwas an dem Unterricht des Jungen änderte, so kam er trotzdem jedes Mal zurück und ließ sich gleichermaßen aufgeregt über ihren Busen und die Bücher aus, die sie ihm vorlas. Mat war der festen Überzeugung, dass Olver sogar seine abendliche Partie *Schlangen und Füchse* für Riselle und die Bücher aufgegeben hätte. Und wenn der Junge aus den Gemächern stürmte, die einst Mat gehört hatten, schlüpfte oft Thom mit der Harfe unter dem Arm hinein. Das allein reichte schon aus, um Mat mit den Zähnen knirschen zu lassen, aber das war nicht einmal die Hälfte davon.

Thom und Beslan gingen häufig zusammen aus, ohne ihn zum Mitkommen einzuladen, und waren dann den halben Tag oder die halbe Nacht weg. Keiner von ihnen verlor noch ein weiteres Wort über ihre Pläne, obwohl Thom immerhin den Anstand hatte, verlegen auszusehen. Mat hoffte, dass sie keine Leute für nichts und wieder nichts in den Tod schickten, aber sie zeigten nur wenig Interesse an seiner Meinung. Beslan starrte ihn nur finster an, wenn er ihn sah. Juilin schlich sich weiterhin in die oberen Etagen und wurde von Suroth erwischt, was ihm eine Prügelstrafe einbrachte; sie banden ihn im Stall mit den Handgelenken an einen Querpfosten und züchtigten ihn mit Riemen. Mat sorgte dafür, dass Vanin seine Striemen behandelte – der Mann behauptete, die Behandlung von Menschen sei dieselbe wie bei Pferden –, und warnte ihn, dass es das nächste Mal schlimmer ausgehen konnte, aber der Narr trieb sich noch am selben Abend wieder in den oberen Stockwerken herum, obwohl ihn das Gewicht seines Hemdes auf dem Rücken schmerzvoll zusammenzucken ließ. Es konnte sich nur um eine Frau handeln, obgleich sich der Diebefänger beharrlich weigerte, etwas zu sagen. Mat vermutete, dass es sich um eine der seanchanischen Adligen handelte. Eine der Palastdienerinnen hätte ihn in seinem Gemach besuchen können, da Thom so oft weg war.

Natürlich nicht Suroth oder Tuon, aber sie waren nicht die einzigen Seanchaner im Palast, die dem hochrangigen Blut angehörten. Die meisten Adligen hatten in der Stadt Zimmer oder ganze Häuser gemietet, aber einige hatten Suroth als Gefolge begleitet, und das Mädchen hatte ebenfalls eine Hand voll mitgebracht. Trotz ihrer Frisuren und der Art und Weise, wie sie auf alle herabsahen, die keine rasierten Schläfen hatten, sah mehr als nur eine der Frauen nach einem netten Arm voll aus. Immer vorausgesetzt, dass sie den Männern mehr Beachtung schenkten als den Möbeln. Auch wenn es unwahrscheinlich erschien, dass eine jener hochmütigen Frauen einen Mann, der im Dienstbotenquartier schlief, auch nur eines zweiten Blickes würdigen würde, nun, das Licht wusste, dass Frauen einen seltsamen Geschmack hatten, was Männer anging. Ihm blieb keine Wahl, als Juilin in Ruhe zu lassen. Wer auch immer die Frau war, sie würde möglicherweise dafür sorgen, dass er doch noch den Kopf verlor, aber diese Art Fieber musste sich erst ausbrennen, bevor ein Mann wieder vernünftig denken konnte. Frauen taten dem Verstand eines Mannes seltsame Dinge an.

Die neu eintreffenden Schiffe spien tagelang einen schier endlosen Strom aus Menschen, Tieren und Fracht aus; wären sie alle geblieben, hätte er ausgereicht, um die mächtigen Stadtmauern von innen heraus zu sprengen, aber sie flossen mit ihren Familien und ihrem Handwerkszeug und Viehbestand durch die Stadt hinaus ins Landesinnere, dazu bereit, Wurzeln zu schlagen. Soldaten wurden ebenfalls durchgeschleust, Tausende von ihnen, wohlgeordnete Reihen aus Infanterie und Kavallerie mit dem Benehmen von Veteranen, die in mit hellen Farben lackierten Rüstungen nach Norden und nach Osten über den Fluss weitermarschierten. Mat gab es auf, sie zu zählen. Manchmal sah er auch seltsame Kreaturen, allerdings wurden die meisten von ihnen oberhalb der Stadt ausgeladen, um die Straßen zu meiden. *Torm*, dreiäugige, bronzegeschuppte Katzen in der Größe von Pferden, die richtige Pferde allein schon durch ihre Anwesenheit durchgehen ließen, und *Corlm*, die wie haarige, flügellose Vögel von Mannsgröße aussahen, deren lange Ohren ständig zuckten und deren gebogene Schnäbel sich nach frisch gerissenem Menschenfleisch zu verzehren schienen, und gewaltige *S'redit* mit ihren langen Nasen und noch längeren Stoßzähnen.

Raken und die größeren *To'raken* starteten von ihren Landeplätzen unterhalb des Rahad, gewaltige Echsen, die fledermausähnliche Flügel spreizten und Männer auf den Rücken transportierten. Die Namen waren mühelos aufzuschnappen; jeder seanchanische Soldat diskutierte begeistert über die Notwendigkeit, Späher auf *Raken* auszusenden oder über die Fähigkeiten der *Corlm* bei der Spurensuche, ob *S'redit* für mehr als den Transport schwerer Lasten zu gebrauchen und *Torm* zu intelligent waren, um vertrauenswürdig zu sein. Er erfuhr viele interessante Dinge von Männern, die das wollten, was alle Soldaten wollen, einen Schluck zu trinken und eine Frau und ein Spiel, nicht unbedingt in dieser Reihenfolge. Diese Soldaten waren tatsächlich Veteranen. Seanchan war ein Imperium, das größer als alle Nationen zwischen dem Aryth-Meer und dem Rückgrat der Welt zusammen war, und das alles unter einer Kaiserin vereint, aber mit einer Geschichte beinahe ständiger Revolten und Rebellionen, die die Soldaten in Übung hielten. Die Bauern würde man schwerer loswerden.

Natürlich rückten nicht alle Soldaten wieder ab. Eine starke Garnison blieb, nicht nur Seanchaner, sondern auch stahlverschleierte tarabonische Lanzenreiter und amadicianische Pikenträger, die ihre Brustpanzer bemalt hatten, damit sie seanchanischen Rüstungen ähnelten. Und neben Waffenmännern aus Tylins Haus auch Altaraner. Gemäß den Verlautbarungen der Seanchaner war Tylin genauso die Herrscherin über die Altaraner aus dem Landesinneren mit den roten Strichen kreuz und quer über den Brustpanzern wie über die Männer, die den Tarasin-Palast bewachten, was die Königin aber seltsamerweise nicht zu erfreuen schien. Die Leute aus dem Landesinneren waren darüber auch nicht besonders begeistert. Sie und die Männer in Mitsobars Grün und Weiß belauerten sich wie fremde Kater in einem kleinen Zimmer. Man tauschte überhaupt viele finstere Blicke aus, Taraboner und Amadicianer, Amadicianer und Altaraner und umgekehrt; seit langer Zeit gereifte, langjährige Animositäten brodelten an die Oberfläche, aber es ging nie weiter als drohend geschwungene Fäuste und ein paar Flüche.

Fünfhundert Mann der Totenwache waren von den Schiffen gekommen und aus einem bestimmten Grund in Ebou Dar geblieben. Die üblichen Verbrechen, mit denen man in jeder großen Stadt rechnen musste, hatten unter den Seanchanern einen dramatischen Rückgang erlebt, aber die Totenwächter patrouillierten die Straßen, als erwarteten sie, dass Beutelschneider, Schläger und vielleicht schwer bewaffnete Banden von Briganten aus den Bürgersteigen in die Höhe schnellten. Die Altaraner und Amadicianer und Taraboner hielten ihr Temperament unter Kontrolle. Nur ein Narr diskutierte mit der Totenwache, und das auch nur einmal. Und ein weiteres Kontingent der Wache hatte in der Stadt Quartier bezogen, ausgerechnet einhundert Ogier in Rot und Schwarz. Manchmal patrouillierten sie zusammen mit den anderen und manchmal wanderten sie mit den langschäftigen Äxten auf den Schultern einfach nur umher. Sie waren nicht wie Mats Freund Loial. Oh, sie hatten die gleichen breiten Nasen und die mit Haarbüscheln bewachsenen Ohren und langen Brauen, die neben Augen von der Größe von Teetassen herabhingen, aber die Gärtner sahen einen Mann an, als würden sie darüber nachdenken, ob er nicht an ein paar Gliedmaßen beschnitten werden musste. Keiner war so närrisch, auch nur einmal den Versuch zu unternehmen, mit den Gärtnern ins Gespräch zu kommen.

Seanchaner strömten aus Ebou Dar hinaus und Nachrichten hinein. Selbst wenn sie auf dem Dachboden schlafen mussten, produzierten sich die Kaufleute in den Schankräumen der Gasthäuser, rauchten ihre Pfeifen und erzählten die Dinge, die nur sie wussten. Solange es nicht ihre Profite beeinträchtigte. Die Leibwächter der Kaufleute interessierten sich nur wenig für Profite, von denen sie nichts abbekamen, und erzählten alles, und einiges davon entsprach sogar der Wahrheit. Matrosen erzählten ihre Geschichten allen, die ihnen einen Krug Ale bezahlten oder, noch besser, heißen gewürzten Wein, und wenn sie genug getrunken hatten, erzählten sie noch mehr, über Häfen, in denen sie angelegt hatten, und Geschehnisse, von denen sie Zeugen geworden waren, und später dann von den Träumen, die sie das letzte Mal gehabt hatten, nachdem sie ihren benebelten Kopf ausgelüftet hatten. Doch es war unverkennbar, dass es in der Welt außerhalb von Ebou Dar brodelte wie auf dem Meer der Stürme. Von überall kamen Geschichten über sengende und plündernde Aiel und marschierende Heere in Tear und Murandy, in Arad Doman und Andor, und in Amadicia, das noch immer nicht völlig unter seanchanischer Kontrolle stand, während es im Herzen von Altara Dutzende bewaffneter Gruppen gab, die zu klein waren, um als Heer bezeichnet zu werden. Keiner schien sich sicher zu sein, wer gegen wen kämpfen wollte – mal abgesehen von den Männern in Altara und Amadicia. Und es gab einigen Zweifel, was Altara betraf. Altaraner hatten die Gabe, sich Schwierigkeiten zunutze zu machen, um Steitigkeiten mit Nachbarn zu regeln.

Die Nachrichten, die die Stadt am meisten erschütterten, waren jene über Rand. Mat versuchte sein Bestes, nicht an ihn oder Perrin zu denken, aber es fiel schwer, diese seltsamen Farbwirbel in seinem Kopf zu vermeiden, wenn der Wiedergeborene Drache in aller Munde war. Der Wiedergeborene Drache war tot, behaupteten einige, ermordet von Aes Sedai, von der ganzen Weißen Burg, die sich in Cairhien auf ihn gestürzt hatte, oder war es in Illian geschehen oder in Tear? Nein, sie hatten ihn entführt und er wurde in der Weißen Burg gefangen gehalten. Nein, er war aus freiem Willen zur Weißen Burg gegangen und hatte dem Amyrlin-Sitz die Treue geschworen. Dem Letzteren wurde oft Glauben geschenkt, weil eine große Zahl von Männern behauptete, eine von Elaida höchstpersönlich unterzeichnete Proklamation gesehen zu haben, die genau das verkündete. Mat hatte da seine Zweifel, dass Rand tot sein oder zumindest die Lehnstreue geschworen haben sollte. Aus irgendeinem nicht näher zu bestimmenden Grund war er davon überzeugt, zu wissen, falls Rand den Tod fand, und was das andere anging, so konnte er sich nicht vorstellen, dass sich der Mann der Weißen Burg auch nur freiwillig auf hundert Meilen näherte. Wiedergeborener Drache oder nicht, er hatte mehr Verstand.

Diese Nachrichten – und zwar sie alle – brachten Unruhe unter die Seanchaner wie ein in einen Ameisenhaufen gestoßener Stock. Hochrangige Offiziere eilten zu jeder Tages- und Nachtzeit durch die Korridore des Tarasin-Palasts; sie hatten die seltsamen Helme unter die Arme geklemmt, ihre Stiefel knallten laut auf die Bodenfliesen, und ihre Gesichter waren ernst. Kuriere rasten aus Ebou Dar, auf Pferden und *To'raken*. *Sul'dam* und *Damane* fingen an, in den Straßen zu patrouillieren, statt nur an den Toren Wache zu stehen, und nahmen die Jagd auf Frauen, welche die Macht lenken konnten, wieder auf. Mat ging den Offizieren aus dem Weg und nickte den *Sul'dam* höflich zu, wenn er ihnen auf den Straßen begegnete. Wie auch immer Rands Situation aussah, in Ebou Dar konnte er nichts daran ändern. Zuerst musste er aus der Stadt hinaus.

Am Morgen nach dem Tag, an dem der *Gholam* ihn hatte töten wollen, verbrannte Mat jede einzelne der langen rosafarbenen Schleifen im Kamin, sobald Tylin ihre Gemächer verlassen hatte. Er verbrannte auch einen pinkfarbenen Mantel, den sie für ihn hatte anfertigen lassen, sowie zwei Paar rosafarbene Hosen und einen Umhang in derselben Farbe. Der Gestank brennender Wolle und Seide erfüllte die Räume, und er öffnete ein paar Fenster, um ihn hinauszulassen, aber eigentlich war es ihm egal. Er verspürte große Erleichterung, hellblaue Kniebundhosen und einen bestickten grünen Mantel und einen blauen Umhang mit wahrhaft überladener Verzierung zu tragen. Nicht einmal die ganze Spitze störte ihn. Wenigstens war sie nicht rosa. Er wollte nie wieder etwas mit dieser Farbe auch nur *sehen*!

Er stülpte sich den Hut auf den Kopf und hinkte aus dem Tarasin-Palast, fest entschlossen, das Loch zu finden, in dem er all das verstecken konnte, was er für eine Flucht benötigte, und wenn er jede Schenke, Seemannskneipe und jedes Gasthaus der Stadt zehnmal besuchen musste. Selbst im Rahad. Hundert Mal! Graue Möwen und schwarzflügelige Scherenschnäbel wirbelten durch einen bleiernen Himmel, der mehr Regen versprach; ein eiskalter Wind, der den Geruch von Salzwasser mit sich trug, peitschte über den Mol Hara und wirbelte Umhänge nach oben. Er stapfte auf die Pflastersteine, als wollte er jeden einzelnen spalten. Licht, wenn es sein musste, würde er Luca in dem begleiten, was er am Leib trug. Vielleicht würde Luca ihn seine Passage als Possenreißer abarbeiten lassen! Vermutlich würde der Mann sogar darauf bestehen. Aber wenigstens würde er so in der Nähe von Aludra und ihren Geheimnissen bleiben können.

Er ging den ganzen Platz entlang, bevor ihm bewusst wurde, dass ihn seine Schritte zu einem großen weißen Gebäude geführt hatten, das er gut kannte. Das Schild über der bogenförmigen Tür verkündete den Namen *Die Wanderin*. Ein großer Bursche in einer rotschwarzen Rüstung trat heraus, einen Helm unter dem Arm mit drei schmalen schwarzen Federn, und wartete darauf, dass man ihm sein Pferd brachte. Seine Schläfen waren grau und sein Gesicht gutmütig, aber er sah Mat nicht an, und Mat vermied es, in seine Richtung zu schauen. Ganz egal, wie angenehm der Mann oberflächlich auch erscheinen mochte, gehörte er dennoch zur Totenwache; darüber hinaus handelte es sich um einen Bannergeneral. Wegen der Nähe zum Palast war jedes Zimmer der *Wanderin* von hohen seanchanischen Offizieren belegt und aus diesem Grund war er seit seiner Genesung nicht mehr hier gewesen. Normale seanchanische Soldaten waren keine üblen Burschen, stets dazu bereit, die halbe Nacht bei einem Glücksspiel zu verbringen und eine Runde zu bezahlen, wenn sie an der Reihe waren, aber die hochrangigen Offiziere hätten genauso gut Adlige sein können. Andererseits, irgendwo musste er anfangen.

Der Schankraum war beinahe genau so, wie er ihn in Erinnerung hatte, mit einer hohen Decke und trotz der frühen Stunde von den Lampen an den Wänden hell erleuchtet. Die hohen Bogenfenster waren mit schweren Läden verschlossen, um die Wärme drinnen zu behalten, und in beiden großen Kaminen prasselten Feuer. Ein feiner Nebel aus Pfeifenrauch erfüllte die Luft und aus der Küche kam der Duft köstlicher Gerichte. Zwei Frauen mit Flöten und ein Bursche mit einer Trommel zwischen den Knien spielten eine schnelle, schrille Ebou Dari-Weise. Gar kein so großer Unterschied zu der Zeit, als er hier gewohnt hatte, was das anging. Aber alle Stühle waren nun mit Seanchanern besetzt; einige trugen Rüstungen und andere lange, bestickte Mäntel. Sie tranken, unterhielten sich und studierten auf Tischen ausgebreitete Karten. An einem Tisch schien eine Frau mit grauem Haar und der Flamme einer *Der'sul'dam* auf der Schulter Rapport zu erstatten und an einem anderen nahm eine dürre *Sul'dam* mit einer rundgesichtigen *Damane* zu ihren Füßen Befehle entgegen. Eine Anzahl Seanchaner hatten die Seiten des Schädels und den Hinterkopf so rasiert, dass es den Anschein hatte, als hätten sie eine Schüssel aufgesetzt, und das hinten übrig gebliebene Haar fiel in einem breiten Schweif nach unten, der bei den Männern bis zur Schulter und bei den Frauen oft bis zur Taille reichte. Das waren einfache Lords und Ladys, keine Hoch-irgendwas, aber das spielte letztlich keine Rolle. Ein Lord war ein Lord, und davon abgesehen hatten sogar die Männer und Frauen, die aufstanden, um bei den Schankmädchen Nachschub an Getränken zu bestellen, den glatt rasierten, geringschätzigen Gesichtsausdruck von Offizieren, was wiederum bedeutete, dass die Leute, für die sie Getränke bestellten, Ränge bekleideten, die hoch genug waren, um einem Mann Ärger zu bereiten. Einige von ihnen bemerkten ihn und runzelten die Stirn und er wäre beinahe wieder gegangen.

Dann sah er die Wirtin die geländerlose Treppe im rückwärtigen Teil des Raumes herunterkommen, eine imposante Frau mit haselnussbraunen Augen und großen goldenen Ohrringen, deren Haar mit grauen Strähnen durchsetzt war. Setalle Anan war keine Ebou Dari, vermutlich nicht mal Altaranerin, aber sie trug den Hochzeitsdolch, der mit dem Griff nach unten von einer silbernen Halskette in den tiefen, schmalen Ausschnitt ragte, und an ihrer Taille hing eine lange, gebogene Klinge. Sie wusste, dass er angeblich ein Lord war, aber Mat war sich nicht sicher, ob sie es noch immer glaubte oder ob es etwas nützen würde, wenn sie den ganzen Unsinn auch weiterhin schluckte. Auf jeden Fall erblickte sie ihn im gleichen Augenblick und lächelte, es war ein freundliches, einladendes Lächeln, das ihr Gesicht noch hübscher machte. Da blieb nichts anderes mehr zu tun, als zu ihr herüberzugehen, sie zu begrüßen und sich nach ihrer Gesundheit zu erkundigen, das Ganze aber nicht zu auffällig zu machen. Ihr muskulöser Mann war Kapitän eines Fischerboots mit mehr Duell-Narben, als Mat darüber nachdenken wollte. Sie erkundigte sich sofort nach Nynaeve und Elayne und wollte dann zu seiner Überraschung wissen, ob er etwas über die Kusinen gehört habe. Er hatte keine Ahnung gehabt, dass sie überhaupt von ihnen wusste.

»Sie haben Nynaeve und Elayne begleitet«, flüsterte er und hielt vorsichtig Ausschau um sicherzugehen, dass die Seanchaner ihnen keine Aufmerksamkeit schenkten. Er wollte nicht zu viel sagen, aber an einem Ort über die Kusinen zu sprechen, an dem Seanchaner zuhören konnten, verursachte ihm eine Gänsehaut. »Soweit ich weiß, sind sie alle in Sicherheit.«

»Gut. Es würde mir Leid tun, wäre auch nur eine von ihnen an den Kragen gelegt worden.« Das dumme Weib senkte nicht einmal die Stimme!

»Ja, das ist gut«, murmelte er und erklärte eilig seine Wünsche, bevor sie noch lauthals verkünden konnte, wie sehr sie sich darüber freute, dass Frauen, die die Macht lenken konnten, den Seanchanern entkommen waren. Er freute sich ebenfalls darüber, aber er freute sich nicht so sehr, dass er sich freiwillig in Ketten legen ließ.

Kopfschüttelnd setzte sie sich auf die Stufen und legte die Hände auf die Knie. Ihre dunkelgrünen Röcke, die auf der linken Seite nach oben genäht waren, entblößten rote Unterröcke. Wenn es darum ging, Farben zu wählen, schienen die Ebou Dari selbst Kesselflicker zu übertreffen. Das Gewirr seanchanischer Stimmen kämpfte gegen die schrille Musik an und sie saß da und sah ihn streng an. »Ihr kennt unsere Bräuche nicht, das ist das Problem«, sagte sie. »Liebchen sind in Altara eine alte und ehrwürdige Tradition«, erklärte sie. »Viele junge Männer oder Frauen haben einen letzten Flirt als Liebchen, werden verwöhnt und lassen sich mit Geschenken überhäufen, bevor sie sesshaft werden. Aber Ihr müsst wissen, dass ein Liebchen entscheidet, wann es geht. Tylin sollte Euch nicht so behandeln, wie sich die Leute erzählen. Aber ich muss sagen, sie kleidet Euch gut«, fügte sie nachdenklich hinzu. Sie machte eine kreisende Bewegung mit der Hand. »Hebt Euren Umhang an und dreht Euch um, damit ich Euch ansehen kann.«

Mat nahm einen tiefen, beruhigenden Atemzug. Und dann noch drei. Das Blut, das in sein Gesicht schoss, war die reine Wut. Kein Erröten. Mit Sicherheit nicht! Licht, wusste denn die ganze Stadt Bescheid? »Habt Ihr einen Raum für mich oder nicht?«, verlangte er mit erstickter Stimme zu wissen.

Wie sich herausstellte, hatte sie einen. Er konnte ein Regalbrett in ihrem Keller benutzen, der ihr zufolge das ganze Jahr über trocken blieb, und da war der kleine Hohlraum unter dem steinernen Küchenboden, wo er früher seine Truhe mit dem Gold verwahrt hatte.

Der Mietpreis bestand darin, seinen Umhang hochzuhalten und sich umzudrehen, damit sie besser sehen konnte. Sie grinste wie eine Katze! Einer der seanchanischen Frauen, einer Frau in roter und blauer Rüstung mit einem Gesicht wie ein Bussard, gefiel das Schauspiel so sehr, dass sie ihm eine fette Silbermünze mit einer seltsamen Prägung zuwarf. Einem abweisenden Frauengesicht auf der einen und einer Art schwerem Stuhl auf der anderen Seite.

Aber egal, er hatte seinen Ort, um Kleidung und Geld aufzubewahren, und als er wieder im Palast in Tylins Gemächern war, fand er heraus, dass er auch Kleidung hatte, die er dort unterbringen konnte.

»Ich fürchte, die Gewänder meines Lords sind in einem schrecklichen Zustand«, sagte Nerim bekümmert. Der dünne Cairhiener hätte ein Geschenk von Feuertropfen mit der gleichen Begeisterung angekündigt. Sein langes Gesicht war in ewiger Trauer. Allerdings behielt er die Tür im Auge für den Fall, dass Tylin zurückkehrte. »Alles ist ziemlich schmutzig und ich fürchte, der Schimmel hat einige der besten Mäntel meines Lords verdorben.«

»Sie waren alle in einem Wandschrank, zusammen mit Prinz Beslans Kinderspielzeug, mein Lord«, warf Lopin lachend ein und zupfte an den Aufschlägen eines dunklen Mantels von der Art, wie Juilin sie trug. Der langsam kahl werdende Mann war das genaue Gegenteil von Nerim, stämmig statt knochig, dunkel statt blass, und sein Kugelbauch hüpfte ständig vor Lachen. Nach Naleseans Tod hatte es so ausgesehen, als wollte er mit Nerim im Seufzen wetteifern, so wie sie um alles wetteiferten, aber die vergangenen Wochen hatten ihn wieder zu seinem alten Selbst gemacht. Zumindest so lange keiner seinen ehemaligen Herrn erwähnte. »Sie sind aber verstaubt, mein Lord. Ich bezweifle, dass jemand an dem Wandschrank war, seit der Prinz seine Spielzeugsoldaten weggeräumt hat.«

Mit dem Gefühl, dass er endlich eine Glückssträhne hatte, befahl Mat ihnen, seine Kleidung rüber in die *Wanderin* zu schaffen, immer nur ein paar Stücke auf einmal, und bei jedem Transport einen Beutel Gold mitzunehmen. Sein Speer mit dem schwarzen Schaft, der zusammen mit dem entspannten Bogen von den Zwei Flüssen in einer Ecke von Tylins Schlafgemach stand, würde bis zuletzt warten müssen. Die Waffen herauszubekommen würde vielleicht genauso schwierig werden wie selbst herauszuschaffen. Einen Bogen konnte er immer wieder neu herstellen, aber er würde auf keinen Fall den *Ashandarei* zurücklassen.

Ich habe für das verdammte Ding einen zu hohen Preis bezahlt, um ihn hierzulassen, dachte er und fuhr über die Narbe, die das Tuch um seinen Hals verbarg. Eine der ersten von viel zu vielen. Beim Licht, es wäre nett gewesen, sich vorstellen zu können, dass ihn mehr erwartete als weitere Narben und Schlachten. Und eine Frau, die er nicht wollte oder gar kannte. Da musste es doch mehr als das geben. Aber zuerst ging es darum, mit heiler Haut aus Ebou Dar herauszukommen. Das stand an oberster Stelle.

Lopin und Nerim verließen ihn unter ständigen Verbeugungen und mit dem Gegenwert zweier fetter Geldbeutel in der Kleidung verborgen, um keine verräterischen Ausbuchtungen hervorzurufen, aber sie waren kaum weg, als Tylin erschien und wissen wollte, warum seine Leibdiener durch die Korridore stürmten, als wollten sie ein Wettrennen veranstalten. Wäre er lebensmüde gewesen, hätte er ihr sagen können, dass das Wettrennen entscheiden sollte, wer das Gasthaus als Erster mit seinem Gold erreichen würde, oder vielleicht auch nur, wer als Erster anfangen würde, seine Kleidung zu reinigen. Stattdessen beschäftigte er sich damit, sie abzulenken, und bald verjagte das auch alle anderen Gedanken aus seinem Kopf, mal abgesehen von dem Eindruck, dass sein Glück endlich auch für etwas anderes als Glücksspiele gut war. Um das Maß voll zu machen, hätte Aludra ihm vor seinem Aufbruch nur noch das geben müssen, was er wollte. Tylin steigerte sich regelrecht in das hinein, was sie gerade tat, und eine Zeit lang vergaß er Feuerwerk und Aludra und die Flucht. Eine Zeit lang.

Nach einigem Suchen fand er in der Stadt schließlich einen Glockengießer. In Ebou Dar gab es einige Gongmacher, aber nur einen Glockengießer, der eine Gießerei außerhalb der Westmauer hatte. Der Glockenmacher, ein kadaverhafter, ungeduldiger Kerl, schwitzte in der Hitze seines gewaltigen Schmelzofens. Der lange Raum, aus dem die Gießerei bestand, hätte durchaus eine Folterkammer sein können. Ketten baumelten von den Dachbalken, aus dem Schmelzofen schossen unvermutet Flammen hervor, die flackernde Schatten an die Wände warfen und Mat halb blind machten. Und sobald er das Bild des lodernden Feuers fortblinzelte, ließ ihn die nächste Eruption die Augen zusammenkneifen. Schweißgebadete Arbeiter gossen flüssige Bronze aus dem Kessel des Schmelzofens in eine rechteckige Form von der halben Größe eines Mannes, die auf Rädern in Position gebracht wurde. Überall standen andere große Gussformen zwischen einer Vielzahl kleinerer Gussformen herum.

»Mein Lord belieben zu scherzen.« Meister Sutoma rang sich ein Kichern ab, aber er sah nicht amüsiert aus mit seinem feuchten schwarzen Haar, das in seinem Gesicht klebte. Sein Kichern klang so hohl, wie seine Wangen aussahen, und er bedachte seine Arbeiter mit misstrauischen Blicken, als befürchtete er, sie würden sich hinlegen und schlafen, wenn er sie nicht streng im Auge behielt. In dieser Hitze hätte nicht einmal ein

Toter schlafen können. Mats Hemd klebte feucht auf seiner Haut und er fing an, seinen Mantel an einigen Stellen durchzuschwitzen. »Ich weiß nichts über Illuminatoren, mein Lord, und ich will auch nichts davon wissen. Feuerwerk, überflüssiger Unsinn. Nicht wie Glocken. Wenn mich mein Lord jetzt entschuldigen würde? Ich bin sehr beschäftigt. Die Hochlady Suroth hat dreizehn Glocken für einen Siegessatz bestellt, die größten Glocken, die je gegossen wurden. Und Calwyn Sutoma wird sie gießen!« Dass es sich um den Sieg über seine Heimatstadt handelte, schien Sutoma dabei nicht im Mindesten zu stören. Seine letzten Worte ließen ihn grinsen und die Hände reiben.

Mat versuchte, Aludra umzustimmen, aber die Frau hätte genauso gut ebenfalls aus Bronze gegossen sein können. Nun ja, sie fühlte sich beträchtlich weicher als Bronze an, als sie ihm endlich erlaubte, einen Arm um sie zu legen, aber die Küsse, die sie erbeben ließen, brachten ihre Entschlossenheit nicht ins Wanken.

»Also, soweit es mich angeht, ich halte nichts davon, einem Mann mehr zu sagen, als er wissen muss«, sagte sie atemlos neben ihm auf der gepolsterten Bank in ihrem Wagen. Mehr als Küsse ließ sie nicht zu, aber darin war sie dann doch sehr enthusiastisch. Die dünnen, mit Perlen versehenen Zöpfe, die sie wieder trug, waren alle durcheinander. »Männer klatschen, nicht wahr? Bla, bla, bla, und du weißt auch nicht, was du als Nächstes sagst. Und vielleicht habe ich dir ja dieses Rätsel nur gestellt, damit du zurückkommst, hm?« Und sie machte sich daran, ihr Haar noch weiter in Unordnung zu bringen, und seines gleich mit.

Nachdem er ihr vom Schicksal des Gildehauses in Tanchico erzählt hatte, stellte sie keine Nachtblumen mehr her. Er stattete Meister Sutoma noch zwei Besuche ab, aber beim zweiten ließ der Glockengießer vor ihm die Tür verrammeln. Er goss die größten Glocken, die er je hergestellt hatte, und er würde nicht zulassen, dass ein dämlicher Ausländer mit dämlichen Fragen ihm dabei in die Quere kam.

Tylin fing an, die ersten beiden Fingernägel einer jeden Hand Grün zu lackieren, allerdings verzichtete sie darauf, sich die Seiten des Kopfes zu rasieren. Irgendwann würde sie auch das tun, vertraute sie ihm an und strich ihr wogendes Haar mit beiden Händen zurück, um sich im Spiegel an der Wand ihres Schlafgemachs zu betrachten. Aber zuerst wollte sie sich mit der Vorstellung anfreunden. Sie passte sich an die Seanchaner an und er konnte ihr das nicht zum Vorwurf machen, ganz egal, wie viele finstere Blicke Beslan seiner Mutter zuwarf.

Es war unmöglich, dass sie wegen Aludra einen Verdacht haben konnte, aber am Tag nachdem er die Illuminatorin geküsst hatte, verschwanden die großmütterlichen Dienerinnen aus ihren Gemächern und wurden durch weißhaarige, dem Greisenalter nahe Frauen ersetzt. Tylin rammte nachts ihren Gürteldolch mit der gebogenen Klinge in einen ihrer Bettpfosten, wo sie ihn griffbereit hatte, und dachte in seiner Hörweite laut darüber nach, wie er wohl in dem durchsichtigen Gewand eines *Da'covale* aussehen würde. Grinsende Dienerinnen sagten ihm lediglich, Tylin hätte den Dolch in den Bettpfosten gerammt, wenn sie ihm mitteilen sollten, dass die Königin seine Anwesenheit in ihren Gemächern wünschte, und bald ging er jeder Frau in einer Livree, die ihm mit einem Lächeln auf dem Gesicht entgegenkam, aus dem Weg. Es konnte keine Rede davon sein, dass er es verabscheute, von Tylin ins Bett gezogen zu werden; einmal davon abgesehen, dass sie eine Königin und damit genauso arrogant wie jede andere Adlige war. Und der Tatsache, dass sie ihn sich wie eine Maus fühlen ließ, die von einer Katze zum Schoßtier auserkoren worden war. Aber es gab nur eine gewisse Anzahl von Stunden mit Tageslicht, allerdings mehr, als er es im Winter von zu Hause gewöhnt war, und eine Zeit lang musste er sich fragen, ob sie alle davon ausnutzen wollte.

Glücklicherweise fing Tylin an, immer mehr Zeit mit Suroth und Tuon zu verbringen. Ihre Annäherung schien in Freundschaft geendet zu haben, zumindest, soweit es Tuon betraf. Niemand konnte mit Suroth befreundet sein. Tylin schien das Mädchen adoptiert zu haben oder das Mädchen hatte sie adoptiert. Tylin erzählte ihm nur wenig über das, worüber sie sich unterhielten, blieb stets nur ganz allgemein und manchmal nicht mal das, aber sie zogen sich stundenlang ganz allein zurück und spazierten in leise Unterhaltungen vertieft oder manchmal sogar lachend durch die Palastkorridore. Oft gingen Anath oder Selucia, Tuons blonde *So'jhin*, hinter ihnen her, und gelegentlich auch zwei finster dreinblickende Männer der Totenwache.

Er konnte sich die Beziehung zwischen Suroth, Tuon und Anath noch immer nicht erklären. In der Öffentlichkeit benahmen sich Suroth und Tuon wie Gleichgestellte, sprachen sich gegenseitig mit Namen an und lachten über die Späße der anderen. Tuon gab Suroth niemals einen Befehl, zumindest nicht in seiner Gegenwart, aber Suroth schien Tuons Vorschläge als Befehle aufzufassen. Anath hingegen setzte Tuon gnadenlos mit scharfer Kritik zu und nannte sie eine Närrin oder schlimmeres.

»Das ist die schlimmste Art der Dummheit, Mädchen«, hörte er sie eines Mittags in einem der Korridore sagen. Tylin hatte auf ihr plumpes Herbeizitieren verzichtet – bis jetzt – und er versuchte, sich aus dem Palast zu schleichen, bevor sie sich dazu entschied. Vorsichtig schob er sich an den Wänden entlang und spähte um jede Ecke. Er hatte geplant, Sutoma und danach Aludra einen Besuch abzustatten. Die drei Seanchanerinnen – vier, wenn man Selucia mitzählte, aber er glaubte nicht, dass sie es auf diese Weise gesehen hätten – standen direkt hinter der nächsten Abzweigung in einer Gruppe zusammen. Während er nach Dienerinnen mit einem breiten Lächeln im Gesicht Ausschau hielt, wartete er ungeduldig darauf, dass sie endlich weitergingen. Worüber sie sich auch immer unterhielten, sie würden es nicht zu schätzen wissen, wenn er dabei in sie hineinplatzte. »Die nähere Bekanntschaft mit dem Riemen wird Euch auf den richtigen Weg zurückbringen und Euren Kopf von diesem Unsinn befreien«, fuhr die hoch gewachsene Frau mit eiskalter Stimme fort. »Bittet darum und hört auf damit.«

Mat steckte sich den Finger ins Ohr und schüttelte den Kopf. Er musste sich verhört haben. Selucia, die ruhig und mit vor der Taille gefalteten Händen dastand, verzog jedenfalls keine Miene.

Suroth stieß jedoch ein Keuchen aus. »Dafür werdet Ihr sie bestrafen!«, verlangte sie wütend und starrte förmlich Löcher in Anath hinein. Oder versuchte es zumindest. Nach der Beachtung zu urteilen, die die große Frau ihr schenkte, hätte sie genauso gut ein Möbelstück sein können.

»Ihr versteht nicht, Suroth.« Tuons Seufzer versetzte den Schleier, der ihr Gesicht bedeckte, in Bewegung. Bedeckte, aber nicht verbarg. Sie sah… resigniert aus. Es hatte Mat zutiefst verblüfft, als er erfahren hatte, dass sie nur wenige Jahre jünger als er war. Er hätte mehr als zehn geschätzt. Nun, auf jeden Fall sechs oder sieben. »Die Omen sagen etwas anderes, Anath«, fuhr das Mädchen ruhig und nicht im Mindesten wütend fort. Sie gab lediglich eine Tatsache wieder. »Seid versichert, ich werde es Euch wissen lassen, wenn sie sich verändern.«

Jemand tippte ihm auf die Schulter; er wandte den

Kopf und blickte in das Gesicht einer Dienerin, die ihn breit angrinste. Nun, eigentlich war er gar nicht so versessen auf seinen Ausflug gewesen.

Tuon bereitete ihm Kopfzerbrechen. Oh, wenn sie einander in den Korridoren begegneten, machte er stets seinen besten Kratzfuß und sie ignorierte ihn dafür so ausführlich, wie Suroth oder Anath es taten, aber er hatte den Eindruck gewonnen, als würden sie sich etwas zu oft in den Korridoren über den Weg laufen.

Eines Nachmittags betrat er Tylins Gemächer, nachdem er herausgefunden hatte, dass die Königin mit Suroth in irgendeiner Besprechung war, und im Schlafgemach überraschte er Tuon dabei, wie sie seinen *Ashandarei* untersuchte. Der Anblick, wie sie die in den schwarzen Schaft eingravierten Worte der Alten Sprache befingerte, ließ ihn erstarren. An jedem Ende der Worte war ein aus einem dunkleren Metall gefertigter Rabe eingelassen, zwei weitere waren auf der leicht gekrümmten Klinge eingraviert. Für die Seanchaner waren Raben ein kaiserliches Siegel. Mit angehaltenem Atem versuchte er sich rückwärts zu bewegen, ohne einen Laut zu verursachen.

Das verschleierte Gesicht fuhr zu ihm herum. Eigentlich war es ein hübsches Gesicht, es hätte sogar wunderschön sein können, wenn sie je aufgehört hätte auszusehen, als würde sie gleich ein Stück Holz abbeißen. Er fand nicht länger, dass sie wie ein Junge aussah – diese engen breiten Gürtel, die sie stets trug, sorgten dafür, dass man sah, welche Kurven es hier gab –, aber sie hätte genauso gut einer sein können. Es kam nur selten vor, dass er einer erwachsenen Frau begegnete, die jünger als seine Großmutter war, und sich nicht zumindest beiläufig fragte, wie es wohl wäre, mit ihr zu tanzen, sie vielleicht sogar zu küssen. Das passierte ihm sogar bei diesen hochnäsigen Vertreterinnen des seanchanischen Blutes, aber bei Tuon hatte er noch nicht einmal annähernd an so etwas gedacht. Eine Frau musste etwas haben, um das man seinen Arm legen konnte, warum sich sonst überhaupt die Mühe machen?

»Ich kann mir nicht vorstellen, dass Tylin so etwas besitzt«, sagte sie kühl und stellte den Speer mit der langen Klinge wieder neben seinen Bogen. »Also muss er Euch gehören. Was ist das? Wie kommt Ihr in seinen Besitz?« Dieses kalte Fordern von Informationen ließ ihn die Zähne zusammenbeißen. Das verdammte Weib hätte genauso gut einem Diener Befehle erteilen können. Licht, soweit er wusste, kannte sie nicht einmal seinen Namen! Tylin hatte erzählt, dass sie ihn seit ihrem Kaufangebot nie wieder erwähnt hatte.

»Man nennt es einen Speer, meine Lady«, sagte er und widerstand dem Drang, sich gegen den Türrahmen zu lehnen und die Daumen in den Gürtel zu stecken. Schließlich gehörte sie dem seanchanischen Blut an. »Ich habe ihn gekauft.«

»Ich werde Euch das Zehnfache des Preises geben, den Ihr bezahlt habt«, sagte sie. »Nennt ihn.«

Beinahe hätte er gelacht. Er wollte es, und bestimmt nicht vor Vergnügen, so viel stand fest. Kein *Würdet Ihr ihn vielleicht verkaufen*, bloß ein *Ich will ihn kaufen und das werde ich dafür bezahlen.* »Der Preis bestand nicht aus Gold, meine Lady.« Unwillkürlich griff er nach dem schwarzen Halstuch, um sich zu vergewissern, dass es die gezackte Narbe an seinem Hals verbarg. »Nur ein Narr würde ihn einmal bezahlen, geschweige denn zehnmal.«

Sie musterte ihn einen Augenblick lang, und ihr Gesichtsausdruck blieb unleserlich, egal wie durchsichtig der Schleier auch war. Und dann hätte er sich genauso gut auch in Luft aufgelöst haben können. Sie schoss an ihm vorbei, als wäre er nicht länger da, und rauschte aus den Gemächern.

Das war nicht das einzige Mal, dass er sie allein antraf. Natürlich folgten ihr nicht bei jeder Gelegenheit Anath oder Selucia oder Wächter, aber er hatte den Eindruck, dass es ihm viel zu oft passierte, dass er sich entschied, wegen irgendetwas umzukehren und ihr plötzlich allein begegnete und sie ertappte, wie sie ihn musterte, oder er verließ unvermutet einen Raum und stieß vor der Tür auf sie. Mehr als nur einmal schaute er beim Verlassen des Palasts über die Schulter und sah ihr verschleiertes Gesicht aus einem Fenster blicken. Gut, es hatte nichts von einem Starren an sich. Sie sah ihn an und rauschte davon, als hätte er zu existieren aufgehört, spähte aus einem Fenster und wandte sich sofort ab, sobald er sie bemerkte. Er war wie ein Kandelaber in einem Korridor, ein Pflasterstein im Mol Hara. Aber es fing an, ihn nervös zu machen. Schließlich hatte die Frau angeboten, ihn zu *kaufen*. So etwas konnte einen Mann schon nervös machen.

Doch selbst Tuon konnte das immer stärker werdende Gefühl nicht verhindern, dass die Dinge endlich in die richtigen Bahnen gelenkt wurden. Der *Gholam* kehrte nicht zurück, und Mat kam zu dem Schluss, dass er sich vielleicht einer leichteren ›Ernte‹ zugewandt hatte. Auf jeden Fall mied er dunkle und einsame Orte, wo das Ungeheuer eine Chance hatte, ihn zu erwischen. Sein Medaillon war eine schöne Sache, aber eine ordentliche Menschenmenge war besser. Bei seinem letzten Besuch bei Aludra hatte sie beinahe etwas verraten – davon war er überzeugt –, bevor sie die Beherrschung wiederfand und ihn hastig hinauswarf. Es gab nichts, das einem eine Frau nicht sagen würde, wenn man sie lange genug küsste. Er hielt sich von der *Wanderin* fern, um Tylins Verdacht nicht zu erregen, aber Nerim und Lopin brachten heimlich seine eigenen Kleidungsstücke in den Keller des Gasthauses. Stück für Stück wanderte der Inhalt der mit Eisenbändern beschlagenen Kiste unter Tylins Bett über den Mol Hara in den verborgenen Hohlraum unter der Gasthausküche.

Jedoch fing der Hohlraum unter dem Küchenboden an, ihm Sorgen zu machen. Er war gut genug gewesen, um die Truhe zu verbergen. Ein Mann konnte sein Stemmeisen zerbrechen bei dem Versuch, dort hineinzugelangen. Aber er hatte in dem Gasthaus gewohnt. Jetzt würde man das Gold einfach in das Loch kippen, nachdem Setalle die Küche geräumt hatte. Was war, wenn jemand anfing Fragen zu stellen, warum sie alle hinausjagte, wenn Lopin und Nerim kamen? Jeder konnte die Bodenfliese hochheben, wenn man wusste, wo man suchen musste. Es drängte ihn, sich zu vergewissern. Später, viel später, sollte er sich fragen, warum ihn die verdammten Würfel nicht gewarnt hatten.

KAPITEL 10

Drei Frauen

Der Wind kam aus dem Norden und die Sonne stand noch nicht ganz über dem Horizont, was den Einheimischen zufolge immer Regen bedeutete. Der wolkenverhangene Himmel sah in der Tat bedrohlich aus, als Mat über den Mol Hara ging. Die Gäste im Schankraum der *Wanderin* hatten gewechselt, diesmal waren keine *Sul'dam* oder *Damane* anwesend, aber das Haus war trotzdem voller Seanchaner und Pfeifenrauch, obwohl die Musiker noch nicht aufgetaucht waren. Die meisten der Anwesenden frühstückten, manche betrachteten die Schüsseln argwöhnisch, als wären sie sich nicht sicher, was sie da eigentlich essen sollten – er hatte sich selbst so gefühlt, als man ihm den seltsamen weißen Haferbrei vorgesetzt hatte, den die Ebou Dari gern zum Frühstück aßen –, aber nicht jeder konzentrierte sich auf sein Essen. Drei Männer und eine Frau in jenen langen bestickten Gewändern, deren Köpfe alle in der Mode des niederen Adels rasiert waren, saßen an einem Tisch und spielten Karten und rauchten ihre Pfeife. Die Goldmünzen auf dem Tisch erregten einen Augenblick lang Mats Aufmerksamkeit; sie spielten um hohe Einsätze. Der größte Münzenstapel befand sich vor einem zierlichen dunkelhaarigen Mann, dessen Hautfarbe so dunkel wie Anaths war und der seine Gegner um den sehr langen Stiel einer silberbeschlagenen Pfeife herum wölfisch angrinste. Mat hatte aber sein eigenes Gold und sein Glück beim Kartenspiel war nie so gut gewesen wie beim Würfeln.

Frau Anan war wegen einer Besorgung schon vor Tagesanbruch ausgegangen, wie ihm ihre Tochter Marah erzählte, der sie die Leitung überlassen hatte. Sie war eine auf hübsche Weise mollige Frau mit schönen großen Augen, die die gleiche haselnussbraune Färbung aufwiesen wie die ihrer Mutter, und sie trug ihre Röcke auf der linken Seite bis zur Mitte des Oberschenkels hochgenäht, was Frau Anan während seines Aufenthalts in dem Gasthaus jedenfalls nicht erlaubt hätte. Marah war nicht besonders erfreut, als sie ihn zu sehen bekam; sie legte die Stirn in Falten, sobald sie ihn näher kommen sah. Als er hier gewohnt hatte, waren zwei Männer von seiner Hand gestorben; Diebe, die versucht hatten, ihm den Schädel einzuschlagen. Darüber hatte es nicht den geringsten Zweifel gegeben, aber solche Dinge passierten in der *Wanderin* einfach nicht. Sie hatte ihm bei seinem Auszug deutlich zu verstehen gegeben, dass sie froh war, ihn gehen zu sehen.

Und Marah interessierte sich nicht besonders dafür, was er jetzt hier wollte, und er konnte es auch nicht richtig erklären. Allein Frau Anan wusste, was in der Küche verborgen war – das hoffte er zumindest inbrünstig –, und er würde dies bestimmt nicht im Schankraum herausposaunen. Also erfand er die Geschichte, dass er die gute Küche vermisse, außerdem betrachtete er den eindeutig zurechtgenähten Rock und deutete an, dass er es noch mehr vermisst habe, sie sehen zu können. Er konnte nicht begreifen, warum die Entblößung eines Stücks Unterrocks in Ebou Dar als skandalös galt, wo doch jede Frau ihren halben Busen allen Blicken preisgab, aber falls sich Marah abenteuerlustig fühlte, konnten ein paar Schmeicheleien ihm vielleicht den Weg ebnen. Er schenkte ihr sein schönstes Lächeln.

Marah hörte ihm nur mit geringer Aufmerksamkeit zu und hielt eine vorbeigehende Dienstmagd fest, eine wahre Katze von einer Frau mit rauchigen Augen, die er gut kannte. »Lufthauptmann Yulans Becher ist fast leer, Caira«, sagte Marah ärgerlich. »Du solltest doch dafür sorgen, dass er voll bleibt! Wenn du deine Arbeit nicht tun kannst, Mädchen, es gibt in Ebou Dar genug, die das schaffen!« Caira, die ein paar Jahre älter als Marah war, machte einen spöttischen Hofknicks. Und warf Mat einen finsteren Blick zu. Bevor Caira sich wieder erheben konnte, schnappte sich Marah einen Jungen, der gerade mit einem mühsam balancierten Tablett voller schmutzigem Geschirr vorbeieilte. »Hör auf herumzutrödeln, Ross!«, fauchte sie. »Es wartet genug Arbeit! Erledige sie, oder ich schicke dich in die Ställe, und da wird es dir nicht gefallen, das kann ich dir sagen!«

Marahs jüngster Bruder sah sie böse an. »Ich kann den Frühling kaum erwarten, wenn ich wieder auf den Booten arbeiten kann«, murmelte er mürrisch. »Du bist unausstehlich, seit Frielle geheiratet hat, nur weil sie jünger als du ist und dich noch keiner gefragt hat.«

Sie schlug nach seinem Kopf, aber er wich ihr mühelos aus, obwohl die aufeinander gestapelten Becher und Teller klirrten und beinahe umgefallen wären. »Warum steckst du deine Unterröcke nicht an den Fischerdocks hoch?«, rief er und schoss davon, bevor sie noch einmal nach ihm schlagen konnte.

Mat seufzte, als sie ihm endlich ihre volle Aufmerksamkeit widmete. Unterröcke hochzustecken war ihm neu, aber Marahs Gesichtsausdruck verriet ihm genug. Eigentlich hätte kochend heißer Dampf aus ihren Ohren schießen müssen. »Wenn Ihr essen wollt, müsst Ihr später noch mal wiederkommen. Wenn Ihr wollt, könnt Ihr auch warten. Ich weiß nicht, wie lange es dauern wird, bis man Euch bedienen kann.«

Ihr Lächeln war hämisch. Niemand würde freiwillig in diesem Schankraum warten. Jeder Sitz war von einem Seanchaner belegt, noch mehr standen herum, genug, dass die Mägde gezwungen waren, sich vorsichtig einen Weg zu bahnen und die Tabletts mit dem Essen und Getränken dabei hochzuhalten. Caira füllte den Becher des kleinen dunklen Mannes nach und schenkte ihm eines jener heißen Lächeln, die sie früher für Mat reserviert hatte. Er wusste nicht, warum sie wütend auf ihn war, aber er hatte im Augenblick genug Frauen in seinem Leben, um die er sich kümmern musste. Was war überhaupt ein Lufthauptmann? Er würde es herausfinden müssen. Später.

»Ich warte in der Küche«, sagte er Marah. »Ich will Enid sagen, wie sehr mir ihr Essen geschmeckt hat.«

Sie fing an zu protestieren, aber eine Seanchanerin hob ihre Stimme und verlangte Wein. Mit einer blauen und grünen Rüstung bekleidet und einem grimmigen Blick und einem Helm mit zwei Federn versehen, wollte sie ihren Becher sofort. Alle Mägde schienen beschäftigt zu sein, also warf Marah ihm einen letzten bösen Blick zu und eilte los, wobei sie versuchte, ein freundliches Lächeln aufzusetzen. Was ihr nicht besonders gut gelang. Mat pflanzte seinen Stab auf den Boden und verbeugte sich hinter ihrem Rücken.

Die guten Düfte, die sich in dem Schankraum mit süßem Pfeifenrauch vermengten, durchdrangen die Küche – bratender Fisch, backendes Brot, brutzelndes Fleisch auf den Spießen. Die Eisenherde und Backöfen und das Feuer in dem langen Ziegelkamin hatten den Raum erhitzt und die sechs schwitzenden Frauen und drei Kesseljungen flitzten unter der Aufsicht der Köchin umher. Enid trug die schneeweiße Schürze, als wäre sie der Wappenrock ihres Amtes, und sie beherrschte ihr Königreich mit dem langstieligen Löffel, den sie schwang; sie war die dickste Frau, die Mat je gesehen hatte. Er glaubte nicht, dass er es geschafft hätte, sie mit beiden Armen zu umfassen, wenn er gewollt hätte. Sie erkannte ihn sofort und ein durchtriebenes Grinsen teilte ihr breites, olivfarbenes Gesicht.

»Also habt Ihr herausgefunden, dass ich Recht hatte«, sagte sie und zeigte mit dem Löffel auf ihn. »Ihr habt die falsche Melone gedrückt, und es stellte sich heraus, dass die Melone ein getarnter Drachenfisch und Ihr bloß ein dickes Schwein wart.« Sie warf den Kopf in den Nacken und quietschte vor Lachen.

Mat zwang sich ein Grinsen ab. Blut und verfluchte Asche noch mal! Es wusste tatsächlich jeder! *Ich muss aus dieser verdammten Stadt raus*, dachte er grimmig, *oder ich muss mir für den Rest meines Lebens anhören, wie sie über mich lachen!*

Plötzlich erschienen seine Sorgen wegen des Goldes lächerlich. Die grauen Bodenfliesen vor den Herden erschienen völlig in Ordnung und unterschieden sich durch nichts von den anderen in der Küche. Man musste den richtigen Trick kennen, um sie anzuheben. Lopin und Nerim hätten ihm gesagt, wenn auch nur eine Münze zwischen ihren Besuchen verschwunden wäre. Falls jemand in ihrem Gasthaus zu stehlen versucht hätte, hätte Frau Anan den Schuldigen gejagt und ihm die Haut abgezogen. Er konnte sich genauso gut auf den Weg machen. Vielleicht würde Aludras Willenskraft zu dieser Stunde weniger standhaft sein. Vielleicht würde sie ihm ein Frühstück zubereiten. Er hatte sich aus dem Palast gestohlen, ohne vorher zu frühstücken.

Um keine Neugier wegen seines Besuchs zu erwecken, erzählte er Enid, wie sehr er ihren Bratfisch genossen hatte, um wie vieles er doch besser war als der, den man im Tarasin-Palast servierte, und dabei musste er nicht einmal übertreiben. Enid war ein wahres Wunder. Die Frau strahlte förmlich und zu seiner

Überraschung holte sie einen Fisch aus einem Ofen und reichte ihm diesen auf einem Teller. Jemand im Schankraum würde warten können, sagte sie und stellte den Teller ans Ende des langen Arbeitstisches der Küche. Eine Bewegung ihres Löffels veranlasste einen Kesseljungen, einen Hocker zu bringen.

Als Mat den mit goldener Kruste versehenen Plattfisch ansah, lief ihm das Wasser im Mund zusammen. Aludra würde vermutlich jetzt genauso wenig schwach sein wie zu jeder anderen Zeit. Und wenn sie sich über die frühe Störung ärgerte, würde sie ihm vielleicht kein Frühstück machen. Sein Magen knurrte laut. Er hängte den Umhang auf einen Haken neben der Tür zum Stall, stellte seinen Wanderstab darunter, verstaute den Hut unter dem Hocker und strich die Spitze zurück, um sie vom Teller fern zu halten.

Als Frau Anan durch die Tür zum Stall kam, den Umhang abnahm und Regentropfen auf den Boden schüttelte, war nichts mehr übrig außer einem scharfen Geschmack auf seiner Zunge und weißen Gräten auf dem Teller. Seit er nach Ebou Dar gekommen war, hatte er gelernt, eine Reihe seltsamer Dinge zu genießen, aber die Augen ließ er liegen. Sie befanden sich beide auf derselben Seite des Fischkopfs!

Noch während er sich den Mund mit der Leinenserviette abtupfte, schlüpfte hinter Frau Anan eine weitere Frau in den Raum. Sie schloss schnell die Tür hinter sich und ließ den feuchten Umhang an und die Kapuze hochgeschlagen. Im Aufstehen konnte er einen Blick auf das von der Kapuze verborgene Gesicht erhaschen und stieß beinahe den Hocker um. Allerdings überspielte er das ganz gut, wie er fand, da er vor den Frauen einen Kratzfuß machte, aber in seinem Kopf drehte sich alles.

»Es ist schön, dass Ihr da seid«, sagte Frau Anan energisch und gab ihren Umhang einem Kesseljungen.

»Sonst hätte ich nach Euch geschickt. Enid, bitte räum die Küche und pass an der Tür auf. Ich muss mit dem jungen Lord allein sprechen.«

Die Küchenchefin scheuchte die Köche und Kesseljungen raus auf den Stallhof, und trotz der gemurmelten Proteste wegen des Regens und des Stöhnens über das anbrennende Essen war es augenscheinlich, dass sie genauso daran gewöhnt waren wie Enid. Sie warf Frau Anan und ihrer Begleiterin nicht mal einen Blick zu, bevor sie durch die Tür in den Schankraum eilte und dabei den langen Löffel wie ein Schwert hielt.

»Welch eine Überraschung«, sagte Joline Maza und schlug die Kapuze zurück. Ihr dunkles Wollgewand mit dem tiefen Ausschnitt nach der örtlichen Mode saß schlecht und sah abgetragen und mitgenommen aus. Aber ihr selbst war davon nichts anzumerken; sie wirkte, als hätte sie nicht eine Sorge auf der ganzen Welt. »Als Frau Anan mir erzählte, sie würde einen Mann kennen, der mich möglicherweise mitnimmt, wenn er Ebou Dar verlässt, hätte ich nie gedacht, dass sie Euch damit meint.« Hübsch und mit braunen Augen versehen war ihr Lächeln fast so warm wie das von Caira. Und ihr altersloses Gesicht schrie förmlich Aes Sedai. Während auf der anderen Seite einer Tür, die von einer Köchin mit ihrem Löffel verteidigt wurde, Dutzende Seanchaner lauerten.

Joline zog den Umhang aus und hängte ihn an einen der Haken und Frau Anan gab einen gereizten Laut von sich. »Hier ist es noch nicht sicher, Joline«, sagte sie und hörte sich an, als würde sie eher mit einer ihrer Töchter reden als mit einer Aes Sedai. »Bis ich Euch …«

Plötzlich ertönte Lärm vor der Tür zum Schankraum. Enid protestierte lauthals, niemand dürfe eintreten, und eine beinahe genauso laute Stimme mit seanchanischem Akzent verlangte, sie solle den Weg frei machen.

Mat ignorierte den Protest seines Beins, bewegte sich schneller, als er jemals sich im Leben bewegt zu haben glaubte, packte Joline an der Taille, ließ sich auf die Bank neben der Tür zum Stallhof fallen und zerrte die Aes Sedai auf seinen Schoss. Er zog sie dicht an sich und tat so, als würde er sie küssen. Es war eine idiotische Weise, um ihr Gesicht verbergen zu wollen, aber ihm fiel nichts Besseres ein, wenn er ihr keinen Umhang über den Kopf werfen wollte. Sie keuchte indigniert auf, aber als sie endlich die seanchanische Stimme bemerkte, weiteten sich ihre Augen vor Furcht, und sie schlang die Arme um ihn. Mat betete, dass sein Glück anhielt, und sah zu, wie sich die Tür öffnete.

Mit lauten Protesten und wildem Herumgefuchtel ihres Löffels wich Enid rücklings vor einem *So'jhin* mit nassem Umhang zurück. Der schwergewichtige Mann, dessen kurzer Haarschopf nicht einmal annähernd bis zu seinen Schultern reichte, wehrte die meisten Schläge stirnrunzelnd mit einer Hand ab und ignorierte die wenigen, bei denen ihm das nicht gelang. Er war der erste *So'jhin*, den Mat je mit Bart gesehen hatte; er verlieh ihm ein schiefes Aussehen, da er von der rechten Kinnseite die linke hinaufwucherte, bevor am Ohr die rasierte Haut begann. Eine hoch gewachsene Frau mit durchdringenden blauen Augen in einem blassen Gesicht folgte ihm. Sie warf einen aufwendig bestickten blauen Umhang zurück, der an ihrer Kehle von einer großen, wie ein Silberschwert geformten Nadel gehalten wurde, und enthüllte ein Faltengewand aus einem helleren Blau. Ihr kurzes dunkles Haar bestand nur aus einem kreisrunden Schopf, der Rest um ihre Ohren war rasiert. Immerhin war sie besser als eine *Sul'dam* mit einer *Damane*. Eine winzige Kleinigkeit zumindest. Enid begriff, dass die Schlacht verloren war, und wich vor dem Mann zurück, aber nach der Art und Weise zu urteilen, wie sie ihren Löffel gepackt hielt, war klar, dass sie bereit war, ihn sofort anzuspringen, sollte Frau Anan den Befehl dazu geben.

»Vorn ein Bursche haben gesagt, er haben die Gastwirtin hinten eintreten sehen«, verkündete der *So'jhin*. Seine Aufmerksamkeit war auf Setalle gerichtet, aber er behielt Enid misstrauisch im Auge. »Falls Ihr sein Setalle Anan, dann wisst, dass das hier sein der Kapitän der Grünen Lady Egeanin Tamarath, und sie haben einen von der Hochlady Suroth Sabelle Meldarath persönlich unterzeichneten Befehl, der ihr Gemächer zuweisen.« Sein Tonfall änderte sich und wurde weniger zu einem Befehl als vielmehr zur Stimme eines Mannes, der eine Unterkunft suchte. »Natürlich Eure besten Räume, mit einem guten Bett, einem Blick auf den Platz da draußen und Kamin, der nicht qualmen.«

Mat zuckte zusammen, als der Mann sprach, und Joline, die deshalb vielleicht zu dem Schluss gekommen war, dass jemand auf sie zukam, drückte ihre Lippen auf seinen Mund und stöhnte vor Furcht. In ihren Augen funkelten unvergossene Tränen und sie zitterte in seinen Armen. Die Lady Egeanin Tamarath schaute zur Bank, auf der Joline stöhnte, verzog angewidert das Gesicht und stellte sich so hin, dass sie das Paar nicht ansehen musste. Es war jedoch der Mann, der Mat interessierte. Wie beim Licht konnte ein Illianer zu einem *So'jhin* werden? Und der Bursche kam ihm auch noch irgendwie bekannt vor. Vermutlich ein weiteres jener Tausende von seit langer Zeit toten Gesichtern, an die er sich widerwillig erinnerte.

»Ich bin Setalle Anan und meine besten Räume sind von Himmelslord Abaldar Yulan belegt«, erklärte Frau Anan ruhig, weder vom *So'jhin* noch von der Angehörigen des Blutes eingeschüchtert. Sie verschränkte die Arme vor der Brust. »Meine zweitbesten Räume werden von Bannergeneral Furyk Karede bewohnt.

Von der Totenwache. Ich weiß nicht, ob ein Kapitän der Grünen im Rang höher steht, aber das ist auch egal, denn Ihr werdet untereinander ausmachen müssen, wer bleibt und wer gehen muss. Ich halte mich an die feste Regel, keine seanchanischen Gäste vor die Tür zu setzen. So lange sie ihre Miete zahlen.«

Mat erstarrte und wartete auf den Zornausbruch – Suroth hätte sie für weniger auspeitschen lassen! –, aber Egeanin lächelte. »Es ist ein Vergnügen, mit jemandem zu tun zu haben, der ein bisschen Mut hat«, sagte sie mit einem breiten Akzent. »Ich glaube, Frau Anan, wir werden prächtig miteinander auskommen. Solange Ihr es mit dem Mut nicht übertreibt. Der Kapitän gibt die Befehle, die Mannschaft gehorcht, aber ich habe niemals einen über mein Deck kriechen lassen.« Mat runzelte die Stirn. Ein Schiffsdeck. Warum ließ ihn das nachdenklich werden? Manchmal waren diese alten Erinnerungen ein Ärgernis.

Frau Anan nickte, ohne den Blick zu senken. »Ganz wie Ihr meint, meine Lady. Aber ich hoffe, Ihr vergesst nicht, dass die *Wanderin* mein Schiff ist.« Glücklicherweise hatte die Seanchanerin Humor. Sie lachte.

»Dann seid der Kapitän Eures Schiffes«, sagte sie mit einem Kichern, »und ich bin der Kapitän der Goldenen.« Seufzend schüttelte sie den Kopf. »Das Licht sei mein Zeuge, ich nehme an, dass ich hier nur wenige im Rang übertreffe, aber Suroth wird mich in der Nähe haben wollen, also wird jemand ausziehen müssen, falls er nicht teilen will.« Plötzlich legte sie die Stirn in Falten, warf Mat und Joline einen flüchtigen Seitenblick zu und schürzte angewidert die Lippen. »Ich hoffe, Ihr lasst das nicht überall durchgehen, Frau Anan?«

»Ich versichere Euch, dass Ihr so etwas nie wieder unter meinem Dach zu sehen bekommen werdet«, entgegnete die Wirtin ungerührt.

Der *So'jhin* starrte Mat und die Frau auf seinem Schoss stirnrunzelnd an; Egeanin musste an seinem Ärmel zupfen, bevor er zusammenzuckte und ihr in den Schankraum folgte. Mat grunzte verächtlich. Der Bursche konnte so lange vorgeben, genauso empört zu sein wie seine Herrin, wie er wollte; Mat hatte von den Festen in Illian gehört, und sie waren fast so schlimm wie jene in Ebou Dar, wenn es darum ging, dass Leute nur halb oder noch weniger bekleidet herumliefen. Von *Da'covale* oder jenen Shea-Tänzerinnen, von denen die Soldaten immer erzählten, ganz zu schweigen.

Als sich die Tür hinter dem Paar schloss, versuchte er Joline sanft von seinem Schoss zu drängen, aber sie klammerte sich an ihm fest, vergrub ihr Gesicht an seiner Schulter und schluchzte leise. Enid stieß einen tiefen Seufzer aus und sackte gegen den Arbeitstisch, als hätten sich ihre Knochen in Pudding verwandelt. Selbst Frau Anan schien erschüttert zu sein. Sie ließ sich auf den Hocker fallen, den Mat zuvor benutzt hatte, und verbarg das Gesicht in den Händen. Aber das dauerte nur einen Augenblick lang, dann stand sie wieder auf den Füßen.

»Enid«, sagte sie energisch, »zähl bis fünfzig und hol alle aus dem Regen raus.« Niemand hätte geahnt, dass sie eben noch am ganzen Leib gezittert hatte. Sie nahm Jolines Umhang vom Haken, nahm aus einem Kästchen auf dem Kaminsims einen langen Holzspan und bückte sich, um ihn am Feuer unter den Spießen zu entzünden. »Wenn du mich brauchst, ich bin im Keller, aber sollte jemand nach mir fragen, dann hast du keine Ahnung, wo ich bin. Bis ich etwas anderes sage, geht außer dir und mir keiner mehr da runter.«

Enid nickte, als wäre das völlig normal. »Bringt sie«, sagte die Wirtin zu Mat, »und trödelt nicht herum. Tragt sie, wenn es sein muss.«

Er musste sie tragen. Noch immer beinahe lautlos

weinend, ließ Joline weder seinen Hals los noch nahm sie den Kopf von seiner Schulter. Glücklicherweise war sie nicht schwer, trotzdem breitete sich ein dumpfer Schmerz in seinem Bein aus, als er Frau Anan mit seiner Last zur Kellertür folgte. Vielleicht hätte er es sogar genossen, hätte sich Frau Anan nicht bei allem so viel Zeit gelassen.

Als gäbe es im Umkreis von hundert Meilen nicht einen Seanchaner, entzündete sie eine Lampe, die auf einem Bord neben der massiven Tür stand, und blies sorgfältig den Span aus, bevor sie den langen Glaszylinder wieder aufsetzte und dann den qualmenden Span auf einem kleinen Blechtablett ablegte. Ohne jede Eile zog sie einen langen Schlüssel aus der Gürteltasche, öffnete das Eisenschloss und bedeutete ihm endlich, durch die Tür zu gehen. Die dahinterliegenden Stufen waren breit genug, um ein Fass hinunterrollen zu können, aber sie waren auch tief und verschwanden in der Dunkelheit. Er gehorchte, wartete aber auf der zweiten Stufe, während sie die Tür hinter sich zuzog und abschloss, um dann mit hoch erhobener Lampe voraus zu gehen. Das Letzte, was er jetzt gebrauchen konnte, war ein Sturz.

»Tut Ihr das oft?«, fragte er und rückte Joline zurecht. Sie hatte aufgehört zu weinen, klammerte sich aber noch immer zitternd an ihm fest. »Ich meine, Aes Sedai zu verstecken?«

»Ich hatte Gerüchte gehört, dass noch immer eine Schwester in der Stadt sein soll«, erwiderte Frau Anan, »und ich konnte sie vor den Seanchanern finden. Ich durfte ihnen keine Schwester überlassen.« Sie warf ihm über die Schulter einen grimmigen Blick zu, als wollte sie ihn herausfordern, ihr zu widersprechen. Er wollte es, aber er konnte sich nicht dazu überwinden, die Worte auszusprechen. Vermutlich hätte auch er jedem geholfen, vor den Seanchanern zu entkommen, wenn er dazu in der Lage gewesen wäre, und er schuldete Joline Maza etwas.

Die *Wanderin* war ein gut ausgestattetes Gasthaus und der dunkle Keller war riesig. Auf der Seite liegende, sich hoch auftürmende Fässer mit Wein und Ale bildeten lange Gänge, auf dem Steinboden stapelten sich Lattenkisten mit Kartoffeln und Steckrüben, Reihen hoher Regale enthielten Säcke mit getrockneten Bohnen und Erbsen und Pfefferschoten, und das Licht allein wusste, was in den Bergen aus geschlossenen Kisten war. Es schien nur wenig Staub zu geben, aber die Luft hatte den trockenen Geruch, wie man ihn in abgeschlossenen Lagerräumen findet.

Auf einem frei geräumten Regalbrett entdeckte Mat seine sauber zusammengefaltete Kleidung – falls nicht noch eine andere Person hier ihre Sachen aufbewahrte –, aber ihm blieb keine Gelegenheit, sie sich anzusehen. Frau Anan führte sie zum anderen Kellerende, wo er Joline auf ein aufrecht stehendes Fass setzte. Er musste sich mit sanfter Gewalt von ihren Armen befreien und sie hockte zusammengesunken da. Schniefend zog sie ein Taschentuch aus dem Ärmel und tupfte sich die rot geränderten Augen ab. Mit ihrem verschmierten Gesicht erfüllte sie kaum das Bild einer Aes Sedai, wie man sie sich vorstellte, von dem abgetragenen Gewand ganz zu schweigen.

»Ihr Mut ist gebrochen«, sagte Frau Anan und stellte die Lampe auf einem anderen Fass ab. In der Nähe standen andere leere Fässer, die auf ihre Rückkehr zur Brauerei warteten. Die Stelle kam dem am nächsten, was Mat in diesem Keller an freiem Platz entdeckt hatte. »Sie hat sich seit der Ankunft der Seanchaner versteckt. Als sie sich in den letzten Tagen entschieden, die Suche von den Straßen auf die Häuser auszuweiten, mussten ihre Behüter sie mehrmals an andere Orte bringen. Ich schätze, das dürfte reichen, um jedermanns Mut zu brechen. Aber ich bezweifle, dass sie hier suchen werden.«

Wenn man an all die Offiziere oben dachte, hatte sie vermutlich sogar Recht. Trotzdem war Mat froh, dass nicht er dieses Risiko eingehen musste. Er ging vor Joline in die Hocke; ein stechender Schmerz durchzuckte sein Bein und er grunzte. »Ich werde Euch helfen, wenn ich kann«, sagte er. Zwar wusste er nicht, wie er das anstellen sollte, aber da war diese Schuld. »Seid froh, dass ihr so viel Glück hattet, ihnen die ganze Zeit entgehen zu können. Teslyn hatte da weniger Glück.«

Joline riss das Taschentuch von den Augen und starrte ihn böse an. »Glück?«, stieß sie wütend hervor. Wäre sie keine Aes Sedai gewesen, hätte er gesagt, sie würde schmollen, so wie sie die Unterlippe vorschob. »Ich hätte entkommen können! Soweit ich weiß, herrschte am ersten Tag heillose Verwirrung. Aber ich war bewusstlos. Fen und Blaeric haben es gerade noch geschafft, mich aus dem Palast zu tragen, bevor es dort vor Seanchanern wimmelte, doch zwei Männer mit einer reglosen Frau in der Mitte zogen zu viel Aufmerksamkeit auf sich, als dass sie es bis zu den Stadttoren hätten schaffen können, bevor diese gesichert wurden. Ich bin froh, dass Teslyn erwischt wurde! Froh! Sie hat mir etwas verabreicht; da bin ich mir sicher! Darum konnten Fen und Blaeric mich nicht wecken, darum musste ich in Ställen schlafen und mich in Gassen verbergen, immer in der Angst, dass mich diese Ungeheuer finden. Es geschieht ihr recht!«

Die Tirade ließ Mat blinzeln. Er glaubte nicht, jemals zuvor so viel Gift in einer Stimme gehört zu haben, nicht einmal in den alten Erinnerungen. Frau Anan sah Joline missbilligend an und ihre Hand zuckte.

»Egal, ich werde Euch so gut helfen, wie ich kann«, sagte er eilig und richtete sich auf, um sich zwischen die beiden Frauen zu stellen. Er hätte es Frau Anan durchaus zugetraut, Joline zu schlagen, ob sie nun eine Aes Sedai war oder nicht. Und Joline schien nicht in der Stimmung zu sein, an die Möglichkeit zu denken, dass oben *Damane* sein konnten, die spürten, was auch immer sie zur Vergeltung tat. Es war eine Binsenwahrheit: der Schöpfer erschuf die Frauen, damit das Leben der Männer nicht zu einfach war. Wie beim Licht sollte er nur eine Aes Sedai aus Ebou Dar schaffen? »Ich stehe in Eurer Schuld.«

Ein paar winzige Falten entstanden auf Jolines Stirn. »In meiner Schuld?«

»Die Nachricht mit der Bitte, Nynaeve und Elayne zu warnen«, sagte er langsam. Er befeuchtete die Lippen und fügte hinzu: »Die Ihr auf meinem Kissen hinterlegt habt.«

Sie winkte ab, aber ihre auf sein Gesicht gerichteten Augen blinzelten nicht einmal. »Alle Schulden sind an dem Tag beglichen, an dem Ihr mir helft, aus den Stadtmauern herauszukommen, Meister Cauthon«, sagte sie in einem Tonfall, der so hoheitsvoll wie der einer Königin war.

Mat schluckte. Den Zettel mit der Botschaft hatte man in seine Manteltasche gesteckt und nicht auf seinem Kissen zurückgelassen. Und das bedeutete, er hatte sich in der Person geirrt, der er dafür etwas schuldete.

Er ging, ohne Joline der Lüge zu bezichtigen – es wäre selbst dann eine Lüge gewesen, wenn sie nur seinen Fehler nicht korrigiert hätte –, und er sagte es auch Frau Anan nicht. Das war sein Problem. Es bereitete ihm Übelkeit. Er wünschte sich, er hätte es nie herausgefunden.

Wieder zurück im Tarasin-Palast begab er sich auf direktem Weg in Tylins Gemächer und breitete seinen Umhang über einen Stuhl, um ihn zu trocknen. Regen prasselte gegen die Scheiben. Er legte seinen Hut auf eine der mit Schnitzereien versehenen, vergoldeten Kommoden, rieb sich mit einem Handtuch Gesicht und Hände trocken und überlegte, den Mantel zu wechseln. An ein paar Stellen war der Regen durch den Umhang gedrungen. Hier und da war sein Mantel feucht. Feucht. Beim Licht!

Er stöhnte angewidert, ballte das gestreifte Handtuch zusammen und schleuderte es aufs Bett. Er schindete Zeit, hoffte sogar, dass Tylin unerwartet hereinkam und dem Bettpfosten einen Stich versetzte, nur damit er das aufschieben konnte, was er nun zu tun hatte. Was er tun musste. Joline hatte ihm keine andere Wahl gelassen.

Der Grundriss des Palasts war einfach, wenn man es so sehen wollte. Diener lebten in der untersten Etage, wo sich die Küchen befanden, und unten in den Kellergewölben. Die nächste Etage enthielt die öffentlichen Repräsentationsräume und die engen Bürostuben der Schreiber, und die dritte Unterkünfte für die weniger angesehenen Gäste; diese Etage wurde zurzeit hauptsächlich vom seanchanischen Blut bevölkert. In der obersten Etage befanden sich Tylins Gemächer sowie die für Ehrengäste wie Suroth und Tuon und ein paar andere. Aber selbst Paläste hatten Dachböden.

Mat blieb vor einer Treppe stehen, die hinter einer unscheinbaren Ecke verborgen war, und holte tief Luft, bevor er langsam nach oben stieg. Der große fensterlose Raum am oberen Treppenabsatz, dessen Decke niedrig war und dessen Boden aus grob bearbeiteten Brettern bestand, war leer geräumt worden. Den frei gewordenen Platz hatte man mit winzigen hölzernen Verschlägen gefüllt, von denen jeder über eine eigene Tür verfügte. Einfache Stehlampen aus Eisen erhellten die Korridore dazwischen. Der Regen, der auf die Dachziegel prasselte, war hier, direkt über seinem Kopf, sehr laut. Auf der obersten Stufe verharrte er erneut und atmete erst weiter, als er begriff, dass er keine Schritte hören konnte. In einem der kleinen Räume weinte eine Frau, aber keine *Sul'dam* erschien und wollte wissen, was er hier zu suchen hatte. Vermutlich würden sie von seinem Besuch erfahren, aber nicht, bevor er herausgefunden hatte, was er wissen musste, wenn er sich beeilte.

Das Problem war nur, dass er nicht wusste, welches ihr Zimmer war. Er ging zum ersten und öffnete die Tür lange genug, um einen Blick hineinzuwerfen. Eine Atha'an Miere in einem grauen Kleid saß auf einem schmalen Bett, die Hände im Schoß gefaltet. Das Bett und ein Waschständer mit einer Schüssel und einem kleinen Spiegel nahmen den größten Teil des Platzes ein. An Holzpflöcken an den Wänden hingen mehrere graue Gewänder. Die aus Segmenten bestehende silberne Leine eines *A'dam* führte von dem Silberkragen um ihren Hals zu einem silbernen Armreifen, der an einem Haken hing. Sie konnte jede Ecke des Raums erreichen. Die kleinen Löcher, die von ihren Ohrringen und dem Nasenring stammten, hatten noch keine Zeit zum Heilen gehabt. Sie sahen aus wie Wunden. Als sich die Tür öffnete, schreckte sie mit Furcht erfülltem Gesichtsausdruck hoch, der sich in Nachdenklichkeit verwandelte. Und vielleicht Hoffnung.

Er schloss die Tür, ohne ein Wort zu verlieren. *Ich kann nicht alle retten,* dachte er beklommen. *Ich kann es nicht!* Licht, wie er das hasste. Die nächsten Türen enthüllten identische Räume und drei weitere Frauen aus dem Meervolk, von denen eine laut schluchzend auf dem Bett lag, dann kam eine schlafende blonde Frau, und bei allen hing ihr *A'dam* lose an einem Haken. Er drückte die letzte Tür so leise zu, als wollte er Frau al'Vere einen Kuchen direkt unter ihrer Nase stehlen. Vielleicht handelte es sich bei der blonden Frau ja um keine Seanchanerin, aber dieses Risiko wollte er nicht eingehen. Ein Dutzend Türen später atmete er erleichtert auf, schlüpfte hinein und zog hinter sich die Tür zu.

Teslyn Baradon lag auf dem Bett, das Gesicht auf ihre Hände gestützt. Nur ihre dunklen Augen bewegten sich. Sie sagte kein Wort, starrte ihn nur an, als wollte sie Löcher in seinen Schädel bohren.

»Ihr habt eine Nachricht in meine Manteltasche gesteckt«, sagte er leise. Die Wände waren dünn; er konnte das Schluchzen der Frau noch immer hören. »Warum?«

»Elaida will diese Mädchen so sehr haben, wie sie Zepter und Stola haben wollte«, sagte Teslyn geradeheraus, ohne sich zu bewegen. Ihrer Stimme haftete noch immer etwas von ihrer Grobheit an, aber weniger, als er in Erinnerung hatte. »Vor allem Elayne. Ich wollte Elaida… Unannehmlichkeiten bereiten, falls das möglich war. Es ihr wirklich schwer machen.« Sie stieß ein leises, mit Bitterkeit gefärbtes Lachen aus. »Ich habe sogar Joline mit Spaltwurzel betäubt, damit sie den Mädchen nicht in die Quere kam. Und seht, was es mir eingebracht hat. Joline konnte entkommen und ich…« Ihre Augen bewegten sich wieder, ihr Blick glitt zu dem silbernen Armreifen auf dem Haken.

Seufzend lehnte sich Mat neben den Kleidern gegen die Wand. Sie wusste, was auf dem Zettel gestanden hatte, eine Warnung für Nynaeve und Elayne. Licht, wie er gehofft hatte, dass sie es nicht wusste, dass ihm jemand anderes den verdammten Zettel in die Tasche gesteckt hatte. Es hätte sowieso nichts bewirkt. Beide wussten, dass Elaida hinter ihnen her war. Die Nachricht hatte nichts geändert! Die Frau hatte ihnen eigentlich gar nicht helfen wollen, sie wollte Elaida bloß *Unannehmlichkeiten* bereiten. Er konnte mit reinem Gewissen gehen. Blut und Asche! Er hätte niemals mit ihr sprechen sollen. Jetzt, da er es getan hatte…

»Ich werde Euch bei der Flucht helfen, wenn ich kann«, sagte er zögernd.

Sie blieb reglos auf dem Bett liegen. Weder ihre Miene noch ihre Stimme veränderten sich. Sie hätte genauso gut etwas Einfaches und Unwichtiges erklären können. »Selbst wenn Ihr den Kragen entfernen könnt, werde ich nicht weit kommen, vielleicht nicht mal aus dem Palast. Und selbst wenn, kommt keine Frau, die die Macht lenkt, ohne ein *A'dam* durch die Stadttore. Ich habe dort selbst Wache gestanden und ich weiß es.«

»Ich lasse mir etwas einfallen«, murmelte er und fuhr sich mit den Fingern durchs Haar. Sich etwas einfallen lassen? Was denn? »Licht, Ihr hört Euch an, als wolltet Ihr nicht fliehen.«

»Ihr meint es tatsächlich ernst«, flüsterte sie so leise, dass er sie beinahe nicht verstanden hätte. »Ich dachte, Ihr wärt nur gekommen, um mich zu verspotten.« Sie setzte sich langsam auf und schwang die Füße auf den Boden. Ihr Blick fixierte ihn und ihre Stimme nahm einen drängenden Tonfall an. »*Will* ich entkommen? Tue ich etwas, das ihnen gefällt, gibt mir die *Sul'dam* eine Süßigkeit. Ich ertappe mich dabei, dass ich mich auf diese Belohnungen *freue*.« Atemloses Entsetzen schlich sich in ihre Stimme. »Nicht, weil ich Süßigkeiten mag, sondern weil ich die *Sul'dam* erfreut habe.« Eine einzelne Träne rann aus ihrem Auge. Sie atmete tief ein. »Wenn Ihr mir zur Flucht verhelft, tue ich alles, worum Ihr mich bittet, solange es keinen Verrat an der Weißen…« Sie biss die Zähne zusammen, setzte sich ganz gerade hin und starrte durch ihn hindurch. Sie nickte abrupt, wie zur Selbstbestätigung. »Helft mir zu fliehen und ich werde *alles* tun, worum Ihr mich bittet.«

»Ich werde tun, was ich kann«, sagte er zu ihr. »Ich muss mir eine Möglichkeit einfallen lassen.«

Sie nickte, als hätte er das Versprechen abgegeben, um Mitternacht zu fliehen. »Hier im Palast wird noch eine Schwester gefangen gehalten. Edesina Azzedin. Sie muss mit uns kommen.«

»Noch eine?«, fragte Mat. »Ich dachte, ich hätte drei oder vier gesehen, Euch eingeschlossen. Aber egal, ich weiß nicht einmal, ob ich Euch rausschaffen kann, geschweige denn…«

»Die anderen werden… verändert.« Teslyn kniff den Mund zusammen. »Guisin und Mylen – ich kannte sie als Sheraine Caminelle, aber sie hört jetzt nur noch auf Mylen –, diese beiden würden uns verraten. Edesina ist noch immer sie selbst. Ich werde sie nicht zurücklassen, selbst wenn sie eine Rebellin ist.«

»Hört zu«, sagte Mat mit einem beschwichtigenden Lächeln, »ich habe gesagt, dass ich versuchen werde, Euch herauszubekommen, aber ich sehe nicht die geringste Möglichkeit, wie ich *zwei* von Eurer Sorte…«

»Es wäre besser, wenn Ihr jetzt geht«, unterbrach sie ihn erneut. »Männer sind hier oben nicht erlaubt, davon abgesehen werdet Ihr Verdacht erregen, sollte man Euch hier finden.« Sie sah ihn an und schnaubte. »Es wäre hilfreich, wenn Ihr Euch nicht so farbenprächtig kleiden würdet. Zehn betrunkene Kesselflicker könnten nicht so viel Aufmerksamkeit erregen, wie Ihr es tut. Geht jetzt. Schnell. Geht!«

Er ging und murmelte dabei leise vor sich hin. Ganz wie eine Aes Sedai. Man bot ihr Hilfe an, und ehe man sich's versah, ließ sie einen mitten in der Nacht eine Felswand erklimmen, um ganz allein fünfzig Leute aus einem Kerker zu befreien. Das war ein anderer Mann gewesen, der schon lange tot war, aber er erinnerte sich daran, und es passte. Blut und verdammte Asche! Er wusste nicht, wie er eine Aes Sedai retten sollte, und sie wollte ihn gleich zwei retten lassen!

Er umrundete die unauffällige Ecke am Fuß der Treppe und wäre beinahe in Tuon hineingelaufen.

»*Damanezwinger* sind für Männer verboten«, sagte sie und schaute kalt durch den Schleier zu ihm hoch. »Man könnte Euch schon dafür bestrafen, dass Ihr sie betreten habt.«

»Ich suchte nach einer Windsucherin, Hochlady«, sagte er hastig, machte einen Kratzfuss und dachte schneller als je zuvor in seinem Leben nach. »Sie hat mir einst einen Gefallen erwiesen, und ich dachte mir, sie würde vielleicht gern etwas aus der Küche haben wollen. Ein paar Pasteten oder dergleichen. Ich habe sie aber nicht zu Gesicht bekommen. Ich vermute, sie wurde nicht gefangen, als…« Er verstummte und starrte sie an. Die strenge Maske, zu der das Gesicht des Mädchens immer erstarrt war, zerschmolz zu einem Lächeln. Sie war wirklich wunderschön.

»Das ist sehr freundlich von Euch«, sagte sie. »Es ist gut zu wissen, dass Ihr freundlich zu *Damane* seid. Aber Ihr müsst aufpassen. Es gibt Männer, die sich *Damane* tatsächlich ins Bett holen.« Ihr voller Mund verzog sich angewidert. »Ihr könnt nicht wollen, dass man Euch für abartig hält.« Der strenge Ausdruck legte sich wieder auf ihr Gesicht. Alle Gefangenen würden auf der Stelle exekutiert.

»Danke für Eure Warnung, Hochlady«, sagte er etwas unsicher. Was für eine Art Mann würde es mit einer Frau an einer Leine machen wollen?

Soweit es sie betraf, war er schlichtweg verschwunden. Sie rauschte einfach den Korridor entlang, als würde sie niemanden wahrnehmen. Doch dieses eine Mal verschwendete er keinen Gedanken an die Hochlady Tuon. Da war eine Aes Sedai, die sich im Keller der *Wanderin* verbarg, und zwei, die *Damane*-Leinen trugen, und sie alle erwarteten von Mat Cauthon, dass er ihnen den Hals rettete. Er war fest davon überzeugt, dass Teslyn dieser Edesina alles berichtete, sobald sie konnte. Drei Frauen, die möglicherweise ungeduldig werden würden, wenn er sie nicht bald in Sicherheit brachte. Frauen redeten gern, und wenn sie lange genug redeten, ließen sie Dinge herausschlüpfen, die besser ungesagt blieben. Ungeduldige Frauen redeten sogar noch mehr als der Rest. Die Würfel rollten nicht in seinem Kopf umher, aber er konnte beinahe eine Uhr ticken hören. Und die Scharfrichteraxt würde die Stunde schlagen. Schlachten konnte er im Schlaf planen, aber hierbei schienen die alten Erinnerungen nicht viel zu helfen. Er brauchte einen Planer, jemand, der darin Erfahrung hatte und auf Umwegen nachdenken konnte. Es war Zeit, sich mit Thom an einen Tisch zu setzen und mit ihm zu sprechen. Und mit Juilin.

Er machte sich auf die Suche nach ihnen und begann unbewusst ›Ich bin ganz unten am Grund des Brunnens‹ zu summen. Nun, genau da war er auch, und die Nacht brach herein und der Regen prasselte vom Himmel. Wie so oft stieg aus jenen alten Erinnerungen ein anderer Liedtitel empor. Ein Lied vom Hof von Takedo in Farashelle, vor mehr als tausend Jahren von Artur Falkenflügel zerschmettert. Die vergangene Zeit hatte die Melodie erstaunlich wenig verändert. Damals hatte es ›Der letzte Kampf bei Mandenhar‹ geheißen. Aber es passte auf beide Arten verdammt gut.

KAPITEL 11

Eine Frage des Verrats

Auf dem Weg zu den engen Zwingern ganz oben im Tarasin-Palast hielt Bethamin ihr Schreibbrett sorgfältig fest. Manchmal löste sich der Korken des Tintenfässchens und Tintenflecken waren so schwierig aus der Kleidung zu entfernen. Sie gab sich große Mühe, ständig so vorzeigbar zu sein, als müsste sie vor einer Angehörigen des Hohen Blutes erscheinen. Sie sagte kein Wort zu Renna, mit der sie sich heute den Inspektionsdienst teilte. Sie sollten ihre Pflicht erfüllen, nicht miteinander plaudern. Das war ein Grund. Während andere alles daransetzten, eine perfekte Verbindung mit ihrer Lieblings-*Damane* einzugehen, die seltsamen Sehenswürdigkeiten dieses Landes mit großen Augen anstarrten und über die hier zu erringenden Belohnungen spekulierten, konzentrierte sie sich auf ihre Pflichten, bat um die schwierigsten *Marath'damane*, die man für den *A'dam* zähmen musste, und arbeitete doppelt so hart und lang wie alle anderen.

Der Regen hatte endlich aufgehört und die Zwinger in Stille zurückgelassen. Endlich würden die *Damane* ihren Auslauf bekommen – die meisten wurden mürrisch, wenn sie zu lange eingesperrt waren, und die provisorischen Zwinger engten zu sehr ein –, aber leider war sie heute nicht zum Rundgang eingeteilt worden. Renna wurde das nie, obwohl sie einst Suroths beste Ausbilderin gewesen und respektiert worden war. Manchmal vielleicht ein wenig grob, aber ausgesprochen fähig. Früher waren alle der Meinung gewesen, dass man sie trotz ihrer Jugend bald zur *Der'sul'dam* machen würde. Die Dinge hatten sich geändert. Es gab immer mehr *Sul'dam* als *Damane,* doch keiner konnte sich daran erinnern, dass Renna seit Falme sie selbst gewesen war, sie oder Seta, die Suroth damals in ihre persönlichen Dienste genommen hatte. Wie jedermann klatschte auch Bethamin bei einem Becher Wein gern über das Blut, aber wenn sich das Gespräch Renna oder Seta zuwandte, enthielt sie sich jeden Kommentars. Doch sie dachte oft an sie.

»Ihr fangt auf der anderen Seite an, Renna«, befahl sie. »Und? Wollt Ihr wieder wegen Faulheit Essonde gemeldet werden?«

Vor Falme hatte die Frau eine beinahe überwältigende Selbstsicherheit an den Tag gelegt, aber jetzt zuckte ein Muskel in ihrer blassen Wange, und sie warf Bethamin ein kränkliches, unterwürfiges Lächeln zu, bevor sie in das Labyrinth der schmalen Zwingergänge tauchte und dabei ihr langes Haar berührte, als hätte sie Angst, es könnte in Unordnung sein. Bis auf ihre engsten Freunde schubste sie jeder zumindest ein wenig herum und zahlte ihr den hochmütigen Stolz zurück. Tat man es nicht, fiel man auf, etwas, das Bethamin außer bei sorgfältig geplanten Gelegenheiten vermied. Ihre eigenen Geheimnisse waren so tief vergraben, wie es ihr nur möglich gewesen war, und sie hielt den Mund über die Geheimnisse, die ihres Wissens nach niemandem bekannt waren, aber sie wollte in jedermann den Eindruck verankern, dass Bethamin Zeami dem Bild einer perfekten *Sul'dam* entsprach. Sie strebte nach absoluter Perfektion, für sich selbst und bei den *Damane,* die sie abrichtete.

Sie machte sich tatkräftig und effizient an ihre Inspektion, vergewisserte sich, dass die *Damane* sich und ihre Zwinger sauber gehalten hatten, machte auf dem

obersten der auf dem Schreibbrett befestigten Blätter einen Eintrag in ihrer sauberen Handschrift, wenn eine darin versagt hatte, und trödelte nicht herum, es sei denn, sie belohnte diejenigen, die sich in ihrer Abrichtung besonders hervortaten, mit harten Bonbons. Die meisten von jenen, mit denen sie eine Verbindung eingegangen war, begrüßten ihr Eintreten mit einem Lächeln, selbst wenn sie niederknieten. Ob sie aus dem Kaiserreich kamen oder von dieser Seite des Ozeans, sie wussten, dass sie streng aber gerecht war. Andere lächelten nicht. Vor allem die *Damane* der Atha'an Miere sahen ihr mit steinernen Gesichtern entgegen, die genauso dunkel wie ihr eigenes waren oder von mürrischer Wut erfüllt wurden, die sie zu verbergen glaubten.

Sie notierte sie wegen ihrer Wut nicht zur Bestrafung, wie es einige andere getan hätten. Sie glaubten noch immer, sie würden Widerstand leisten, aber unziemliche Forderungen nach der Rückgabe ihres scheußlichen Schmucks waren bereits eine Sache der Vergangenheit, und sie knieten nieder und sprachen so, wie es sich gehörte. Bei den schwierigsten Fällen war ein neuer Name ein nützliches Werkzeug, es schuf einen Bruch zu dem, was gewesen war, und sie reagierten darauf, wenn auch zögernd. Das Zögern würde sich geben, zusammen mit den mürrischen Blicken, und schließlich würden sie sich kaum noch daran erinnern, jemals einen anderen Namen gehabt zu haben. Es war ein bekanntes Muster und wiederholte sich so sicher wie der Sonnenaufgang. Einige akzeptierten sofort, einige versanken in einen Schockzustand, wenn sie erfuhren, was sie waren. Es gab immer eine Hand voll, die im Verlauf von Monaten widerwillig an Boden nachgaben, während andere am einen Tag kreischend protestierten, es sei ein schrecklicher Fehler begangen worden, sie könnten unmöglich den Test nicht bestanden haben, und am nächsten Tag kam Ergebenheit und Ruhe. Auf dieser Seite des Ozeans unterschied es sich in Einzelheiten, aber ob hier oder im Reich, das Endresultat war das gleiche.

Bei zweien der *Damane* machte sie Notizen, bei denen es nicht um Ordentlichkeit ging. Zushi, eine Atha'an Miere, die größer als sie selbst war, wurde definitiv zur Prügelstrafe aufgeschrieben. Ihre Kleidung war zerknittert, ihr Haar ungekämmt, das Bett ungemacht. Aber ihr Gesicht war vom Weinen verquollen, und sie hatte sich noch nicht richtig hingekniet, als sie von erneutem Schluchzen geschüttelt wurde und Tränen ihr die Wangen hinunterliefen. Das graue Kleid, das man ihr so sorgfältig angepasst hatte, hing nun lose, und sie war von Anfang an alles andere als dick gewesen. Bethamin hatte Zushi selbst ihren Namen verliehen und sie verspürte eine besondere Besorgnis. Sie löste den Stift mit der Stahlspitze, tauchte ihn ein und notierte den Vorschlag, Zushi aus dem Palast an einen anderen Ort zu bringen, wo man sie mit einer *Damane* aus dem Reich in einem Doppelzwinger halten konnte, vorzugsweise mit einer, die Erfahrung darin hatte, zur Herz-Freundin einer frisch angeleinten *Damane* zu werden. Früher oder später ließ das die Tränen immer versiegen.

Allerdings war sie sich nicht sicher, ob Suroth es erlauben würde. Natürlich hatte Suroth diese *Damane* für die Kaiserin beansprucht – jeder, der auch nur ein Zehntel dieser Menge in seinem persönlichen Besitz hätte, würde sich dem Verdacht aussetzen, eine Rebellion zu planen oder sogar geradeheraus dessen beschuldigt werden –, aber sie benahm sich, als gehörten sie ihr. Falls Suroth Einspruch erhob, würde man einen anderen Weg finden müssen. Bethamin weigerte sich, eine *Damane* an die Verzweiflung zu verlieren. Sie weigerte sich, eine *Damane* aus irgendeinem Grund zu verlieren! Die Zweite, die einen besonderen Kommentar erhielt, war Tessi, und hier erwartete sie keine Einwände.

Die Illianerin kniete anmutig und mit in Taillenhöhe gefalteten Händen nieder, sobald Bethamin die Tür öffnete. Das Bett war gemacht, die grauen Kleider hingen sauber und ordentlich an ihren Haken, Bürste und Kamm lagen ordentlich auf dem Waschstand und der Boden war gefegt. Bethamin hatte auch nicht weniger erwartet. Tessi war von Anfang an ordentlich gewesen. Sie nahm auch hübsch zu, nachdem sie gelernt hatte, ihren Teller zu leeren. Von den Süßigkeiten abgesehen wurde die Ernäherung der *Damane* streng reguliert; eine kranke *Damane* war eine Verschwendung. Allerdings würde man Tessi niemals mit Schleifen schmücken und an einem Wettbewerb für die hübscheste *Damane* teilnehmen lassen. Selbst entspannt schien ihr Gesicht mit einem permanentem Stirnrunzeln versehen zu sein. Aber heute zeigte sie ein kaum wahrnehmbares Lächeln, von dem Bethamin überzeugt war, dass es auch schon vor ihrem Eintreten da gewesen war. Tessi gehörte nicht zu denen, von denen sie ein Lächeln erwartete, noch nicht.

»Wie geht es meiner kleinen Tessi heute?«, fragte sie.

»Tessi geht es sehr gut«, erwiderte die *Damane* ohne zu zögern. Zuvor hatte sie stets um die richtigen Worte kämpfen müssen und erst gestern die letzte Prügelstrafe bekommen, weil sie die sofortige Antwort verweigert hatte.

Bethamin legte nachdenklich den Finger ans Kinn und betrachtete die kniende *Damane*. Sie misstraute jeder *Damane*, die sich einst Aes Sedai genannt hatte. Geschichte faszinierte sie und sie hatte sogar Übersetzungen aus den zahllosen Sprachen vor dem Beginn der Vereinigung gelesen. Jene uralten Herrscher ergötzten sich an ihrer mörderischen Tyrannei und schrieben voller Begeisterung auf, wie sie an die Macht kamen und Nachbarstaaten zerstörten und andere Herrscher unterjochten. Die meisten waren durch Attentate gestorben, oft durch die Hand ihrer eigenen Nachkommen oder Anhänger. Sie wusste ganz genau, wie Aes Sedai waren.

»Tessi ist eine gute *Damane*«, murmelte sie freundlich und nahm ein Bonbon aus der Tüte in ihrer Gürteltasche. Tessi beugte sich vor, um es entgegenzunehmen und dankbar ihre Hand zu küssen, aber das Lächeln flackerte etwas, obwohl es, als sie sich das rote Bonbon in den Mund stopfte, wieder da war. So. Darum also ging es, nicht wahr? Es war nichts Neues, dass man etwas vortäuschte, um das Misstrauen der *Sul'dam* einzuschläfern, zog man jedoch in Betracht, was Tessi gewesen war, dann war es doch sehr wahrscheinlich, dass sie eine Flucht plante.

Draußen im Korridor notierte Bethamin den dringenden Vorschlag, Tessis Ausbildung zusammen mit ihren Bestrafungen zu verdoppeln und sie nur sporadisch zu belohnen, sodass sie sich niemals sicher sein konnte, dass selbst Perfektion niemals mehr als ein Kopftätscheln ergab. Es war eine raue Methode, die sie normalerweise vermied, aber aus irgendeinem Grund verwandelte sie die störrischste *Marath'damane* in bemerkenswert kurzer Zeit in eine fügsame *Damane*. Und eine lammfromme *Damane*. Sie brach die Persönlichkeit einer *Damane* nur ungern, aber Tessi musste für das *A'dam* gebrochen werden, damit sie die Vergangenheit vergessen konnte. Am Ende würde sie viel glücklicher sein.

Bethamin war früher fertig als Renna und wartete am Fuß der Treppe, bis die andere *Sul'dam* herunterkam. »Bringt dies zu Essonde, wenn Ihr mit Eurem Bericht fertig seid«, sagte sie und hielt Renna ihr Schreibbrett entgegen, bevor sie die letzte Stufe hinuntergestiegen war. Wie nicht anders zu erwarten gewesen war, akzeptierte Renna die neue Aufgabe so demütig wie zuvor die anderen Befehle und eilte los; sie betrachtete das zweite Schreibbrett, als würde sie sich fragen, ob dort auch ein Bericht über sie geschrieben stand. Nach Falme war sie eine andere Frau geworden.

Nachdem sich Bethamin ihren Umhang geholt und den Palast verlassen hatte, wollte sie zu dem Gasthaus, in dem sie sich mit zwei anderen *Sul'dam* gezwungenermaßen ein Bett teilen musste, aber nur lange genug, um ein paar Münzen aus ihrer abschließbaren Truhe zu holen. Die Inspektion war heute ihre einzige Pflicht gewesen und der Rest des Tages gehörte ihr. Statt sich zusätzliche Aufgaben aufzubürden, würde sie ihn ausnahmsweise dazu nutzen, Andenken zu kaufen. Vielleicht einen dieser Dolche, den die Einheimischen am Hals trugen, vorausgesetzt, sie konnte einen ohne Juwelen finden, die hier am Griff so beliebt waren. Und natürlich Lackarbeiten; die waren hier so gut wie im Kaiserreich und die Muster waren so… fremdartig. Einkaufen würde beruhigend sein. Sie brauchte das.

Die Pflastersteine des Mol Hara glänzten noch immer feucht vom Morgenregen und die Luft war von einem angenehmen Salzgeruch erfüllt, der sie an ihr Heimatdorf am See von L'Heye erinnerte, wo sie zur Welt gekommen war, auch wenn die schneidende Kälte sie den Umhang enger um ihren Körper ziehen ließ. In Abunai war es niemals so kalt gewesen, und sie hatte sich nie daran gewöhnen können, ganz egal, wie weit gereist sie war. Aber die Erinnerungen an Zuhause boten keinen Trost. Während sie sich ihren Weg durch die überfüllten Straßen bahnte, drängten sich die Gedanken an Renna und Seta so sehr in den Vordergrund, dass sie andere Leute anrempelte und beinahe vor den Wagenzug eines Händlers gelaufen wäre, der die Stadt verließ. Ein Ruf der Kutscherin drang zu ihr durch und sie sprang gerade noch rechtzeitig zurück. Der Wagen polterte genau dort, wo sie eben gestanden hatte, über das Straßenpflaster, und die Frau auf dem Kutschbock, die die Peitsche schwang, hatte keinen Blick für sie übrig. Diese Fremden hatten keine Vorstellung davon, welcher Respekt einer *Sul'dam* zustand.

Renna und Seta. Jeder, der in Falme dabei gewesen war, trug Erinnerungen in sich, die er vergessen wollte, Erinnerungen, über die sie nicht sprachen, es sei denn, sie hatten zu viel getrunken. Sie hatte auch welche, aber bei ihr ging es nicht um das Grauen, gegen vage bekannte Geister aus den Legenden zu kämpfen oder die Bestürzung der Niederlage oder Visionen des Wahnsinns am Himmel. Wie oft hatte sie sich gewünscht, an diesem Tag nicht nach oben gegangen zu sein? Wenn sie sich doch nur nicht gefragt hätte, wie es Tuli ging, der *Damane* mit den wunderbaren Fertigkeiten in der Metallverarbeitung. Aber sie hatte in Tulis Zwinger hineingeschaut. Und gesehen, wie Renna und Seta verzweifelt versucht hatten, die *A'dam* von ihren Hälsen zu entfernen; sie hatten auf den Knien vor Schmerzen geschrien, und die Übelkeit hatte sie schwanken lassen, während sie an den Kragen herumrissen. Erbrochenes beschmutzte die Vorderseiten ihrer Gewänder. In ihrer wilden Panik hatten sie nicht gesehen, wie sie entsetzt zurückwich.

Nicht wegen des schrecklichen Anblicks, zwei *Sul'dam* als *Marath'damane* entlarvt zu sehen, sondern wegen des plötzlichen Grauens, das in ihr emporstieg. Sie glaubte oft, die Gewebe der *Damane* beinahe sehen zu können, und sie spürte immer die Anwesenheit einer *Damane* und erkannte, wie stark sie war. Das konnten viele der *Sul'dam*; jeder wusste, dass das von der langen Erfahrung im Umgang mit den *Damane* kam. Aber der Anblick dieses verzweifelten Paars weckte unwillkommene Gedanken, verlieh dem, was sie immer akzeptiert hatte, ein neues und Furcht erregendes Aussehen. Sah sie die Gewebe nur *beinahe* oder tatsächlich? Manchmal glaubte sie sogar, das Lenken der Macht zu *fühlen*. Selbst *Sul'dam* mussten sich bis zum fünfundzwanzigsten Namensgebungstag dem jährlichen Test unterziehen, und sie hatte bestanden, indem sie jedes Mal versagt hatte. Nur... Sobald man Renna und Seta entdeckte, würde es einen neuen Test geben, um die *Marath'damane* aufzuspüren, die dem ersten entgangen waren. Ein solcher Schlag würde möglicherweise das Reich selbst erschüttern. Und noch während sich das Bild von Renna und Seta in ihr Gedächtnis brannte, hatte sie mit unumstößlicher Sicherheit gewusst, dass Bethamin Zeami nach diesem neuen Test keine respektierte Bürgerin mehr sein würde. Stattdessen würde eine *Damane* namens Bethamin dem Reich dienen.

Die Scham ließ sie noch immer erstarren. Sie hatte ihre eigenen Ängste vor die Bedürfnisse des Reiches gestellt, vor alles, von dem sie wusste, dass es richtig und gut war. Der Krieg kam nach Falme und mit ihm die Albträume, aber sie hatte sich nicht unverzüglich mit einer *Damane* verbunden und sich in die Schlachtformation eingereiht. Stattdessen hatte sie die Verwirrung ausgenutzt, um sich ein Pferd zu besorgen und zu fliehen, und zwar so schnell und so weit sie nur konnte.

Ihr wurde bewusst, dass sie stehen geblieben war und in das Schaufenster einer Schneiderin starrte, ohne überhaupt wahrzunehmen, was dort ausgestellt war. Nicht, dass sie es sehen wollte. Das blaue Gewand mit den Silberblitzen auf den roten Rechtecken war das einzige, das sie seit Jahren tragen wollte. Und sie würde mit Sicherheit nichts anziehen, das sie auf so unanständige Weise entblößte. Mit rauschenden Röcken ging sie weiter, aber sie konnte Renna und Seta nicht aus ihren Gedanken verbannen. Oder Suroth.

Offensichtlich hatte Alwhin die mit Kragen versehenen *Sul'dam* gefunden und sie Suroth gemeldet. Und Suroth hatte das Reich beschützt, indem sie Renna und Seta beschützte, so gefährlich das auch war. Was war, wenn sie plötzlich anfingen, die Macht zu lenken? Vielleicht wäre es für das Reich besser gewesen, wenn sie ihren Tod arrangiert hätte, obwohl es selbst für einen Angehörigen des Hohen Blutes Mord war, eine *Sul'dam* zu töten. Zwei verdächtige Todesfälle unter den *Sul'dam* hätte mit Sicherheit die Sucher der Wahrheit auf den Plan gerufen. Also blieben Renna und Seta frei, falls man es als Freiheit bezeichnen konnte, wenn ihnen nie wieder erlaubt wurde, sich zu verbinden. Alwhin hatte ihre Pflicht getan und war geehrt worden, indem sie zu Suroths Stimme wurde. Suroth hatte ebenfalls ihre Pflicht getan, egal, auf welch widerwärtige Weise auch immer. Es gab keine neue Prüfung. Ihre Flucht war völlig umsonst gewesen. Und wäre es geblieben, wäre sie nicht in Tanchico gelandet – ein Albtraum, den sie noch verzweifelter vergessen wollte als Falme.

Eine Abteilung der Totenwache marschierte vorbei, prächtig anzuschauen in ihrer Rüstung, und Bethamin blieb stehen, um ihnen zuzusehen. Sie hinterließen in der Menge eine Spur wie ein Schiff unter vollen Segeln sein Kielwasser. In Stadt und Land würde Begeisterung herrschen, wenn sich Tuon endlich enthüllte, und es würde Feste geben, als wäre sie gerade erst eingetroffen. Auf diese Weise an die Tochter der Neun Monde zu denken verursachte bei ihr einen leisen Schauder, so wie in ihrer Kindheit, wenn sie etwas Verbotenes getan hatte. Natürlich war Tuon, solange sie den Schleier trug, nur die Hochlady Tuon, die den gleichen Rang wie Suroth bekleidete. Die Männer der Totenwache trampelten vorbei, Herz und Seele Kaiserin und Reich gewidmet, und Bethamin ging in die entgegengesetzte Richtung. Was nur passend war, da sie Herz und Seele der Erhaltung ihrer persönlichen Freiheit gewidmet hatte.

Die Goldenen Schwäne des Himmels war ein pompöser Name für ein winziges Gasthaus, das man zwischen einen Mietstall und einem Lackarbeitenladen gequetscht hatte. Der Lackarbeitenladen war voller Offiziere, die ihn leer kauften, der Stall war voller Pferde, die durch die Lotterie gekauft und noch nicht zugeteilt worden waren und *Die Goldenen Schwäne* war voller *Sul'dam*. Tatsächlich war es bis unters Dach mit ihnen gefüllt, zumindest nach Anbruch der Nacht. Bethamin hatte Glück, nur zwei Bettgefährtinnen zu haben. Die Wirtin hatte den Befehl erhalten, so viele aufzunehmen, wie sie nur konnte, und packte vier oder fünf in ein Bett, wenn sie glaubte, sie würden hineinpassen. Doch das Bettzeug war sauber und das Essen gut, wenn auch seltsam. Und da die Alternative höchstwahrscheinlich aus einer Scheune bestanden hätte, teilte sie gern.

Zu dieser Stunde waren die runden Tische im Schankraum leer. Einige der hier wohnenden *Sul'dam* gingen ihren Pflichten nach und der Rest wollte einfach der Wirtin aus dem Weg gehen. Mit verschränkten Armen und finsterer Miene sah Darnella Shoran mehreren Schankmägden dabei zu, wie sie emsig den Boden wischten. Sie war eine dürre Frau mit grauem, im Nacken zu einem Knoten gebundenem Haar und einem langen Kinn, das ihr einen kriegerischen Ausdruck verlieh; trotz des lächerlichen Dolches, den sie trug und dessen Griff mit billigen roten und weißen Edelsteinen übersät war, hätte sie eine *Der'sul'dam* sein können. Angeblich waren die Schankmägde freie Bürgerinnen, aber wenn die Wirtin sprach, sprangen sie wie Sklavinnen.

Bethamin zuckte leicht zusammen, als die Frau zu ihr herumfuhr. »Ihr kennt meine Regeln, was Männer angeht, Frau Zeami?«, verlangte sie zu wissen. Selbst nach all dieser Zeit erschien die langsame Weise, wie diese Leute redeten, seltsam. »Ich habe von Euren fremdländischen Sitten gehört, und wenn Ihr so seid, ist das Eure Sache, aber nicht unter meinem Dach. Wenn Ihr Euch mit Männern treffen wollt, dann tut das an einem anderen Ort.«

»Ich versichere Euch, Frau Shoran, ich habe mich weder hier noch woanders mit Männern getroffen.«

Die Wirtin musterte sie misstrauisch. »Nun, einer kam und hat namentlich nach Euch verlangt. Ein hübscher blonder Mann. Kein Junge mehr, aber auch nicht besonders alt. Einer von Eurem Haufen, der seine Worte so dehnt, dass man ihn kaum verstehen kann.«

Bethamin bemühte sich um einen beschwichtigenden Tonfall und tat ihr Bestes, die Frau davon zu überzeugen, dass sie niemanden kannte, auf den diese Beschreibung zutraf und dass sie bei ihren Pflichten für Männer keine Zeit hatte. Beides entsprach der Wahrheit, obwohl sie falls nötig gelogen hätte. Das Gasthaus war nicht requiriert worden und drei in einem Bett war einer Scheune *bei weitem* vorzuziehen. Sie versuchte herauszufinden, ob die Frau möglicherweise einem kleinen Geschenk nicht abgeneigt war, wenn sie einkaufen ging, aber die Wirtin schien richtig gehend beleidigt zu sein, als sie andeutete, einen Dolch mit bunteren Edelsteinen besorgen zu wollen. Sie hatte an nichts Teures gedacht, keine Bestechung – jedenfalls keine richtige –, aber Frau Shoran schien es so aufzufassen, plusterte sich auf und runzelte indigniert die Stirn. Auf jeden Fall hatte sie nicht den Eindruck, die Meinung der Frau auch nur um ein Haar geändert zu haben. Aus irgendeinem Grund schien die Wirtin zu glauben, dass sie ihre ganze Freizeit mit Ausschweifungen verbrachte. Sie hatte die Stirn noch immer gerunzelt, als Bethamin die geländerlose Treppe an der Seite des Schankraums emporstieg und dabei so tat, als würde sie an nichts anderes als ans Einkaufen denken.

Doch die Identität des Mannes bereitete ihr Sorgen. Die Beschreibung sagte ihr tatsächlich nichts. Aller Wahrscheinlichkeit nach war er auf ihre Nachforschungen gestoßen, aber wenn das der Fall war, wenn er es geschafft hatte, sie bis hierin zu verfolgen, dann war sie nicht diskret genug gewesen. Vielleicht sogar auf gefährliche Weise. Trotzdem hoffte sie, dass er zurückkam. Sie musste es wissen. Sie musste es!

Sie öffnete die Tür zu ihrem Zimmer und erstarrte. Ihre Eisentruhe stand geöffnet auf ihrem Bett, was unmöglich war. Sie hatte ein gutes Schloss und der einzige Schlüssel befand sich in ihrer Gürteltasche. Der Dieb war noch immer da und seltsamerweise blätterte er in ihrem Tagebuch herum! Wie beim Licht war der Mann an Frau Shorans Wachsamkeit vorbeigekommen?

Die Lähmung dauerte nur einen Augenblick lang. Sie riss den Gürteldolch aus der Scheide und öffnete den Mund, um nach Hilfe zu rufen.

Des Gesichtsausdruck des Kerls veränderte sich nicht, er versuchte weder sie anzugreifen noch zu fliehen. Er holte bloß einen kleinen Gegenstand aus seiner Gürteltasche und hielt ihn hoch, dass sie ihn sehen konnte, und der Atem in ihrer Kehle verwandelte sich zu Blei. Wie betäubt fummelte sie den Dolch zurück in seine Scheide und streckte die Hände aus, um ihm zu zeigen, dass sie keine Waffe hielt und auch nicht versuchte, nach einer zu greifen. Zwischen seinen Fingern ragte eine in Gold gefasste Marke aus Elfenbein hervor, in die ein Rabe und ein Turm eingraviert waren. Plötzlich sah sie den Mann zum ersten Mal richtig, er war blond und in seinen mittleren Jahren. Vielleicht war er ja tatsächlich hübsch, so wie Frau Shoran gesagt hatte, aber nur eine Verrückte würde einen Sucher der Wahrheit auf diese Weise betrachten. Dem Licht sei Dank, dass sie nichts Gefährliches in ihrem Tagebuch festgehalten hatte. Aber er musste Bescheid wissen. Er hatte ihren Namen gekannt. Oh, beim Licht, er musste es wissen!

»Schließt die Tür«, sagte er leise und steckte die Marke zurück in die Tasche. Sie gehorchte. Sie wollte fliehen. Sie wollte um Gnade bitten. Aber er war ein Sucher, also blieb sie dort stehen und zitterte. Zu ihrer Überraschung ließ er ihr Tagebuch zurück in die Truhe fallen und deutete auf den einzigen Stuhl im Zimmer. »Setzt Euch. Es gibt keinen Grund, dass Ihr es unbequem habt.«

Langsam hängte sie ihren Umhang an den Haken und ließ sich auf den Stuhl nieder, und dieses eine Mal war ihr egal, wie unbequem die seltsame, schlangenähnliche Lehne war. Sie versuchte erst gar nicht, ihr Zittern zu verheimlichen. Selbst eine Angehörige des Blutes, sogar eine des Hohen Blutes, würde bei einem Verhör durch einen Sucher zittern. Sie hatte eine kleine Hoffnung. Er hatte ihr nicht befohlen, ihn einfach zu begleiten. Vielleicht kannte er sie ja doch nicht.

»Ihr habt Euch nach einem Schiffskapitän namens Egeanin Sarna erkundigt«, sagte er. »Warum?«

Die Hoffnung brach mit einem Ruck zusammen. »Ich habe nach einer alten Freundin gesucht«, stieß sie mit zitternder Stimme hervor. Die besten Lügen enthielten immer so viel Wahrheit wie möglich. »Wir waren zusammen in Falme. Ich weiß nicht, ob sie überlebt hat.« Einen Sucher anzulügen war Verrat, aber sie hatte ihren ersten Verrat bereits bei der Schlacht von Falme begangen, als sie desertiert war.

»Sie lebt«, sagte er kurz angebunden. Ohne den Blick von ihr zu wenden, setzte er sich auf das Bettende. Seine Augen waren blau und sie ließen in ihr den Wunsch entstehen, den Umhang nicht ausgezogen zu haben. »Sie ist eine Heldin, ein Hauptmann der Grünen, und jetzt die Lady Egeanin Tamarath. Hochlady Suroths Belohnung. Sie hält sich ebenfalls in Ebou Dar auf. Ihr werdet Eure Freundschaft mit ihr auffrischen. Und mir berichten, mit wem sie sich trifft, wohin sie geht, was sie sagt. Alles.«

Bethamin biss die Zähne zusammen, um zu verhindern, hysterisch zu lachen. Dem Licht sei Dank! Dem Licht in seiner unendlichen Gnade sei Dank! Sie hatte bloß wissen wollen, ob die Frau noch lebte, ob sie Vorsichtsmaßnahmen ergreifen musste. Egeanin hatte sie seinerzeit befreit, doch in den zehn Jahren, die Bethamin sie zuvor gekannt hatte, war sie ein Musterbild an Pflichterfüllung gewesen. Es hatte immer die Möglichkeit bestanden, dass sie diesen einen Fehltritt bereute, ganz egal, was es sie kosten würde, aber wie ein Wunder hatte sie das nicht. Und der Sucher war hinter ihr her und nicht...! Möglichkeiten breiteten sich vor ihr aus, Sicherheiten, und sie wollte nicht länger lachen. Stattdessen fuhr sie sich mit der Zunge über die Lippen.

»Wie...? Wie kann ich unsere Freundschaft erneuern?« Es war sowieso nie Freundschaft gewesen, bloß eine Bekanntschaft, aber nun war es zu spät, das zu sagen. »Ihr habt mir gesagt, dass man sie zum Blut erhoben hat. Jede Annäherung muss von ihr kommen.« Furcht machte sie mutig. Und ließ Panik in ihr aufsteigen, genau wie in Falme. »Warum braucht Ihr mich als Lauscher? Ihr könnt sie wann immer Ihr wollt zur Befragung abholen.« Sie biss sich auf die Lippen, um ihre Zunge zum Schweigen zu bringen. Licht, es gab nichts, das sie weniger wollte. Sucher waren die geheime Hand der Kaiserin, mochte sie ewig leben; im Namen der Kaiserin konnte er selbst Suroth der Befragung unterziehen, sogar Tuon. Sicher, er würde auf schreckliche Weise sterben, wenn sich herausstellte, dass er sich geirrt hatte, aber bei Egeanin war das Risiko nicht groß. Sie gehörte bloß dem niederen Blut an. Wenn er sie der Befragung unterzog…

Sie war schockiert, als er ihr nicht einfach zu gehorchen befahl, sondern sitzen blieb und sie musterte. »Ich werde gewisse Dinge erklären«, sagte er und das war ein noch größerer Schock. Sucher erklärten niemals etwas, das hatte sie gehört. »Ihr werdet mir oder dem Reich nichts nützen, wenn Ihr nicht überlebt, und Ihr werdet nicht überleben, wenn Ihr nicht begreift, wem Ihr da gegenübertretet. Solltet Ihr auch nur ein Wort von dem, was ich Euch enthülle, irgendjemandem sagen, werdet Ihr davon träumen, im Turm des Raben zu sitzen, wenn Ihr das erduldet, wo Ihr dann sein werdet. Hört zu und lernt. Egeanin wurde nach Tanchico entsandt, bevor die Stadt an uns fiel, unter anderem als Teil der Bemühungen, *Sul'dam* zu finden, die in Falme zurückgelassen worden waren. Seltsamerweise konnte sie niemanden finden, ganz im Gegensatz zu anderen wie jenen, die Euch bei der Rückkehr halfen. Stattdessen hat Egeanin die *Sul'dam*, die sie aufspürte, ermordet. Ich selbst habe sie mit dieser Anschuldigung konfrontiert, und sie hat sich nicht einmal die Mühe gemacht, es abzustreiten. Sie hat nicht einmal Wut oder gar Empörung gezeigt. Und was genauso schlimm ist, sie hat im Geheimen mit Aes Sedai verkehrt.« Er sprach den Namen nüchtern aus, nicht mit der üblichen Abscheu, sondern eher wie eine Anschuldigung. »Als sie Tanchico verließ, reiste sie auf einem Schiff, das von einem Mann namens Bayle Domon kommandiert wurde. Er hatte Ärger gemacht, weil sein Schiff geentert und enteignet worden war. Sie kaufte ihn und machte ihn auf der Stelle zum *So'jhin*, also ist er offensichtlich für sie von Bedeutung.

Interessanterweise brachte sie diesen Mann in Falme zu Hochlord Turak. Domon errang die Aufmerksamkeit des Hochlords in einem solchen Ausmaß, dass er oft eingeladen wurde, um sich mit ihm zu unterhalten.« Er schnitt eine Grimasse. »Habt Ihr Wein? Oder Branntwein?«

Bethamin zuckte zusammen. »Ich glaube, Iona hat eine Flasche einheimischen Schnaps. Es ist ein hartes Getränk…«

Er befahl ihr, ihm trotzdem einen Becher einzuschenken, und sie gehorchte eilig. Sie wollte ihn am Reden halten, alles, nur um das Unvermeidliche hinauszuzögern. Sie wusste genau, dass Egeanin keine *Sul'dam* getötet hatte, doch der Beweis würde sie zu dem gleichen traurigen Schicksal verurteilen, das Renna und Seta erdulden mussten. Wenn sie Glück hatte. Wenn dieser Sucher seine Pflicht dem Reich gegenüber von demselben Standpunkt aus sah wie Suroth. Er schaute in den Zinnbecher und ließ den dunklen Apfelschnaps kreisen, während sie sich wieder setzte.

»Hochlord Turak war ein großer Mann«, murmelte er. »Vielleicht einer der größten, die das Reich je gesehen hat. Eine Schande, dass seine *So'jhin* sich entschieden, ihm in den Tod zu folgen. Ehrenhaft von ihnen, aber das macht den Beweis unmöglich, dass Domon der Bande angehörte, die den Hochlord ermordete.« Bethamin zuckte zusammen. Natürlich töteten die vom Blut manchmal einander, aber dabei fiel nie das Wort Mord. Der Sucher fuhr fort; er starrte dabei weiter in den Becher, ohne zu trinken. »Der Hochlord hatte mir befohlen, Suroth im Auge zu behalten. Er hegte den Verdacht, dass sie eine Gefahr für das Reich ist. Seine eigenen Worte. Und durch seinen Tod gelang es ihr, den Befehl über die Vorläufer zu übernehmen. Ich habe keinerlei Beweise, dass sie seinen Tod angeordnet hat, aber es gibt vieles, das darauf hinweist. Suroth hat eine *Damane* nach Falme gebracht, eine junge Frau, die eine Aes Sedai war« – wieder wurde der Name tonlos und hart ausgesprochen – »und der es irgendwie gelang, an dem Tag zu fliehen, an dem Turak starb. Suroth hat in ihrem Gefolge eine *Damane*, die einst eine Aes Sedai war. Man hat sie nie ohne Kragen gesehen, aber…« Er zuckte mit den Schultern, als wäre das ohne jede Bedeutung. Bethamin riss die Augen weit auf. Wer würde einer *Damane* den Kragen abnehmen? Eine gut ausgebildete *Damane* war eine wahre Freude, aber da konnte man genauso gut einen betrunkenen *Grolm* freilassen! »Es scheint auch sicher zu sein, dass sie eine *Marath'damane* verborgen hält«, fuhr er fort, als würde er keine Verbrechen aufzählen, die nur unwesentlich geringer als Verrat waren. »Ich glaube, Suroth hat den Befehl gegeben, *Sul'dam*, denen es gelang, Tanchico zu erreichen, zu töten, vielleicht um Egeanins Treffen mit den Aes Sedai zu verbergen. Ihr *Sul'dam* behauptet doch immer, eine *Marath'damane* auf den ersten Blick erkennen zu können, richtig?«

Er schaute plötzlich auf, und irgendwie gelang es ihr, diesem erstarrten Blick mit einem Lächeln zu begegnen. Sein Gesicht hätte jedem Mann gehören können, aber diese Augen… sie war froh, dass sie saß. Ihre Knie zitterten so sehr, dass es sie überraschte, dass man es trotz ihrer Röcke nicht sehen konnte. »Ich fürchte, so einfach ist das nicht.« Es gelang ihr fast, ihre Stimme ganz normal klingen zu lassen. »Ihr… Ihr wisst doch sicherlich genug, um Suroth des Mordes an Hochlord Turak anzuklagen?« Wenn er sich Suroth holte, würde er weder sie noch Egeanin darin verwickeln müssen.

»Turak war ein großer Mann, aber meine Pflicht gehört der Kaiserin, möge sie ewig leben, und durch sie dem Reich.« Er trank den Schnaps in einem Zug aus und sein Gesicht wurde so hart wie seine Stimme.

»Verglichen mit der Gefahr, die dem Reich droht, ist Turaks Tod wie Staub. Die Aes Sedai dieser Länder wollen im Reich die Macht erringen, zu den Tagen des Chaos und des Mordens zurückkehren, in denen kein Mann abends die Augen in dem Bewusstsein schließen konnte, sie am Morgen wieder öffnen zu können, und der giftige Wurm des Verrats, der sich insgeheim seinen Weg frisst, hilft ihnen dabei. Möglicherweise ist Suroth nicht einmal der Kopf des Wurms. Um des Reiches willen kann ich es nicht wagen, sie zu ergreifen, bis ich den ganzen Wurm töten kann. Egeanin ist ein Faden, dem ich zum Wurm folgen kann, und Ihr seid der Faden zu Egeanin. Also werdet Ihr Eure Freundschaft mit ihr erneuern, koste es, was es wolle. Habt Ihr mich verstanden?«

»Ich verstehe und ich werde gehorchen.« Ihre Stimme zitterte, aber was hätte sie sonst sagen sollen? Mochte das Licht ihr beistehen, was hätte sie sonst sagen sollen?

KAPITEL 12

Eine Frage des Eigentums

Egeanin lag auf dem Rücken auf dem Bett und hielt die Hände in die Höhe, die Handflächen der Decke zugewandt, die Finger gespreizt. Ihre hellblauen Röcke lagen wie ein Fächer über ihren Beinen und sie versuchte, ganz ruhig dazuliegen, um die schmalen Falten nicht zu sehr zu zerknittern. So wie Kleidung die Bewegung einschränkte, musste sie eine Erfindung des Dunklen Königs sein. Als sie dort lag, studierte sie ihre Fingernägel, die viel zu lang waren, um ein Tau zu ergreifen, ohne nicht mindestens zur Hälfte abzubrechen. Nicht, dass sie persönlich in den letzten Jahren ein Tau in die Hand genommen hätte, aber sie war stets dazu bereit und vor allem fähig gewesen, falls es die Umstände erfordert hätten.

»…grobe Dummheit!«, knurrte Bayle und stocherte in den flammenden Scheiten im Ziegelkamin herum. »Glück stich mich, die *Seefalke* konnte schneller und dichter am Wind segeln als jedes seanchanische Schiff. Voraus es gaben Sturmböen und…« Sie hörte nur so weit zu, um zu wissen, dass er aufgehört hatte, wegen der Unterkunft zu meckern und sich wieder dem uralten Streit zugewandt hatte. Das mit dunklem Holz getäfelte Gemach war nicht das beste, das die *Wanderin* zu bieten hatte, nicht einmal annähernd, doch bis auf den Ausblick entsprach es seinen Forderungen. Die beiden Fenster schauten auf den Stallhof hinaus. Ein Hauptmann der Grünen entsprach im Rang einem

Bannergeneral, aber an diesem Ort waren die meisten, die sie rangmäßig übertraf, Gehilfen oder Sekretäre der Offiziersveteranen des Immer Siegreichen Heeres. Und genau wie auf See half es auch beim Heer nur wenig, wenn man dem Blut angehörte, es sei denn, es handelte sich um das Hohe Blut.

Der meergrüne Lack auf den Nägeln ihrer kleinen Finger funkelte. Sie hatte immer gehofft aufzusteigen, vielleicht bis zum Hauptmann der Goldenen und wie ihre Mutter Flotten zu befehlen. Als Mädchen hatte sie sogar davon geträumt, genau wie ihre Mutter zur Hand der Kaiserin auf See ernannt zu werden, zur linken Hand des Kristallthrons zu stehen, als *So'jhin* der Kaiserin, mochte sie ewig leben, mit der Erlaubnis, direkt zu ihr sprechen zu dürfen. Junge Frauen hatten alberne Träume. Und sie musste zugeben, dass sie, nachdem sie für die Vorläufer auserwählt worden war, über die Möglichkeit spekuliert hatte, einen neuen Namen zu erringen. Sie hatte nicht darauf gehofft, bestimmt nicht – das wäre vermessen gewesen –, aber jedem war klar gewesen, dass die Zurückeroberung der geraubten Länder neue Zugänge für das Blut bedeutete. Jetzt war sie Hauptmann der Grünen, zehn Jahre bevor sie sich überhaupt Hoffnungen darauf hätte machen dürfen, und stand an den Ausläufern jenes steilen Berges, der durch die Wolken zum Gipfel der Kaiserin führte, mochte sie ewig leben.

Sie bezweifelte jedoch, dass man ihr das Kommando über ein Großschiff gab, oder gar eine Schwadron. Suroth behauptete, ihre Geschichte zu glauben, aber warum hatte man sie dann in Cantorin zurückgelassen? Und als dann die Befehle endlich eintrafen, warum mussten sie sich hier melden und nicht auf einem Schiff? Natürlich gab es nur eine begrenzte Zahl von Kommandoposten, selbst für einen Hauptmann der Grünen. Möglicherweise war ja das der Grund. Vielleicht hatte man sie auch für eine Position in Suroths Gefolge ausgesucht, obwohl ihre Befehle lediglich besagten, mit der nächsten verfügbaren Gelegenheit nach Ebou Dar zu reisen und auf weitere Befehle zu warten. Vielleicht. Das Hohe Blut mochte ohne die Vermittlung einer Stimme zum Niederen sprechen, aber sie hatte den Eindruck, dass Suroth sie bereits in dem Augenblick vergessen hatte, in dem man sie nach dem Empfang ihrer Ehrung entlassen hatte. Was ebenfalls bedeuten konnte, dass Suroth misstrauisch war.

Argumente, die im Kreis liefen. Hätte dieser Sucher seinem Verdacht nachgegeben, könnte sie jetzt von Meerwasser leben. Er hatte nicht mehr in der Hand oder sie säße bereits in einem Verlies und würde sich die Lungen aus dem Leib brüllen, aber wenn er sich ebenfalls in der Stadt aufhielt, dann würde er sie beobachten und auf den ersten Fehler warten, den sie machte. Er konnte im Augenblick nicht mal einen Tropfen ihres Blutes vergießen, aber die Sucher hatten Erfahrung darin, dieses kleine Problem zu überwinden. So lange er sich damit begnügte, sie zu beobachten, konnte er sie anstarren, bis seine Augen vertrockneten. Sie hatte jetzt ein sicheres Deck unter den Füßen und von hier aus würde sie den nächsten Schritt mit großer Bedachtsamkeit machen. Hauptmann der Goldenen war vermutlich nicht länger zu erreichen, aber sich als Hauptmann der Grünen zur Ruhe zu setzen war ehrenhaft.

»Und?«, wollte Bayle wissen. »Was meinen du?«

Breit, muskulös und kräftig stand er in Hemdsärmeln neben dem Bett, die Stirn gerunzelt und die Fäuste in die Hüften gestemmt, genau die Art von Mann, die sie immer bevorzugt hatte. Es war nicht die Pose, die ein *So'jhin* vor seiner Herrin einnehmen sollte. Seufzend ließ sie die Hände auf den Bauch fallen. Bayle wollte einfach nicht lernen, wie sich ein *So'jhin* zu benehmen hatte. Er betrachtete alles als Witz, als wäre nichts davon ernst gemeint. Manchmal sagte er sogar, er wollte als ihre Stimme fungieren, ganz egal wie oft sie ihm erklärte, dass sie keine Angehörige des Hohen Blutes war. Einmal hatte sie ihm eine Prügelstrafe verpasst, und danach hatte er sich geweigert, mit ihr in einem Bett zu schlafen, bis sie sich entschuldigte. Eine Entschuldigung!

Rasch ging sie in Gedanken durch, was sie mit halbem Ohr von seinem Geknurre mitbekommen hatte. Ja, nach all dieser Zeit noch immer dieselben Argumente. Nichts Neues. Sie schwang die Beine über die Bettkante, setzte sich auf und zählte an den Fingern ab. Sie hatte es so oft getan, dass sie es mittlerweile auswendig konnte. »Hättest du versucht zu fliehen, hätte die *Damane* auf dem anderen Schiff deine Masten wie Äste geknickt. Es war kein zufälliger Befehl zum Anhalten, Bayle, und das weißt du; sie wollten beim ersten Ruf wissen, ob das Schiff die *Seefalke* war. In dem ich dich in den Wind brachte und verkündete, dass wir uns mit einem Geschenk für die Kaiserin, möge sie ewig leben, auf dem Weg nach Cantorin befanden, habe ich ihr Misstrauen beschwichtigt. Alles andere hätte dazu geführt, dass man uns im Frachtraum in Ketten gelegt und bei der Ankunft in Cantorin verkauft hätte. Ich bezweifle, dass wir das Glück gehabt hätten, stattdessen dem Scharfrichter vorgeführt zu werden.« Sie hielt den Daumen hoch. »Und zu guter Letzt, hättest du die Ruhe bewahrt, wie ich es dir gesagt hatte, wärst du auch nicht auf dem Block gelandet. Du hast mich viel gekostet!« Anscheinend hatten mehrere Frauen aus Cantorin den gleichen Geschmack gehabt, was Männer betraf. Sie hatten den Preis in extravagante Höhen getrieben.

Stur, wie er war, machte er ein finsteres Gesicht und rieb sich gereizt den kurzen Bart. »Und ich sagen noch immer, wir hätten sollen alles über Bord werfen«, murmelte er. »Dieser Sucher haben nicht den geringsten Beweis, dass ich es an Bord haben.«

»Sucher brauchen keine Beweise«, sagte sie und ahmte spöttisch seinen Akzent nach. »Sucher finden Beweise und dieses Finden ist schmerzhaft.« Wenn er nur noch das zur Sprache brachte, was er selbst vor langer Zeit zugegeben hatte, näherte sie sich vielleicht endlich dem Ende der ganzen Diskussion. »Auf jeden Fall hast du bereits zugegeben, dass kein Schaden dadurch entstanden ist, dass Suroth den Kragen und die Armbänder hat. Sie können ihm nicht angelegt werden, es sei denn, jemand kommt nahe genug an ihn heran, und ich habe nichts davon gehört, dass das jemandem gelungen ist oder gelingen wird.« Sie sparte sich die Bemerkung, dass es keine Rolle spielen würde, falls jemand Erfolg damit hatte. Bayle kannte sich nicht einmal in den Versionen der Prophezeiungen aus, die sie auf dieser Seite des Weltmeeres hatten, aber er beharrte darauf, niemand hätte die Notwendigkeit erwähnt, dass der Wiedergeborene Drache vor dem Kristallthron knien musste. Möglicherweise würde es sich als notwendig erweisen, dass man ihm dieses männliche *A'dam* umlegte, aber Bayle würde das niemals einsehen. »Was geschehen ist, ist geschehen, Bayle. Wenn das Licht uns erleuchtet, werden wir lange im Dienst für das Reich leben. Nun, du hast behauptet, du kennst diese Stadt. Was gibt es hier Interessantes zu sehen oder zu tun?«

»Hier immer sein irgendwelche Feste«, sagte er langsam, fast widerwillig. Er konnte es nicht ausstehen, seine Argumente aufzugeben, ganz egal, wie sinnlos sie auch waren. »Ein paar sein vielleicht nach deinem Geschmack. Einige nicht, ich schätzen. Du so… wählerisch sein.« Was meinte er denn damit? Plötzlich grinste er. »Wir könnten eine Weise Frau suchen. Sie nehmen hier die Eheschwüre ab.« Er strich mit den Fingern über die rasierte Seite seines Schädels und verdrehte die Augen, als wollte er es sich ansehen. »Obwohl, wenn ich mich an den Vortrag erinnern, den du mir über die ›Rechte und Privilegien‹ meiner Position gehalten haben, können *So'jhin* lediglich andere *So'jhin* heiraten, also müssen du mich zuerst freigeben. Glück stich mich, du haben noch nicht einen Fußbreit Boden von den versprochenen Landgütern bekommen. Ich können mein altes Handwerk wieder aufnehmen und dir in kurzer Zeit ein Landgut verschaffen.«

Ihr blieb der Mund offen stehen. Das war nichts Altes. Das war neu, sehr neu. Sie war immer sehr stolz auf ihr nüchternes Denkvermögen gewesen. Durch Können und Mut war sie zur Befehlshaberin aufgestiegen, war Veteranin von Seeschlachten und Stürmen und Schiffbruch. Und in diesem Augenblick fühlte sie sich wie eine Deckmatrosin, die auf ihrer ersten Fahrt voller Panik und schwindelig vom Krähennest herunterschaute, während sich die ganze Welt um sie herum drehte und ein Sturz in das Meer, das ihr Blickfeld ausfüllte, scheinbar unausweichlich schien.

»So einfach ist das nicht«, sagte sie und sprang auf die Füße, sodass er gezwungen war, einen Schritt zurückzutreten. Beim Licht, sie hasste es, atemlos zu klingen! »Die Freilassung verlangt von mir, für deinen Lebensunterhalt als freier Bürger aufzukommen, um zu sehen, ob du dich selbst ernähren kannst.« Licht! Worte, die einem aus dem Mund sprudelten, waren genauso schlimm wie Atemlosigkeit. Sie stellte sich auf einem Deck vor. Es half etwas. »In deinem Fall würde das vermutlich bedeuten, dass ich ein Schiff kaufe«, fuhr sie fort und klang zumindest ungerührt. »Und wie du mich erinnert hast, habe ich noch keine Landgüter erhalten. Davon abgesehen könnte ich nicht zulassen, dass du wieder mit dem Schmuggel anfängst, und das weißt du genau.« Das war die Wahrheit und der Rest war eigentlich auch keine Lüge. Ihre Jahre auf See waren profitabel gewesen, und auch wenn das Gold, das ihr gehörte, für eine Angehörige des Blutes nur Taschengeld war, so war sie dennoch imstande, ein Schiff zu kaufen – solange er kein Großschiff haben wollte –, aber sie hatte nicht geradeheraus bestritten, sich keines leisten zu können.

Er breitete die Arme aus, noch etwas, das er nicht tun sollte, und nach kurzem Zögern legte sie die Wange an seine breite Schulter und ließ zu, dass er sie umarmte. »Alles werden gut, Mädchen«, murmelte er sanft. »Irgendwie alles werden gut.«

»Du sollst mich nicht ›Mädchen‹ nennen, Bayle«, schalt sie ihn und starrte an seiner Schulter vorbei in den Kamin. Er schien vor ihren Augen zu verschwimmen. Vor dem Aufbruch aus Tanchico hatte sie beschlossen, ihn zu heiraten, eine jener blitzschnellen Entscheidungen, die ihren Ruf begründet hatten. Er war vielleicht ein Schmuggler, aber dem hätte sie ein Ende bereiten können, und er war treu, stark und intelligent, ein echter Seefahrer. Das Letztere war für sie immer eine Notwendigkeit gewesen. Aber sie kannte seine Sitten nicht. In einigen Teilen des Reiches waren es die Männer, die fragten, und sie waren beleidigt, wenn eine Frau auch nur eine Andeutung in die Richtung machten. Sie hatte auch keine Ahnung, wie man einen Mann einfing. Ihre wenigen Liebhaber waren alles Männer von gleichem Rang gewesen, Männer, denen sie offen gegenübertreten und wieder Lebewohl sagen konnte, wenn der eine oder andere auf ein anderes Schiff versetzt oder befördert wurde. Und jetzt war er *So'jhin*. Es war nichts dabei, mit seinem *So'jhin* ins Bett zu gehen, solange man es nicht in aller Öffentlichkeit tat. Er würde wie gewöhnlich sein Lager am Fuß des Bettes aufschlagen, selbst wenn er nie darauf schlief. Aber einen *So'jhin* zu befreien, ihn von den Rechten und Privilegien fern zu halten, für die Bayle nur Hohn und Spott übrig hatte, war der Gipfel der Grausamkeit. Nein, sie log, weil sie Dingen wieder aus dem Weg ging, und, was viel schlimmer war, sie belog sich selbst. Sie wollte Bayle Domon aus ganzem Herzen heiraten. Sie hegte aber auf bittere Weise Zweifel, ob sie sich überwinden konnte, freigelassenen Besitz zu heiraten.

»Wie meine Lady befehlen, es soll geschehen«, sagte er in fröhlicher Verspottung der steifen Förmlichkeit.

Sie boxte ihn unter die Rippen. Nicht hart. Gerade hart genug, um ihn grunzen zu lassen. Er musste es lernen! Sie hatte keine Lust mehr, sich Ebou Dars Sehenswürdigkeiten anzusehen. Sie wollte dort bleiben, wo sie war, in Bayles Armen, sie wollte keine Entscheidungen mehr treffen müssen, sondern hier für alle Ewigkeit stehen blieben.

Ein scharfes Klopfen ertönte an der Tür und sie stieß ihn weg. Wenigstens wusste er genug, um nicht dagegen zu protestieren. Während er den Mantel überzog, schüttelte sie ihr Gewand aus und versuchte, die Falten zu glätten, die das Liegen auf dem Bett hervorgerufen hatte. Obwohl sie sich kaum bewegt hatte, schienen es eine ganz schöne Menge zu sein. Das Klopfen konnte Suroths Marschbefehl sein oder eine Magd, die sehen wollte, ob sie etwas brauchten, aber wer auch immer es war, sie würde nicht zulassen, dass er sie in einem Zustand sah, als hätte sie sich auf Deck herumgewälzt.

Sie gab die sinnlosen Versuche auf, wartete, bis Bayle alle Knöpfe geschlossen und eine Pose angenommen hatte, die er für einen *So'jhin* angebracht hielt – *Wie ein Kapitän auf dem Achterdeck, der gleich Befehle brüllt*, dachte sie und seufzte –, dann brüllte er: »Herein!« Die Frau, die die Tür öffnete, war die Letzte, mit der sie gerechnet hätte.

Bethamin warf ihr einen zögernden Blick zu, bevor sie hereinschlüpfte und die Tür leise hinter sich schloss. Die *Sul'dam* holte tief Luft, dann kniete sie nieder und hielt sich steif aufrecht. Ihr dunkelblaues Gewand mit den roten Rechtecken und den Silberblitzen sah frisch gereinigt und gebügelt aus. Der scharfe Kontrast zu ihrem eigenen schlampigen Erscheinungsbild ärgerte Egeanin. »Meine Lady«, begann Bethamin zögernd und schluckte dann. »Meine Lady, ich bitte Euch, mit Euch sprechen zu dürfen.« Sie warf Bayle einen Blick zu und befeuchtete sich die Lippen. »Unter vier Augen, wenn es meiner Lady beliebt.«

Das letzte Mal hatte Egeanin diese Frau in einem Keller in Tanchico gesehen; sie hatte sie von einem *A'dam* befreit und ihr befohlen zu verschwinden. Wäre sie eine Angehörige des Hohen Blutes gewesen, hätte das ausreichend Grund für eine Erpressung geboten! Zweifellos wäre die Anklage dieselbe gewesen wie bei der Befreiung einer *Damane*. Verrat. Nur dass Bethamin es nicht enthüllen konnte, ohne sich dabei selbst ans Messer zu liefern.

»Er kann alles hören, was Ihr zu sagen habt, Bethamin«, sagte sie ruhig. Sie befand sich in einer Untiefe und da war kein Platz für etwas anderes als Ruhe. »Was wollt Ihr?«

Bethamin rutschte auf den Knien herum und verschwendete noch mehr Zeit mit Lippenlecken. Dann strömte plötzlich ein ganzer Wortschwall aus ihr hervor. »Ein Sucher hat mich besucht und mir befohlen, unsere… Freundschaft wieder aufzufrischen und ihm über Euch Bericht zu erstatten.« Sie biss sich auf die Unterlippe, als wollte sie sich auf diese Weise selbst am Plappern hindern, und starrte Egeanin an. Ihre dunklen Augen waren voller Verzweiflung und flehentlichem Betteln, genau wie damals in dem Keller in Tanchico.

Egeanin erwiderte den Blick kühl. Eine Untiefe und eine unerwartete steife Brise. Der seltsame Befehl, nach Ebou Dar zu kommen, hatte plötzlich seine Erklärung gefunden. Sie brauchte keine Beschreibung, um zu wissen, dass es derselbe Mann war. Genauso wenig wie sie fragen musste, warum Bethamin Verrat übte, indem sie einen Sucher hinterging. Wenn er zu dem Schluss kam, dass sein Verdacht ausreichte, um sie zur Befragung abzuholen, würde sie ihm schließlich alles sagen, was sie wusste, und dann würde auch ein gewisser Keller zur Sprache kommen, und Bethamin würde bald wieder ein *A'dam* tragen. Die einzige Hoffnung dieser Frau bestand darin, ihr zu helfen, dem Sucher aus dem Weg zu gehen.

»Steht auf«, sagte sie. »Setzt Euch.« Glücklicherweise gab es zwei Stühle, auch wenn keiner besonders bequem aussah. »Bayle, ich glaube, in dieser Flasche auf der Kommode ist Schnaps.«

Bethamin war so zittrig, dass Egeanin ihr aufhelfen und sie zum Stuhl führen musste. Bayle brachte Silberbecher mit einem Schluck Schnaps und erinnerte sich rechtzeitig daran, sich zu verbeugen und Egeanin zuerst etwas anzubieten, aber als er zu der Kommode zurückgekehrt war, sah sie, dass er sich ebenfalls etwas eingeschenkt hatte. Er stand da, den Becher in der Hand, und betrachtete sie, als sei es das Natürlichste auf der Welt. Bethamin starrte ihn ungläubig an.

»Ihr glaubt, Ihr schwebt schon über dem Pfahl«, sagte Egeanin und die *Sul'dam* zuckte zusammen und starrte sie Furcht erfüllt an. »Ihr irrt Euch, Bethamin. Das einzige Verbrechen, das ich begangen habe, war Euch zu befreien.« Das stimmte zwar nicht genau, aber am Ende war sie es gewesen, die Suroth das männliche *A'dam* übergeben hatte. Und mit einer Aes Sedai zu sprechen war kein Verbrechen. Der Sucher hatte möglicherweise einen Verdacht – er hatte in Tanchico versucht, an der Tür zu lauschen –, aber sie war keine *Sul'dam*, die den Auftrag hatte, *Marath'damane* einzufangen. Schlimmstenfalls bedeutete das einen Verweis. »Solange er nichts darüber erfährt, hat er keinen Grund, mich zu verhaften. Wenn er wissen will, was ich sage, dann sagt es ihm. Denkt nur immer daran: Sollte er sich entscheiden, mich zu verhaften, werde ich ihm Euren Namen nennen.« Eine Erinnerung daran konnte Bethamin davor warnen, plötzlich dem Glauben zu verfallen, dass sich ihr ein Ausweg bot, bei dem sie sie zurücklassen konnte. »Er wird mich nicht einmal zum Schreien bringen müssen.«

Zu ihrer Überraschung fing die *Sul'dam* hysterisch an zu lachen. Zumindest bis sich Egeanin vorbeugte und ihr eine Ohrfeige gab.

Bethamin rieb sich mürrisch die Wange und sagte: »Bis auf den Keller weiß er über fast alles Bescheid, meine Lady.« Und sie fing an, das phantastische Netz des Verrats zu beschreiben, das Egeanin, Bayle und Suroth und vielleicht sogar selbst Tuon mit Aes Sedai und *Marath'damane* und *Damane*, die Aes Sedai gewesen waren, miteinander verband.

Bethamins Stimme wurde zunehmend schriller, als sie von einer unglaublichen Anschuldigung zur nächsten sprang, und es dauerte nicht lange und Egeanin fing an, den Schnaps zu trinken. In kleinen Schlucken. Sie war ganz ruhig. Sie hatte sich im Griff. Sie war... Das ging weit über jede Untiefe hinaus. Sie fuhr ganz nah an einer Leeküste vorbei und der Seelenblender selbst ritt auf dieser Sturmböe herbei, um ihr die Augen zu rauben. Nachdem Bayle eine Zeit lang mit immer größer werdenden Augen zugehört hatte, stürzte er einen bis zum Rand mit dem dunklen, scharfen Schnaps gefüllten Becher auf einen Zug herunter. Es erleichterte sie, seine Ungläubigkeit zu sehen, und diese Erleichterung rief Schuldgefühle hervor. Sie würde ihn nicht für einen

Mörder halten. Davon abgesehen konnte er zwar ausgezeichnet mit seinen Händen umgehen, war aber nur ein mittelmäßiger Schwertkämpfer; ob mit Waffen oder bloßen Händen, Hochlord Turak hätte Bayle wie einen Karpfen aufgeschlitzt. Ihre einzige Entschuldigung, es überhaupt in Betracht zu ziehen, lag darin, dass er in Tanchico mit zwei Aes Sedai zusammen gewesen war. Das Ganze war Unsinn. Es konnte nicht anders sein! Diese beiden Aes Sedai waren kein Teil einer Verschwörung gewesen, es hatte sich um eine zufällige Begegnung gehandelt. Beim Licht, sie waren kaum älter als Mädchen gewesen, fast noch unschuldig, viel zu weichherzig, um ihren Vorschlag zu akzeptieren, dem Sucher die Kehle durchzuschneiden, als sie dazu Gelegenheit hatten. Wirklich schade. Sie hatten ihr das männliche *A'dam* überreicht. Eiswasser schien ihr den Rücken hinunterzulaufen. Sollte der Sucher erfahren haben, dass sie vorgehabt hatte, sich des *A'dam* auf die Weise zu entledigen, die jene Aes Sedai vorgeschlagen hatten, sollte irgendjemand dies erfahren, würde man sie genauso des Verrats für schuldig erklären, als hätte sie es in den Tiefen des Ozeans versenkt. *Bist du es denn nicht*? fragte sie sich. Der Dunkle König war gekommen, um ihre Augen zu stehlen.

Bethamin drückte mit tränenüberströmtem Gesicht den Becher an die Brüste, so als wollte sie sich selbst festhalten. Falls sie versuchte, nicht zu zittern, scheiterte sie kläglich. Sie starrte Egeanin an oder vielleicht auch auf etwas, das jenseits von ihr lag. Etwas Furchteinflößendes. Das Feuer hatte den Raum nur mäßig erwärmt, aber Bethamins Gesicht war schweißüberströmt.

»…und wenn er von Renna und Seta erfährt, wird er es mit Sicherheit wissen!«, plapperte sie. »Er wird mich holen und die anderen *Sul'dam* auch! Ihr müsst ihn aufhalten! Wenn er mich holt, werde ich ihm Euren

Namen geben! Das werde ich!« Abrupft führte sie den Becher an den Mund und stürzte den Inhalt hinunter, verschluckte sich und hustete, dann hielt sie ihn Bayle zum Nachfüllen hin. Er rührte sich nicht. Er sah aus, als hätte ihn eine Axt gestreift.

»Wer sind Renna und Seta?«, fragte Egeanin. Sie war genauso verängstigt wie die *Sul'dam,* aber wie immer behielt sie ihre Furcht auf geradem Kiel. »Was kann der Sucher über sie erfahren?« Bethamins Blick glitt zu Boden, sie konnte ihr nicht in die Augen sehen, und plötzlich wusste sie es. »Es sind *Sul'dam,* nicht wahr, Bethamin? Und man hat ihnen den Kragen angelegt, genau wie Euch.«

»Sie stehen in Suroths Diensten«, wimmerte die Frau. »Aber man erlaubt ihnen nicht, die Verbindung einzugehen. Suroth kennt die Wahrheit.«

Egeanin rieb sich müde die Augen. Vielleicht gab es ja tatsächlich eine Verschwörung. Oder Suroth verbarg, was die beiden waren, um das Reich zu schützen. Das Reich hing von den *Sul'dam* ab; seine Stärke gründete sich auf sie. Die Neuigkeit, dass *Sul'dam* Frauen waren, die fähig waren, das Lenken der Macht zu erlernen, konnte das Reich womöglich bis ins Mark erschüttern. *Sie* hatte es auf jeden Fall erschüttert. Sie vielleicht sogar zerstört. Sie hatte Bethamin nicht aus Pflichtbewusstsein befreit. In Tanchico hatten sich so viele Dinge verändert. Sie hing nicht länger dem Glauben an, dass jede Frau, die die Macht lenken konnte, es automatisch verdiente, an den Kragen gelegt zu werden. Verbrecher mit Sicherheit, vielleicht auch jene, die sich weigerten, dem Kristallthron den Treueid zu schwören, und… Sie wusste es nicht. Einst hatte sich ihr Leben aus felsgleichen Überzeugungen zusammengesetzt, die wie Leitsterne gewesen waren, die niemals verloschen. Sie wollte ihr altes Leben zurück. Sie wollte ein paar Sicherheiten.

»Ich dachte…«, setzte Bethamin an. Wenn sie nicht aufhörte, sich die Lippen zu lecken, würde sie bald keine mehr haben. »Meine Lady, wenn der Sucher einen… Unfall erleidet, verschwindet die Gefahr vielleicht mit ihm.« Licht, diese Frau *glaubte* an diese Intrige gegen den Kristallthron, und sie war bereit, sie geschehen zu lassen, um ihre eigene Haut zu retten!

Egeanin stand auf, und die *Sul'dam* hatte keine andere Wahl, als ihrem Beispiel zu folgen. »Ich werde darüber nachdenken, Bethamin. Ihr werdet mich jeden Tag besuchen, an dem Ihr frei habt. Der Sucher wird das erwarten. Ihr werdet nichts tun, bis ich eine Entscheidung getroffen habe. Habt Ihr verstanden? Nichts, außer Euren Pflichten nachzukommen und das zu tun, was ich Euch sage.« Bethamin verstand. Sie war so erleichtert, dass sich jemand um die Gefahr kümmerte, dass sie erneut niederkniete und Egeanins Hand küsste.

Egeanin drängte die Frau beinahe aus dem Raum, schloss hinter ihr die Tür und schleuderte den Becher in den Kamin. Er traf die Ziegel, prallte ab und rollte über den kleinen Teppich auf dem Boden. Er war verbeult. Ihr Vater hatte ihr den Satz geschenkt, als sie ihr erstes Kommando erhalten hatte. Sämtliche Kraft schien aus ihr herausgeströmt zu sein. Der Sucher hatte Mondlicht und Zufälle zu einem Strick geknüpft, der ihr nun die Luft abschnürte. Falls man sie nicht zu Besitz machte. Diese Möglichkeit ließ sie erschaudern. Was auch immer sie tat, der Sucher hatte sie in der Falle.

»Ich kann ihn töten.« Bayle ballte die Fäuste; sie waren so breit wie der Rest von ihm. »Wenn ich mich recht erinnere, sein er ein dünner Kerl. Daran gewöhnt, dass ihm jeder gehorchen. Er werden nicht damit rechnen, dass ihm jemand den Hals bricht.«

»Du wirst ihn niemals finden, um ihn töten zu können, Bayle. Er wird sie niemals zweimal am selben Ort treffen, und selbst wenn du ihr Tag und Nacht folgst, könnte er eine Verkleidung tragen. Du kannst nicht jeden Mann töten, mit dem sie spricht.«

Sie nahm die Schultern zurück und ging zum Tisch, auf dem ihr Schreibpult stand und klappte es auf. Das mit geschnitzten Wellen verzierte Schreibpult mit seinem in einem Silberhalter steckenden Glastintenfässchen und dem silbernen Sandstreuer war das Geschenk ihrer Mutter zu jenem ersten Kommando gewesen. Die sauber gestapelten Blätter trugen das ihr kürzlich zugestandene Siegel, ein Schwert und einen bewachsenen Anker. »Ich werde deine Freilassung verfügen«, sagte sie und tauchte die silberne Schreibfeder ein, »Und dir genug Geld für eine Schiffspassage geben.« Die Feder glitt über die Seite. Sie hatte immer eine gute Handschrift gehabt. Logbucheinträge mussten leserlich sein. »Nicht genug, um ein Schiff kaufen zu können, wie ich fürchte, aber es muss reichen. Du wirst mit dem ersten verfügbaren Schiff segeln. Rasier dir den Rest deines Kopfes, dann solltest du keine Schwierigkeiten bekommen. Es ist immer noch schockierend, kahlköpfige Männer ohne Perücken zu sehen, aber niemand scheint sich daran …« Sie keuchte auf, als Bayle das Blatt direkt unter ihrer Feder wegriss.

»Wenn du mich frei lassen, du können mir keine Befehle geben«, sagte er. »Außerdem du müssen dafür sorgen, dass ich meinen Lebensunterhalt verdienen kann, wenn du mich frei geben.« Er hielt das Blatt ins Feuer und sah zu, wie es sich schwarz verfärbte und zusammenrollte. »Ein Schiff, haben du gesagt, und ich werden dich beim Wort nehmen.«

»Hör mir gut zu«, sagte sie in ihrer besten Achterdeckstimme, aber das machte keinen Eindruck auf ihn. Es musste das verflixte Gewand sein.

»Du brauchen eine Mannschaft«, übertönte er sie. »Und ich können eine für dich finden, sogar hier.«

»Was soll ich denn mit einer Mannschaft? Ich habe kein Schiff. Und selbst wenn, wo sollte ich hinsegeln, dass mich der Sucher nicht findet?«

Bayle zuckte mit den Schultern, als wäre das nebensächlich. »Zuerst eine Mannschaft. Ich haben den jungen Burschen in der Küche erkannt, den mit dem Mädchen auf den Knien. Spar dir deine Grimassen. An ein paar Küssen ist nichts Schlechtes.«

Sie stand auf, bereit, ihn ordentlich zurechtzuweisen. Sie runzelte die Stirn und zog keine Grimasse, das Pärchen hatte in aller Öffentlichkeit aneinander rumgefummelt wie die Tiere, und er war ihr Besitz! So konnte er nicht mit ihr sprechen!

»Er heißen Mat Cauthon«, fuhr Bayle fort, noch während sie den Mund öffnete. »Seine Kleidung zeigen, er haben es weit in der Welt gebracht. Als ich ihn sehen das erste Mal, er tragen einen Bauernmantel und flüchten vor Trollocs und zwar an einem Ort, den selbst Trollocs fürchten. Beim letzten Mal brannte fast halb Weißbrücke und ein Myrddraal versuchen, ihn und seine Freunde zu töten. Ich haben es nicht mit eigenen Augen gesehen, aber noch mehr könnte ich sowieso nicht glauben. Jeder Mann, der Trollocs und Myrddraal überleben, sollte nützlich sein, finde ich. Vor allen Dingen jetzt.«

»Eines Tages werde ich mir mal einen dieser Trollocs und Myrddraal ansehen müssen, von denen du immer erzählst«, knurrte sie. Die Dinger konnten nicht halb so Furcht einflößend sein, wie er sie immer beschrieb.

Er grinste und schüttelte den Kopf. Er wusste, was sie von diesem Schattengezücht hielt. »Was noch besser sein, der junge Meister Cauthon hatte Gefährten auf meinem Schiff. Ebenfalls gute Männer für die Art von Unternehmung. Einen davon kennen du. Thom Merrilin.«

Egeanin stockte der Atem. Merrilin war ein schlauer alter Mann. Ein gefährlicher alter Mann. Und er war mit diesen beiden Aes Sedai zusammen gewesen, als sie Bayle kennen gelernt hatte. »Bayle, gibt es eine Verschwörung? Sag es mir. Bitte.« Niemand sagte bitte zu einem Stück Besitz, nicht mal zu einem *So'jhin*. Zumindest nicht, solange man nicht etwas um jeden Preis wollte.

Er schüttelte erneut den Kopf, stemmte sich mit einer Hand am Kaminsims ab und blickte stirnrunzelnd in die Flammen. »Aes Sedai schmieden Intrigen wie Fische schwimmen. Sie können sich mit Suroth zusammengetan haben, aber die Frage sein, kann sie mit ihnen etwas geplant haben? Ich haben gesehen, wie sie *Damane* anschaut, als wären sie räudige Hunde mit Flöhen und ansteckenden Krankheiten. Könnte sie überhaupt mit einer Aes Sedai sprechen?« Er sah auf und sein Blick war offen und klar und verbarg nichts. »Ich sagen die Wahrheit. Beim Grab meiner Großmutter, ich nichts wissen von einem Komplott. Doch selbst wenn ich von zehn wüsste, werde ich trotzdem nicht zulassen, dass dieser Sucher dir oder sonst jemandem ein Leid zufügen, egal, was dazu erforderlich sein.« Das hätte auch jeder loyale *So'jhin* sagen können. Nun ja, kein ihr bekannter *So'jhin* hätte es so direkt gesagt, aber die Gesinnung war die gleiche. Leider wusste sie, dass er es nicht so meinte, es nicht so meinen konnte.

»Danke, Bayle.« Eine beherrschte Stimme war eine Notwendigkeit für ein Kommando, und sie war stolz darauf, dass sie in diesem Augenblick beherrscht klang. »Finde diesen Meister Cauthon und Thom Merrilin, wenn du es vermagst. Vielleicht kann man ja etwas arrangieren.«

Er versäumte es, sich zu verbeugen, bevor er ging,

aber sie erwog nicht einmal, ihn dafür zu tadeln. Sie hatte auch nicht vor, sich von dem Sucher gefangen nehmen zu lassen. Was auch immer dazu nötig war, ihn aufzuhalten. Das war eine Entscheidung, die sie getroffen hatte, bevor sie Bethamin befreite. Sie füllte den verbeulten Becher bis zum Rand mit Schnaps, weil sie sich betrinken wollte, bis sie zu keinem klaren Gedanken mehr fähig war, aber stattdessen saß sie da und starrte in die dunkle Flüssigkeit, ohne auch nur einen Tropfen zu nippen. Was auch immer dazu nötig war. Licht, sie war kein Stück besser als Bethamin! Aber diese Selbsterkenntnis veränderte nichts. Was auch immer dazu nötig war.

GLOSSAR

VORBEMERKUNG ZUR DATIERUNG

Der Tomanische Kalender (von Toma dur Ahmid entworfen) wurde ungefähr zwei Jahrhunderte nach dem Tod des letzten männlichen Aes Sedai eingeführt. Er zählte die Jahre nach der Zerstörung der Welt (NZ). Da aber in den Jahren der Zerstörung und in den darauf folgenden Jahren fast totales Chaos herrschte und dieser Kalender erst gut hundert Jahre nach dem Ende der Zerstörung eingeführt wurde, hat man seinen Beginn völlig willkürlich gewählt. Am Ende der Trolloc-Kriege waren so viele Aufzeichnungen vernichtet worden, dass man sich stritt, in welchem Jahr der alten Zeitrechnung man sich überhaupt befand. Tiam von Gazar schlug die Einführung eines neuen Kalenders vor, der am Ende dieser Kriege einsetzte und die (scheinbare) Erlösung der Welt von der Bedrohung durch Trollocs feierte. In diesem zweiten Kalender erschien jedes Jahr als so genanntes Freies Jahr (FJ). Innerhalb der zwanzig auf das Kriegsende folgenden Jahre fand der Gazareische Kalender weitgehend Anerkennung. Artur Falkenflügel bemühte sich, einen neuen Kalender durchzusetzen, der auf seiner Reichsgründung basierte (VG = Von der Gründung an), aber dieser Versuch ist heute nur noch den Historikern bekannt. Nach weit reichender Zerstörung, Tod und Aufruhr während des Hundertjährigen Krieges entstand ein vierter Kalender durch Uren din Jubai Fliegende Möwe, einem Gelehrten der Meerleute, und wurde von dem Panarchen Farede von Tarabon weiterverbreitet. Dieser Farede-Kalender zählt die Jahre der Neuen Ära (NÄ) von dem willkürlich angenommenen Ende des Hundertjährigen Krieges an und ist während der geschilderten Ereignisse in Gebrauch.

A'dam (aidam): Ein Gerät, mit dessen Hilfe man Frauen kontrollieren kann, die die Macht lenken, und das nur von Frauen benützt werden kann, die entweder selbst die Fähigkeit besitzen, mit der Macht umzugehen, oder die das zumindest erlernen können. Er verknüpft die beiden Frauen. Der von den Seanchanern verwendete Typus besteht aus einem Halsband und einem Armreif, die durch eine Leine miteinander verbunden sind; sämtliche Teile sind aus einem silbrigen Metall gefertigt. Falls ein Mann, der die Macht lenken kann, mit Hilfe eines *A'dam* mit einer Frau verknüpft wird, führt das wahrscheinlich zu beider Tod. Selbst die bloße Berührung eines *A'dam* durch einen Mann mit dieser Fähigkeit verursacht ihm große Schmerzen, falls dieser *A'dam* von einer Frau mit Zugang zur Wahren Quelle getragen wird.

Aes Sedai (Aies Sehdai): Träger der Einen Macht. Seit der Zeit des Wahnsinns sind alle überlebenden Aes Sedai Frauen. Von vielen respektiert und verehrt, misstraut man ihnen und fürchtet, ja, hasst sie weitgehend. Viele geben ihnen die Schuld an der Zerstörung der Welt, und allgemein glaubt man, sie würden sich in die Angelegenheiten ganzer Staaten einmischen. Gleichzeitig aber findet man nur wenige Herrscher ohne Aes Sedai-Berater, selbst in Ländern, wo schon die Existenz einer solchen Verbindung geheim gehalten werden muss. Nach einigen Jahren, in denen sie die Macht gebrauchen, beginnen die Aes Sedai alterslos zu wirken, sodass auch eine Aes Sedai, die bereits Großmutter sein könnte, keine Alterserscheinungen zeigt, außer vielleicht ein paar grauen Haaren (*siehe auch:* Ajah; Amyrlin-Sitz).

Aiel (Aiiehl): Die Bewohner der Aiel-Wüste. Gelten als wild und zäh. Vor dem Töten verschleiern sie ihr Gesicht. Sie nehmen kein Schwert in die Hand, nicht einmal in tödlichster Gefahr, und sie reiten nur unter Zwang auf einem Pferd, sind aber tödliche Krieger, ob mit Waffen oder nur mit bloßen Händen. Die Aielmänner benützen für den Kampf die Bezeichnung ›der Tanz‹ und ›der Tanz der Speere‹. Sie sind in zwölf Clans zersplittert: die Chareen, die Chodarra, die Daryne, die Goshien, die Miagoma, die Nakai, die Reyn, die Shaarad, die Shaido, die Shiande, die Taardad und die Tomanelle. Jeder Clan ist wiederum in Septimen eingeteilt. Manchmal sprechen sie auch von dem dreizehnten Clan, dem *Clan, den es nicht gibt,* den Jenn, die einst Rhuidean erbauten. Es gehört zum Allgemeinwissen, dass die Aiel einst den Aes Sedai den Dienst versagten und dieser Sünde wegen in die Aiel-Wüste verbannt wurden, und dass sie der Vernichtung anheim fallen, sollten sie noch einmal die Aes Sedai im Stich lassen (*siehe auch:* Aiel-Kriegergemeinschaften).

Aielkrieg (976 – 78 NÄ): Als König Laman von Cairhien den Avendoraldera fällte, überquerten vier Clans der Aiel das Rückgrat der Welt. Sie eroberten und brandschatzten die Hauptstadt Cairhien und viele andere kleine und große Städte im Land. Der Konflikt weitete sich schnell nach Andor und Tear aus. Im Allgemeinen glaubt man, die Aiel seien in der Schlacht an der Leuchtenden Mauer vor Tar Valon endgültig besiegt worden, aber in Wirklichkeit fiel König Laman in dieser Schlacht, und die Aiel, die damit ihr Ziel erreicht hatten, kehrten über das Rückgrat der Welt in ihre Heimat zurück.

Aiel-Kriegergemeinschaften: Alle Aiel-Krieger sind Mitglieder einer von zwölf Kriegergemeinschaften. Es sind die Schwarzaugen (*Seia Doon*), die Brüder des Adlers (*Far Aldazar Din*), die Läufer der Dämmerung (*Rahien Sorei*), die Messerhände (*Sovin Nai*), die Töchter des Speers (*Far Dareis Mai*), die Bergtänzer (*Hama N'dore*), die Nachtspeere (*Core Darei*), die Roten Schilde (*Aethan Dor*), die Steinhunde (*Shae'en M'taal*), die Donnergänger (*Sha'mad Conde*), die Blutabkömmlinge (*Tain Shari*) und die Wassersucher (*Duahde Mahdi'in*). Jede Gemeinschaft hat eigene Bräuche und manchmal auch ganz bestimmte Pflichten. Zum Beispiel fungieren die Roten Schilde als Polizei. Steinsoldaten werden häufig als Nachhut bei Rückzugsgefechten eingesetzt. Die Töchter des Speers sind gute Kundschafterinnen. Die Clans der Aiel bekämpfen sich auch gelegentlich untereinander, aber Mitglieder der gleichen Gemeinschaft kämpfen nicht gegeneinander, selbst wenn ihre Clans im Krieg miteinander liegen. So gibt es jederzeit, sogar während einer offenen kriegerischen Auseinandersetzung, Kontakt zwischen den Clans (*siehe auch:* Aiel).

Ajah: Gemeinschaften unter den Aes Sedai. Es gibt sieben Ajahs, die durch ihre Farben gekennzeichnet werden: Blau, Rot, Weiß, Grün, Braun, Gelb und Grau. Bis auf den Amyrlin-Sitz gehört jede Aes Sedai einer von ihnen an. Jede Gruppe folgt ihrer eigenen Auslegung, was die Anwendung der Einen Macht betrifft sowie die eigentliche Aufgabe der Aes Sedai. Die Rote Ajah setzt all ihre Kräfte dazu ein, Männer, die die Macht lenken können, zu finden und zu dämpfen. Die Schwestern der Braunen entsagen allem Weltlichen und widmen ihr Dasein der Suche nach Wissen, während die Weißen größtenteils weder mit der Welt noch mit weltlichem Wissen etwas zu tun haben wollen und sich den Fragen der Philosophie und der Wahrheit widmen. Die Grüne Ajah (die während der Trolloc-Kriege auch Kampf-Ajah genannt wurde), hält sich für Tarmon Gai'don bereit. Die Gelben Schwestern widmen sich der Heilung von Krankheiten und die Blauen studieren die Rechtsprechung. Die Grauen sind Vermittler und stiften Frieden und Konsens. Die Existenz einer Schwarzen Ajah, die sich den Zielen des Dunklen König verschrieben hat, wird offiziell und vehement bestritten.

Amyrlin-Sitz, der: (1) Titel der Führerin der Aes Sedai. Auf Lebenszeit vom Turmrat, dem höchsten Gremium der Aes Sedai, gewählt; dieser besteht aus je drei Abgeordneten (die man Sitzende nennt, wie z. B. ›Sitzende der Grünen‹) der sieben Ajahs. Der Amyrlin-Sitz hat, jedenfalls theoretisch, die uneingeschränkte Macht über die Aes Sedai. Sie hat etwa den Rang einer Königin. Etwas weniger formell ist die Bezeichnung: die Amyrlin. (2) Thron der Führerin der Aes Sedai.

Angreal: Ein Überbleibsel aus dem Zeitalter der Legenden. Es erlaubt einer Person, die die Eine Macht lenken kann, einen stärkeren Energiefluss zu meistern, als das sonst ohne Hilfe und Lebensgefahr möglich wäre. Einige wurden zur Benutzung durch Frauen hergestellt, andere für Männer. Gerüchte über *Angreal*, die von beiden Geschlechtern benützt werden können, wurden nie bestätigt. Es ist heute nicht mehr bekannt, wie sie angefertigt wurden. Es existieren nur noch sehr wenige (*siehe auch:* Sa'angreal, Ter'angreal).

Asha'man: (1) In der Alten Sprache ›Wächter‹, immer ein Wächter von Gerechtigkeit und Wahrheit. (2) Die Bezeichnung der Männer – sowohl allgemein als auch im Sinne eines Ranges –, die zur Schwarzen Burg in der Nähe von Caemlyn in Andor gezogen sind, um dort den Gebrauch der Einen Macht zu erlernen. Ihre Ausbildung konzentriert sich auf die Möglichkeiten, die Eine Macht als Waffe zu benutzen. Sobald sie gelernt haben, *Saidin,* die männliche Hälfte der Macht, zu ergreifen, wird von ihnen verlangt – eine weitere Abweichung von den Gepflogenheiten der Weißen Burg –, alle mühevollen Arbeiten mit Hilfe der Macht zu erledigen. Ein neu aufgenommener Rekrut wird Soldat genannt; er trägt einen schlichten schwarzen Mantel mit einem hohen Kragen nach der andoranischen Mode. Mit der Beförderung zum Geweihten erhält er das Recht, eine als Schwert bezeichnete silberne Anstecknadel am Mantelkragen zu tragen. Die Beförderung zum Asha'man beinhaltet das Recht, auf der dem Schwert gegenüberliegenden Kragenseite die aus Gold und rotem Emaille bestehende Anstecknadel in Form eines Drachen zu tragen. Obwohl viele Frauen – einschließlich der Ehefrauen – die Flucht ergreifen, wenn sie erfahren, dass ihr Mann die Macht lenken kann, sind eine stattliche Anzahl der Männer aus der Schwarzen Burg verheiratet, und sie benutzen eine Abart des Behüterbundes, um eine Verbindung zu ihren Frauen herzustellen. Dieser Bund wurde kürzlich so modifiziert, dass er Gehorsam erzwingt, und dazu benutzt, gefangene Aes Sedai gefügig zu machen.

Aufgenommene: Junge Frauen in der Ausbildung zur Aes Sedai, die eine bestimmte Stufe erreicht und einige Prüfungen bestanden haben. Normalerweise braucht man fünf bis zehn Jahre, um von der Novizin zur Aufgenommenen erhoben zu werden. Die Aufgenommenen sind in ihrer Bewegungsfreiheit weniger eingeschränkt als die Novizinnen, und es ist ihnen innerhalb bestimmter Grenzen sogar erlaubt, eigene Studiengebiete zu wählen. Eine Aufgenommene hat das Recht, einen Großen Schlangenring zu tragen, aber nur am dritten Finger ihrer linken Hand. Wenn eine Aufgenommene zur Aes Sedai erhoben wird, wählt sie ihre Ajah, erhält das Recht, deren Stola zu tragen, und darf den Ring an jedem Finger oder auch gar nicht tragen, je nachdem, was die Umstände von ihr verlangen (*siehe auch:* Aes Sedai).

Behüter: Ein Krieger, der durch den Behüterbund mit einer Aes Sedai verbunden ist. Dies geschieht mit Hilfe der Einen Macht und er erhält dadurch besondere Fähigkeiten. Er hat stärkere Heilkräfte, kommt lange Zeit ohne Nahrung, Wasser und Schlaf aus und kann den Einfluss des Dunklen Königs auf größere Entfernung spüren. Behüter und Aes Sedai teilen durch den Bund gewisse physische und emotionelle Empfindungen. Solange ein Behüter am Leben ist, ist sich die mit ihm verbundene Aes Sedai dieser Tatsache bewusst – ganz egal, wie weit er von ihr entfernt ist –, und wenn er stirbt, wird sie den Augenblick und die Art seines Todes kennen. Die meisten Ajahs vertreten die Auffassung, dass eine Aes Sedai nur mit einem Behüter verbunden sein sollte, allerdings weigern sich die Roten Ajah, überhaupt einen Bund einzugehen, während die Grünen Ajah der Meinung sind, eine Aes Sedai sollte so viele Behüter haben, wie sie für richtig hält. Ein Behüter sollte den Bund freiwillig eingehen, aber es ist vorgekommen, dass ihm der Bund gegen seinen Willen aufgezwungen wurde. Was die Aes Sedai von der Verbindung haben, ist ein wohlgehütetes Geheimnis. Allen historischen Aufzeichnungen zufolge sind Behüter immer nur Männer gewesen, aber kürzlich ging eine Frau den Bund ein, bei dem es daraufhin zu gewissen anderen Eigenschaften kam (*siehe auch:* Birgitte).

Birgitte: Behüterin von Elayne Trakand, vermutlich die erste weibliche Behüterin überhaupt, eine Tatsache, die eine Reihe von größtenteils unerwarteten Schwierigkeiten mit sich bringt. Birgitte ist in Wahrheit die legendäre Heldin gleichen Namens, die zu jenen gehörte, die durch das Horn von Valere zurückgerufen werden sollten. Während eines Kampfes mit Moghedien wurde sie aus dem *Tel'aran'rhiod* in die Welt der Lebenden gerissen und nur das Eingehen des Bundes mit Elayne konnte ihr Leben retten. Abgesehen von ihrer Schönheit und ihrem Geschick mit dem Bogen ähnelt sie nur wenig den Legenden, die man über sie erzählt.

Blut, das: Bezeichnung der Seanchaner für ihren Adel. Man kann zum Blut sowohl erhoben als auch hineingeboren werden.

Corenne: In der Alten Sprache ›Die Wiederkehr‹. Die Seanchaner bezeichnen damit sowohl die Flotte aus Tausenden von Schiffen wie auch die Hunderttausende von Soldaten, Handwerkern und anderen Menschen, die Schiffe transportierten und den Vorläufern folgen, um das Land zu beanspruchen, das Artur Falkenflügels Nachfahren gestohlen wurde (*siehe auch:* Hailene).

Da'covale: (1) In der Alten Sprache bezeichnet man damit eine Person, die einer anderen gehört oder ihr ›Besitz‹ ist. (2) Bei den Seanchanern wird dieser Begriff häufig für Besitztümer und Sklaven verwendet. In Seanchan hat die Sklaverei eine lange und ungewöhnliche Geschichte, da Sklaven die Möglichkeit haben, zu Positionen mit großer Macht und öffentlicher Autorität aufzusteigen, darunter auch solche, in denen sie über freie Bürger bestimmen (*siehe auch:* So'jhin).

Damane: In der Alten Sprache ›Die Gefesselten‹. Frauen, die die Eine Macht lenken können, werden mit Hilfe eines *A'dam* unter Kontrolle gehalten und dienen den Seanchanern zu verschiedenen Zwecken, vor allem als Wunderwaffen im Krieg. Im ganzen Reich von Seanchan werden jedes Jahr junge Frauen geprüft, ob sie über die Fähigkeit verfügen, bis hin zu dem Alter, in dem sich die Gabe, die Macht gebrauchen zu können, in jedem Fall gezeigt hätte. Genauso wie die jungen Männer mit diesem Talent (die hingerichtet werden), werden die *Damane* aus den Familienbüchern und allen Bürgerlisten des Reiches gestrichen. Frauen, die dieses Talent besitzen, aber noch nicht zu *Damane* gemacht wurden, nennt man *Marath'damane,* ›jene, die an die Leine gelegt werden müssen‹ (*siehe auch:* A'dam; Marath'damane; Seanchan; Sul'dam).

Der'morat: (1) In der Alten Sprache ›Meisterbezwinger‹. (2) Bezeichnung der Seanchaner für einen Tierbändiger und Ausbilder von Exoten beziehungsweise für jeden Ausbilder, wobei das Suffix einen langjährigen und fähigen Meister bezeichnet, so wie beispielsweise in *Der'morat'raken*. *Der'morat* können eine ziemlich hohe soziale Stellung erreichen; der höchste ist der *Der'sul'dam,* die Ausbilder der *Sul'dam,* die mit hohen Armeeoffizieren gleichzusetzen sind (*siehe auch:* Morat).

Drache, der: Ehrenbezeichnung für Lews Therin Telamon während des Schattenkrieges vor mehr als dreitausend Jahren. Als der Wahnsinn alle männlichen Aes Sedai befiel, tötete Lews Therin alle Angehörigen, die etwas von seinem Blut in sich trugen, und jede Person, die er liebte. So bezeichnete man ihn anschließend als Brudermörder (*siehe auch:* Wiedergeborener Drache, Prophezeiungen des Drachen).

Erstschwester; Erstbruder: Diese Verwandtschaftsbezeichnung bei den Aiel bedeutet einfach, die gleiche Mutter zu haben. Das ist für die Aiel eine engere Verwandtschaftsbeziehung als vom gleichen Vater abzustammen.

Fain, Padan: Ehemaliger Schattenfreund, der mittlerweile etwas viel Schlimmeres als ein Schattenfreund ist. Er ist genauso sehr ein Feind der Verlorenen wie Rand al'Thors, den er leidenschaftlich hasst. Zuletzt fungierte er unter dem Namen Jeraal Mordeth als Berater von Lord Toram Riatin bei dessen Rebellion gegen den Wiedergeborenen Drachen in Cairhien.

Fäuste des Himmels: Leicht bewaffnete und gepanzerte seanchanische Infanterie, die auf den Rücken der geflügelten Kreaturen namens *To'raken* in die Schlacht ziehen. Es handelt sich ausschließlich um kleinwüchsige Männer und Frauen, was größtenteils an dem geringen Gewicht liegt, das ein *To'raken* tragen kann. Sie gelten allgemein als die zähesten verfügbaren Soldaten und werden hauptsächlich für Sturmangriffe eingesetzt, zum Beispiel auf die Nachhut des Feindes, sowie in solchen Fällen, in denen es darauf ankommt, Soldaten in kürzester Zeit an ihre Positionen zu bringen.

Gefährten: die Militärelite von Illian, die derzeit von dem Ersten Hauptmann Demetre Marcolin befehligt wird. Die Gefährten stellen die Leibwache für den König von Illian und bewachen Schlüsselstellungen des Landes. Darüber hinaus hat man die Gefährten in der Schlacht traditionellerweise dazu eingesetzt, die stärkste Position des Feindes anzugreifen, seine Schwäche auszunutzen und, falls nötig, den Rückzug des Königs zu decken. Im Gegensatz zu den meisten vergleichbaren Eliteeinheiten sind Ausländer nicht nur willkommen (mit Ausnahme von Tairenern, Altaranern und Murandianern), sie können sogar – genau wie normale Untertanen – in die höchsten Positionen aufsteigen, was ebenfalls sehr ungewöhnlich ist. Die Uniform der Gefährten besteht aus einem grünen Mantel, einem Brustharnisch, auf dem die Neun Bienen von Illian eingraviert sind, sowie einem konischen Helm mit einem Stangenvisier. Der Erste Hauptmann trägt an den Manschetten vier aufgestickte goldene Ringe und drei schmale goldene Federn auf dem Helm. Der Zweite Hauptmann trägt an den Manschetten drei aufgestickte goldene Ringe und am Helm drei goldene Federn mit grünen Spitzen. Leutnants tragen an den Manschetten zwei gelbe Ringe und zwei grüne Federn auf dem Helm, Unterleutnants einen gelben Ring und eine grüne Feder. Bannerträger tragen zwei unterbrochene gelbe Ringe an der Manschette und eine gelbe Feder, Fußsoldaten einen einzigen unterbrochenen gelben Ring.

Hailene: In der Alten Sprache ›Vorläufer‹ oder ›Jene, die vorher kommen‹. Bezeichnung der Seanchaner für die gewaltige Expeditionsstreitmacht, die über das Aryth-Meer geschickt wurde, um die Länder auszuspionieren, die einst von Artur Falkenflügel beherrscht wurden. Seitdem sie unter dem Befehl der Hochlady Suroth steht und ihre Größe durch in den eroberten Ländern eingezogene Rekruten stark angeschwollen ist, hat die Hailene ihre ursprünglichen Ziele weit hinter sich gelassen.

Hanlon, Daved: Schattenfreund und ehemaliger Befehlshaber der Weißen Löwen, der in den Diensten des Verlorenen Rahvin stand, während dieser als Lord Gaebril Caemlyn beherrschte. Später führte Hanlon befehlsgemäß die Weißen Löwen nach Cairhien, um dort die Rebellion gegen den Wiedergeborenen Drachen voranzutreiben. Die Weißen Löwen wurden von einer ›Blase des Bösen‹ vernichtet und Hanlon wurde zu bisher unbekannten Zwecken nach Caemlyn zurückbeordert.

Hierarchie des Meervolks: Das Atha'an Miere, das Meervolk, wird von der Herrin der Schiffe des Atha'an Miere beherrscht. Ihr zur Seite stehen die Windsucherinnen der Herrin der Schiffe sowie der Meister der Klingen. Den nächsten untergeordneten Rang bekleiden die Herrinnen der Wogen der einzelnen Clans, von denen jede ebenfalls über eine Windsucherin und einen Schwertmeister verfügen. Die Herrin der Wogen des betreffenden Clans herrscht über die Segelherrinnen (die Schiffskapitäne), die den Befehl über die Schiffe haben und von ihren eigenen Windsucherinnen und Zahlmeistern unterstützt werden. Die Windsucherin der Herrin der Schiffe hat die Autorität über alle Windsucherinnen der Clan-Wellenherrinnen, von denen jede wiederum die Autorität über alle Windsucherinnen ihres Clans hat. Das Gleiche gilt für den Meister der Klingen, der die Autorität über alle Schwertmeister hat, denen wiederum die Zahlmeister ihres Clans unterstehen. Beim Meervolk ist Rang nicht erblich. Die Herrin der Schiffe wird auf Lebenszeit von den Ersten Zwölf des Atha'an Miere gewählt, den zwölf ältesten Herrinnen der Wogen. Die Herrin der Wogen des Clans wird wiederum von den zwölf ältesten Segelherrinnen ihres Clans gewählt, die man schlicht die Ersten Zwölf nennt – ein Begriff, der ebenfalls dazu benutzt wird, um die älteste Segelherrin vor Ort zu benennen. Sie kann von denselben Ersten Zwölf durch eine Abstimmung wieder abgesetzt werden. In der Tat kann bis auf die Herrin der Schiffe jeder wegen Gesetzesübertretungen, Feigheit oder anderen Verbrechen bis hinunter zum einfachen Deckmatrosen degradiert werden. Beim Tod einer Herrin der Wogen oder der Herrin der Schiffe muss ihre Windsucherin notwendigerweise einer Frau mit niederem Rang dienen und ihr eigener Rang verringert sich deswegen ebenfalls.

Ishara: Die erste Königin von Andor (zirka 994 – 1020 FJ). Nach dem Tod Artur Falkenflügels überzeugte Ishara ihren Gemahl, einen von Falkenflügels wichtigsten Generälen, die Belagerung von Tar Valon abzubrechen und sie mit so vielen Soldaten, wie er von dem Heer auf seine Seite ziehen konnte, nach Caemlyn zu begleiten. Wo viele andere versuchten, Falkenflügels ganzes Reich für sich zu erobern und scheiterten, nahm Ishara erfolgreich von einem kleinen Teil Besitz. Heutzutage weist fast jedes

Adelshaus Andors etwas von Isharas Blut auf und der rechtmäßige Anspruch auf den Löwenthron hängt sowohl von der direkten Abstammung von ihr als auch von der nachgewiesenen Anzahl an Verbindungen zu ihr ab.

Kusinen: Selbst während der Trolloc-Kriege vor mehr als zweitausend Jahren (zirka 1000 – 1350 NZ) hielt die Weiße Burg ihren Standard aufrecht und schickte Frauen fort, die nicht die nötigen Vorraussetzungen erfüllten. Eine Gruppe solcher Frauen, die sich davor fürchteten, während der Kriege nach Hause zurückzukehren, floh nach Barashta (in der Nähe des heutigen Ebou Dar), so weit von den Kämpfen entfernt, wie es nur möglich war. Sie bezeichneten sich als Kusinen, blieben im Untergrund und boten einen sicheren Hafen für all jene, die aus der Burg fortgeschickt wurden. Im Laufe der Zeit führte die Verbindung mit Frauen, denen man befohlen hatte, die Burg zu verlassen, zu Kontakten mit Ausreißerinnen, und obwohl man die wahren Gründe vermutlich nie erfahren wird, fingen die Kusinen an, auch Ausreißerinnen bei sich aufzunehmen. Sie unternahmen große Anstrengungen, dass diese Mädchen nichts über die Kusinen erfuhren, bis sie sicher sein konnten, dass die Aes Sedai sich nicht auf sie stürzen und sie zurückholen würden. Schließlich war allgemein bekannt, dass Ausreißerinnen früher oder später immer eingefangen wurden, und die Kusinen wussten ganz genau, dass man auch sie streng bestrafen würde, falls sie ihre Existenz nicht geheim hielten.

Allerdings wussten die Aes Sedai der Weißen Burg fast von Anfang an über sie Bescheid, doch die Kriege ließen keine Zeit übrig, sich um sie zu kümmern. Nach Beendigung der Kriege kam die Burg zu der Einsicht, dass es möglicherweise nicht in ihrem besten Interesse lag, die Kusinen zu vernichten. Im Gegensatz zu den Verlautbarungen der Burg war vielen Ausreißerinnen die Flucht gelungen, aber sobald die Kusinen ihnen halfen, wusste die Burg genau, in welche Richtung sie flohen, und nun holte sie neun von zehn zurück. Da die Kusinen in dem Bemühen, ihre Existenz und ihre Anzahl zu verbergen, Barashta (und später Ebou Dar) immer wieder verließen, um später wieder dorthin zurückzukehren, und nie länger als zehn Jahre an einem Ort blieben, damit niemand bemerkte, dass sie nicht wie andere Menschen alterten, kam die Burg zu dem Glauben, dass es nur wenige von ihnen gab, die niemals großes Aufsehen erregten. Um die Kusinen als Falle für Ausreißerinnen zu benutzen, entschied sich die Burg, sie im Gegensatz zu jeder ähnlichen Verbindung im Verlauf der Geschichte in Ruhe zu lassen. Tatsächlich ist sogar die Existenz der Kusinen ein Geheimnis, das allein den anerkannten Aes Sedai bekannt ist.

Die Kusinen haben keine Gesetze, sondern nur Regeln, die teilweise auf dem Regelwerk der Weißen Burg für Novizinnen und Aufgenommene basieren und teilweise auf der Notwendigkeit zur Geheimhaltung. Wie bei der Entstehungsgeschichte der Kusinen vielleicht zu erwarten ist, werden die Regeln bei allen Mitgliedern sehr streng eingehalten.

Kürzlich erfolgte offene Kontakte zwischen Aes Sedai und Kusinen sind zwar nur einer Hand voll Schwestern bekannt, haben jedoch zu schockierenden Erkenntnissen geführt, einschließlich der Tatsache, dass es doppelt so viele Kusinen wie Aes Sedai gibt. Darüber hinaus sind einige von ihnen mehr als hundert Jahre älter, als jede Aes Sedai seit Beginn der Trolloc-Kriege und auch schon zuvor geworden ist. Die Auswirkungen dieser Enthüllungen sowohl auf die Kusinen wie auf die Aes Sedai ist jedoch noch eine Sache der Spekulation (*siehe auch:* Nähkränzchen).

Lanzenhauptmann: In den meisten Ländern führen Adelsfrauen ihre Waffenmänner nicht persönlich in den Kampf. Stattdessen nehmen sie professionelle Soldaten in Dienst, meistens einen Mann von niederer Geburt, der für die Ausbildung und das Kommando über die Waffenmänner verantwortlich ist. Je nach Land nennt man diesen Mann Lanzenhauptmann, Schwerthauptmann, Meister der Pferde oder Meister der Lanzen. Unweigerlich entstehen oft Gerüchte über eine engere Beziehung als zwischen Lady und Diener. Manchmal entsprechen sie sogar der Wahrheit.

Legion des Drachen: Eine große Militärformation, die nur aus Infanterie besteht und dem Wiedergeborenen Drachen die Treue geschworen hat. Ihre Ausbildung liegt in den Händen von Davram Bashere, und zwar nach Vorschriften, die er selbst zusammen mit Mat Cauthon erarbeitet hat und die sich rigoros vom üblichen Einsatz der Fußsoldaten unterscheiden. Viele Männer melden sich als Freiwillige, aber ein großer Teil der Legion wird von Rekrutierungskommandos der Schwarzen Burg herangeschafft, die zuerst alle Männer, die bereit sind, dem Wiedergeborenen Drachen zu folgen, an einer Sammelstelle zusammenholen, und auch das erst, nachdem sie sie durch Wegetore in die Nähe von Caemlyn schaffen, um diejenigen herauszusieben, die man im Gebrauch der Einen Macht unterweisen kann. Der Rest – bei weitem der größere Teil – wird in Basheres Ausbildungslager geschickt.

Marath'damane: In der Alten Sprache ›jene, die an die Leine gelegt werden müssen‹ und ›eine, die man anleinen muss‹. So bezeichnen die Seanchaner jede Frau, die die Macht lenken kann und nicht den Kragen einer *Damane* trägt (*siehe auch:* Damane).

Meister der Lanzen: *siehe auch:* Lanzenhauptmann

Meister der Pferde: *siehe auch:* Lanzenhauptmann

Morat-: In der Alten Sprache ›Tierbändiger‹. Die Seanchaner bezeichnen damit die Männer und Frauen, die die Exoten abrichten; es gibt *Morat'raken*, *Raken*bändiger oder Reiter, die zwanglos auch Flieger genannt werden (*siehe auch:* Der'morat).

Nähkränzchen: Die Anführerinnen der Kusinen. Da keine Angehörige der Kusinen jemals erfahren hat, wie die Hierarchie der Aes Sedai funktioniert – das Wissen darüber wird erst dann weitergegeben, wenn eine Aufgenommene die Prüfung für die Stola bestanden hat –, legten sie keinen Wert auf die Stärke in der Macht, sondern maßen dem Alter ein größeres Gewicht zu; so nimmt die ältere Frau immer einen höheren Rang als die jüngere ein. Das Nähkränzchen (die Bezeichnung wurde gewählt, weil sie – wie der Begriff Kusine – unverfänglich ist) setzt sich daher aus den dreizehn ältesten in Ebou Dar wohnenden Kusinen zusammen und die Frau mit dem höchsten Alter und damit die Vorsitzende trägt den Titel Älteste. Nach den Regeln müssen alle zurücktreten, wenn die Zeit zum Weiterziehen gekommen ist, aber so lange sie in Ebou Dar beheimatet sind, haben sie die absolute Autorität über die Kusinen, und zwar in einem Maß, um das sie jeder Amyrlin-Sitz beneiden würde (*siehe auch:* Kusinen).

Prophet: Die formelle Bezeichnung lautet Prophet des Lord Drachen. Einst war Masema Dagar ein schienarischer Soldat, der eine Offenbarung erlebte und entschied, dass er dazu auserwählt wurde, die Worte des Wiedergeborenen Drachen auf der Welt zu verbreiten. Er glaubt, dass es nichts Wichtigeres gibt, als die Tatsache anzuerkennen, dass der Wiedergeborene Drache das gestaltgewordene Licht ist und man willens ist, seinem irgendwann erschallenden Ruf zu folgen. Er und seine Anhänger sind zu jeder Gewalttat bereit, um andere zu zwingen, die glorreichen Taten des Wiedergeborenen Drachen zu preisen. Er hat seinem Namen entsagt, lässt sich nur noch als ›der Prophet‹ ansprechen und hat große Teile von Ghealdan und Amadicia, die nun unter seiner Herrschaft stehen, ins Chaos gestürzt.

Prophezeiungen des Drachen: Ein nur unter den ausgesprochen Gebildeten bekannter Zyklus von Weissagungen, der auch selten erwähnt wird. Man findet ihn im größeren Karaethon-Zyklus. Es wird dort vorausgesagt, dass der Dunkle König wieder befreit werde, und dass Lews Therin Telamon, der Drache, wiedergeboren werde, um in Tarmon Gai'don, der Letzten Schlacht gegen den Schatten, zu kämpfen. Es wird prophezeit, dass er die Welt erneut rettet und abermals zerstören wird (*siehe auch:* Drache).

Sa'angreal: Ein extrem seltenes Objekt, das einem Menschen erlaubt, die Eine Macht in viel stärkerem Maße als sonst möglich zu benützen. Ein *Sa'angreal* ähnelt einem *Angreal,* ist jedoch ungleich stärker. Die Menge der Einen Macht, die man mit einem *Sa'angreal* beherrschen kann, ist beträchtlich größer als die mit Hilfe eines *Angreals* kontrollierte. Das Verhältnis entspricht etwa der Macht, die man mit einem *Angreal* kontrolliert im Gegensatz zu der, die man ohne jedes Hilfsmittel lenkt. Sie sind Relikte des Zeitalters der Legenden. Es ist nicht mehr bekannt, wie sie angefertigt wurden. Wie die *Angreals* sind auch sie geschlechterspezifisch und können entweder nur von einer Frau oder einem Mann eingesetzt werden. Es gibt nur noch eine Hand voll davon, weit weniger sogar als *Angreale.*

Schwerthauptmann: *siehe auch:* Lanzenhauptmann

Seanchan: Das Land, aus dem die Nachkommen der Streitmacht stammen, die Artur Falkenflügel über das Aryth-Meer sandte, um die die dort gelegenen Länder zu erobern. Sie glauben, dass man aus Sicherheitsgründen jede Frau, die mit der Macht umgehen kann, durch einen *A'dam* kontrollieren muss. Aus dem gleichen Grund werden solche Männer getötet.

Sei'mosiev: In der Alten Sprache ›gesenkter Blick‹. Ist bei den Seanchanern die Rede davon, dass jemand *sei'mosiev* wurde, bedeutet das, dass er das ›Gesicht verloren‹ hat (*siehe auch:* Sei'taer).

Sei'taer: In der Alten Sprache ›offener Blick‹. Die Seanchaner bezeichnen damit Ehre oder ›Gesicht‹, die Fähigkeit, jemandem ohne Scham in die Augen sehen zu können. Es ist möglich, *sei'taer* ›zu haben‹, was so viel bedeutet, dass man eine ehrenhafte Person ist, die einem anderen offen ins Gesicht sehen kann, so wie es möglich ist, *sei'taer* zu ›gewinnen‹ oder zu ›verlieren‹ (*siehe auch:* sei'mosiev).

Shen an Calhar: In der Alten Sprache ›die Bande der Roten Hand‹. (1) Eine legendäre Gruppe von Helden, die viele Abenteuer bestand und schließlich bei der Verteidigung von Manetheren starb, als das Land während der Trolloc-Kriege vernichtet wurde. (2) Eine Truppenformation, die eher zufällig von Mat Cauthon begründet wurde; sie ist ähnlich den Streitkräften organisiert, die es auf dem Höhepunkt der militärischen Kunst gab, den Tagen von Artur Falkenflügel und den unmittelbar darauf folgenden Jahrhunderten.

So'jhin: Die treffendste Übersetzung aus der Alten Sprache dürfte die Umschreibung ›Erhabenheit unter Niederen‹ sein, obwohl es einige auch als ›sowohl Himmel wie auch Tal‹ übersetzen. Mit *So'jhin* bezeichnen Seanchaner die Höheren Diener, deren Rang erblich ist. Sie sind *Da'covale*, Besitz, bekleiden jedoch Positionen von beträchtlicher Autorität und Macht. Selbst Angehörige des Blutes behandeln die *So'jhin* der Kaiserfamilie mit Vorsicht und sprechen die persönlichen *So'jhin* der Kaiserin als Gleichgestellte an (*siehe auch:* Blut, Da'covale).

Sul'dam: Wörtlich: ›Trägerin der Leine‹. Bezeichnung der Seanchaner für eine Frau mit der Fähigkeit, *Damane* – Frauen, die die Eine Macht lenken können – zu beherrschen und mit Hilfe eines *A'dam* unter Kontrolle zu halten. Junge Frauen werden von den Seanchanern im gleichen Alter und zur gleichen Zeit auf diese Fähigkeit hin überprüft wie die *Damane* selbst. Eine relativ ehrenvolle

Position in der seanchanischen Gesellschaft. Man findet viel mehr *Sul'dam* als *Damane* (*siehe auch:* A'dam; Damane; Seanchan).

Tel'aran'rhiod: In der Alten Sprache: ›die unsichtbare Welt‹ oder ›die Welt der Träume‹. Eine Welt, die man in Träumen manchmal sehen kann. Nach den Angaben der Alten durchdringt und umgibt sie alle möglichen Welten. Im Gegensatz zu anderen Träumen ist das, was dort mit lebendigen Dingen geschieht, völlig real. Wenn man dort also eine Wunde empfängt, ist diese beim Erwachen immer noch vorhanden, und einer, der dort stirbt, erwacht nie mehr. Ansonsten hat aber das, was dort geschieht, keinerlei Einfluss auf die wachende Welt. Viele Menschen können *Tel'aran'rhiod* kurze Augenblicke lang in ihren Träumen berühren, aber nur wenige haben je die Fähigkeit besessen, aus freien Stücken dort einzudringen, wenn auch einige *Ter'angreale* entdeckt wurden, die eine solche Fähigkeit unterstützen. Mit Hilfe eines solchen *Ter'angreale* können auch Menschen in die Welt der Träume eintreten, die nicht die Fähigkeit zum Gebrauch der Macht besitzen (*siehe auch:* Ter'angreal).

Ter'angreal: Gegenstände aus dem Zeitalter der Legenden, die die eine Macht verwenden oder bei deren Gebrauch helfen. Im Gegensatz zu *Angreale* und *Sa'angrealen* wurde jeder *Ter'angreal* zu einem ganz bestimmten Zweck hergestellt. So verwandelt beispielsweise ein Eidstab den auf ihn geleisteten Eid zu etwas absolut Bindendem. Aes Sedai benutzen diverse *Ter'angreale,* aber bei vielen ist die ursprüngliche Anwendung in Vergessenheit geraten. Manche erfordern den Einsatz der Einen Macht, um zu funktionieren, andere wiederum auch nicht. Einige töten sogar oder zerstören die Fähigkeit einer Frau, die sie benützt, die Eine Macht zu lenken. Wie bei den *Angrealen* und *Sa'angrealen* ist nicht mehr bekannt, wie man sie herstellt. Dieses Geheimnis ging nach der Zerstörung der Welt verloren (*siehe auch:* Angreal; Sa'angreal).

Tiefenschau: (1) Die Fähigkeit, mit Hilfe der Einen Macht Krankheiten zu diagnostizieren. (2) Die Fähigkeit, mit Hilfe der Einen Macht Erzvorkommen aufzuspüren. Dies ist eine seit langem verschollene Fähigkeit der Aes Sedai, was womöglich auch der Grund dafür ist, dass der Name heute eine andere Fähigkeit bezeichnet.

Totenwache: Eliteeinheit des seanchanischen Kaiserreichs, in der sowohl Menschen wie auch Ogier dienen. Die menschlichen Mitglieder der Totenwache sind alle *Da'covale,* die als Sklaven geboren und in frühester Jugend ausgewählt wurden, um der Kaiserin, zu deren Besitz sie zählen, zu dienen. Bis zum Fanatismus loyal und von wildem Stolz erfüllt haben sie oftmals Raben auf die Schultern tätowiert, das Zeichen eines *Da'covale* der Kaiserin. Helme und Rüstung sind dunkelgrün und blutrot lackiert, die Schilde sind schwarz lackiert, und Speere und Schwerter haben schwarze Quasten (*siehe auch:* Da'covale).

Vereinigung: Als die von Artur Falkenflügel ausgesandten Heere unter dem Kommando seines Sohnes Luthair in Seanchan landeten, entdeckten sie einen sich in ständiger Veränderung befindlichen Flickenteppich aus Nationen, die permanent miteinander Krieg führten und die häufig von Aes Sedai beherrscht wurden. Ohne ein Gegenstück zur Weißen Burg kämpften die Aes Sedai mit Hilfe der Einen Macht um die Vergrößerung ihrer persönlichen Reiche. Sie bildeten kleine Gruppen und intrigierten ständig gegeneinander. Diese Intrigen drehten sich größtenteils um den Gewinn persönlicher Vorteile. Die daraus entstandenen Kriege unter den zahllosen Nationen ermöglichten den aus dem Osten über das Aryth-Meer eingedrungenen Heeren überhaupt erst, mit der Eroberung eines ganzen Kontinents zu beginnen, die später von ihren Nachkommen vollendet wurde. Diese Eroberung, in deren Verlauf die Nachkommen der ursprünglichen Soldaten nicht nur ihre Herrschaft auf ganz Seanchan ausdehnten, sondern zu Seanchanern wurden, dauerte länger als neunhundert Jahre und wird als die Vereinigung bezeichnet.

Verlorene: Name von dreizehn mächtigen Aes Sedai, sowohl Männer als auch Frauen, die während des Zeitalters der Legenden zum Schatten überliefen und in der Versiegelung des Stollens zum Gefängnis des Dunklen Königs gefangen wurden. Obwohl lange Zeit angenommen wurde, dass während des Schattenkrieges allein sie das Licht aufgaben, gab es in Wahrheit noch andere; diese dreizehn nahmen lediglich die höchsten Ränge ein. Die Verlorenen (die sich selbst die Auserwählten nennen) sind seit ihrem Erwachen in der neuen Zeit dezimiert worden. Die bekannten Überlebenden sind Demandred, Semirhage, Graendal, Mesaana, Moghedien sowie zwei andere, die in neuen Körpern wiedergeboren wurden und die neuen Namen Osan'gar und Aran'gar erhielten. Kürzlich erschien ein Mann, der sich Moridin nennt und bei dem es sich möglicherweise um einen weiteren toten Verlorenen handelt, der vom Dunklen König von jenseits des Grabes zurückgeholt wurde. Das Gleiche trifft vielleicht auf die Frau namens Cyndane zu, aber da Aran'gar ein Mann war, der als Frau zurückgebracht wurde, könnten sich die Spekulationen über Moridin und Cyndane als sinnlos erweisen, bevor man mehr erfahren hat.

Verteidiger des Steins: Militärische Eliteeinheit von Tear. Der derzeitige Hauptmann des Steins (und Befehlshaber der Verteidiger) ist Rodrivar Tihera. Nur Tairener werden als Verteidiger akzeptiert und die Offiziere sind für gewöhnlich von adliger Geburt, obwohl sie oftmals niederen Häusern oder unbedeutenden Seitenzweigen mächtiger Häuser entstammen. Die Aufgabe der Verteidiger besteht darin, die gewaltige Festung namens Stein von Tear in der Stadt Tear zu beschützen und die Stadt zu verteidigen. Außerdem übernehmen sie die Aufgaben einer Stadtwache. Außer in Kriegszeiten führen sie ihre Pflichten nur selten weit von der Stadt fort. Dann bilden sie allerdings genau wie vergleichbare Eliteeinheiten den Kern der aufzustellenden Armee. Die Uniform der Verteidiger besteht aus einem schwarzen Mantel mit wattierten Ärmeln, die mit schwarzen und goldenen Streifen versehen sind, sowie einem polierten Brustharnisch und einem Helm mit Stahlkrempe und Stangenvisier. Der Hauptmann der Verteidiger trägt drei kurze weiße Federn auf dem Helm und auf den Manschetten seines Mantels drei ineinander verschlungene goldene Tressen auf einem weißen Band. Die anderen Hauptmänner tragen zwei weiße Federn und eine goldene Tresse auf den weißen Manschetten, Leutnants eine weiße Feder und eine schwarze Tresse auf der weißen Manschette und Unterleutnants eine kurze schwarze Feder und eine unbestickte Manschette. Bannerträger tragen goldfarbene Manschetten an ihren Mänteln und einfache Soldaten haben schwarz- und goldgestreifte Manschetten.

Vorläufer: *siehe auch:* Hailene

Waffenmänner: Soldaten, die einem bestimmten Lord oder einer Lady die Lehenstreue schulden.

Weise Frau (1): Bei den Aiel wählen die Weisen Frauen unter allen Frauen diejenigen aus, die zu dieser Tätigkeit berufen sind. Sie erlernen die Heilkunst, Kräuterkunde und anderes, ähnlich wie die Seherinnen. Sie besitzen große Autorität und Verantwortung sowie großen Einfluss auf die Septimen und die Clanhäuptlinge, obwohl diese Männer sie oft beschuldigen, dass sie sich ständig einmischen. Eine beträchtliche Anzahl von Weisen Frauen können – in unterschiedlicher Stärke – die Eine Macht lenken; sie spüren jede Aielfrau auf, die mit dem Funken geboren wurde oder lernen kann, die Macht zu benutzen. Allerdings herrscht unter den Aiel der Brauch, nicht über dieses Thema zu sprechen. So wie es ebenfalls Brauch ist, dass Weise Frauen jeden Kontakt mit Aes Sedai meiden, und zwar wesentlich konsequenter als die anderen Aiel. Weise Frauen stehen über allen Fehden und kriegerischen Auseinandersetzungen und dürfen dem *Ji'e'toh* zufolge weder verletzt noch auf sonstige Weise behindert werden. Würde eine Weise Frau an einem Kampf teilnehmen, wäre das eine grobe Verletzung jeglicher Sitten und Traditionen. Drei zurzeit lebende Weise Frauen sind Traumgängerinnen und verfügen über die Fähigkeit, *Tel'aran'rhiod* zu betreten und unter anderem mit anderen Menschen in ihren Träumen zu sprechen (*siehe auch*: *Tel'aran'rhiod*).

Weise Frauen (2): Ehrentitel in Ebou Dar für Frauen, die für ihre unglaubliche Fähigkeit bekannt sind, so gut wie jede Verletzung zu heilen. Traditionellerweise tragen Weise Frauen einen roten Gürtel. Obwohl viele Leute durchaus wissen, dass die Weisen Frauen von Ebou Dar nicht mal aus Altara, geschweige denn aus Ebou Dar selbst stammen, war bis vor kurzem nicht bekannt – und auch jetzt nur wenigen –, dass es sich bei allen Weisen Frauen in Wahrheit um Angehörige der Kusinen handelt, die verschiedene Arten des mit Hilfe der Macht erfolgenden Heilens beherrschen und Kräuter und Salben nur als Tarnung verordnen. Nach der Flucht der Kusinen aus Ebou Dar wegen der Eroberung der Stadt durch die Seanchaner hält sich dort keine Weise Frau mehr auf (*siehe auch:* Kusinen).

Wiedergeborener Drache: Nach der Prophezeiung und den Legenden wird der Drache dann wiedergeboren werden, wenn die Menschheit in größter Not ist und er die Welt retten muss. Das ist nichts, worauf sich die Menschen freuen, denn die Prophezeiung besagt, dass die Wiedergeburt des Drachen zu einer neuen Zerstörung der Welt führen wird, außerdem erschrecken die Menschen bei dem Gedanken an Lews Therin Brudermörder, auch wenn er schon mehr als dreitausend Jahre tot ist (*siehe auch:* Drache).

Wiederkehr: *siehe auch:* Corenne

Von Robert Jordans »Das Rad der Zeit« liegen in der Serie Piper vor:

1. Roman: Drohende Schatten (8551)
2. Roman: Das Auge der Welt (8552)
3. Roman: Die Große Jagd (8553)
4. Roman: Das Horn von Valere (8554)
5. Roman: Der Wiedergeborene Drache (8555)
6. Roman: Die Straße des Speers (8556)
7. Roman: Schattensaat (8557)
8. Roman: Die Heimkehr (8558)
9. Roman: Der Sturm bricht los (8559)
10. Roman: Zwielicht (8560)
11. Roman: Scheinangriff (8561)
12. Roman: Der Drache schlägt zurück (8562)
13. Roman: Die Fühler des Chaos (8563)
14. Roman: Stadt des Verderbens (8564)
15. Roman: Die Amyrlin (8565)
16. Roman: Die Hexenschlacht (8566)
17. Roman: Die zerbrochene Krone (8567)
18. Roman: Wolken über Ebou Dar (8568)
19. Roman: Der Dolchstoß (8569)
20. Roman: Die Schale der Winde (8570)
21. Roman: Der Pfad der Dolche (8571)
22. Roman: Neue Bündnisse (8572)
23. Roman: Kriegswirren (8573)
24. Roman: Das Herz des Winters (8574)
25. Roman: Die Herrschaft der Seanchaner (8575)
26. Roman: Flucht der Sklaven (8576)
27. Roman: Pfade ins Zwielicht (8577)
28. Roman: Die Weiße Burg (8578)
29. Roman: Der neue Frühling (8579)
30. Roman: Die Klinge der Träume (8617)
31. Roman: Der Untergang der Shaido (8622)

Als Hardcover-Broschur bei Piper:
Das Rad der Zeit 1. Das Original. Die Suche nach dem Auge der Welt
Das Rad der Zeit 2. Das Original. Die Jagd beginnt
Das Rad der Zeit 3. Das Original. Die Rückkehr des Drachen

Als Hardcover bei Piper:
Robert Jordans Rad der Zeit. Das illustrierte Handbuch

SERIE PIPER

Robert Jordan

Drohende Schatten

Das Rad der Zeit 1. Aus dem Amerikanischen von Uwe Luserke. 511 Seiten. Serie Piper

Der junge Rand al'Thor muß mit ansehen, wie eine Horde Trollocs seine Familie und sein Heimatdorf auslöscht. Nur knapp entgeht er selbst den Häschern des Dunklen Königs. Zusammen mit der magiebegabten Moiraine reist Rand in die große Inselstadt Tar Varlon – und erkennt dort, daß sein Schicksal mit dem seiner Welt eng verbunden ist ... »Drohende Schatten« ist der Auftakt zu Robert Jordans weltberühmtem und millionenfach verkauftem Fantasy-Zyklus.

»Jordans Werk erinnert in seiner Dichte und Wärme an Tolkien.«

Publishers Weekly

05/1733/01/L

Robert Jordan

Zwielicht

Das Rad der Zeit 10. Aus dem Amerikanischen von Uwe Luserke. 524 Seiten. Serie Piper

Rhand al'Thor, der Wiedergeborene Drache, steht in der Wüstenstadt Rhuidean vor einer schier unlösbaren Aufgabe – er muß die verfeindeten Clans der Aielkrieger vereinen, um einen Widerstand gegen die Häscher des Dunklen Königs zu formieren. Rand ernennt den mächtigsten Schattenzauberer zu seinem Berater. Doch das Spiel ist gefährlich, und das Rad der Zeit dreht sich unentwegt einem finsteren Zeitalter entgegen ...

»Robert Jordan ist ein begnadeter Erzähler.«

Anne McCaffrey

05/1734/01/R

SERIE PIPER

Ursula K. Le Guin

Erdsee

4 Romane in einem Band. Aus dem Amerikanischen von Margot Paronis und Hilde Linnert. 925 Seiten. Serie Piper

Der junge Zauberschüler Ged ist einer der größten Magier von Erdsee. Eines Tages schafft er eine Verbindung zum Totenreich. Dabei jedoch erkennt er, daß die Welt der Lebenden durch einen Riß im Jenseits bedroht wird. Gemeinsam mit der Hohepriesterin Tenar und Tehanu, der Tochter der Drachen, stellt sich Ged den dunklen Mächten, die Erdsee ins Verderben stoßen wollen …
Dieser Band vereint 4 Romane eines der erfolgreichsten Fantasy-Zyklen überhaupt.

»Ursula K. Le Guin ist eine überaus weise Geschichtenerzählerin!«
John Clute

05/1728/01/L

Terry Pratchett

Die Teppichvölker

Roman. Aus dem Englischen von Andreas Brandhorst. 221 Seiten. Serie Piper

Am Anfang war eine endlose Fläche. Dann kam der Teppich – ohne ein Fusselchen zwischen den Fäden. Bald folgte der Staub, und daraus entstand alles … Kein Mensch ahnt, daß im Gewebe des Teppichs kriegerische Winzlinge hausen. Ein herabgefallener Zuckerwürfel dient als Steinbruch für Leckermäuler, zermalmende Schritte deuten auf einen Zornesausbruch des Dunklen Lords hin. Doch der größte Feind der Mungrungs ist ein Monster namens Staubsauger …

»Seit ich dieses wunderbare Buch gelesen habe, benutze ich meinen Staubsauger nicht mehr.«
amazon.de

05/1729/01/R